Catherine Ryan Hyde
Der Himmel ist nicht weit

TINTE & FEDER

Das Buch

Roseanna führt eine erfolgreiche Anwaltskanzlei in Manhattan. Doch als ihre beste Freundin unerwartet stirbt, will sie so wie bisher nicht weitermachen. Ohne Ziel fährt sie los und stößt in den Ausläufern der Adirondack Mountains auf eine alte Farm – den perfekten Ort, um ein neues Leben anzufangen. Doch das dazugehörende Stück Land steckt voller Möglichkeiten und Überraschungen, darunter eine Mutter mit ihrer kleinen Tochter, die hier unerlaubt wohnen.

Obwohl Gesellschaft das Letzte ist, was Roseanna will, freundet sie sich mit den beiden an. Als Roseannas entfremdeter Sohn Lance auftaucht und sie in die Stadt zurückholen will, wird ihr klar, dass die Farm ihr vielleicht nicht die Einsamkeit bietet, die sie ursprünglich gesucht hat, sie aber viel mehr gefunden hat …

Die Autorin

Die mehrfach ausgezeichnete amerikanische Autorin Catherine Ryan Hyde hat bislang knapp dreißig Bücher veröffentlicht. Auf Deutsch von ihr erschienen sind neben weiteren Titeln »Tage der Hoffnung«, »Als ich dich fand« und »Ich bleibe hier«. Ihr bekanntester Roman »Das Wunder der Unschuld« wurde in mehr als 23 Sprachen übersetzt und unter dem Titel »Das Glücksprinzip« mit Kevin Spacey und Helen Hunt verfilmt.

Neben dem Schreiben ist Catherine Ryan Hyde auch als Referentin tätig und stand bereits dreimal zusammen mit Bill Clinton als Rednerin auf dem Podium.

Catherine Ryan Hyde unternimmt gerne Wanderungen und Reisen und ist eine große Hobbyfotografin.

CATHERINE RYAN HYDE

Der Himmel ist nicht weit

ROMAN

Aus dem Amerikanischen
von Lotta Fabian

TINTE & FEDER

Die amerikanische Ausgabe erschien 2018 unter dem Titel »Heaven Adjacent« bei Lake Union Publishing, Seattle.

Deutsche Erstveröffentlichung bei
Tinte & Feder, Amazon Media EU S.à r.l.
38, avenue John F. Kennedy, L-1855 Luxembourg
Mai 2019

Die Übersetzung dieses Buches wurde durch Amazon Crossing ermöglicht.

Umschlaggestaltung: zero-media.net, München
Umschlagmotiv: © Michael Marquand / Getty; © Ascent Xmedia / Getty; © Jordan Siemens / Getty; © shapecharge / Getty
Lektorat: Ute-Christine Geiler, Birte Lilienthal, Agentur Libelli GmbH
Gedruckt durch:
Amazon Distribution GmbH, Amazonstraße 1, 04347 Leipzig /
Canon Deutschland Business Services GmbH, Ferdinand-Jühlke-Str. 7, 99095 Erfurt /
CPI books GmbH, Birkstraße 10, 25917 Leck

ISBN: 978-2-91980-630-0

www.tinte-feder.de

DREI MONATE NACH DEM UMZUG

Kapitel Eins

Wenn dir jemand einen Fisch schenkt

Roseanna stand unter dem gerade mal lauwarmen Wasser in ihrer winzigen behelfsmäßigen Dusche, als die Glocke am Tor läutete.

Sie fluchte ein paarmal, nur halblaut, aber deftig, spülte sich den Schaum, so gut es ging, ab und schnappte sich ein Handtuch. Sie trat hinaus in ihr schäbiges, enges, nachträglich angebautes Bad, trocknete sich rasch die Haare ab und wickelte sich in das Frottiertuch.

Sie steckte den Kopf zur Schlafzimmertür hinaus, sodass ihr Körper größtenteils verdeckt blieb. Von dort konnte sie durch das Wohnzimmerfenster einen jungen Mann irgendwo in den Zwanzigern am Tor stehen sehen. Er schaute sich um, seltsamerweise sogar nach oben über seinen Kopf. Als ob sich irgendetwas Greifbares und Bemerkenswertes in seiner Nähe materialisieren würde. Oder über ihm.

»Ich bin gleich da!«, rief sie.

An seiner Reaktion konnte sie erkennen, dass er sie gehört hatte. Doch er schien keine Ahnung zu haben, wo die Stimme hergekommen war.

* * *

Sie lief die Verandatreppe ihres kleinen Farmhauses hinab, wobei die Stufen unter ihrem Gewicht leicht nachgaben, und eilte weiter zum Tor. Sie war immer noch verstimmt, und das wusste sie. Schließlich konnte sie die Verärgerung wie einen Knoten unter ihren Rippen spüren.

»Ruhe und Frieden«, murmelte sie vor sich hin. »Einsamkeit. Ich finde immer noch nicht, dass das zu viel verlangt ist.«

Sie atmete einmal tief durch und versuchte das alles beiseitezuschieben, bevor sie mit dem Besucher sprach.

Er war ein eigentlich ganz nett aussehender junger Mann. Ordentlich. Er erinnerte sie an ihren Sohn Lance. Zumindest ein wenig. Aber er schien weniger abgeklärt und unerfahrener in Bezug auf das Leben ganz allgemein. Roseannas Mutter hatte das früher immer als »noch feucht hinter den Ohren« bezeichnet.

»Es tut mir leid, dass ich Sie unter der Dusche hervorgeholt habe«, erklärte er.

»Wie kann ich Ihnen helfen?«, erkundigte sie sich, ohne darauf einzugehen, ob ihm jetzt verziehen war oder nicht.

»Ich hatte gehofft, ich könnte Ihre Geschichte erfahren.«

»Meine Geschichte.«

»Ja.«

»Sie wollen wissen, warum ich die Metalltiere gebaut habe.«

»Ich möchte alles wissen. Warum Sie ein so erfolgreiches Leben in der Stadt hinter sich gelassen haben. Zudem ein wirklich komfortables Leben. Warum Sie sich stattdessen für einen Ort wie diesen entschieden haben, der so …«

Er hielt inne. Schaute sich noch einmal um. Blickte zu dem kleinen Farmhaus mit der verblassten, abblätternden Farbe und der eingesunkenen, schiefen Veranda. Zu ihrer Scheune, riesig und beeindruckend, die trotzdem wirkte, als könnte eine heftige Windböe sie umwehen und mit ihrem aufrechten Dasein ein für alle Mal Schluss machen. Sein Gesicht nahm einen unbehaglichen Ausdruck an. Er schien zu begreifen, dass er sich in eine Ecke manövriert hatte und es keinen höflichen Ausweg gab.

»Woher wissen Sie, was ich zurückgelassen habe?«, fragte sie ihn, merkte, dass ihre Augen schmal wurden.

Gewöhnlich wussten die Leute, die hier anhielten, nicht mehr als das, was sie mit ihren eigenen Augen sehen konnten. Vielleicht hatten sie gehört, dass sie zu den ungewöhnlicheren Einwohnern des Ortes zählte und dass die Tierskulpturen auf jeden Fall einen Blick und ein paar Fotos wert waren. Manchen war auch gesagt worden, dass sie mit Roseanna reden konnten – dass ein Besucher unter Umständen gefragt werden würde, ob sein Leben sich so entwickelt hatte, wie er es sich früher erträumt hatte, woraus sich eine tiefschürfende Unterhaltung ergeben könnte. Doch bisher war niemand vorbeigekommen, der irgendetwas über die Vergangenheit wusste, die sie einfach so hinter sich gelassen hatte.

»Also, Sie wissen schon«, erwiderte er. »Es wird geredet.«

»Das ist keine zufriedenstellende Antwort.« Ihr Tonfall lag irgendwo zwischen deutlichem Grenzensetzen und unnachgiebiger Ziegelsteinmauer.

»Ein paar der Leute, die mit Ihnen gesprochen haben, sind in die Stadt zurückgekommen und … Es klang nach einer interessanten Story. Sie wissen schon, für den Magazin-Teil.«

Sie blickte über seine Schulter hinter ihn und bemerkte zum ersten Mal, dass ein Van an der Straße parkte. Er war nicht leer, sondern enthielt einen Passagier. Einen Mann, der aussah, als wäre er Ende vierzig, und der mit einer teuer wirkenden Kamera spielte.

»Moment mal«, sagte sie. »Einen Augenblick. Wollen Sie mir etwa erzählen, dass Sie Reporter sind?«

»Ja, Ma'am.«

»Von?«

»Der *New York Times.*«

Sie wirbelte auf dem Absatz herum und lief zurück zum Haus. »Schönen Tag noch«, warf sie über ihre Schulter und winkte ihm kurz.

»Nein, warten Sie!«, rief er. »Gehen Sie noch nicht. Geben Sie mir zwei Minuten, um Sie zu überzeugen.«

Roseanna blieb stehen. Eine Sekunde lang drehte sie sich nicht zu ihm um. Stattdessen betrachtete sie ihren Besitz. Sie sah, dass das kleine Mädchen draußen war. Es jagte den kurzhaarigen braunen Hund, der seinerseits die Hühner jagte. Der alte Mann hackte Holz, obwohl Roseanna ihn gebeten hatte, das nicht zu tun. Er war achtzig, und das Letzte, was sie wollte, war, dass er auf ihrem Grund und Boden einen Herzinfarkt erlitt. Diese Leute dachten nie an solche Sachen. Ihre ungebetenen Gäste. Sie dachten überhaupt nie an gesetzliche Vorschriften. Oder daran, was es bedeutete, Eigentümerin von alldem hier zu sein.

Kurz bevor sie sich wieder zu dem Reporter umwandte, sah sie einen jungen Mann, den Veteranen – Nelson hieß er –, vom Flüsschen hochkommen. Zwei stattliche Forellen hingen an einer Schnur in seiner Hand.

Sie drehte sich zurück zum Tor. Trat einen oder zwei Schritte näher.

»In Ordnung«, erklärte sie. »Sie haben zwei Minuten. Aber ich sage es Ihnen gleich, es wird Ihnen nichts nützen.«

Der junge Reporter öffnete das Tor und setzte einen Fuß auf ihr Grundstück. Was sie ihm nicht erlaubt hatte. Und er behandelte das Tor ein wenig zu forsch, fiel ihr auf. Er schien nicht zu begreifen, dass alles auf ihrer Farm mit Vorsicht angefasst werden musste. Wie auch die neue Besitzerin war nichts hier erst seit gestern auf der Welt.

Roseanna hörte, wie eine Autotür geöffnet wurde. Der Fotograf stieg aus dem Van auf der anderen Straßenseite. Der Reporter fuhr zu seinem Partner herum, schüttelte den Kopf und machte mit den Händen eine abwehrende Geste. Ein unausgesprochenes, auf der ganzen Welt verständliches *Nicht.* Der ältere Mann setzte sich wieder ins Auto und knallte die Tür zu.

»Also, ich hab mir Folgendes gedacht«, begann der Reporter und kam zu Roseanna, stellte sich zu dicht vor sie. »Eine Menge Leute sind in der Stadt, leben das Leben, das Sie bis vor Kurzem geführt haben. Ich denke, sie würden gerne Ihre Gründe hören. Einige werden Sie für verrückt halten, das ist ganz klar. Bei anderen hingegen wird es auf Verständnis stoßen oder einen wunden Punkt treffen. Wie gesagt, es ist eine Sache, die viele interessiert.«

»Ich finde es schwer, zu glauben, dass Skulpturen aus verschweißtem Metall für die *New York Times* ein Thema sind. Und in meinem alten Beruf war ich nicht gerade eine Berühmtheit.«

»Sie übersehen das Wesentliche dabei«, erwiderte er. »Und das ist der plötzliche Richtungswechsel. Einfach Ihrem bisherigen Leben den Rücken zu kehren und alles hinter sich zu lassen. Ich dachte erst nicht, dass mein Chefredakteur darauf anspringen würde, aber ich habe mich geirrt. Es fasziniert die Leute. Vermutlich, weil so viele schon oft mit dem Gedanken gespielt haben, genau das auch zu tun. Wie ich bereits erwähnte, das allgemeine Interesse vieler Menschen ist es, worauf es ankommt.«

»Nur dass dieser eine Mensch nicht daran interessiert ist«, erklärte sie.

»Aber es scheint Ihnen doch zu gefallen, Ihre Vorstellungen und Gedanken über das Leben mit anderen zu teilen. Wenigstens nach dem, was ich gehört habe. Sie erwecken den Eindruck, als wollten Sie, dass die Leute sich öffnen und mit Ihnen darüber sprechen, ob sie wirklich glücklich sind.«

»Und?«

»Und … fänden Sie es nicht gut, mit der gleichen Botschaft Tausende von Lesern zu erreichen?«

»Nein«, antwortete Roseanna.

»Warum nicht?«

»Weil ich nicht möchte, dass meine Familie erfährt, wo ich bin. Oder meine Kollegen. Beziehungsweise meine ehemaligen Kollegen.«

»Das wissen sie nicht?«

Es war eine ungläubige Frage. War ihm einfach herausgerutscht. Sie blickte dem jungen Mann ins Gesicht. Er wirkte ein bisschen verletzt, allerdings aus Gründen, die ihr nicht ganz klar waren. Als ob er die Familie wäre, die um Armeslänge auf Abstand gehalten wurde. Er stand immer noch zu dicht bei ihr. Er missachtete ihre persönliche Distanzzone. Sie machte einen großen Schritt zurück, hielt eine Hand als Stoppschild hoch, damit er ihr nicht folgte.

Während sie ihn musterte und zu dem Schluss kam, dass er eher dreißig war, nur mit sehr jungen Gesichtszügen, konnte sie das kleine Mädchen kreischen hören, den Hund bellen und die Axt immer wieder auf die Holzscheite niedersausen.

»Ich schicke ihnen Textnachrichten oder telefoniere mit ihnen«, verteidigte sie sich und verspürte Verärgerung. Über den ganzen Lärm genau wie über die Tatsache, dass sie ihm diese Information überhaupt nicht schuldete, er sie aber trotzdem dazu verleitet hatte, sie ihm zu geben. »Mit den meisten von ihnen wenigstens. Wenn sie jedoch meinen genauen Aufenthaltsort wüssten, würden sie hier aufkreuzen und versuchen, mich nach Hause zu holen.«

Stille. Wenn man kreischende Kinder und bellende Hunde und das dumpfe Geräusch der Axt als »Stille« bezeichnen konnte.

»Kein Gesetz verlangt, dass wir Ihren genauen Aufenthaltsort erwähnen«, stellte er fest.

Einen Moment lang antwortete Roseanna nicht. Sie dachte darüber nach, und sie konnte es spüren. Genau wie er. Er kam wieder näher, als hätte sie eine Tür offen gelassen und als machte er sich bereit, hindurchzuschlüpfen.

In genau dem Moment tippte ihr Nelson, der junge Veteran, auf die Schulter. Sie hatte gar nicht gemerkt, dass er dort war, sodass sie zusammenzuckte.

»Tut mir leid, wenn ich Sie erschreckt habe, Miss«, sagte er.

Dann reichte er ihr einen Fisch.

»Oh«, erwiderte sie und nahm ihn entgegen. »Vielen Dank.«

Es war eine Regenbogenforelle. Eine kopflose Regenbogenforelle, sorgfältig ausgenommen und gesäubert. Ihre Haut schimmerte silbrig im Sonnenlicht.

»Der Kopf ist schon weg, so, wie Sie es mögen. Und ich hab die ganzen Innereien entfernt und sie gut ausgewaschen. Ich hab praktisch alles gemacht, außer sie für Sie zu essen.«

»Vielen Dank«, wiederholte sie.

Nelson schob seinen sonnenverblichenen Hut hoch und trat zurück.

Sie blickte wieder zu dem Eindringling. Dem Reporter.

»Ich muss gehen«, teilte sie ihm mit. »Jemand hat mir gerade einen Fisch geschenkt.«

»Oh. Okay. Sie müssen ihn in den Kühlschrank räumen. Das verstehe ich. Ich warte hier.«

»Nein, Sie verstehen überhaupt nichts.« Sie konnte die Verärgerung in ihrer Stimme hören. Er zweifellos auch. »Erstens sind Ihre zwei Minuten um.« Das waren sie vermutlich nicht, aber sie sagte es trotzdem. »Zweitens, wenn einem jemand einen Fisch schenkt, tut man ihn nicht in den Kühlschrank.«

»Nicht? Ich würde meinen, dass das genau der Ort ist, wo man ihn hintut.«

»Nun, dann wissen Sie nicht wirklich viel über das Thema, oder? Dieser Fisch war vor nicht mal zehn Minuten noch lebendig und ist im Fluss geschwommen.«

»Das können Sie nicht wissen.«

»Wie bitte?«, fragte sie, und ihre Stimme wurde etwas schrill. Der Hund hörte auf zu bellen, und das kleine Mädchen hörte auf zu kreischen. Der alte Mann, der ein bisschen schwerhörig war, hörte nicht auf, Holz zu hacken. »Ich weiß das sehr gut. Warum behaupten Sie etwas anderes?«

»Nun … Er war dort unten angeln für … Wir wissen gar nicht, wie lange. Richtig? Das ist es, was ich meine. Er könnte dort stundenlang geangelt haben. Und er könnte den Fisch gleich am Anfang, als er gerade erst unten angekommen war, am Haken gehabt haben.«

Roseanna legte den Kopf in den Nacken und trat einen Schritt zurück. »Sehen Sie, genau das ist das Problem mit Leuten wie Ihnen. Sie wissen nicht, was Sie nicht wissen. Sie waren bestimmt noch nie angeln, oder?«

»Nein. Trotzdem kann ich Zeit abschätzen.«

»Wenn man angelt, macht man etwas, das ›hältern‹ heißt. Dafür hat man einen Setzkescher oder eine Schnur mit Kiemenhaken daran oder einfach nur ein Seil mit einem Metallring am Ende, den man auf der einen Seite durch die Kiemen führt und auf der anderen wieder hinaus und … Ach, warum versuche ich Ihnen das alles zu erklären? Es ist völlig egal. Sie interessieren sich ja gar nicht dafür, und ich habe auch keine Lust, es Ihnen zu erklären, und außerdem sind Ihre zwei Minuten vorbei. Was ich sagen will, ist, man bewahrt den Fisch an einer Art Leine im Wasser auf. Lebendig. Und man nimmt ihn erst raus, wenn man nach Hause gehen will. Was keine zehn Minuten dauert.«

»Oh«, erwiderte er. Und für einen kurzen, aber segensreichen Moment schien er sprachlos. »Ich vermute, Sie haben recht. Ich wusste nicht, was ich nicht wusste. Trotzdem müssen Sie den Fisch in den Kühlschrank legen.«

»Überhaupt nicht. Wenn Sie bisher nie einen Fisch gegessen haben, der noch vor zehn Minuten quicklebendig war, dann, vermute ich, können Sie es nicht verstehen.«

»Also, wo tun Sie ihn hin, wenn nicht in den Kühlschrank?«

»In eine Bratpfanne. Und dann in meinen Magen. Wenn Sie mich jetzt also entschuldigen wollen …«

Sie drehte sich um und ging zur vorderen Veranda, den Fisch weiter in der Hand. In beiden Händen, weil er sehr glitschig war. Der Reporter lief die Stufen hoch, um ihr die Tür zu öffnen.

»Danke«, sagte sie.

Doch dann folgte er ihr nach drinnen.

»Wenn Sie meine Frage nicht stört«, begann er, »wer sind all diese Leute?«

Roseanna seufzte tief. Und ein bisschen lauter als notwendig. »Es vergeht kein Tag, an dem ich mir nicht genau diese Frage stelle.«

»Nein, ehrlich. Das war eine ernst gemeinte Frage.«

»Und das war eine ernst gemeinte Antwort«, gab sie zurück.

* * *

»Ich bin der Ansicht, dass Sie Ihren Fotografen an die Leine legen sollten«, erklärte sie und beugte sich näher ans Fenster.

Der andere Mann aus dem Lieferwagen ging zwischen ihren Skulpturen herum – die alle miteinander ganz entschieden und unverkennbar auf ihrem Grund und Boden standen

– und tat, was Fotografen am besten konnten. Er studierte die Giraffe, und als er sich von deren Betrachtung losgerissen hatte und in die eisernen Augen des Löwen blickte, sah es wirklich so aus, als ob der Löwe zurückschaute.

»Ich glaube, er hat sich gedacht, alle machen Fotos von den Metalltieren.«

»Ach wirklich. Das hat er sich gedacht?« Sie hielt inne. Beobachtete den Fotografen etwas länger. Erwischte ihn dabei, wie er heimlich eine Aufnahme von ihrem Haus schoss und eine weitere von dem kleinen Mädchen und dem Hund. In der Zwischenzeit konnte sie den Fisch im Öl in der Bratpfanne links neben sich brutzeln hören. Es klang wie knusprige Forellenhaut, wenn knusprige Forellenhaut ein Geräusch hatte. »Die meisten von ihnen fotografieren von der Straße aus, es sei denn, ich lade sie ein, das Grundstück zu betreten.«

»Möchten Sie, dass ich mit ihm rede?« Er trat näher zu ihr und schielte in ihre Bratpfanne. »Wow«, stellte er fest. »Das ist eine Menge Öl.«

»Ich mag die Haut knusprig. Nicht, dass es Sie irgendetwas anginge, wie viel Öl ich benutze, wenn ich mir einen Fisch brate. Aber da haben Sie es. Ich hab's Ihnen gesagt. Außerdem versuche ich, zuzunehmen.«

Er lachte prustend, als hätte sie ihm einen Grundschulwitz erzählt und als würde er sich bemühen, ihn komisch zu finden.

»Niemand versucht zuzunehmen«, verkündete er. »Es sei denn, man ist …« Dann hielt er inne, schien zu bemerken, dass er sich wieder in eine Ecke manövriert hatte. Sie war nicht übermäßig dünn. »Niemand versucht zuzunehmen«, erklärte er ein weiteres Mal, als ob diese schlichte Wiederholung ihn in die Freiheit zurückbringen würde.

»Falsch. Ich tue es. Das war eines meiner ersten Ziele, als ich hergezogen bin, doch es funktioniert nicht so gut, wie ich es mir erhofft hatte. Ich esse genug. Mehr, als ich jemals in der

Stadt gegessen habe, glauben Sie mir. Nur verbrauche ich die Kalorien gleich wieder bei der Arbeit.«

»Warum sollten Sie mehr wiegen …«, begann er, beendete den Satz allerdings nicht.

Er stand immer noch viel zu dicht bei ihr. Das hasste sie. Was war eigentlich mit persönlicher Distanz passiert?

»Weil ich es kann. Weil ich es in meinem alten Leben nie konnte. Oder immer das Gefühl hatte, ich könnte es nicht. Aber jetzt schon. Das ist Freiheit. Ich mag Freiheit. Und um Ihre Frage zu beantworten, ja, Sie sollten rausgehen und mit ihm reden.«

»Mit wem?«, erkundigte er sich verwirrt. Er hatte eindeutig seine Frage vergessen. Dann schien es ihm wieder einzufallen. »Oh. Mein Fotograf. Ja. Ich lauf schnell raus und kümmere mich drum.«

Er ging zur Tür. Nicht zur Küchentür, weil es keine gab. Ihr winziges Haus bestand eigentlich aus einem einzigen Zimmer, bloß in der einen Ecke war mit dünnen Wänden ein behelfsmäßiges Schlafzimmer abgetrennt. Die Küche war mehr oder weniger eine Nische in der gegenüberliegenden Ecke. Er ging also zur Eingangstür ihres Hauses.

Dann blieb er stehen, drehte sich wieder zu ihr um.

»Bevor ich das tue, wollte ich nur noch schnell fragen … Was hat Sie dazu inspiriert, sie zu machen?«

»Die Tiere?«

»Richtig.«

»Kein Kommentar. Wenn ich das beantworte, dann interviewen Sie mich, und ich habe keine Einwilligung dazu gegeben. Wie auch immer, sie waren gar nicht meine Idee. Sondern die des Kindes.«

Er starrte sie einen Augenblick lang mit offenem Mund an. Wenn sie seine Gedanken hätte erraten müssen, hätte sie gesagt, dass er versuchte, zu entscheiden, ob das ein Witz war oder nicht und ob er lachen sollte.

Schließlich schien es ihm zu viel Mühe zu sein.

»Das kleine Mädchen, das nicht älter aussieht als sechs oder sieben Jahre? Sie hat all diese riesigen, komplizierten Skulpturen angefertigt?«

Roseanna fiel ein leicht angebrannter Geruch auf, und rasch drehte sie die Forelle mit dem Fischwender in der Pfanne um. Gerade noch rechtzeitig. Wenn jemand einem einen Fisch gibt, dann verschwendet man ihn nicht, indem man ihn in der Pfanne anbrennen lässt. Und wenn sie das getan hätte, wäre es natürlich allein die Schuld des Reporters gewesen. Das war das Problem mit … also mit allem.

»Sie ist fünf. Und ich habe nicht gesagt, dass sie sie gemacht hat. Ich hab gesagt, sie seien ihre Idee gewesen. Sie wissen doch, wie das mit Kindern ist, wenn sie zu den Wolken am Himmel hochschauen und beschließen, dass sie wie ein Teddybär oder ein Elefant aussehen? Also, das hat sie … Warten Sie mal. Jetzt interviewen Sie mich schon wieder. Und damit bin ich nicht einverstanden.«

»Tut mir leid«, entschuldigte er sich, klang aber gar nicht so, als wäre das der Fall. »Essen Sie ruhig erst Ihren Fisch, ich rede inzwischen mit meinem Freund.«

Er duckte sich und trat zur Tür hinaus, und sie seufzte erleichtert, stieß den Atem aus, von dem sie gar nicht gemerkt hatte, dass sie ihn angehalten hatte.

Sie legte die Forelle auf einen Teller und setzte sich auf die Couch, begann sorgfältig die Filets von den feinen Gräten zu trennen.

Ab und zu blickte sie aus dem Fenster, konnte allerdings weder den Reporter noch seinen Fotografenfreund entdecken. Nicht, dass sie das gewollt hätte. Sie hätte es angenehmer gefunden, wenn sie gewusst hätte, wo sie waren, doch es gefiel ihr grundsätzlich nicht, irgendjemanden auf ihrem Grundstück rumlaufen zu sehen. Trotzdem taten das alle andauernd.

* * *

Lange nachdem sie aufgegessen und das Geschirr abgespült hatte, war er immer noch nicht wieder zurück. Was ein ziemlich langes Gespräch mit dem Fotografen bedeuten müsste. Sie hatte eher an etwas Kurzes und Unmissverständliches gedacht. Mehr so wie »Lass das«. Etwas Wirkungsvolles.

So eine Verzögerung warf Fragen auf.

* * *

Sie fand den Reporter mit einem Knie auf der harten Erde, wo er mit dem kleinen Mädchen redete. Oder, um genauer zu sein, ihr zuhörte. Man konnte nicht wirklich mit der Kleinen reden. Man sagte einen Satz zu ihr, und dann antwortete sie und schweifte dabei so weit vom Thema ab, kam einfach nicht zum Punkt, bis einem der Kopf schmerzte, aber am Ende ergab es einfach keinen Sinn. Und in der Zwischenzeit viel Glück bei dem Versuch, auch mal ein Wort einzuflechten.

»Was soll das werden?«, fragte Roseanna den Reporter und klopfte ihm auf die Schulter, damit er wusste, dass er gemeint war. Es war ein Tonfall, der dazu gedacht war, ehrliche Verärgerung mit Unbeschwertheit zu kaschieren. Wenigstens für eine Fünfjährige. Für den erwachsenen Zuhörer war deutlich, dass sie ihren Ärger bloß notdürftig übertünchte, um es mal milde auszudrücken.

»Oh«, erwiderte er und sprang hoch. »Ich hab nur mit ihr geredet.«

»Mit ihr geredet?«, erkundigte sie sich und starrte auf den Notizblock in seiner Hand. »Oder haben Sie sie interviewt?«

Das kleine Mädchen, das sich offensichtlich langweilte, lief wieder weg. Dieses Mal jagte sie die Hühner, und der Hund jagte ihr nach, schien besorgt darüber, dass sie ihm den Job wegnahm. Und es wurde wieder gekreischt.

»Nur geredet«, erklärte der Reporter.

»Wenn ich mit einer Fünfjährigen ›nur rede‹, dann mache ich mir gewöhnlich keine Notizen.«

»Schauen Sie …«

Einen merkwürdigen Moment lang starrten sie beide gemeinsam in die Ferne. Als hätte er das wörtlich gemeint. Sie blickte über die Äcker und die ordentlich gepflügten Felder. Die steilen Hügel hinab zu den kleinen Wäldern mit den hohen Bäumen. Das Flüsschen, das sich durch ihr Land schlängelte, glitzerte in der Sonne. Es war Sommer, und alles war ein wenig brauner als zu der Zeit, als Roseanna es zum ersten Mal gesehen und sich in das Fleckchen Erde verliebt hatte. Es erschien ihr jedoch immer noch wie eine besondere Art von Himmel.

Der Reporter erschreckte sie, indem er etwas sagte.

»Es ist so: Ich habe über das, was ich bisher erfahren habe, noch nichts geschrieben. Aber ich rede mit all den Leuten hier und mache mir Notizen, weil ich denke, dass Sie mir schließlich die Erlaubnis geben werden. Ich weiß, Sie glauben das nicht, ich aber schon.«

»Ach ja?«

»Ja.«

»Und warum denken Sie das?«

»Weil ich mit ein paar von den Leuten …«

»Wem denn beispielsweise?«

»Zum Beispiel David.«

»Hier gibt es keinen David.«

»Doch. Sie wissen schon. Der Typ, der Ihnen den Fisch gegeben hat.«

»Nelson. Er heißt Nelson David. Und es ärgert ihn, wenn die Leute das durcheinanderbringen.«

»Oh. Dann sollte ich das in meinen Notizen besser korrigieren. Wo wir gerade bei Namen sind, ich heiße Evan Maxwell.«

»Maxwell Evan. Verstanden.«

Sie nannte ihm nicht im Gegenzug ihren Namen, denn den musste er bereits wissen. Er wusste, was für ein Leben sie in der Stadt zurückgelassen hatte. Es war praktisch unmöglich, ohne einen Namen, den man googeln konnte, bei der Recherche weit zu kommen.

Evan stieß ein kurzes, unbehagliches Lachen aus. Kratzte sich hinter dem Ohr, mit dem Stift, den er benutzt hatte, um die bedeutsamen Gedankengänge einer Fünfjährigen festzuhalten. »Jetzt, da Sie es erwähnen, meine ich fast, er hätte ›Nelson David‹ gesagt. Aber ich hab geglaubt, er würde das so machen wie beim Militär, wo man erst den Nachnamen nennt und dann den Vornamen. Er war beim Militär, wissen Sie?«

»Ja, weiß ich.« Ihr Geduldsfaden würde gleich reißen, das spürte sie. Das konnten sie beide. »Sie müssen mir nichts über ihn erzählen. *Er lebt hier*. Sie weichen meiner Frage aus. Warum glauben Sie, ich würde Ihnen meinen Segen dazu geben, über mich zu schreiben? Über diesen Ort?«

Sie machte sich auf den Rückweg zum Haus, während sie sprach, war sich sicher, dass er ihr folgen würde.

Und das tat er wirklich.

»Wegen dem, was Nelson und der alte Mann mir erzählt haben. Es tut mir leid, ich hab mir den Namen des Alten nicht gemerkt. Doch er steht in meinen Notizen.«

»Martin«, sagte sie.

Trotzdem blätterte er in dem Block zurück.

Sie kamen an der riesigen Scheune mit dem Blechdach und den verwitterten Holzwänden vorbei. Dem behelfsmäßigen Hühnerstall. Der winzigen Hütte, die auf den ersten Blick wie ein großer Geräteschuppen aussah, aber der Unterschlupf für ihre beiden ursprünglichen ungebetenen Gäste war. Wenigstens war er gut in Schuss – anders als sonst beinahe alles auf dem Hof –, hatte Vorhänge in den Fenstern und Blumen in einem ordentlichen Beet davor.

Evan blätterte weiter in seinem Notizblock.

»Ach, na gut«, stieß er aus, als gäbe er auf. »Ich finde es gerade nicht. Trotzdem ergibt sich unterm Strich Folgendes.« Sie blieben an der untersten Stufe der Verandatreppe stehen. Evan blickte an dem alten Farmhaus empor, wirkte irgendwie überrascht, es dort zu entdecken. Als wäre ihm gar nicht aufgefallen, dass sie hingegangen waren. »Sie haben mir alle erzählt, dass sie an der Straße stehen geblieben sind, um sich die Tierskulpturen anzusehen. Ursprünglich, meine ich. Als sie zum ersten Mal hier waren. Sie haben sie dann dazu gebracht, über ihr Leben zu reden, und haben ihnen all diese Fragen gestellt. Sie wollten wissen, ob ihr Leben sich so entwickelt hätte, wie sie es früher einmal erwartet hatten. Ob sie so glücklich wären, wie sie früher gedacht hatten, dass sie es sein würden.«

Er hielt inne. Als hätte er sein Argument bereits vorgetragen und wartete nur noch darauf, dass sie es merkte.

»Alle? Nelson und Martin sind nicht wirklich ›alle‹, sondern wenn, dann ›beide‹.«

»Ich hab vielleicht auch ein paar Worte mit Melanie gewechselt und … Ich hab den Namen ihres Mannes vergessen. Das Paar, das im Zelt wohnt.«

»Sie wohnen praktisch alle in Zelten.«

»Oh.«

»Also, worauf wollen Sie hinaus?«

»Ich glaube, Sie haben etwas Wichtiges, was Sie allen sagen wollen. Ich denke, Sie haben hier etwas gefunden. Und Sie wollen es teilen. Ich denke, Sie wollen Fragen stellen, die andere Leute zu der Erkenntnis führen, die Sie hier gefunden haben.«

Roseanna schüttelte den Kopf. Sie stieg die sechs alten, durchhängenden Stufen zu ihrer vorderen Veranda hoch.

Evan folgte. Die Holzbretter knarrten unheilvoll.

»Ja, was hab ich da für ein Glück!«, erklärte sie ironisch. »Sie werden alle an dem gleichen Ort landen, den ich für mich gefunden habe. Das ist genau das, wovor ich Angst habe und weswegen ich das Interview nicht möchte. Das ist genau das, was immer schiefgeht. Ich wollte sie ermutigen, ihren eigenen Ort zu finden. Irgendeinen, der beinahe der Himmel für sie ist. Ich wollte jedenfalls nicht, dass sie anfangen, genau diesen Ort dafür zu halten.«

»Wenn Sie wollen würden, dass sie gehen«, bemerkte Evan, »hätten Sie sie dazu aufgefordert.«

Sie blieb vor der Tür stehen. Blickte sich um. Außer dem kreischenden kleinen Mädchen sah sie nur Martin, der still Feuerholz aufschichtete.

»Martin!«, rief sie. Aber offensichtlich nicht laut genug. »Martin!«, schrie sie, und er drehte sich um. Kam dichter zum Haus, um besser hören zu können, zog sich seine großen ledernen Arbeitshandschuhe aus. »Wie oft habe ich Sie gebeten, mein Grundstück zu verlassen?«

Martins Miene trübte sich. Er stieß mit der Schuhspitze seiner grellroten Sneaker, die er immer trug, in die Erde. »Oje«, erwiderte er. »Sind wir wieder da angekommen? Ich dachte, Sie hätten sich inzwischen mehr oder weniger an mich gewöhnt.«

»Nein, das habe ich nicht gemeint … Ich hab gemeint: Martin, sagen Sie diesem jungen Mann, wie oft ich Ihnen bislang mitgeteilt habe, dass Sie gehen sollen. In der Vergangenheit.«

»Oh. Verstehe.« Dann lächelte er. Es war ein schiefes Ding, dieses Lächeln. Ein bisschen selbstironisch, doch trotzdem irgendwie gutmütig. »Ach, Hunderte Male. Also, vielleicht übertreibe ich ein bisschen.« Er hob eine Hand und machte eine wischende Bewegung, als wolle er sich das Haar aus der

Stirn schieben. Was lächerlich war, da er praktisch keins hatte. Nur ein paar Büschel über den Ohren, die zudem mangels eines Friseurs in der Nähe viel zu lang waren. »Aber mindestens ein Dutzend Mal.«

»Danke«, antwortete sie laut und ging ins Haus.

Natürlich folgte Evan ihr. Und selbst Roseanna hätte zugeben müssen, dass sie genau das vermutlich auch wollte. Weil klar war, dass er es tun würde, wenn sie es ihm nicht ausdrücklich untersagte. Und das tat sie nicht.

Gemeinsam standen sie in dem Wohnraum, aus dem ihr bescheidenes Heim bestand.

»Lassen Sie mich eine Frage stellen«, bat er und sah sich um. »Egal, ob ich den Artikel jetzt schreibe oder nicht, ich würde eine Sache wirklich gerne wissen. Dieses kleine Haus hier, in dem Sie jetzt wohnen …«

Er brach ab und ließ seinen Blick der Reihe nach über alle Teile ihres alltäglichen Lebens wandern. Den Kanonenofen mit Holzbefeuerung. Die alte Couch mit der Decke. Das Schlafzimmer, das so winzig war, dass man, wenn man darin stürzte, aufpassen musste, in welche Richtung man das tat, damit man nicht gegen die Wand auf der anderen Seite stieß. Die »Lampe« in der Zimmermitte, die aus einer nackten Glühbirne und einer Kette zum Einschalten bestand.

»Sie haben einem ziemlich opulenten Lebensstil den Rücken gekehrt«, erklärte er. »Sie hatten Geld.«

Sie ließ sich auf die Couch fallen. Er ragte über ihr auf, immer noch ein bisschen zu dicht für ihren Geschmack.

»Woher wissen Sie, wie viel Geld ich hatte?«

»Das tue ich nicht, wenn man's genau nimmt. Aber ich kenne Ihre Anwaltskanzlei. Ich meine, die ist nicht schwer zu finden. Und Sie waren schließlich Senior Partner. Ein Gründungsmitglied.«

»Lassen Sie uns sehen, ob wir herausfinden, worauf Sie hinauswollen, Maxwell.«

Dabei wusste sie das bereits.

»Ich kann nachvollziehen, dass Sie hier herauskommen und ein Stück Land wie dieses kaufen. Die Landschaft ist wunderschön. Und ich kann ebenfalls nachvollziehen, dass man aus der Stadt rausmöchte. Ich liebe die Stadt, weiß allerdings, dass das nicht jedem so geht. Trotzdem meine ich, Sie könnten es sich leisten, dieses alte Haus niederzureißen und sich etwas wirklich Hübsches an seiner Stelle zu bauen.«

Schweigen. Eine ganze Weile lang.

Er setzte sich neben sie auf die Couch, verströmte immer noch eine gewisse Unruhe. Bloß dass er jetzt alles schlimmer machte, indem er seinen Notizblock abwartend in der Hand hielt, den Stift dicht über der leeren Seite. Als ob sie gleich irgendetwas Brillantes sagen würde. Etwas Zeitloses.

»Nur hätte ich es mir dann vielleicht nicht mehr leisten können, hier für den Rest meines Lebens zu wohnen, ohne dass ich arbeiten oder mich um Geld sorgen muss.«

»Verstehe«, bemerkte er und hätte das fast auch hingeschrieben.

»Nein. Nicht aufschreiben. Es ist nicht wirklich die ganze Wahrheit. Ich hätte es vermutlich tun können.«

»Warum dann?«, fragte er, machte eine Geste, die den ganzen Raum miteinbezog. »Ich meine, ich möchte Sie nicht beleidigen, aber …«

»Ich habe selbst Augen im Kopf, Max. Es ist lauter Gerümpel.«

»Warum machen Sie dann nicht etwas Besseres daraus?«

»Weil es reicht.«

Das hing einen Augenblick lang in der Luft. Es war unklar – wenigstens für Roseanna –, wer als Nächstes etwas sagen würde. Oder wann.

Wie sich herausstellte, war sie es.

»Weil es alles hat, was man braucht, um ein anständiges Leben zu führen. Es gibt hier einen Ofen zum Heizen. Einen Kühlschrank, um die Lebensmittel zu kühlen, und einen Herd, um zu kochen. Es gibt eine Badewanne und eine Dusche, wo man sich waschen kann, wenn man mit der Arbeit fertig ist, und ein Bett, in das man sich am Ende des Tages legen kann. Und das ist alles, was man wirklich zum Leben braucht. Und ich denke, das eigentliche Problem von uns allen ist, dass wir meinen, wir bräuchten so viel mehr.«

»Es ist schon nett, mehr als das Allernotwendigste zum Überleben zu haben.«

»Wirklich? Vielleicht. Ich weiß nicht. Ich glaube, das ist eine Denkfalle. Wir haben all dieses Zeug. Und wir denken, wir brauchen es. Doch es fühlt sich niemals gut genug an, und am Ende arbeiten wir nur noch, um es behalten zu können, um *mehr* zu bekommen. Und dann haben wir all diese arbeitssparenden Geräte. Daher führen wir jetzt ein Leben, das praktisch völlig ohne echte Arbeit funktioniert. Vor ein paar Jahrhunderten war für das alltägliche Überleben körperlich anstrengende Arbeit notwendig. Und ich weiß das nicht mit absoluter Sicherheit, Max, allerdings habe ich den wirklich starken Verdacht, dass damals nicht sehr viele Leute unter Neurosen litten. Wer hatte schon die Zeit dafür? Jetzt verwenden wir unsere freie Zeit darauf, süchtig zu werden, nach Drogen oder Alkohol, nach Handys oder dem Internet oder danach, unsere E-Mails zu checken oder mehr Zeugs zu kaufen, von dem wir meinen, wir bräuchten es.«

Sie hielt inne. Schaute auf und sah, dass sein Stift förmlich über den Block flog, während er sich Notizen machte.

»Das ist gut«, meinte er. »Nicht wirklich weltbewegend neue Gedanken, aber gut. Hören Sie nicht auf.«

»Ich bin immer noch nicht sicher, ob es mir recht ist, dass Sie darüber schreiben. Und ich glaub auch nicht, dass Sie schon erklärt haben, warum Sie so fest davon überzeugt sind, dass ich es erlauben werde.«

»Das habe ich schon gesagt. Sie wollen den Leuten Ihre Gedanken mitteilen. Sie haben etwas entdeckt, das wichtig ist, und es erscheint Ihnen bedeutend genug, dass Sie anderen davon erzählen wollen.«

»O nein«, erwiderte sie. »Damit kommen Sie nicht durch, Max. Ich bin Anwältin. Ich war schon Anwältin, bevor Sie überhaupt geboren waren, mein Junge. Verglichen mit Ihnen habe ich die Taktik praktisch erfunden.«

»Welche Taktik?«

»Die, bei der man an das Ego seines Gegenübers appelliert. Mir ist das alles inzwischen egal. Ob mich jemand für klug hält oder nicht. Ich muss an diesem Punkt meines Lebens nicht recht haben. Es ist mir gleich, was andere Leute tun. Ich weiß nur, was *ich* jetzt tun möchte.«

»Warum machen Sie sich dann die Mühe, diese ernsthaften Unterhaltungen mit all den Menschen zu führen, die zufällig vorbeikommen? Wenn sie Ihnen egal sind?«

Schweigen.

Währenddessen blickte sie zum Fenster hinaus und beobachtete die Wolken, die über den Himmel über ihren Feldern zogen. Beobachtete, wie sie die Spitze vom Empfängnisberg berührten, die Anhöhe, die man erklimmen musste, wenn man telefonieren wollte.

»Und was, wenn mir etwas an ihnen liegt?«

»Wenn Sie Fragen zum Leben haben, von denen Sie möchten, dass andere sie hören, welcher Ort wäre besser dafür, sie zu stellen, als die *New York Times*?«

Sie lachte, rasch und bitter.

»Und es wäre ganz typisch, Max, wenn dann jeder, der es liest, hier aufkreuzt und ein Zelt auf meinem Grundstück aufschlägt. Und mein Sohn und meine ehemaligen Kanzleipartner werden mich finden und nach Hause holen. Und dann werden alle Menschen auf der Welt hier leben, wie es sich beinah jetzt schon anfühlt. Nur ich nicht. Ich werde nicht hier sein. Mich hätte man dann zurückgeholt.«

»Wir müssen ja nicht genau verraten, wo man Sie finden kann«, betonte er ein weiteres Mal.

Roseanna seufzte.

Sie blickte zum Fenster hinaus zu seinem Van, um nachzuschauen, ob der Fotograf dringeblieben war. Das war er nicht, der Van war leer. Er konnte also überall sein, Bilder von allem Möglichen machen.

»Noch eine Frage«, erklärte Evan und erschreckte sie damit fast ein wenig. »Sie haben gesagt, Sie hätten all diese Leute gebeten, zu gehen, sogar mehrfach. Aber sie haben es nicht getan. Dabei hätten Sie sie doch einfach zwingen können. Für Sie als rechtmäßige Besitzerin des Grundstücks wäre das gar nicht schwierig. Warum sind also alle weiter hier?«

Roseanna seufzte erneut. Es schien ein Muster zu ergeben. Eins von vielen.

»Sie dachten, ich hätte hier etwas ganz Besonderes gefunden. Und das dachte ich auch. Und dann fühlte es sich irgendwie nicht richtig an, es allen andern vorzuenthalten. Bloß für den Fall, dass sich herausstellt, dass wir recht haben.«

Kapitel Zwei

Die Eier-Schiedsstelle

Roseanna hatte gerade ihre morgendliche Arbeit erledigt und war für das zweite Frühstück zurück ins Haus gegangen, als es zum ersten Mal an ihrer Tür klopfte.

Es war neun Tage her, dass der Reporter hier aufgetaucht war und ihre Geschichte aus ihr herausgekitzelt hatte. Sie wusste es, weil sie insgeheim mitgezählt hatte – sich gefragt hatte, wie lange es wohl dauern würde, bis etwas passierte. Zum Teil graute ihr vor dem Tag der Veröffentlichung, und zum Teil freute sie sich darauf, die Geschichte zu lesen. Allerdings überwog das Grauen.

Sie riss die Vordertür weit auf.

Nelson stand auf der Veranda, den Hut in der Hand. Sein Gesicht, seine Augen, alles an ihm strahlte Empörung aus.

»Melanie hat heute Morgen drei Eier von der Wiese aufgelesen, Miss, und ich weiß ganz genau, dass sie eigentlich mir gehören. Dieses Mal bin ich mir wirklich ganz sicher. Ich habe besonders gut aufgepasst, wer was legt und wo sie es legen.«

Roseanna seufzte und musste sich sehr beherrschen, um nicht die Augen zu verdrehen.

»Nelson. Wir haben das doch schon durchgekaut.«

»Ich weiß, Sie sagen, Sie wollen da nicht reingezogen werden. Aber irgendwie scheinen wir das allein nicht hinzukriegen.«

»Also, ihr werdet das irgendwie schaffen müssen. Vielleicht sollten wir in die Stadt fahren, Hühnerdraht besorgen und ein Gehege bauen?«

»Freilandhaltung ist wirklich wichtig, Miss.«

»Freilandhaltung meint was ganz anderes, Nelson. Freilandhaltung ist eine Gegenreaktion auf Hühner in kleinen Käfigen, die gezwungen werden, Eier zu legen, ohne jemals die Sonne zu sehen oder sich auch nur umdrehen zu können. Es heißt nicht, dass die Hühner in der Lage sind, frei herumzulaufen, ohne je an einen Zaun zu stoßen. Vertrau mir, Nelson. Wenn man ihre Freilauffläche auf fünfzig Meter in jeder Richtung beschränkt, ist das noch genauso Freilandhaltung, wie es immer schon welche gewesen ist. Doch das ist gar nicht der wichtige Teil von dem, was ich gesagt habe, als das das letzte Mal aufkam. Es ist nämlich das: Ich bin nicht das für die Entscheidung über den Eierbesitz zuständige Gericht. Ich bin nicht König Salomon für die Legesituation. Sehe ich aus wie eine Eier-Schiedsstelle? Lasst euch etwas einfallen, um zu einer Lösung zu kommen. Trennt eure Tiere irgendwie. Oder füttert sie mit diesem Färbezeug, das die Banken benutzen, um Banknoten zu markieren, falls sie gestohlen werden. Und für was auch immer ihr euch entscheidet, haltet mich da raus. Okay?«

Nelson runzelte die Stirn.

»Okay, Miss«, sagte er. »Tut mir leid, dass ich Sie gestört habe.«

Er drehte sich um und verließ die Veranda, stieg die Stufen hinab.

»Du weißt schon, dass das mit der Farbe ein Scherz war, oder?«, rief sie ihm nach.

Er hob eine Hand in die Luft, ohne sich umzudrehen.

* * *

Es waren vielleicht zwei Minuten vergangen, als es das nächste Mal klopfte, oder vielleicht doch drei oder vier. Ohne funktionierende Uhr im Haus war es schwierig, das genau abzuschätzen. Aber es war jedenfalls nicht viel Zeit vergangen.

Sie kehrte zur Tür zurück, zutiefst verärgert darüber, dass sie noch mehr Zeit von ihrem Vormittag daran verschwenden musste, über Hühner zu reden. Zudem über die von jemand anderem.

»Verdammter Mist«, fluchte sie und riss die Tür weit auf, ohne zu wissen, ob sie jetzt Nelson verfluchte oder seine Nemesis Melanie.

Wie sich herausstellte, war es keiner von beiden.

Auf ihrer Türschwelle, die Hand erhoben, um ein zweites Mal zu klopfen, stand Lance, ihr dreißig Jahre alter Sohn. Unter dem Arm hatte er eine zusammengefaltete Zeitung, vermutlich die *New York Times*.

»Lance«, sagte sie. Was eine völlig uninspirierte Äußerung war. Aber in dem Moment war es alles, was ihr einfiel. Dann fügte sie, ohne nachzudenken, hinzu: »Der Reporter hat geschworen, dass er meinen genauen Aufenthaltsort nicht erwähnen würde.«

Das kleine Mädchen und der Hund waren ihm offenbar fast bis zur Tür gefolgt. Sie standen ungewohnt still hinter ihm, gleich neben den Eingangsstufen. Das kleine Mädchen löste sich aus ihrer Erstarrung und lief auf die Veranda, wo sie Lance am Ärmel zu zupfen begann.

»Wer bist du?«, fragte sie mit ihrer schrillen, hohen Stimme.

Lance antwortete ihr nicht. Er blickte Roseanna an, die ihren Kopf in den Nacken legen musste, um ihm ins Gesicht zu schauen. Lance war sehr groß.

»Warum ist da ein Kind, das an meinem Ärmel zieht?«, wollte er von ihr wissen.

»Vermutlich, weil sie erfahren will, wer du bist.«

Lance seufzte. Mit einem Recken seines markanten Kinns sah er zu dem kleinen Mädchen hinab.

»Ich bin ihr Sohn«, erklärte er und deutete dabei auf Roseanna, wobei ihm die Zeitung runterrutschte.

Das kleine Mädchen hob sie auf und reichte sie ihm.

»Ihr Sohn?« Sie klang verwundert. Als hätte man ihr gerade erzählt, dieser Mann aus Fleisch und Blut sei Roseannas Krokodil oder ihr Privatjet.

»Ja, ihr Sohn. Warum ist das so schwer zu glauben?«

»Du bist zu groß, um ein Sohn zu sein.«

»Söhne können so groß sein, wie sie wollen. Söhne werden größer und größer und schließlich zu Erwachsenen, aber man nennt sie trotzdem Sohn.«

Das Mädchen betrachtete ihn ein, zwei Sekunden weiter staunend. Roseanna mischte sich in diese heikle Unterhaltung nicht ein, war der Ansicht, dass sie es unter sich ausmachen würden.

Dann schien das kleine Mädchen den Bann abzuschütteln.

»Oh«, sagte sie und lief die Eingangsstufen wieder hinab zu dem Hund, der geduldig auf ihre Rückkehr gewartet hatte.

Lance schaute ihr hinterher.

Dann drehte er sich zurück zu Roseanna, und in seinen Augen brannten Vorwürfe und Verbitterung.

»Du hast einen *Hund?*« Offensichtlich hatte er ihn gerade erst entdeckt. Das letzte Wort schrie er förmlich.

Das kleine Mädchen trat wieder näher, um zu sehen, was los war.

Roseanna öffnete den Mund, um ihm zu antworten, doch das kleine Mädchen kam ihr zuvor.

»Magst du keine Hunde?«, fragte sie Lance, und ihre Stimme verriet, dass so etwas in ihrer wunderbaren Welt nicht möglich war.

»Ich liebe Hunde«, erklärte Lance.

Das Mädchen streckte die Arme von sich und zuckte übertrieben die Schultern. »Warum ist es dann schlimm?«

Lance wandte sich wieder an seine Mutter. Sie konnte an seiner Miene ablesen, dass er sich bemüht hatte, ruhig und gefasst auf ihrer Türschwelle zu erscheinen, dass er aber rasch das Ende seines Vorrats an Gefasstheit und Ruhe erreichte.

»Du solltest vermutlich reinkommen«, bemerkte sie.

* * *

»Du hast einen Hund?«, fragte er wieder, als sie ihm eine frisch gebrühte Tasse Kaffee reichte.

Er saß auf ihrer Couch. Es gab keinen Küchentisch. Und keinen anderen Platz, um sich zu setzen. Er wirkte jetzt gelassener, wenn auch nicht weniger gekränkt.

»Das kann man so nicht sagen.«

»Oh, ich verstehe. Das war gar kein Hund. Mein Fehler. Ein Nilpferd? Irgendeine Art Vogel?«

Roseanna lächelte schief und setzte sich neben ihn auf die Couch, mit ihrem eigenen Kaffee in der Hand. Er hatte sich diesen Hang zu Sarkasmus von ihr abgeschaut, was sie genau wusste.

»Ich räume ein, dass es ein Hund ist. Ich wollte lediglich darauf hinweisen, dass deine Einschätzung, ich hätte ihn, etwas zu weit greift. Es ist vermutlich eher so, dass er mich hat.«

»Immer die Anwältin«, stellte er fest und nahm einen Schluck. »Oh, der ist ja gut.«

»Warum klingst du so überrascht?«

»Ich weiß nicht.« Er schaute sich im Zimmer um. Hoch über seinen Kopf. Als ob die bloße Umgebung, die Atmosphäre des Zimmers, Gift wäre. »Nur dass alles hier so ...«

Er sprach nicht aus, was es war. Andererseits brauchte er das auch nicht.

»Es mag dich überraschen, zu hören, dass selbst in schäbiger Umgebung zubereiteter Kaffee gut schmecken kann.«

Lance rieb sich über die Augen, bevor er antwortete. Als ob all dies ein schlechter Traum gewesen wäre. »So habe ich es nicht gemeint.«

»Wie denn?«

»Ich werde jetzt das Thema wechseln, Mom. Vor eine Minute stand ich auf deiner Veranda, du hast mir die Tür aufgemacht, und was hast du zu mir gesagt? ›Der Reporter hat geschworen, dass er meinen genauen Aufenthaltsort nicht erwähnen würde.‹ Als würdest du nicht gefunden werden wollen und als ob es dir leidtäte, dass ich da stand.«

»Also, natürlich wollte ich nicht gefunden werden. Wir haben, seit ich hier bin, dreimal telefoniert, und du hast mich dreimal danach gefragt, und jedes Mal habe ich es vermieden, dir zu antworten. Ich meine, versteh mal einen Wink mit dem Zaunpfahl, Süßer. Aber ich wollte auf keinen Fall, dass es so klingt, als täte es mir leid, dass du hier bist. Ich freue mich immer, dich zu sehen.«

»Wow«, erwiderte Lance und trank einen weiteren Schluck. »Das muss die verwirrendste Aussage des Jahrhunderts sein.«

»Da hast du recht. Entschuldige. Lass es mich klarer machen, indem ich dir eine Frage stelle: Was wolltest du damit erreichen, dass du heute Vormittag hier herausgefahren bist?«

Lance lehnte sich zum ersten Mal auf der Couch zurück. Seufzte. »Ich möchte dich überreden, heimzukommen.«

»Und das ist der Grund, warum ich nicht wollte, dass er den Ort nennt, an dem ich mich aufhalte.«

Er schloss kurz die Augen, schenkte ihr ein trauriges kleines Lächeln. »Richtig. Hab ich verstanden. Hast du das hier schon gelesen?«

Er hielt ihr den Zeitungsteil hin.

»Nein. Aber ich würde es gern.«

Sie nahm ihn von ihm entgegen. Blickte auf die Fotos von der Eisengiraffe und dem Löwen.

»Er hat deinen Aufenthaltsort nicht genau genannt. Er hat bloß geschrieben, es sei in Chudley.«

Roseanna stieß ein seltsames, schnaubendes Lachen aus, das sie überraschte und verlegen machte. »Süßer, in Chudley wohnen ungefähr dreihundert Leute. Und die meisten haben keine Eisenzoos. Also würde ich sagen, dass das genug war. Du nicht?«

»Nun, ich bin schließlich hier«, meinte Lance.

* * *

Sie lagen im hellen Tageslicht auf dem abgenutzten Dielenboden, jeder unter einer leichten Decke und ihre Ellenbogen ungefähr einen halben Meter voneinander entfernt. Sie starrten zur Decke hoch, schliefen beide nicht.

Es war ein altes Ritual. Als Lance noch klein gewesen war, hatte er sich so heftig dagegen gewehrt, ein Mittagsschläfchen zu machen, dass Roseanna es sich angewöhnt hatte, sich mit ihm auf den Boden zu legen, um ihm Gesellschaft zu leisten.

»Also, Mom«, sagte er und brach damit mehrere Minuten – unter Berücksichtigung der Umstände – einigermaßen angenehmen Schweigens. »Was hast du dir gedacht?«

»Hast du den Artikel gelesen oder nicht? Weil ich meine Gründe in dem Interview dargelegt habe.«

»Ich hab wohl gehofft … du weißt schon, weil ich dein Sohn bin und so … dass ich vielleicht eine persönlichere Version der

Ereignisse erhalten würde. Mehr in die Tiefe. Etwas, das nicht Zehntausende Abonnenten lesen können.«

»Ja, ich verstehe, was du meinst.«

»Es geht um Alice, nicht wahr?«

»Vielleicht zum Teil. Ich will nicht so tun, als ob es keinen Einfluss darauf hat.«

»Wie konntest du dir einen Hund zulegen, jetzt, wo ich erwachsen bin? Wie oft habe ich dich um einen Hund angebettelt?«

»Zweihundertneunzehnmal.«

»Du hast doch nicht ehrlich mitgezählt.«

»Nein, das ist geschätzt. Aber es muss irgendwo in der Nähe dieser Zahl liegen. Hör zu, Süßer. Ich hab ihn mir nicht ausgesucht, nicht mehr als all diese Menschen hier. Er ist einfach aufgekreuzt. Als wir noch in der Stadt gelebt haben … Damals, als du einen Hund wolltest … Ein Hund hätte drei- oder viermal täglich Gassi geführt werden müssen …«

»Ich hab dir gesagt, ich würde das tun!«

»Lance. Süßer. Bei allem angemessenen Respekt, Söhne haben Müttern das seit Anbeginn der Zeit erzählt, wenigstens solange die Geschichtsschreibung zurückreicht.«

»Du hast mir nie eine Chance gegeben, dir zu beweisen, dass ich es anders gemacht hätte.«

»Oder ich habe dir nie die Chance gegeben, herauszufinden, dass du doch mehr wie andere Jungs in deinem Alter warst, als du geglaubt hast.«

»Ich gehe jetzt raus, um den Hund kennenzulernen«, erklärte er.

Er warf seine Decke beiseite, stand auf und wandte sich zur Tür. Lance konnte viele Meter mit wenigen Schritten zurücklegen. Was ihr neues Haus für ihn ziemlich klein machte.

Mit einer Hand auf dem uralten Kupferknauf drehte er sich kurz zu ihr um.

»Wenn du diese Leute hier nicht willst«, entgegnete er, »dann musst du sie nicht hierhaben. Sag ihnen, dass sie gehen sollen.«

»Ich denke, es wäre besser, wenn sie von allein auf eine andere Lösung kommen. Das Problem wird sich von selbst erledigen.«

»Wie kannst du dir da so sicher sein?«

»Bis auf die alleinerziehende Mutter und das kleine Mädchen leben sie alle in Zelten. Der erste ernsthafte Frost sollte sie binnen kürzester Zeit vertreiben.«

* * *

Während er fort war, hatte Roseanna mehr als genug Zeit, sich ihr zweites Frühstück zuzubereiten und es zu verspeisen.

Dann verließ sie ihr Haus und machte sich auf die Suche nach ihm, von der Sorge getrieben, dass er am Ende wieder gefahren war, ohne sich von ihr zu verabschieden.

Sie fand ihn im Eisenzoo, wo er von dem kleinen Mädchen herumgezerrt wurde. Das kleine Mädchen hielt eine seiner Hände in ihren beiden und zog ihn mit aller Kraft, ihrem ganzen Gewicht und vollem Körpereinsatz, kurz: ihrer gesamten Energie, von einem Tier zum nächsten.

Roseanna schaute zu, lächelte vor sich hin.

Sie konnte nicht hören, was das kleine Mädchen sagte, aber sie schien in ihrer Rolle als Fremdenführerin aufzugehen, deutete auf das zweite Tier, das sie und Roseanna zusammen geschaffen hatten, erzählte ihm jede Menge darüber.

Roseanna vermutete, sie versuchte Lance klarzumachen, dass es ein »Krokomobil« wäre. Sie kannte das richtige Wort für das Tier, das kleine Mädchen. Sie war ein Dutzend Mal korrigiert worden. Doch ihre eigene Version schien ihr besser zu gefallen. Die Skulptur war lang und hatte vier Beine, die aus mehreren antiken Traktorrädern bestanden. Also war es kein schlechter Scherz. Für eine Fünfjährige.

Sie trat näher, um zu hören, was das kleine Mädchen als Fremdenführerin zu sagen hatte.

Aber als Lance Roseanna in der Nähe entdeckte, drehte er sich mit einem Ausdruck in den Augen zu ihr herum, der förmlich loderte.

Er marschierte wortlos zurück zum Haus.

»Was ist denn mit ihm los?«, fragte das kleine Mädchen.

»Ich bin mir nicht sicher. Er ist vielleicht immer noch sauer wegen des Hundes.«

»Wie kann er sauer sein über einen Hund, wenn er Hunde liebt?«

»Weil er selbst einen wollte.«

»Dann soll er sich einen holen. Es gibt überall welche.«

»Gute Argumentation«, erwiderte Roseanna. »Ich gehe und teile ihm mit, dass wir das beide finden.«

Er saß auf der Kante der geländerlosen Veranda und ließ die langen Beine baumeln. Er schwang sie vor und zurück wie ein zu groß geratener kleiner Junge.

»Was hab ich diesmal getan?«, wollte sie wissen und kam über die Veranda zu ihm, ließ sich neben ihm auf dem morschen Holz nieder. Sie lehnte sich an seinen Rücken. Sie dachte – fürchtete –, er würde wegrutschen, aber das tat er nicht.

»Du spielst Babysitterin für das kleine Mädchen?«

»Hat sie dir das erzählt?«

»Ja, wenn du's unbedingt wissen musst. Ich hab sie gefragt, wo ihre Mutter ist. Sie hat gesagt, sie sei bei der Arbeit. Und daraufhin hab ich sie gefragt: ›Und wer passt auf dich auf?‹ Sie hat geantwortet, manchmal Melanie und manchmal Martin, aber meistens du.«

»Und das ist schlecht, weil …«

»Oh, komm schon, Mom. Du bist doch eine kluge Frau.«

»Offenbar nicht klug genug für das hier.«

»Dabei magst du nicht mal Kinder.«

»Nein. Das stimmt. Das tue ich nicht. Ich finde sie so unreif.«

»Ich wurde von einer Nanny großgezogen, weil du nicht die Zeit erübrigen konntest.«

»Ah, verstehe. Jetzt kocht plötzlich eine Menge hoch und muss raus.«

»Ich fahr jetzt nach Hause«, erklärte er und stand auf.

Er landete auf der Erde in ihrem Garten, und sie wäre beinahe hinter ihm runtergefallen, konnte das allerdings gerade noch verhindern. Er war mit einem Schritt bei ihr, ein Reflex, um sie aufzufangen, aber da hatte sie es schon selbst geschafft.

»Denk darüber nach, was du sagst«, rief sie ihm nach, während er sich umdrehte, um empört davonzumarschieren.

Er wirbelte herum. Kam zurück. Es war erstaunlich, wie sehr er sich dazu zurückverwandelte, wie er in seiner Kindheit gewesen war, wenn er wütend wurde. Und wie sehr sie sich von seinem Zorn eingeschüchtert fühlte.

»Fein. Verrat es mir«, verlangte er. »Was sage ich denn?«

Sie musste sich anstrengen, um ihr Eingeschüchtertsein zu überwinden. Zu verhindern, dass man es ihr an der Stimme anhörte. »Dass du wütend bist, weil wir nicht genug Zeit miteinander verbringen.«

»Richtig.«

»Also brichst du deinen Besuch hier vorzeitig ab.«

Lance stand einen Moment lang reglos da, blinzelte in die Sonne. Als ob er gerade erst aus tiefem Schlaf aufgewacht wäre. Dann stützte er den Kopf in seine Hände. Als er ihn wieder hob, sah Roseanna, dass er lachte. Was ihr ein halbwegs guter Anfang zu sein schien.

Er kam zurück und lehnte sich gegen die Veranda, ziemlich in ihrer Nähe, und sie legte ihm einen Arm über die Schultern und spürte, wie ihre Anspannung wich.

»Schau mal«, sagte sie. »Ich verstehe es. Ich war in den achtzehn Jahren, in denen ich dich großgezogen hab, keine Vorzeigemutter. Ich bin die Erste, die das zugibt, und ich hätte vermutlich nicht einmal versuchen sollen, eine Mutter zu sein. Ich bin richtig glücklich, dass ich dich hab. Das werde ich nie bedauern. Trotzdem war es nicht wirklich fair dir gegenüber. Und das tut mir leid. Ehrlich.«

Eine Weile lang schwiegen sie. Eine Henne kam zu dicht an Lance' Füße, und er schob sie mit der Schuhspitze fort, als würde sie ihm Angst machen. Was merkwürdig wirkte.

»Ich spüre ein ›aber‹ kommen«, stellte er fest.

»Aber … mein lieber Junge … wir sind ja noch nicht tot.«

»Soll heißen?«

»Das soll heißen, wenn du eine bessere Beziehung mit mir haben willst, ich bin hier.«

»Ja. Du bist hier. Das ist genau das Problem. Wenn du in der Stadt wärst, könnten wir mehr Zeit miteinander verbringen. Du weißt schon. Auch wenn wir das vorher nie getan haben.«

»Wenn ich noch in der Stadt wäre, wäre ich noch der gleiche Mensch, der ich immer gewesen bin, und wir hätten keine Chance auf etwas Neues. Wenn du Zeit mit mir verbringen willst, dann tu das. Du möchtest eine bessere Beziehung zu mir? Wir fangen ganz von vorne an. Genau hier, genau jetzt. Bleib.«

»Bleib?«

»Ja. Bleib. Du kennst doch das Wort? Sogar die meisten Hunde kennen es.«

»Erwähne Hunde nicht mal.«

»Und das ist das Nächste. Du bist dreißig Jahre alt. Du möchtest einen Hund? Hör auf, dich zu beklagen, und hol dir einen. Himmel, sogar die Fünfjährige hat das vorgeschlagen.«

»Aber ich bin den ganzen Tag nicht zu Hause. Ich arbeite.«

»Also?«

»Es ist nicht fair dem Hund gegenüber.«

»Ach, das ist Unsinn. Hol dir einen aus dem Tierheim. Nimm einen, der am nächsten Tag in das Zimmer am Ende des Flures soll. Und dann frag ihn, ob er lieber auf Nimmerwiedersehen in dem Zimmer verschwinden möchte oder mit dir nach Hause kommen, wo er auf dich warten muss, bis du von der Arbeit wieder da bist, bevor er Liebe und Zuwendung von dir erhält. Ich glaub, das ist ein kleiner Preis, den er gern dafür bezahlt, gerettet worden zu sein.«

Lance antwortete eine lange Zeit nicht. Er starrte einfach über die Hügel in die Ferne.

Als er dann etwas sagte, schien er gar nicht mehr an Hunde zu denken.

»Ich kann nicht hierbleiben. Ich hab das Geschäft.«

»Können Darren und Annie es nicht führen, während du dir eine Auszeit nimmst?«

Ein weiteres langes Schweigen.

»Vielleicht«, erwiderte er. »Ich bin mir nicht sicher.«

»Du bist dir nicht sicher, ob sie das schaffen? Oder bist du nicht sicher, dass du sie das ausprobieren lassen kannst?«

»Ich hasse es, wenn du das tust.«

»Was denn? Richtig raten?«

»Das trifft es ziemlich genau. Ja. Okay, ich kann deiner Argumentation folgen, Mom. Ehrlich. Und es sind ja auch nur ein paar Stunden in die Stadt. Also komme ich häufiger vorbei. Und wir finden einen Weg, wie wir uns wie zwei Erwachsene benehmen können. Vielleicht. Wir versuchen es wenigstens.«

»Das war eigentlich nicht, was ich meinte. Aber ich vermute, ich nehme, was ich kriegen kann.«

»Ich kann nicht bleiben.«

»Warum nicht?«

»Weil ich ein Leben habe.«

»Die Menschen machen doch die ganze Zeit Ferien von ihrem Leben.«

Er schaute um sie herum zum Haus, kniff die Augen zusammen. Ob es eine Reaktion auf die Sonne in seinen Augen oder der Anblick des Hauses selbst war, ließ sich schwer sagen.

»Gibt es irgendwelche guten Viersternehotels in der Nähe?«

»Wenn du mit ›in der Nähe‹ New York City meinst …«

»Ich liebe die Vorstellung. Und danke, dass du's mir anbietest. Es bedeutet mir viel, dass du das möchtest. Trotzdem muss ich heim.«

* * *

Sie saßen einander im Schneidersitz auf den Verandadielen gegenüber und hielten Spielkarten in der Hand. Sie spielten Gin Rommé, so wie früher. Nur dass er früher leichter zu schlagen gewesen war.

»Also hast du immerhin Spielkarten«, bemerkte er und kniff die Augen zusammen, während er in die Ferne schaute, darauf wartete, dass sie sich entschied, welche Karte sie ablegen wollte.

»Ja. Das ist irgendwie offensichtlich, oder?«

»Ich meinte … In dem Artikel hast du ja darüber geredet, bloß das zu haben, was man zum Überleben braucht.«

»Um ein anständiges Leben zu führen, habe ich, glaube ich, gesagt.«

»Also ist es kein anständiges Leben ohne Kartenspiele?«

»Du weißt, ich lege gerne Patiencen, wenn ich nachdenke. Aber wie auch immer, darum geht es gar nicht. Worauf ich hinauswill, ist, dass ich nicht vorhatte, den Löwenanteil meiner Ersparnisse darauf zu verwenden, mir ein Traumhaus zu bauen, das ich zum Leben überhaupt nicht brauche. Und auch, dass ich nicht den ganzen Tag hart arbeiten will in einem Job, den ich gehasst habe, nur um mir mehr Zeug zu leisten, das ich nicht brauche. Ich glaube wirklich, man kommt durchs Leben mit einem Kartenspiel, ohne dass das viel Gepäck ist. Meinst du nicht auch?«

Sie nahm sich eine Karte vom Stapel. Dann betrachtete sie einen Moment lang stirnrunzelnd die in ihrer Hand, ehe sie eine Fünf abwarf.

»Ich wusste gar nicht, dass du deine Arbeit gehasst hast«, stellte er fest.

»Natürlich habe ich sie gehasst. Wer würde das nicht?«

»Warum hast du sie dann all die Jahre getan?«

»Also das, mein Sohn, ist eine wirklich gute Frage. Das ist mehr oder weniger das, worauf ich eine Antwort zu finden gehofft habe, indem ich hier herausgezogen bin. Warum erledigen wir unser ganzes Leben lang Arbeit, die wir hassen? Irgendwann früher auf der Straße des Lebens muss uns jemand das Gefühl gegeben haben, dass uns gar keine andere Wahl bleibt. Ich bin sicher, es wird recht bald psychologisch komplex.«

»Stimmt«, erklärte er und legte seine Karten aufgedeckt auf die morschen Bretter. Beinahe hätte ein Windstoß sie weggeweht.

Roseanna hielt sie mit einer Hand fest und betrachtete sie. Nicht weil sie ihm nicht traute. Es war einfach etwas, was sie immer tat. So spielte man das Spiel.

»Mist«, entfuhr es ihr. »Früher konnte ich dich bei neunundneunzig Prozent unserer Spiele schlagen. Wir haben eine Partie nach der anderen gespielt, und ich kann mich nur an ein oder zwei Mal erinnern, dass du gewonnen hast.«

»Ich war ein Kind. Was erwartest du?«

Er schob die Karten zusammen, mischte sie und begann erneut auszuteilen.

»Hey, warte mal«, rief sie.

Seine Hände hielten inne.

»Nein, das habe ich nicht wörtlich gemeint.«

»Oh«, erwiderte er und warf wieder Karten zu den anderen. »Was dann?«

»Wenn wir wirklich hundertmal Gin gespielt haben, wie kann es dann sein, dass wir nie Zeit miteinander verbracht haben?«

»Ich hab nicht gemeint, dass wir nie etwas miteinander gemacht haben. Das habe ich auch gar nicht gesagt.«

Sie nahm ihre Karten auf und ordnete sie. Es war ein lausiges Blatt, aber sie versuchte es sich nicht anmerken zu lassen.

»Was hast du denn dann gemeint?«

Lance seufzte. Ein paar Momente lang starrte er auf seine Karten, ohne zu sprechen.

Dann begann er: »Ich denke, ich hab mich nicht willkommen gefühlt. Als ob du lieber allein leben würdest.«

»Oh, das stimmt zweifellos, ich hätte natürlich lieber allein gelebt. Das ist immer noch so. Ich bin einfach ich, Lieber. Ich hatte gehofft, du würdest es nicht persönlich nehmen.«

»Das habe ich auch nicht.«

»Was ist denn dann das Problem?«

»Heute tue ich es. Das ist das Problem.« Sie schauten einander für einen langen Moment an. Dann wandte er den Blick ab. »Mein ganzes Leben lang habe ich gedacht: Gut, das ist nur meine Mutter. So ist sie immer schon gewesen. Sie hasst Hunde und Menschen, und sie möchte einfach für sich sein.«

»Ich hasse Hunde nicht«, warf sie ein. Es war halb ein Scherz und halb schlicht die Wahrheit.

Er machte weiter, als hätte er es nicht bemerkt. »Und dann komm ich hier heraus, und du hast einen Hund. Und du lässt all diese Leute hier bei dir leben. Und ich frage mich, warum sie es dürfen, ich aber nie.«

»Oh, Süßer. Du durftest doch. Außerdem kann ich all diese Leute gar nicht ausstehen. Ich warte nur darauf, dass sie gehen und mich in Ruhe lassen. Und ich hab versucht, dich dazu zu bewegen, dass du bleibst, nur wolltest du das ja nicht.«

»Großartig«, antwortete er. »Du machst ein großes Geheimnis daraus, wo du bist, und wenn ich dich dann schließlich finde, lebst du hier mit sechs Leuten, einem Kind und einem Hund. Und dein Angebot besteht daraus, dass ich, wenn ich will, der Neunte im Bunde sein kann.«

»Wenn es fünf Leute sind, ein Kind und ein Hund, dann könntest du der Achte im Bunde sein. Ist das nicht besser?«

Bedauerlicherweise lächelte Lance nicht.

»Du hattest die Chance, ein Leben zu führen, das genau so ist, wie du es willst, Mom. Du hattest die Gelegenheit, alles von vorn zu entscheiden, und jetzt sieht es so aus, als ob alles, was du immer darüber gesagt hast, was du wolltest, gar nicht gestimmt hätte. Du hast sogar ein Kind hier. Und du passt auf das Kind auf. Es tut mir leid, aber es macht mich eifersüchtig. Ich bin hier den ganzen Tag rumgelaufen und war eifersüchtig. Macht mich das zu einem schrecklichen Menschen? Ich meine, ist das zu kleingeistig?«

»Also, das habe ich nicht zu entscheiden, Süßer. Es ist entweder so oder nicht, doch was auch immer es ist, es steht unbestreitbar fest, dass es das ist, was du fühlst. Und du kannst von dem, was du empfindest, halten, was du willst, es wird nichts daran ändern. Leider kann man seine Gefühle nicht einfach loswerden, nur weil man es will. Glaub mir. Die Leute versuchen das die ganze Zeit. Wenn es funktionieren würde, hätten wir inzwischen davon erfahren.«

Er zog eine Karte, schaute darauf, warf eine andere ab und legte seine restlichen Karten aufgedeckt hin.

»Gin«, erklärte er.

»Das kann ja wohl nicht dein Ernst sein. Du ziehst eine Karte und hast Gin?«

»Was soll ich sagen? Bei manchen Spielen habe ich eben einfach Glück und bei anderen nicht.«

Sie unternahm keinen Versuch, hinter seinen verschleierten Sarkasmus zu dringen.

* * *

Es war beinahe acht Uhr abends, und sie schauten durch das Wohnzimmerfenster zu, wie die Sonne sich anschickte, hinter den Hügeln im Westen unterzugehen, als sie ihre Meinung kundtat, dass es zu spät für ihn sei, den ganzen Weg bis in die Stadt zurückzufahren.

»Bleib einfach nur eine Nacht«, bat sie.

»Wo denn?«, wollte er wissen und blickte sich in ihrem kleinen Haus um.

»Auf meiner Couch. Oder in dem Motel in Walkerville.«

»Hm«, sagte er, als sei es eine wirklich weltbewegende Entscheidung, eine, die man nicht so leichtfertig fällen sollte. »Ist das Motel in Walkerville besser als das, was ich jetzt gerade hier sehe?«

»Nicht wirklich, nein. Und da ist auch keine Mutter, die mit dir redet, während du versuchst einzuschlafen.«

»Überzeugt«, antwortete Lance. »Ich nehme die Couch. Aber gleich am Morgen muss ich dann zurück.«

»Einverstanden.«

»Und ich muss anrufen«, verkündete er, stand von der Couch auf und holte umständlich sein Handy aus der Hosentasche. Er tippte ein paarmal darauf und starrte es mit gerunzelter Stirn an.

»Es gibt hier Empfang«, erklärte sie. »Bloß nicht im Haus.«

»Oh. Gott sei Dank. Weil ich nämlich … jemanden anrufen muss.«

Roseanna erhob sich von der Couch und ging mit ihm. Zur Tür hinaus und auf die Veranda, wo das orangefarbene Licht des Sonnenuntergangs die Landschaft und die ganze unverfälschte Natur in ein atemberaubendes Schauspiel verwandelte. Es war ein Anblick, bei dem sie die Luft anhielt und dem Schöpfer dafür dankte, dass sie die Gelegenheit hatte, hier zu stehen und es zu beobachten. So war es jeden Abend.

»Das gefällt dir jetzt vielleicht nicht«, fügte sie hinzu und deutete auf die Anhöhe ein Stück die Straße hinab. »Das ist der Empfängnisberg. Du musst ganz hoch. Streckenweise muss man bisschen klettern.«

Lance stand neben ihr auf der Veranda und starrte hin.

»Du solltest dich besser auf den Weg machen«, riet sie. »Das ist kein Gang, den man im Dunkeln machen möchte, glaub mir.«

»Und ihr nennt es Empfängnisberg, weil …«

»Es dort Handyempfang gibt.«

»Ah, verstehe. Gut. Das ist ein bisschen weniger beängstigend als das, was ich dachte.«

* * *

Es war pechfinster draußen, als er wieder zurückkehrte. Roseanna war im Bett, aber noch wach. Es hatte etwas merkwürdig Beruhigendes, ihren Sohn durch die Tür kommen zu hören. Es war eine Verbindung zu dem einen Teil ihrer Vergangenheit, ohne den sie nicht sein wollte.

Sie hatte eine Kerze auf den Reisetruhen-Couchtisch gestellt. Damit er den Weg zurück fand.

»Ich hab dir ein Kissen und ein paar Decken auf die Couch gelegt«, erklärte sie.

»Ich seh es. Danke.«

»Alles okay zu Hause?«

»Ja. Tut mir leid, dass ich so lang weg war.«

Eine ganze Weile Schweigen. Roseanna konnte im Kerzenschein sehen, wie Lance sich bis auf die Boxershorts auszog und unter die Decken kroch. Er beugte sich vor und blies die Kerze aus.

»Versuchst du einzuschlafen?«, erkundigte er sich.

»Nicht notwendigerweise. Warum?«

»Es ist gerade erst neun Uhr.«

»Ich weiß. Wenn man hier draußen im Nichts lebt, neigt man dazu, mit der Sonne aufzustehen und wieder ins Bett zu gehen.«

»Ich bin mir nicht sicher, ob ich so früh einschlafen kann.«

»Wir können ja auch reden.«

Doch dann taten sie es längere Zeit nicht.

»Siehst du, das ist das Problem damit, einander besser kennenzulernen«, meinte er. »Es ist nicht, dass ich das nicht möchte. Ich weiß nur nie, wo ich anfangen soll.«

»Warum fangen wir nicht hiermit an?«, erwiderte Roseanna und holte tief Luft, bevor sie weitersprach.

Eine Enge in ihrer Brust hätte sie fast davon abgehalten. Es war ein befremdliches Gefühl, solche Angst zu haben vor Worten, die sie an ihren eigenen Sohn richten wollte. Und auf eine andere, sehr wirkliche Art und Weise vertraut. Sie hatte viele Male auf dieser mentalen Schwelle gestanden, und jedes Mal hatte sie zugelassen, dass diese beklemmende Enge sie stoppte. Sie in eine andere Richtung lenkte, zurück auf sichereres, einfacheres Gelände. Aber dieses Mal hatte sie das Gefühl, als würde sie einfach weitermachen.

»Du bist dreißig Jahre alt. Du hättest doch jederzeit sagen können: ›Übrigens, Mom, ich bin schwul. Und der Name meines Partners ist Sowieso. Er ist aus folgenden Gründen ein wunderbarer Mann. Und vielleicht könnte ich ihn mal mitbringen, damit du ihn kennenlernen kannst.‹«

Eine weitere längere Stille. Und sie bemerkte, dass es sich seltsamerweise nicht unbehaglich anfühlte. Es lag keine Spannung im Zimmer, die sie spüren konnte. Die Energie im Raum war eher so etwas wie ein leises Seufzen.

»Und wie lange weißt du das schon?«, fragte Lance nach einer Weile.

»Seit du vier warst.«

»Was habe ich denn getan, als ich vier war? Das so eindeutig verräterisch war?«

»Du hast nichts getan, Süßer, du warst einfach du. Es ist das, was du warst. Ich werde jetzt nicht irgendwelche Gemeinplätze von mir geben. Du hast nicht mit Puppen gespielt oder Musicals geliebt. Es war einfach ein Teil dessen, wer du warst. Tut mir leid, ich kann es nicht besser erklären.«

»Hat es dich gestört?«

»Damals nicht, nein. Später schon. Weil ich darauf gewartet habe, dass du mich ins Vertrauen ziehst, doch das hast du nie getan.«

Roseanna blickte durch das Fenster zum Mond. Er war bloß eine schmale Sichel, die am Himmel über dem Empfängnisberg hing. Er schien zuzuhören. Was ein alberner Gedanke war, das wusste sie selbst. Aber so fühlte es sich an. Und es war nicht nur der Mond. Es war ein Moment zwischen einer Mutter und einem Sohn, zwei Menschen, die einander verspätet finden oder diese weitere Chance ruinieren konnten, dieses Mal vielleicht für immer. Und in diesem wichtigen Moment verspürte Roseanna etwas Merkwürdiges, als ob das ganze Universum die Bedeutung erkennen und innehalten würde, voller Sorge darauf wartete, wie es laufen würde.

Er schwieg immer noch.

Also fügte sie hinzu: »Ich hoffe wirklich, dass du nicht denkst, ich wäre so verbohrt oder borniert, dass du mir so was nicht sagen kannst.«

»Nein«, meinte er. Seine Stimme war leise. Es klang so, als sei er sich des bedeutungsschweren Moments bewusst, so wie der Mond und der Rest des Universums. »Nein, das habe ich nicht gedacht. Ich hab nur … Ich vermute, ich hatte das Gefühl, als wäre es etwas … sehr … Persönliches. Und es kam mir nicht vor wie … Ich meine, wir hatten ja keinen Präzedenzfall dafür. Mal ehrlich, wann haben wir je über Persönliches gesprochen?«

Roseannas Kopf und Bauch prickelten, als sie die Frage erwog. Sie antwortete nicht, weil ihr keine passende Erwiderung einfiel.

»Wow«, bemerkte Lance. »Da haben wir ja echt ein Problem, oder?«

Trotzdem hatte Roseanna keine Antwort. Sie versuchte es, es war allerdings zu viel, was sie zu verarbeiten hatte. Vielleicht würde sie eine haben. Irgendwann einmal. Aber es war ein langer und anstrengender Tag gewesen, daher schlief sie stattdessen einfach ein.

* * *

Als sie am nächsten Morgen aufwachte, saß Lance in Boxershorts und T-Shirt am Fußende auf ihrer Bettkante und blickte zum Schlafzimmerfenster hinaus auf mehr oder weniger nichts. Seine Schultern waren unter dem Gewicht der Sorgen gebeugt, die ihn in ihr Schlafzimmer geführt hatten.

»Okay«, sagte er leise. »Okay.«

»Okay was?«

»Okay, ich bleibe. Ich fahre heute Vormittag nach Hause und hole mir ein paar Sachen, regle das Notwendigste, und dann komme ich zurück, und wir bringen das zwischen uns in Ordnung.«

Sie setzte sich in ihrem Bett auf. »Wirklich? Wie lange kannst du bleiben?«

»Oh, ich weiß nicht. So lange, wie ich muss, vermutlich. Bis wir uns aus der Grube befreit haben, in die wir uns hineingeschaufelt haben. Oder bis ich es nicht länger aushalte. Was auch immer zuerst kommt.«

Und in dem Moment verspürte Roseanna … nun, widerstreitende Empfindungen. Freude darüber, eine weitere Chance mit ihrem Sohn zu erhalten, und Rührung, weil es ihm wichtig genug war, dass er sein eigenes Leben auf den Kopf stellte, damit sie beide eine Chance hatten. Und unter alldem hörte sie eine Stimme, die verdächtig nach ihrer eigenen klang, die sagte: *Klasse. Wieder einer mehr. Der hier im selben Haus wohnen wird.*

Und schon bevor der Moment verblasst war, klopfte es erneut an ihrer Tür. Das erschien Roseannas überfordertem Gehirn überraschend.

»Soll ich mich drum kümmern?«, erkundigte sich Lance.

»Ja. Falls es irgendjemand ist, der über die Besitzrechte von Eiern reden möchte, schick ihn zum Teufel.«

»Eier. Verstanden.«

Er ging zur Tür, immer noch bloß in Unterhosen und T-Shirt, und öffnete sie weit. Roseanna setzte sich im Bett auf und entdeckte auf ihrer Türschwelle den einen Menschen auf der ganzen Welt, den sie am allerwenigsten sehen wollte. Es war Jerry, der letzte verbliebene Senior Partner in ihrer alten Kanzlei, jetzt, da sie und Alice beide nicht mehr da waren.

»Hey, Jerry«, sagte Lance, als wäre es keine absolute Katastrophe, dass er auf der Veranda stand.

Aber für Lance war es ja vielleicht auch gar keine.

»Lance«, begrüßte Jerry ihn. Ein bisschen vorsichtig. Als wäre das am Ende womöglich gar nicht Lance' Name. »Du hast doch geschworen, du wüsstest nicht, wo sie ist.«

»Das stimmte auch«, erwiderte Lance. Er war entweder tatsächlich ruhig oder konnte das wirklich perfekt vortäuschen. »Ich hab's auf die gleiche Weise herausgefunden wie du.«

Er deutete auf die Zeitung in Jerrys Hand.

»Ist sie hier?«

»Ich bin noch nicht mal angezogen«, rief Roseanna unter der Decke hervor. »Verdammt, Jerry. Was hast du getan? Bist du um drei Uhr morgens in der Stadt losgefahren?«

»Ich geb dir eine Minute«, rief Jerry zurück.

»Soll ich ihn reinbitten, Mom?«

»Nein«, antwortete sie. »Du solltest ihn wie jemanden behandeln, der sich über Eier beschwert.«

»Eier?«, hörte sie Jerry mit einem aufreizenden Unterton in der Stimme fragen. Der immer dafür sorgte, dass sich das eigene Thema lächerlich anfühlte, und einen herabsetzte, weil man es überhaupt ansprach.

Roseanna seufzte und warf die Decke zurück. Sie schnappte sich ihren Morgenrock vom Haken und warf ihn sich über, marschierte zur Tür.

»Ich hätte es besser wissen sollen. Warum habe ich nur trotzdem mit dem Typen gesprochen?«, murmelte sie vor sich hin. »Dumm, dumm, dumm.« Dann sagte sie zu Lance: »Ich mach das schon, Süßer.«

Lance entfernte sich, und Roseanna fasste den Stier bei den Hörnern.

Jerry war die Brille auf der Nase nach unten gerutscht. Er sah aus, als hätte er sich seit Tagen nicht die Haare gekämmt, was nicht zu ihm passte. Er trug einen Kamelhaarmantel an einem fünfzehn Grad warmen Morgen.

»Ich komm nicht zurück«, erklärte sie.

»Nun, das wird dann hässlich werden.«

»Ja, für dich.«

»Nein, für dich, Roseanna. Hör zu, betrachte das hier als einen freundschaftlichen Besuch. Wir haben zwölf Jahre zusammengearbeitet. Ich hätte das auch einfach durch unsere Angestellten erledigen lassen können, aber das erschien mir so kalt. Ja, und daher bin ich heute Morgen um drei Uhr losgefahren, um zu sehen, ob ich dich mithilfe dieses Artikels finden könnte. Ich wollte, dass du es von mir zuerst hörst. Ich wollte dir eine weitere Chance geben. Ich weiß, was Alice passiert ist, hat dich aus der Bahn geworfen. Es hat uns alle aus der Bahn geworfen. Doch es ist nun mal so: Das Leben ist immer noch das Leben, und es geht weiter. Du brichst mehr als einen Vertrag mit uns, und ich weiß, das weißt du.«

»Richtig. Und das ist der Grund, warum ich jetzt ebenfalls Anwälte hab, die sich damit befassen und eine Lösung finden sollen, eine Vereinbarung, die alle zufriedenstellt.«

»Es ist nicht annähernd genug«, widersprach er. »Was sie anbieten.« Er sprach jetzt auf eine Art und Weise mit ihr, wie sie sie sonst nur bei ihm gehört hatte, wenn er mit der Gegenseite redete. Seine Stimme wurde irgendwie tiefer und bekam einen bedrohlichen Klang. »Du musst zurückkommen und deine Verpflichtungen erfüllen. Wenn du das nicht tust, werden wir dich vor Gericht zerren und dir all das Geld wegnehmen, von dem du denkst, du würdest davon für den Rest deiner Tage leben können.« Er wich einen Schritt zurück, blickte an ihrem Haus empor. »In diesem Fantasiegebilde von dir. Ich wollte dir den Respekt erweisen, dir das persönlich mitzuteilen. Wir sind Kollegen. Ich dachte sogar, wir wären Freunde.«

»Wirklich? Das habe ich nie zuvor gemerkt.« Sie verspürte eine gewisse Nervosität. Sie konnte sie bloß gerade so wahrnehmen, trotzdem war sie da. Sie steckte tief in ihrem Bauch. Sie hatte die Neigung, dort Sachen ruhen zu lassen, bis sie bereit war, sich mit ihnen zu befassen. »Ich fühle mich geehrt, wirklich. Es ist immer so nett, wenn ein alter Freund sich entscheidet, für eine persönliche Note zu sorgen, wenn er dich verklagen will.«

Jerry schüttelte langsam den Kopf. Nahm seine Brille ab und rieb sich ein Auge mit dem Handrücken. »Ich geb mir wirklich Mühe, Roseanna. Allerdings hast du weder meine Anrufe noch meine Textnachrichten beantwortet. Du meldest dich nicht. Ich weiß nicht, was du von mir erwartest, wie ich mich verhalten soll.«

»Okay«, sagte sie, »ich würde dich ja reinbitten, aber … im Moment kann ich dich nicht besonders gut leiden. Ich hab dich eigentlich *nie* besonders leiden können, doch jetzt ist der Vorrat an Freundschaft für dich bei mir komplett aufgebraucht, daher … Fahr vorsichtig.«

Damit schloss sie die Tür. Sie lehnte sich eine Minute mit dem Kopf dagegen, untersuchte das Gefühl tief in ihrem Bauch. Vergewisserte sich, dass sie sich darauf verlassen konnte, dass es dortblieb.

Als sie sich umdrehte, saß Lance auf der Couch und schaute sie an. Die Angst in seinen Augen ließ auch ihr Herz bis zum Hals schlagen.

»Kann er wirklich so viel Schwierigkeiten machen?«

»Oh, Anwälte können immer Schwierigkeiten machen, wenn sie es sich in den Kopf setzen. Er kann mich auf jeden Fall mit Gerichtskosten zuschütten, wenn schon sonst nichts. Kaffee?«

»Ja, bitte.«

Sie trat in die Küche, um welchen zu machen.

»Was auch immer«, sagte sie und ließ Wasser für die Kaffeemaschine laufen. »Das ist jetzt egal. Das Haus und das Land gehören mir und sind mit keiner Hypothek belastet. Wenn ich von nichts leben muss, dann werde ich eben von nichts leben. Ich ziehe Gemüse und esse Eier. Nichts, was er tun kann, wird mich dazu bewegen, zurückzukommen.«

»Kann er dir das Haus hier wegnehmen?«

»Ja«, antwortete sie und hielt inne, hatte den Kaffee offenbar ganz vergessen. »Möglicherweise. Aber ich versuche, jetzt nicht darüber nachzudenken.«

DER UMZUG

Kapitel Drei

Der kleine Vogel, der alles veränderte

Der Wecker schrillte, und Roseanna wachte auf.

Welche Wahl hatte sie auch, bei diesem lauten Geschrille?

Sie schlug oben auf den Wecker, woraufhin er Ruhe gab. Dann, wie an jedem Morgen in der Woche, formte sie mit Daumen und Zeigefinger eine Pistole, richtete sie auf das nervige Gerät und drückte ab. Sie ahmte sogar den Rückstoß nach und spitzte die Lippen, um imaginären Rauch wegzupusten.

Wie an jedem Morgen in den letzten drei Jahrzehnten überlebte der Wecker die gespielte Hinrichtung.

Sie hatte einen sanfteren, leiseren Wecker ausprobiert, aber das hatte nicht funktioniert. Nichts außer ohrenbetäubendem Schrillen konnte sie aus ihren Träumen holen.

Roseanna setzte sich auf, befasste sich stumm mit dem unbehaglichen Gefühl, dass sie diesen Tag eigentlich ignorieren wollte, während sie gleichzeitig genau wusste, es war völlig ausgeschlossen, das tatsächlich zu tun.

Sie schaute mit einer fast träumerischen Art von Energie aus dem Schlafzimmerfenster – das, das auf den Central Park hinausging. Sie war ganz in Gedanken versunken und bemerkte anfangs fast gar nichts. Doch dann fiel ihr etwas ins Auge.

Sie entdeckte den kleinen Vogel, der alles veränderte.

Sie hatte keine Ahnung, was für eine Art Vogel es war. Und es war ihr eigentlich auch egal. Es war keine große, dicke Taube, wie man sie sonst in der Stadt fand. Es musste irgendein kleines gefiedertes Ding sein, das im Park lebte. Ihre verstorbene Freundin Alice hätte es »kleiner brauner Piepmatz« genannt, da sie die Angewohnheit gehabt hatte, Sachen, deren Namen sie nicht kannte, mit welchen zu versehen.

Warum er Central Park East überflogen hatte, um auf ihrem Fensterbrett zu landen, würde Roseanna nie erfahren. Aber eins wusste sie: Eine winzige Sekunde lang betrachtete sie die Welt aus der Perspektive eines kleinen braunen, ganz gewöhnlichen Vogels. Das Gefühl, das in ihr aufstieg – nein, es tat mehr, als aufzusteigen, es überflutete sie, überwältigte ihre Sinne –, war unverkennbar Neid.

Der Vogel trug nicht die Verantwortung für … nun, irgendetwas. Mit Ausnahme davon, Fressen zu finden und verschiedenen Jägern aus dem Weg zu gehen, war sein Tag frei. Sein Leben war frei. Er wurde nicht erdrückt von der Verantwortung für die Rechte anderer Menschen. Es musste nicht über Gesetzbüchern brüten oder Besprechungen abhalten oder wütende Klienten beschwichtigen. Hätte jemand versucht, ihm solche Aufgaben aufzuzwingen, wäre er einfach weggeflogen.

Er konnte wegfliegen.

Roseanna stand auf und zog sich ihren Morgenmantel über.

Sie klemmte sich ihr Smartphone zwischen Ohr und Schulter und ging so in die Küche, gab den Sprachbefehl dafür, die Nummer des Büros zu wählen. Während es klingelte, goss sie sich eine Tasse lebensrettenden Kaffees ein, der per Timer bereits fertig gebrüht war.

Ihre Sekretärin hob ab.

»Roseanna Chaldecotts Büro«, meldete sich Nita. Ihre zarte Stimme klang offiziell und verbindlich wie immer.

»Ich bin's. Du musst etwas für mich tun.«

»Gerne. Was denn?«

»Sag den anderen, dass ich heute nicht komme.«

Auf beiden Seiten der Leitung herrschte kurz Stille. Nun, der leitungslosen Leitung, falls man es so bezeichnen konnte.

»Oje. Bist du krank?«

Roseanna seufzte. »Das wollte ich eigentlich behaupten. Ich wollte das wirklich. Aber warum sollte ich meine eigene Kanzlei belügen? Es ist nicht so, als wäre ich jemandem Rechenschaft schuldig. Nennen wir es Urlaub zur Erhaltung meiner geistigen Gesundheit. Sei einfach ehrlich, und richte ihnen das aus.«

»Das ist gut«, erwiderte Nita. »Du solltest dir etwas Zeit für dich nehmen.«

»Entschuldige?«

Es passte nicht zu Nita, bei ihren kurzen Gesprächen irgendwelche persönlichen Bemerkungen zu machen. Und Nita wurde auch sofort still, als sie darauf hingewiesen wurde.

Während Roseanna darauf wartete, dass ihre Sekretärin sich fasste, schnitt sie einen Bagel auf und steckte die eine Hälfte in den Toaster.

»Ich denke einfach, das ist etwas, bei dem wir alle hinter dir stehen«, fuhr Nita nach einiger Zeit fort. Sie klang leicht defensiv. »Es ist etwas, worüber geredet wurde. Nicht dass ich dir das verraten sollte. Aber seit Ms Cummings … Du weißt schon. Seit wir sie verloren haben … Es scheint einfach so zu sein, dass dir etwas freie Zeit guttun würde. Ich hoffe, es stört dich nicht, wenn ich das sage.«

Das tat es, ein wenig. Doch Roseanna wusste, dass es das nicht sollte. Und sie wusste, dass sich das Gefühl mit der Zeit legen würde.

Also erwiderte sie bloß: »Vermutlich nicht.«

»Ich bin mir nicht sicher, ob ein Tag ausreichen wird«, fügte Nita hinzu.

»Ich bin mir nicht sicher, ob es nur ein Tag sein wird.«

Das war etwas, was Roseanna nicht gewusst hatte, bis zu dem Moment, in dem sie es ausgesprochen hatte. Andererseits war es so offensichtlich – etwas, das sie leicht hätte wissen können, wenn sie aufgepasst hätte. Wenn sie einfach ein paar Minuten länger Zeit zum Aufwachen und ein paar Schluck Kaffee mehr gehabt hätte.

»Also …«, begann Nita. Dann hielt sie inne, als würde sie darum beten, nicht mehr sagen zu müssen.

»Genau«, bestätigte Roseanna. »Also. Wie in ›So ist es‹.«

»Was soll ich ihnen mitteilen, was die Dauer angeht?«

»Ich würde mich darauf zurückziehen, es nicht zu wissen. Was ja auch stimmt.«

»Okay«, erwiderte Nita. »Alles klar.«

Aber sie hörte sich an, als wäre es das ganz und gar nicht.

Roseanna beendete den Anruf, bevor Nita mehr Fragen stellen konnte.

Sie holte das Brot aus dem Toaster, nahm den Frischkäse aus dem Kühlschrank und strich eine hauchdünne Schicht auf die getoastete Seite ihrer Bagelhälfte. Die Schicht war so dünn, dass man ziemlich nah am Bagel dran sein musste, um sie überhaupt zu bemerken.

Sie trug das karge Frühstück in ihr Schlafzimmer, nahm einen Bissen und starrte über den Park. Es war ein trüber Tag. Ein regnerischer Frühlingstag, der die Straße glänzen, den Rest der Welt jedoch matt und grau wirken ließ.

Der Vogel war verschwunden. Weggeflogen, was sie ja gerade so bemerkenswert gefunden hatte – eine beneidenswerte Fähigkeit. Aber das kleine gefiederte Geschöpf war nicht vergessen.

Roseanna beschwor sein Bild vor ihrem geistigen Auge herauf.

Dann ging sie in die Küche zurück, nahm sich erneut den Frischkäse, schnitt mit dem Buttermesser ein gutes Viertel vom Inhalt der Packung ab und verteilte es auf dem Rest ihres Bagels. Oder vielleicht wäre »drückte es leicht platt« die passendere Beschreibung. Es war an den meisten Stellen über zwei Zentimeter dick.

Roseanna nahm einen ungehörig großen Bissen, schloss die Augen und seufzte.

* * *

Sie hätte den Lincoln Tunnel nehmen können. Oder den Holland Tunnel. Sie tat es nicht.

Sie hatte Tunnel, die unter Wasser hindurchführten, nie gemocht. Sie fühlten sich feucht und bedrückend eng und vage gefährlich an. Sie hatte sich vorher nur nie auf dieses Gefühl konzentriert.

Außerdem bot ein Tunnel nicht genug Aussicht. Und es bereitete ihr Spaß, ihren Maserati durch den Regen zu fahren – das Rollgeräusch der Reifen auf dem nassen Asphalt, das rhythmische Quietschen der Scheibenwischer. Die schweren Regentropfen, die aufs Dach prasselten.

Sie machte einen Umweg von vielen Meilen bis zur George-Washington-Brücke. Aber was genau bedeutete »Umweg« überhaupt? Sie hatte keine klare Vorstellung davon, wo sie hinwollte. Der Weg war, wofür sie sich entschied.

Es herrschte viel Verkehr auf der Brücke, allerdings nicht in ihrer Richtung. Die Wagen strömten in die Stadt hinein, nicht hinaus.

Roseanna ließ das Fenster herunter, auch wenn dadurch Regen reinkam. Es störte sie nicht, nass zu werden. Es war erfrischend. Es war nicht das, was man normalerweise tun würde. Auf viele Weisen war es nicht erwachsen, was ihr gefiel. Wie ein kleines Mädchen, das glücklich durch Pfützen hüpfte, bevor sie groß wurde und ernst und erwachsen und beschloss, dass es vernünftiger war, um sie herumzugehen. Weniger Reinigungsrechnungen. Weniger Trockenzeit.

Wann hatte sie angefangen, mit dem Leben zu feilschen, um Ärger zu vermeiden und damit auch jede Freude?

Sie drehte die Lautstärke der Musikanlage im Auto hoch und klickte sich durch bis zu ihrem Lieblingsstück auf ihrer Lieblings-CD, dem »Blumenduett« aus »Lakmé«. Drehte es noch lauter, bis es durch den Wagen schallte. Sie lehnte den Kopf zurück und erlaubte dem Regen und der Musik, tief in sie einzudringen und sie zu verändern.

Sie schloss beinahe die Augen, aber das wäre unklug gewesen. Doch sie musste sich zwingen, den Impuls zu unterdrücken. Sie blickte hoch zu den Stromleitungen, die sich in den Zwischenräumen senkten und dann in Richtung der Masten wieder hoben. Sie betrachtete das verregnete Manhattan in ihrem mit Tropfen benetzten Seitenspiegel.

Roseanna schaute in die Gesichter der Fahrer, die auf dem Weg in die Stadt an ihr vorbeisausten, und verengte die Augen zu Schlitzen, um besser durch den Regen spähen zu können.

Sie wirkten … nun, nicht irgendwie anders oder besonders. Vielleicht war Roseanna nicht einmal nah genug dran, um es genau zu erkennen. Aber in ihrem Kopf sahen sie aus wie sie. Oder entsprachen zumindest dem Bild, das sie bis vor Kurzem von sich selbst gehabt hatte.

Sie fühlte sich immer noch irgendwie kindlich, und sie legte eine Hand an den Mund, um ihnen etwas zuzubrüllen. Etwas, das sie nicht verstehen konnten, weil sie zu weit weg waren, und das der Regen und die Geräusche der Straße ohnehin übertönt hätten. Für einen kurzen Moment dachte Roseanna, es wäre eine Herausforderung.

Idioten!

Allerdings kam ihr das Wort nicht über die Lippen. Weil ihr die Menschen leidtaten. Sie hatte Mitleid mit ihnen. Wie konnte sie auch nicht? Sie wusste genau, wie es sich anfühlte, sie zu sein. Das hatte sie immer getan. Und gerade jetzt erst, in genau diesem Moment, hatte sie verstanden, wie man etwas anderes sein konnte.

»Es tut mir leid!«, rief sie in den Regen, vage in Richtung des Verkehrs auf der anderen Seite der Brücke. »Es tut mir leid, dass unsere Leben sich nicht so entwickelt haben, wie wir das gewollt haben!«

Die Worte verklangen im Nichts.

* * *

Roseanna hielt an einem Café irgendwo auf dem Land in New Jersey an. Weil ihr plötzlich klar wurde, dass sie das konnte. Sie konnte eine Mahlzeit zu sich nehmen, die gänzlich ungeplant war. Sie hatte schon gefrühstückt, konnte das aber ein weiteres Mal tun. Sie konnte alles tun, was ihr in den Sinn kam, egal, wie sehr es gegen die Regeln verstieß, an die sie sich bisher ihr ganzes Leben lang gehalten hatte.

Sie stellte den Maserati auf dem fast leeren Parkplatz ab, nahe dem Eingang des Diners. Als sie ausstieg, konnte sie den Regen kaum noch wahrnehmen. Er war bloß ein leichter Nebel – einer, der sich bei hundert Stundenkilometern auf der Windschutzscheibe absetzte, den man jedoch, wenn man stillstand, kaum bemerkte.

Roseanna steckte den Kopf durch die Tür.

Eine große, stämmige Frau in einer beigefarbenen Kellnerinnenuniform lehnte am Tresen und starrte durch die große Frontscheibe ins Nichts. In dieser Ecke von New Jersey gab es nicht viel zu sehen. Sie war etwa in Roseannas Alter. In den Fünfzigern.

Außer Roseanna gab es keine Gäste.

»Haben Sie geöffnet?«, fragte sie.

Die Frau wandte sich langsam zu ihr um. Als würde es sie große Mühe kosten.

»Ja«, erwiderte sie. »Natürlich.«

Roseanna ging zum Tresen und setzte sich.

»Das wird sich jetzt sehr unhöflich anhören. Ich hoffe, Sie verstehen das nicht falsch.«

Sie konnte erkennen, wie sich die Kellnerin in sich zurückzog. Sie sah es in den Augen der Frau.

Auf ihrem Namensschild stand »Rosie«. Was interessant war. Und merkwürdig. Und vielleicht sogar bedeutsam, als wenn etwas oder jemand eine Spur aus Brotkrumen in Roseannas Weg gestreut hätte.

»Ich glaube, ich habe schon so ziemlich alles gehört«, stellte Rosie die Kellnerin fest.

»Ist das Essen hier objektiv betrachtet gut?«

»Ja. Wir machen ein ordentliches Frühstück und Mittagessen. Unsere Gäste mögen uns. Wir sind beliebt.«

Roseanna blickte sich im Diner um, als würde sie nach Gästen Ausschau halten, die sie vorher übersehen hatte. »Wo sind dann alle?«

»Hier wohnen viele Arbeiter. Sie kommen so her, dass sie rechtzeitig um neun bei der Arbeit sind. Es sei denn, sie fangen schon um sieben an. Und mittags haben sie erst um zwölf frei. Dann gibt es manchmal eine Schlange vor der Tür.«

»Verstehe«, erwiderte Roseanna und nahm sich eine Speisekarte.

»Aber es sieht so aus, als müssten nicht alle vormittags arbeiten.«

Roseanna schaute von der Speisekarte auf und bemerkte, dass die Kellnerin durch die Glastür zu dem Maserati starrte.

»Oh, das würde ich nicht sagen. Ich sollte eigentlich genauso im Büro sein wie alle anderen.«

»Mir scheint, dass Ihr Büro nicht wie das von allen anderen ist«, stellte Rosie fest, die weiter das Auto anstarrte.

»Wie auch immer«, meinte Roseanna und studierte die Frühstücksangebote auf der Karte. »Ich arbeite. Oder habe das zumindest getan. Jetzt bin ich mir nicht mehr so sicher. Ich glaube, ich bin …« Sie hielt inne, wusste nicht genau, ob sie so viel von ihrem Leben mit einer Fremden teilen wollte.

Doch dann dachte sie: Warum nicht? Warum sollte sie es nicht tun? In einer halben Stunde würde sie weiterfahren und sich vermutlich nie wieder in diesen Teil der Welt verirren. Wer wäre dafür besser geeignet als diese Frau, die sie nie wiedersehen würde?

»Ich glaube, ich bin gerade von zu Hause weggelaufen. Mir ist klar, dass ich ein wenig alt dafür bin. Aber ich denke … Sie wissen schon. Besser spät als nie. Servieren Sie noch Frühstück?«

Die Uhr hinter dem sorgfältig frisierten Kopf von Rosie der Kellnerin zeigte, dass es kurz nach halb elf war.

»Wir servieren den ganzen Tag Frühstück.«

»Gut. Ich nehme die Nummer drei. Spiegeleier, umgedreht, Bratkartoffeln, keine Kartoffelspalten. Roggentoast. Und kann ich bitte nur Speck bekommen statt zwei Speckscheiben und zwei Würstchen?«

»Sicher. Was immer Sie wollen.«

Rosie schrieb die Bestellung auf einen Notizblock, den sie aus der Schürzentasche zog, mit einem Bleistift, der hinter ihrem Ohr gesteckt hatte. Genau wie es die Kellnerinnen im Kino taten, in den klassischen alten Filmen. Sie riss die Bestellung vom Block, befestigte sie mit einer Klammer an einem Stahlrad, das neben einem Hitzestrahler hing, drehte das Rad, bis der

Zettel in der Küche angekommen war, und läutete eine Glocke, indem sie mit der Hand daraufschlug.

Roseanna zuckte leicht zusammen. Sie klang scharf und schneidend, diese Glocke. Sie erinnerte Roseanna an ihren Wecker, bloß dass es nicht so lange läutete.

Ihr wurde zum ersten Mal klar, dass sie nicht allein mit der Kellnerin in diesem Diner war. Das ging gar nicht. Jemand sah ihre Bestellung und bereitete ihr Frühstück zu. Nicht dass es wichtig war, wer sich im Gebäude befand. Es sorgte nur dafür, dass ihre Wahrnehmung sich änderte. Irgendwie schien alles lebendiger. Klarer definiert. Ihr wurde bewusst, wie genau sie alles registrierte.

Rosie die Kellnerin zog ein Tablett mit knallroten Ketchupflaschen heran und begann sie mit einem Schlauch aus einer großen Tonne aufzufüllen. »Warum haben Sie sich dazu entschlossen, von zu Hause wegzulaufen?«, fragte sie, ohne von ihrer Arbeit aufzusehen.

»Ein kleiner Vogel hat es mir gesagt.«

»Okay, vergessen Sie's. Ich hatte bloß das Gefühl, dass Sie es erzählen wollten. Als wenn Sie gerne darüber reden möchten. Aber es ist mir egal. Ich hab nur gedacht, es wäre einer dieser Momente. Sie wissen schon. Wie Barkeeper das haben. Leute vertrauen einem Dinge an. Das passiert mir häufig. Häufiger, als man glauben würde.«

Es herrschte Stille, der Regen wurde wieder stärker. Plötzlich prasselte er gegen die Fenster und das Dach. Es war so laut, dass es sich fast wie Hagel anhörte. Doch es war Regen, große, schwere Tropfen. Roseanna sah hinaus zu ihrem Auto und beobachtete, wie das Bild matter wurde, in dem nassen Glas verschwamm, als wenn es zerschmelzen würde. Als wenn die ganze Welt zerschmölze.

»Ich hatte eine beste Freundin«, begann sie. »Ihr Name war Alice. Alice Cummings. Ich habe sie im Jurastudium kennengelernt. Wir waren zusammen an der Uni. Und das ist schon ziemlich lange her, das können Sie mir glauben. Wir waren in unseren Zwanzigern. Es ist über fünfundzwanzig Jahre her. Ein Vierteljahrhundert. Schwer vorstellbar, aber es stimmt. So lange sind wir die besten Freundinnen gewesen.«

Eine Windböe drückte den Regen gegen die Scheibe, ließ die Welt außerhalb des Diners fast komplett verschwinden.

»Also Alice, sie hat hart gearbeitet. Sie war wie ich, bloß noch mehr. Als wir mit dem Jurastudium fertig waren, haben wir in Manhattan für Firmen gearbeitet, die nur einen guten Kilometer voneinander entfernt lagen. Dann haben wir unsere eigene Kanzlei gegründet. Und wir haben sie zu etwas aufgebaut. Es hat Jahre gedauert, doch wir haben alles gegeben, und es hat funktioniert. Ich habe geheiratet und ein Kind bekommen. Aber nicht Alice. Sie hat einfach immer gearbeitet. Sie hat nie Urlaub genommen. Für sie ging es nur um den Ruhestand. Sie hat daran geglaubt, dass man als Erwachsener sein ganzes Leben lang arbeitet, vom College bis zum Ruhestand. Wenn man es richtig macht, verdient man genug Geld, um dann im Luxus leben zu können. Und dann genießt man das Leben. Man verschiebt den Spaß bis ins Rentenalter, und erst dann genießt man die Früchte all der Arbeit.«

Roseanna saß für einen Augenblick still da und schaute dem Regen zu. Erzählte nicht weiter. Wusste nicht, ob sie das jemals tun würde. Sie war nicht verpflichtet gewesen, mit der Geschichte überhaupt zu beginnen. Und sie war genauso wenig verpflichtet, sie zu beenden. Sie schrieb ihre Regeln jetzt neu.

»Mir ist aufgefallen, dass Sie in der Vergangenheitsform von ihr reden«, sagte Rosie die Kellnerin und wischte sich mit einem strahlend weißen Leinenhandtuch Ketchup von den Händen.

Roseanna antwortete nicht sofort. Aber ein oder zwei Minuten später – was ziemlich viel Stille ist, wenn man mittendrin sitzt – hörte sie sich weitersprechen. Auch wenn sie das gar nicht vorgehabt hatte.

»Vor einem Monat und ein paar Tagen waren wir in einer Besprechung mit Brandt … sorry, einem wichtigen Kunden. Am Ende steht Alice auf und schüttelt dem Mann die Hand, und dann fällt sie um. Wie ein Sandsack. Sie hat nur eine Sekunde lang geschwankt, als wäre sie plötzlich betrunken, und ist dann gefallen. Hat sich den Kopf an der Ecke des Konferenztisches angeschlagen. Doch das war nicht das Problem. Es war ein Schlaganfall. Sie hatte einen schweren Schlaganfall. Dreiundfünfzig Jahre alt. Sie wollte mit fünfundfünfzig aufhören zu arbeiten.«

Sie blickte auf und bemerkte, dass die Kellnerin sie jetzt anstarrte. Deshalb sah Roseanna wieder weg.

»Sie war sofort tot?«

»Nein. Sie war noch am Leben, als sie im Krankenhaus ankam. Aber danach nicht mehr viel länger.«

»Das tut mir leid«, sagte Rosie die Kellnerin, doch es klang dünn. Ein Gemeinplatz, der durch den Tonfall schmerzhaft wissen ließ, dass Worte nichts tun konnten, um das hier besser zu machen.

Ein Teller mit Frühstück wurde vor Roseanna auf den Tresen gestellt.

Merkwürdigerweise hatte sie ihren Appetit nicht verloren. Überhaupt nicht. Eigentlich war sie sogar hungriger, nachdem sie den ganzen Schrecken ein weiteres Mal durchlebt hatte. Sie machte sich enthusiastisch über das Frühstück her.

»Sie sehen so aus, als hätten Sie schon ziemlich lange nicht mehr richtig was gegessen«, meinte die Kellnerin.

»Das können Sie laut sagen.«

»Wie lange ist es her?«

»Dass ich wirklich was gegessen habe? Etwa dreißig Jahre. Da habe ich angefangen, Diät zu halten. Und wenn man erst mal damit anfängt und es zu intensiv und zu lange betreibt, dann ruiniert es den gesamten Stoffwechsel. Irgendwann muss man dann wie ein Vögelchen essen, um dünn zu bleiben, und je mehr man das macht, desto mehr *muss* man es machen.«

Plötzlich juckte es Roseanna am Auge. Sie hob die Hand, um sich mit einem manikürten Fingernagel vorsichtig am Unterlid zu kratzen. Dann wurde es ihr bewusst. Sie trug kein Make-up. Sie konnte sich einfach das Auge reiben. Sie legte einen Zeigefinger darauf und rieb vor und zurück, bis es nicht mehr juckte.

Freiheit, dachte sie. *Überall Freiheit.*

Sie widmete sich wieder ihrem Essen. Eine andere Art von Freiheit. Sie tauchte ein Stück ihres Roggentoasts in das weiche orangefarbene Eigelb und bedeckte es vollkommen damit, bevor sie abbiss.

»Also«, fuhr sie fort. »Meine wichtigste Aufgabe in meinem neuen Leben ist: Gewicht zulegen. Warum zur Hölle nicht? Wen will ich beeindrucken? Ich will essen. Menschen essen. Es ist Zeit für mich, wie alle anderen zu essen.«

* * *

Als sie an der Kasse stand, um ihre Rechnung zu bezahlen, ertappte sie sich dabei, wie sie auf das Namensschild der Kellnerin starrte.

»Das ist ein interessanter Zufall«, bemerkte sie.

»Was denn?«

»Dass Sie Rosie heißen und so.«

»Ihr Name ist auch Rosie?«

»Nein.«

»Dann ist es kein großer Zufall, oder?«

»Nun, er ist es fast. Mein Name ist Roseanna. Aber ich bestehe immer darauf, dass die Leute den ganzen Namen sagen.

Keinen Spitznamen. Einige haben versucht, mich Rose oder Rosie zu nennen. Allerdings nie mehr als einmal. Nicht, wenn sie nicht wollen, dass es das letzte Wort ist, das sie jemals von sich geben.«

Rosie die Kellnerin warf ihr einen skeptischen Blick zu, während sie ihr das Rückgeld hinlegte.

»Wollen Sie damit sagen, dass Sie finden, ich hätte einen schrecklichen Namen?«

»Nein. Überhaupt nicht. Es ist ein schöner Name. Er ist nur … informell. Wenn ihn jemand benutzt, bedeutet das, dass er denkt, er könnte einen ganz zwanglos behandeln. Als wäre man irgendwie miteinander vertraut.«

»Dann würde ich …« Die Kellnerin hielt inne. Verstummte. Als wenn sie nicht vorhätte, Roseanna zu erzählen, was ihr durch den Kopf ging. »Jetzt, da Sie von zu Hause weggelaufen sind, sollten Sie sich eventuell einen Spitznamen zulegen.«

»Das würde vielleicht etwas zu weit gehen«, erwiderte Roseanna, fast reflexhaft. Dann, als sie sich an das Gefühl der Freiheit erinnerte, fügte sie hinzu: »Aber ich glaube, ich könnte darüber nachdenken.«

Als sie auf dem Weg zur Tür an ihrem leer gegessenen Teller vorbeikam, hinterließ sie der Kellnerin ein Trinkgeld von fünfzig Dollar. Für ein Neun-Dollar-Frühstück.

Kapitel Vier

Warum nicht mehr Menschen von zu Hause weglaufen

Roseanna stand neben ihrem Auto und wartete. Schaute sich um.

Sie war vor gut hundertfünfzig Kilometern von der Hauptstraße abgebogen. War immer kleineren Nebenstraßen gefolgt. Sie hatte sich überlegt, dass sie sich einfach treiben lassen würde – dass sie weiterfahren würde, bis der Tank des Maserati leer war. Und wenn sie nicht mehr weiterkonnte, nun … Irgendwie hatte sie sich erlaubt zu glauben, dass der Ort, an dem das geschah, dann wichtig sein würde.

Allerdings hatte sie sich vorgestellt, dass es in der Nähe einer Tankstelle sein würde. Doch das schien nicht der Fall zu sein.

Roseanna blickte sich wieder um und begann ihre Probleme zu zählen. Es waren mehrere. Sich nur auf eins zu konzentrieren wäre reines Wunschdenken gewesen.

Sie hatte nicht den Eindruck, dass es hier irgendetwas gab. Das fühlte sich wie ein Problem an. Der Regen hatte aufgehört, aber sie befand sich in einer Hügellandschaft oder vielleicht sogar einem Vorgebirge. Die Adirondack Mountains waren hier irgendwo. In welcher Himmelsrichtung von ihr aus sie sich befanden, war schwer zu sagen. Zwar hatte es aufgehört zu regnen, doch stattdessen war jetzt Nebel aufgezogen. Dicht und weiß. Kalt. Leicht beängstigend. Roseanna schätzte, dass sie ungefähr drei Meter weit sehen konnte.

Sie wusste nicht, wo sie war. Nicht nur, dass sie nicht wusste, wie sie es bezeichnen oder auf einer Karte finden sollte, sie konnte es nicht mal richtig beurteilen. Sie hatte keine Ahnung – wenn sie vorwärtsfuhr, wenn sie neben die Straße trat –, was um sie herum war. Sie könnte am Rande eines dreihundert Meter tiefen Abgrunds stehen und würde es nicht wissen. Davon standen ihr die Haare im Nacken zu Berge.

Und da war noch was. Ja, sie hatte ein Handy. Und das Handy könnte ihr verraten, wo genau sie sich befand. Es könnte ihr die nächste Tankstelle zeigen. Sie könnte damit einen Abschleppwagen rufen oder den Automobilclub, damit sie ihr Benzin brachten. Bloß dass sie in diesem Moment nichts davon tun konnte. Sie hatte nämlich keinen Empfang.

Roseanna stand einen Moment länger zitternd im grauen Nebel, fühlte sich, als wäre die Welt um sie herum verschwunden. Der Nebel war so dicht, hatte sich so eng um sie zusammengezogen, dass sie jegliche Möglichkeit, sich zu orientieren, verloren hatte. Es gab keinen Horizont. Keinen Himmel. Selbst der Punkt, an dem die Straße den Nebel traf, war fast unmöglich zu bestimmen.

Von der Situation überfordert, beschloss sie, im Auto zu warten.

Bevor sie auch nur die Hand nach dem Türgriff ausstrecken konnte, bemerkte sie aus dem Augenwinkel eine Bewegung. Sie zuckte zusammen, dachte einzig an Gefahr. Ihr erster Instinkt war, ins Auto zu stürzen und die Türen zu verriegeln. Aber für den Bruchteil einer Sekunde erstarrte sie. Und in diesem Bruchteil einer Sekunde wurde die Bewegung klarer.

Es war keine Gefahr.

Es waren bloß zwei Leute. Ein Paar. Ein junger Mann und eine Frau, vielleicht zwanzig Jahre alt, die Hand in Hand die Straße entlanggingen, dick eingepackt gegen die kalte Nässe. Ein struppiger brauner Hund lief ihnen voraus die Straße entlang in Roseannas Richtung.

Sie fühlte sich gerettet.

»Entschuldigen Sie bitte!«, rief sie.

Das Paar kam auf sie zu und blieb kurz vor ihr stehen.

»Probleme mit dem Auto?«, fragte der junge Mann. Er hatte eine wasserfeste Kapuze auf dem Kopf und hatte die Bänder fest zusammengezogen, um die Feuchtigkeit draußen zu halten. Irgendwie wirkte es, als schwebe sein Gesicht unabhängig vom Rest seines Körpers über der Straße.

»Ich habe kein Benzin mehr. Nicht gar keins mehr. Ich könnte den Wagen starten. Aber ich glaube, dass ich nur noch wenige Kilometer fahren kann.«

»Oh, hier in der Nähe gibt es keine Tankstelle«, meinte die junge Frau. Sie trug einen Regenhut mit einer absurd breiten Krempe. Ihr dunkelbraunes Haar hing ihr in feuchten Strähnen ums Gesicht.

»Wo bin ich?«

»Sie sind in Chudley«, erwiderte der junge Mann.

»Ich habe keine Ahnung, wo das ist.«

»Nein«, sagte er. »Außer man lebt hier in der Gegend, hat man das wohl nicht.«

»Ich weiß nicht genau, wie ich von hier wegkommen soll. Ich habe auch keinen Empfang auf meinem Handy.«

Die beiden jungen Leute zeigten die Straße hinunter und leicht nach rechts.

»Ein paar Hundert Meter von hier gibt es einen kleinen Berg«, erklärte die junge Frau. »Bei dem Nebel ist er schwer zu erkennen. Aber Sie sehen ihn, wenn Sie ein Stück die Straße runterlaufen. Wir sind in einer Senke. Um uns herum sind lauter Hügel. Doch wenn Sie auf die Spitze des Bergs steigen, haben Sie guten Empfang. Und dann können Sie jemanden anrufen, der Ihnen etwas Benzin bringt.«

»Okay«, antwortete Roseanna, fand allerdings, dass es sich nicht okay anfühlte.

Sie würden gleich weitergehen. Das konnte sie spüren. Sie wusste es. Sie wollte nicht, dass sie das taten, aber sie würden es tun. Als wenn dieses bisschen Information genug wäre und sie dann allein damit fertigwerden müsste.

»Wir kommen auf dem Rückweg wieder hier vorbei«, bemerkte der junge Mann. »Dann schauen wir, ob es geklappt hat.«

»Danke«, sagte Roseanna.

Es fühlte sich nicht nach genug an. Doch es würde genügen müssen. Sie hätte es zu schätzen gewusst, wenn sie ihr etwas angeboten hätten wie … Nun, vielleicht dass das Paar ihr Telefon nehmen und für sie auf die Spitze des Bergs klettern würde. Den Anruf machen würde. Aber was sie ihr vorgeschlagen hatten – auf dem Rückweg wieder nach ihr zu sehen –, war genau das Ausmaß an Hilfe, das man Fremden anbot.

Und trotzdem, als sie weiterliefen, fühlte sich Roseanna seltsam alleingelassen. Gestrandet.

Während ihre Gestalten von dem weißen Nebel verschluckt wurden, wurde ihr klar, dass sie vermutlich nicht vorgehabt hatten, unhöflich oder nicht hilfsbereit zu sein. Sie hatten Roseanna einfach als Frau wahrgenommen, die dazu fähig war, ihre eigenen Probleme zu lösen. Jemand, der mit seinem Handy einen Berg hochsteigen und telefonisch Hilfe rufen konnte.

Und in der Tat, dachte sie, *ist es nicht das, was du sein willst? Willst du nicht, dass sie recht haben?*

Sie seufzte und ging los, die Straße entlang auf der Suche nach einem Berg, den man mit bloßem Auge nicht erkennen konnte.

* * *

»Das ist also der Grund, warum nicht mehr Leute von zu Hause weglaufen«, sagte Roseanna laut in die weiße Wand des Nebels hinein.

Sie hatte den kleinen Berg gefunden und stieg hinauf. Aber es war nicht so einfach, wie es sich angehört hatte.

Zunächst einmal war er steil, was Herz und Lungen in trainiertem Zustand erforderte, was bei Roseanna nicht der Fall war. Also schaffte sie immer nur drei oder vier Schritte hintereinander. Dann musste sie innehalten, sich vorbeugen und die Hände auf die Knie stützen. Nach Luft schnappen. Ein paar weitere Schritte tun.

Vielleicht war der Matsch ein größeres Problem. Der Regen hatte den Boden aufgeweicht, sodass er schlammig und rutschig war. Roseanna trug nach den Maßstäben von Manhattan vernünftige Schuhe. Slipper, die man ohne Socken anzog. Sie hatten sogar ein wenig Profil auf ihrer Gummisohle. Doch das half nicht viel. Der Matsch klebte einfach an ihnen fest, ballte sich zu dicken Klumpen, die es schwer machten, überhaupt die Füße zu heben. Dann, wenn sie sie wieder aufsetzte, wurden sie mehr zu improvisierten Skiern, als dass sie Halt boten.

Sie griff sich einen Stock, als sie einen entdeckte, und benutzte ihn, um alle paar Schritte die Sohlen ihrer Schuhe sauber zu kratzen. Trotzdem wurde sie das Gefühl nicht los, dass ein falscher Schritt sie bis zum Fuße des Bergs würde hinabschlittern lassen. Sie hatte keine Ahnung, wie weit unter ihr das sein mochte, weil sie nur so weit sehen konnte wie bis zu ihrer Hand, wenn sie sie vor sich ausstreckte.

Außerdem zitterte sie, weil ihr leichter Mantel nicht ausreichend Schutz gegen die feuchte Kälte bot.

Etwas wie Panik stieg aus ihrem Magen auf. Sie fühlte sich ausgeliefert. Was, wenn der Nebel sich heben würde und sie nicht länger die Straße oder ihr Auto entdecken könnte? Was, wenn sie sich hier draußen verirrt hätte? Gezwungen wäre, eine Nacht den Elementen ausgesetzt zu verbringen? Wie kalt würde es erst in den frühen Morgenstunden werden, wenn sie so lange darauf warten musste, dass jemand sie fand? Würde es wieder regnen?

In diesem Wirrwarr panischer Gedanken war Roseanna entgangen, dass sie nicht länger dauernd Pause machen musste, um nach Luft zu schnappen. Sie musste sich immer noch in regelmäßigen Abständen Schlamm von den Schuhen kratzen, aber das Gehen raubte ihr nicht mehr den Atem.

Sie blieb stehen. Schaute sich um. Der Boden um sie herum schien auf allen Seiten einigermaßen gerade.

Sie zog das Handy aus der Jackentasche, tippte mit dem Daumen aufs Display.

Drei Balken Empfang!

Roseanna lachte. Und mit diesem Lachen wich alle Panik. Einfach so.

* * *

Nachdem sie den Anruf bei der Kavallerie erledigt hatte – deren Rolle in diesem Fall von einer einigermaßen in der Nähe liegenden Automobilclub-Werkstatt mit Abschleppdienst übernommen wurde –, hob Roseanna den Blick und sah den Weg zurück, den sie gekommen war.

Sie atmete hörbar ein.

Der Nebel hatte sich gelichtet. Oder vielmehr hatte sich ein Loch in ihm gebildet. Die Sonne über ihr löste den Dunst auf, sodass Roseanna ihre Umgebung betrachten konnte.

»Das ist es«, sagte sie laut. Es war merkwürdig, das auszusprechen. Sogar Roseanna selbst fand das. Dennoch war es das, was ihr in diesem Moment aus dem Mund kam.

Zu ihren Füßen breitete sich ein Tal mit Ackerland aus – verschiedene Schattierungen von Grün, die in einem akkuraten Gittermuster angeordnet waren. Die bestellten Felder waren durch Waldstreifen und hohe Bäume getrennt, die sich in einem leichten Wind wiegten. Gewässer schlängelten sich hindurch, glitzerten an einigen Stellen in der Sonne.

Auf allen Seiten dieser malerischen Szene erhoben sich mehr Hügel. Hohe Hügel in gesundem Grün. Grün wie ein Billardtisch, nur besser. Natürlicher.

Ein riesiger Vogel segelte auf einer Luftströmung durch den Himmel. Vielleicht groß genug, um ein Falke oder ein Adler zu sein. Roseanna wusste nichts über Vögel, also wusste sie auch das nicht. Aber Vögel spielten an diesem Tag in ihrem Leben eine größere Rolle als sonst. Das ließ sich nicht leugnen.

Es ist schwierig, einen bestimmten Ort zu finden, wenn man sich nicht hundertprozentig sicher ist, dass man danach sucht, dachte Roseanna. Sie gratulierte sich im Geiste zu dieser ungewöhnlichen Leistung.

Sie blickte wieder auf ihr Handy. Es hatte, ziemlich unhöflich, zwei Textnachrichten und sechs Sprachnachrichten vom Anrufbeantworter heruntergeladen. Roseanna verzog das Gesicht und klickte sich durch die Liste.

Eine war von Jerry, dem einzigen anderen Senior Partner, jetzt, da Alice nicht mehr da war. Roseanna konnte die ersten zwei Zeilen lesen, ohne sie zu öffnen.

Liebes, wir verstehen dich, doch so löst man das nicht. Was ist mit dem Neiderman-Fall? Wann …

Sie klickte die Nachricht nicht an, denn sie wollte den Rest nicht lesen.

Die zweite war von Nita.

Okay, ich will mich nicht panisch anhören oder so, aber alle anderen Partner flippen aus. Wenn du vielleicht …

Sie tippte sich zurück auf den Home-Bildschirm, dann zu ihrem Telefon und dem Anrufbeantworter. Alle sechs Nachrichten waren von Jerry.

Roseanna presste einen Finger auf einen Knopf, bis die Aufforderung kam, das Telefon auszuschalten. Sie strich mit dem Daumen in die angezeigte Richtung, und das Display wurde dunkel.

Dann machte sie sich langsam und vorsichtig auf den Weg zurück den matschigen Berg hinunter.

* * *

Als sie wieder an ihrem Auto ankam, hatte sich das Donut-Loch im Nebel geschlossen. Aber er war eine leichte, dunstige Sache, dieser Nebel. Er fühlte sich nicht länger dicht und undurchdringlich und unheimlich an.

Roseanna lehnte sich an den Wagen, merkte dann jedoch, dass das Dach nass war, und stellte sich lieber daneben, um auf den Abschleppwagen zu warten, der ihr Benzin bringen sollte.

Es würde einige Zeit dauern. Eine Dreiviertel- bis eine Stunde, hatte der Mann am Telefon gesagt.

Die schönen Hügel und Täler waren jetzt wieder verschwunden. Es schmerzte Roseanna fast körperlich, dieses

Fehlen. In diesem Moment hätte sie fast alles getan, um sie zurückzubekommen.

Alles, was sie sehen konnte, war ein helles Farmhaus hinter einem einfachen Holzzaun. Das Haus war in einem verblassten Mattweiß gestrichen, die Veranda und das Dach waren unter dem Gewicht der Jahre eingesunken.

Und vor alldem befand sich das Schild eines Immobilienmaklers: »Zu verkaufen«.

Roseanna starrte das Schild einen Moment lang an, bevor sie wirklich begriff, was dort stand. Als sie das tat, riss sie den Kopf hoch. Sie ging um das Auto herum zu dem Schild – vorsichtig, auch wenn es schwierig gewesen wäre, irgendjemandem zu erklären, warum, wenn jemand hier gewesen wäre, der auf einer Erklärung beharrt hätte.

An dem weißen Holzpfahl unterhalb des Schildes steckten in einem Plexiglashalter leuchtend bunte Flyer. Sie zog einen heraus und betrachtete beide Seiten. Es stand nicht viel drauf, was sie ohne ihre Lesebrille entziffern konnte. Die in ihrer Tasche war. Im Auto.

Aber sie entdeckte aufgehübschte Fotos des Farmhauses und ein, zwei von anderen verfallenen Gebäuden. Und sie las: »Loman Immobilien freut sich, Ihnen eine ganz besondere Immobilie anbieten zu können«, denn das war in einer größeren Schrift ganz oben auf den Flyer gedruckt. Und sie sah »27 Morgen«, denn irgendwie konnte sie Zahlen besser erkennen als Buchstaben. Tatsächlich war das Wort »Morgen« etwas, was sie geraten hatte, auch wenn das nicht schwer gewesen war.

Roseanna ging zur vorderen Veranda des Hauses.

Es war ein kleines Haus. Genau genommen geradezu winzig. Gerade groß genug für ein Zimmer – ein rechteckiger Kasten aus altem, trockenem Holz mit je einem Fenster zu beiden Seiten der alten Tür. Die Veranda hatte kein Geländer. Bloß Holzbalken, die das Dach stützten, und sechs Stufen, die hinaufführten. Die Bretter knarrten und gaben unter Roseannas Gewicht weiter nach.

Sie trat zu einem Fenster, schirmte die Augen ab und spähte hinein, während ihr bewusst wurde, dass hier jemand leben könnte. Doch das tat niemand. Das war klar. Sie konnte Möbel ausmachen – Sofas und Tische und vielleicht irgendeine Art Truhe –, die mit alten Laken abgedeckt waren, und ein Gefühl der Verlassenheit, das sie diesem Ort vermutlich nur in ihrer Fantasie zuschrieb.

Die an einigen Stellen herunterhängende Tapete hatte ein verblasstes Blumenmuster.

In einer Ecke war eine kleine Einbauküche mit einer Spüle untergebracht, einem Herd und einem altmodischen Kühlschrank, der gut und gerne fünfzig Jahre oder gar noch älter sein konnte. Auf der anderen Seite war ein winziger Raum abgetrennt. Vielleicht ein kleines Schlafzimmer? Mitten im Wohnzimmer stand ein runder Holzofen auf einem gemauerten Fundament.

Roseanna wandte sich vom Fenster ab und ging die Veranda entlang. Sie lief auf dem Grundstück umher, versuchte dabei, den Pfützen auszuweichen.

Es gab eine Scheune, wie der Flyer angedeutet hatte. Ein riesiges, höhlenartiges Ding mit einem Blechdach, das sich etwa sechs Meter oder mehr über dem Boden befand. Es wirkte nicht besonders stabil. Und es gab auch eine Art Außengebäude. Eine kleine Hütte, die aussah, als könnte sie ein Gästehaus sein.

Sie wollte den matschigen Hof überqueren, um es genauer zu betrachten, aber etwas hielt sie zurück. Es schien besser in Schuss gehalten zu sein als irgendetwas anderes auf dem Gelände. In einem Beet davor wuchsen Blumen, und innen an den Fenstern hingen Spitzenvorhänge. Eine Fußmatte lag vor der Tür. Vielleicht lebte dort jemand, auch wenn man sich das kaum vorstellen konnte. Vielleicht jemand, der sich während des Verkaufsprozesses um das Objekt kümmerte?

Roseanna fiel ein, dass sie keine Erlaubnis hatte, sich hier aufzuhalten, und sie eilte zu ihrem Auto zurück.

* * *

Der Fahrer des Abschleppwagens sah aus, als wäre er ungefähr sechzehn. Er trug nur ein kurzärmliges T-Shirt und Jeans, als gäbe es die nasse Kälte gar nicht. Er strich sich ständig mit den Fingern das lange Haar zurück, selbst während er aus einem roten Plastikkanister zwanzig Liter Benzin in ihren Maserati füllte. Er kaute mit großem Enthusiasmus Kaugummi, ließ immer wieder Blasen platzen, und zwar in einem Rhythmus, der Roseanna auf die Nerven ging.

»Also, von wo sind Sie gekommen?«, fragte sie, hoffte, dass ihn zum Reden zu bringen das nervige Kaugummikauen beenden würde. »Wo ist Ihre Werkstatt?«

»Walkerville«, erwiderte er. Nur das eine Wort. Es schien ihn zu langweilen, das zu sagen.

Dann ließ er wieder Kaugummiblasen platzen.

»Befindet sich dort auch Loman Immobilien?«, fragte sie weiter und hielt ihm den Flyer hin.

Er schaute nicht auf.

»Jap«, antwortete er, mehr oder weniger gleichzeitig mit dem Platzen einer Kaugummiblase.

Roseanna überlegte, wie er es wohl schaffte, diese beiden Dinge gleichzeitig zu tun. Auch warum.

»Irgendwelche Tipps, wie ich sie finden kann?«

»Liegt an der Hauptstraße«, erklärte er. »Alles liegt an der Hauptstraße.«

Dann blickte er sie zum ersten Mal an. Als wäre er aufgewacht und sei interessiert an … nun, allem. Er betrachtete den

Flyer in ihrer Hand, danach das Haus. Dann richtete er seine Aufmerksamkeit zurück auf seine Aufgabe, die letzten Tropfen Benzin in ihren Tank zu schütten.

Roseanna erwartete, dass er noch etwas hinzufügen würde. Fragen stellen. Vielleicht die, ob sie wirklich an einem Haus wie diesem interessiert sei. Und wenn ja, warum.

Er stellte keine Fragen.

Er schraubte ihren Tank wieder zu, belastete ihre Kreditkarte, tippte sich an den Schirm seiner verschlissenen Baseballkappe und fuhr weg.

Kapitel Fünf

Glitzer und Unmöglichkeiten

Roseanna wachte am Morgen ganz von allein auf. Ohne Wecker.

Sie war in einem Zimmer im Value Motel in Walkerville, auch wenn sie einen Moment brauchte, um die letzten Tage in ihrem Kopf zu sortieren und zu diesem Schluss zu kommen.

Sie blieb für einige weitere Minuten im Bett liegen.

Sie hatte in Unterwäsche geschlafen, weil sie nichts Besseres dabeihatte. Eine Elektroheizung blies lautstark heiße Luft in ihre Richtung, und sie konnte die Hände hinter dem Kopf verschränken, ohne an den nackten Armen zu frieren. Tatsächlich war es fast zu warm.

Sie starrte ein, zwei Minuten an die Decke, nahm dann das Telefon neben dem Bett und wählte die Nummer der Rezeption.

»Guten Morgen!«, meldete sich eine fröhliche Frauenstimme.

»Richtig. Wie auch immer. Sie wissen doch, dass Hotels«, sie hielt inne, weil ihr klar wurde, dass dies kein Hotel war, »und Motels manchmal einfache nützliche Gegenstände vorrätig haben, falls ein Gast sie vergessen hat. Zahnbürste, Kamm. So was in der Art.«

»Ja«, erwiderte die Stimme. Als ob sie darauf wartete, dass Roseanna zu Ende sprach. Als ob das nicht genug Information wäre.

»Ist das bei Ihnen auch so?«

»Wir haben einiges da. Was brauchen Sie denn?«

»Alles.«

»Alles?« Jetzt klang die Stimme nicht mehr fröhlich. Sie enthielt einen Anflug von Ehrfurcht und vielleicht etwas Angst. Anscheinend konnte sie das Ausmaß von Roseannas Bedarf nicht fassen. Was verständlich war, schließlich entsprach es einem Loch von der Größe der Welt.

»Ja. Ziemlich genau. Mehr oder weniger alles. Ich wusste nicht, dass ich über Nacht wegbleiben würde. Also habe ich … nichts.«

»Okay«, antwortete die Stimme in einem Tonfall, der deutlich machte, dass es nicht okay war. »Was wollen Sie haben?«

»Was hätten Sie denn?«

»Oh. Lassen Sie mich mal sehen. Wir haben Zahnbürsten und Zahnpasta. Plastikkämme. Und Mundwasser. Nähsets. Kleine Erste-Hilfe-Sets. Und … Wattepads, glaube ich.«

»Ich bin nicht verletzt«, erklärte Roseanna. »Und meine Kleidung ist auch in ziemlich gutem Zustand. Aber von dem anderen nehme ich jeweils eins.«

Sie beendete das Gespräch, stand auf und zog zum ersten Mal in ihrem Leben, soweit sie sich zurückerinnern konnte, dieselben Sachen an, die sie schon am Vortag getragen hatte.

* * *

Roseanna ging zu Fuß zu Loman Immobilien, weil es bloß fünf Häuser weiter war und es nicht länger regnete. Also schien es kaum der Mühe wert, das Auto zu nehmen.

Sie drückte die Glasschwingtür auf und trat in stickige Wärme.

In dem kleinen Büro standen sechs Schreibtische. Nur an einem saß jemand.

Es war eine Frau, die vielleicht zehn Jahre jünger war als Roseanna, mit geradezu lächerlich aufwendig gestyltem Haar und einer Brille mit strassbesetztem Gestell, wie sie überdrehte Frauen in den Sechzigerjahren getragen hatten. Wenigstens hatte Roseanna es immer überdreht gefunden. Sie hatte immer auf jede Art von Glitzer oder Rüschen herabgeschaut.

Die Maklerin telefonierte. Sie hielt einen Finger hoch, um Roseanna zu bedeuten, sie solle bitte warten. Roseanna konnte Kaffee riechen. Sie schnüffelte, um ihn zu lokalisieren, und fand ihn in der Ecke des Büros. Sie goss sich etwas in einen weißen Styroporbecher.

Dann setzte sie sich der Glitzer-Maklerin gegenüber und starrte sie an, bis sie ihr Telefongespräch beendet hatte.

Es hörte sich an, als würde sie mit einem ihrer Kinder reden. Oder vielleicht mit einem Babysitter. Sie gab knappe Anordnungen.

»Ich muss jetzt Schluss machen«, sagte sie ins Telefon. »Ich melde mich später noch mal.« Dann wandte sie sich Roseanna zu und legte schwungvoll auf. »Guten Morgen! Wie kann ich Ihnen helfen?«

Warum sind alle in dieser Stadt so fürchterlich fröhlich?, dachte Roseanna, sprach es allerdings nicht aus.

Sie zog den zusammengefalteten Flyer aus der Jackentasche, klappte ihn auf, strich ihn glatt und legte ihn vor der Frau auf den Tisch.

»Es geht um diese Immobilie«, erklärte sie. »Diese besondere Immobilie.«

»Ja, das ist sie wirklich. Wollen Sie sie besichtigen?«

»Ich will sie kaufen«, stellte Roseanna klar.

»Aber erst wollen Sie sie besichtigen.«

»Nein. Ich habe sie schon gesehen. Jetzt will ich sie kaufen.«

»Sie können unmöglich das Innere des Hauses gesehen haben.«

»Das stimmt nicht ganz. Es gibt Fenster. Aus Glas. Also, was ich jetzt von Ihnen möchte, ist, dass Sie den Besitzer anrufen, oder wer auch immer es verkauft, und ihm ein Angebot unterbreiten.«

Stille. Die Maklerin starrte den Flyer an. Roseanna nippte an ihrem Kaffee. Er war furchtbar. Zum Grimassenschneiden furchtbar.

»Bevor Sie Ihr Angebot abgeben«, begann die Glitzer-Maklerin, »wären da noch einige … Faktoren … was den … Zustand des Gebäudes betrifft. Und die wollen Sie kennen, denn dann können Sie sie berücksichtigen, wenn Sie entscheiden, wie viel Sie bieten wollen.«

Roseanna nahm einen weiteren Schluck Kaffee, weil sie von der Unterhaltung abgelenkt war und vergessen hatte, wie schrecklich er war. Sie verzog wieder das Gesicht.

»Ich weiß, wie viel ich bieten möchte«, erwiderte sie. »Ich möchte den vollen Preis zahlen.«

»Was ich versuche, Ihnen … taktvoll beizubringen … ist … Obwohl es wirklich ein wunderschönes Anwesen mit tollem Potenzial ist, muss man ziemlich viel Arbeit reinstecken.«

»Das ist mir aufgefallen. Also warum tätigen Sie jetzt nicht den Anruf?«

»Welchen Anruf?«

»Den, den ich gerade vorgeschlagen habe. Bei dem Sie den Besitzer anrufen und ihm – oder ihr – mitteilen, dass Sie einen Käufer haben, der den vollen Preis geboten hat.«

Eine weitere lange Stille, während deren Roseanna nicht an ihrem Kaffee nippte. Diesmal erinnerte sie sich rechtzeitig.

»Ich sag Ihnen was«, begann die Glitzer-Maklerin. »Ich habe jetzt Zeit. Wir werden da rausfahren. Ich zeige Ihnen alles. Und wenn Sie dann immer noch wollen, dass ich diesen Anruf mache, werde ich das sehr gerne für Sie tun.«

»Wie auch immer«, entgegnete Roseanna. »Es wird überhaupt nichts ändern. Aber es sind Ihre Zeit und Ihr Benzin.«

* * *

»Ich denke, der Genehmigungsprozess in diesem County wird Ihnen gefallen«, erzählte die Glitzer-Maklerin während der Fahrt. »Die Gebühren sind nicht absurd hoch, und Sie werden nicht alt und grau, während Sie darauf warten, dass es durchgeht.«

Aber ich bin schon grau, dachte Roseanna. *Sie wissen das nur nicht, weil meine Friseurin ein Genie ist.* Doch bald würden es alle sehen. Das war das Zweite auf ihrer Liste für ihr neues Leben, nach »Gewicht zulegen«. Das Haar zu seinem natürlichen Grau zurückkehren zu lassen.

Die Glitzer-Maklerin fuhr einen dieser riesigen SUV, in denen die Passagiere hoch über der Straße saßen. Roseanna fand es merkwürdig, auf die Dächer von Autos wie ihrem eigenen zu gucken. Normal große Autos.

»Wofür brauche ich eine Genehmigung?«, wollte sie wissen. Sie nippte an ihrem Kaffee, und er war himmlisch. Sie hatten auf Roseannas Bitte hin auf dem Weg aus der Stadt bei einem Drive-thru-Coffeeshop angehalten.

»Nun, Sie wissen schon …«

»Nein, leider nicht. Darum habe ich gefragt.«

»Die Baugenehmigung.«

»Warum glauben Sie, dass ich etwas bauen möchte?«

»Ich hab gedacht … vielleicht ein Haus?«

»Es gibt ein Haus.«

»Äh. Ja. Es ist allerdings nicht besonders groß. Und es ist in ziemlich schlechtem Zustand. Ich meine, es ist nicht baufällig. Aber es ist … alt. Und es ist nicht besonders komfortabel. Ich habe angenommen, dass jeder, der die Immobilie kaufen will, es wegen des Grundstücks tut. Es ist wunderschön gelegen. Die Leute kaufen sich solche Grundstücke und reißen dann die alten Gebäude ab und bauen sich ihr Traumhaus. Ich hatte einfach angenommen …«

Roseanna sah zu, wie dichte Büsche von Immergrün an ihrem Fenster vorbeirauschten. Sie hielt ihren Blick auf sie gerichtet, während sie sprach.

»Ich war mein ganzes Leben lang ziemlich gut darin, Erwartungen nicht zu erfüllen. Und jetzt werde ich darin sogar noch sehr viel besser werden.«

»Also sind Sie auf der Suche nach …«

»Dem Himmel.« Es passte überhaupt nicht zu Roseanna, so etwas zu sagen, und das wusste sie auch. Sie hörte es. Trotzdem war es das, was ihr über die Lippen kam.

»Dem Himmel?«

»Ja.«

»Das ist ziemlich viel.« Sie lächelte nervös.

»Vielleicht nicht im wörtlichen Sinn. Aber etwas, was ihm sehr nahekommt. Etwas, was der Himmel für mich sein kann, bis der richtige Himmel an der Reihe ist. Ich möchte mit beiden Füßen in dieser Welt stehen. Ich bin noch nicht bereit, weiterzuziehen. Doch ich möchte dem Paradies so nahe sein, wie es möglich ist, während ich hier auf der Erde bin. Falls das Sinn ergibt.«

Sie warf einen Blick zu der Glitzer-Maklerin hinüber, beobachtete, wie sich auf der Stirn der Frau Falten bildeten.

»Ich bin mir nicht sicher. Wie genau sieht dieser Himmel für Sie aus?«

»Das entwickelt sich gerade, während wir sprechen«, erwiderte Roseanna. »Bis gestern Morgen habe ich in einem Apartment gelebt, mit Aussicht auf den Central Park. Und die meisten Leute würden das vermutlich für den Himmel halten. Und vielleicht habe ich das früher auch mal getan. Aber es ist die Stadt. Und alles ist so kompliziert. Man kommt überall, wo man hinwill, nur so schwer hin. Die Luft kann man kaum atmen. Es ist dreckig. Und es gibt all diese Gebühren und Kosten, die das Leben dort so teuer machen. Nicht dass ich es mir nicht leisten könnte. Doch ich musste dafür hart arbeiten. Ich weiß nicht mehr, wie ich es in dieser Stadt ausgehalten habe. Es ist merkwürdig – ich bin gestern Morgen weggefahren, und jetzt blicke ich zurück und weiß nicht mehr, wie ich dort leben konnte. Jetzt denke ich, der Himmel ist mehr wie … einfach genau das, was man braucht, um ein anständiges Leben zu führen. Ich habe gestern durch die Fenster in dieses Haus geschaut, und ich habe das Minimum gesehen, das man braucht, um zurechtzukommen. Ein Dach über dem Kopf und ein Ofen. Ein Bett. Die Möglichkeit, Nahrungsmittel zu lagern. Eine Kochstelle. Es hat ein Badezimmer, oder? Mir ist kein Badezimmer aufgefallen. Es hat nicht bloß ein Plumpsklo, oder?«

»Das hatte es. Bis vor etwa zwanzig Jahren. Und dann hat der Besitzer ein Badezimmer hinten ans Haus angebaut. Direkt ans Schlafzimmer grenzend.«

»Sehen Sie?«, sagte Roseanna. »Der Himmel. Und ich muss nicht arbeiten, nur damit ich es mir leisten kann, dort zu leben. Mit dem Geld, das ich in mehreren Holdings habe, kann ich mir das einfach kaufen und dort bequem für den Rest meines Lebens wohnen. Ich muss mich nie wieder mit Mitarbeitern herumschlagen. Muss nie wieder im Stau stehen. Es gibt allerdings ein Problem. Die andere Sache, die ich brauche … die andere Antwort auf die Frage, wie der Himmel für mich aussieht … das hat mit Einsamkeit zu tun. Ich habe genug von

Menschen. Ich mag diesen Ort, weil er Kilometer von allem anderen entfernt ist. Und *jedem* anderen. Ich möchte dort allein sein. Ich möchte allein in der Welt sein. In Stille. Und Frieden. Das wäre himmlisch.«

»Das sollte kein Problem sein.«

»Allerdings hab ich den Eindruck, als ob jemand in dem kleinen Gästehaus hinter der Scheune wohnt. Das ist der Grund, warum ich es erwähne.«

»O nein«, erwiderte die Glitzer-Maklerin. »Das ist unmöglich.«

»Es passieren jeden Tag unmögliche Dinge. Auch wenn Sie es nicht wollen, scheint das hier trotzdem zu passieren.«

»Ich bin mir sicher, dass Sie sich irren.«

»Das glaube ich nicht. Und wenn ich recht habe, dann muss sich jemand darum kümmern. Sofort.«

»Oh, das lässt sich sehr leicht regeln, wenn es denn stimmt. Ich bin mit dem Schlosser im Ort befreundet. Er wird rausfahren und die Schlösser auswechseln. Heute noch, wenn das nötig ist. Problem gelöst.«

Sie fuhren einige Zeit schweigend weiter. Roseanna merkte, wie ein Gefühl von Frieden in ihr aufstieg. Die Dinge entwickelten sich genau so, wie sie es sich erträumt hatte. Auch wenn es zugegebenermaßen ein Traum war, den sie noch nicht sehr lange hegte.

»Entschuldigen Sie bitte«, sagte die Glitzer-Maklerin und riss sie aus ihren Gedanken. »Ich habe ganz vergessen, Sie nach Ihrem Namen zu fragen.«

»Rosie«, antwortete Roseanna.

* * *

»Also, es ist so«, erklärte Roseanna, während sie sich vorsichtig zwischen den Pfützen hindurch einen Weg zum Gästehaus suchten. »Ich will weiter den vollen Preis bezahlen. Selbst nachdem wir im Haus waren. Aber ich will etwas im Gegenzug. Und unter den gegebenen Umständen ist es nicht zu viel vom Verkäufer verlangt, also …«

Sie sprach nicht weiter, weil ihr klar wurde, dass sie nicht wusste, ob die Glitzer-Maklerin ihr überhaupt zuhörte. Es machte nicht den Eindruck. Sie schien völlig davon besessen zu sein, zu beweisen, dass in dieser Hütte niemand leben konnte, und sie wirkte ein wenig verstört, als sie näher kamen – und sich die Beweise dafür verdichteten.

»Hm«, sagte die Maklerin und griff nach der Türklinke der kleinen Hütte.

Sie öffnete sich.

Im Innern sah Roseanna zwei Betten mit einem lächerlich hohen Stapel Decken. Einen kleinen elektrischen Heizofen. Eine nackte Glühbirne, die an der Decke hing. Eine Kochplatte und einen von diesen kleinen Kühlschränken, die man in Wohnmobilen fand.

»Ich verstehe, weshalb Sie meinen, dass hier jemand lebt«, bemerkte die Glitzer-Maklerin. »Aber ich glaube das immer noch nicht. Ich glaube, dass sie schnell weitergezogen sind, nachdem die Besitzerin gestorben ist.«

»Die Blumen draußen vor der Hütte sind in ziemlich gutem Zustand«, gab Roseanna zu bedenken.

»In letzter Zeit hat die Natur die Blumen gegossen.«

»Die Natur zupft allerdings kein Unkraut.«

Die Glitzer-Maklerin wollte diesen Einwurf offenbar ignorieren. »Was haben Sie gerade gesagt? Darüber, dass Sie etwas im Gegenzug wollen?«

Roseanna brauchte einen Moment für ihre Antwort. Weil sie die Ohren spitzte. Sie hörte ein summendes Geräusch und versuchte zu entscheiden, ob es von dem Mini-Kühlschrank kam. Es schien so.

»Ich will sofort einziehen«, erklärte sie.

»Wir können eine kurze Übergangsperiode arrangieren. Vielleicht dreißig Tage?«

»Meinetwegen. Dreißig Tage. Aber ich möchte dreißig Tage freies Wohnen, während wir darauf warten.«

Stille, bis auf das Summen.

»Nun … Sie werden Wasser und Strom anstellen lassen müssen.«

»Ich denke, die sind an«, meinte Roseanna.

»O nein. Das ist unmöglich.«

»Jetzt fangen Sie schon wieder damit an.«

Roseanna war mit zwei Schritten in der Mitte des Zimmers und zog an der Schnur an der Glühbirne. Sie ging an.

Sie machte zwei weitere Schritte und öffnete den Mini-Kühlschrank. Darin sah sie eine angebrochene Packung Hotdogs, eine Tüte Milch und ein offenes Päckchen Backpulver. Sie nahm die Milch heraus, öffnete sie und roch daran. Wie sie vermutet hatte, war sie nicht schlecht.

Sie brachte sie der Glitzer-Maklerin, die zurückzuckte, als sie sie ihr unter die Nase hielt.

»Vertrauen Sie mir«, sagte Roseanna. »Es tut nicht weh.«

Die Frau schnüffelte widerwillig an der Tüte. Dann verfinsterte sich ihre Miene.

»Ich werde mich darum kümmern«, verkündete sie. »Sofort. In dieser Minute. Heute.«

»Sie können nicht einfach das Schloss auswechseln lassen.«

»Warum nicht?«

»Weil es keins gibt. Ist Ihnen das nicht aufgefallen?«

Sie drehten sich beide um, um die Tür zu betrachten. Es gab innen eine Kette, die vorgelegt werden konnte. Doch nichts, womit man die Hütte abschließen konnte.

»Egal«, erwiderte die Glitzer-Maklerin, jetzt unverkennbar verstört. »Ich werde den Schlosser anrufen und dafür sorgen, dass er einen Riegel und ein Vorhängeschloss an der Tür anbringt. Und ich meine damit: in den nächsten paar Minuten.«

»Das scheint mir eine ziemlich drastische Maßnahme zu sein.«

Roseanna ging in dem Haus herum, während sie sprach, aber das war keine große Sache. Zwei oder drei Schritte in jede Richtung, und sie hatte den Raum durchquert.

In einer Ecke bemerkte sie eine Stange, die horizontal unter der Decke angebracht war und an der ein paar wenige Kleidungsstücke hingen. Über die Hälfte davon war klein. Wie für ein Kind. Und es gab einen verschlissenen Teddybären auf einem der Betten, fast vollkommen verborgen unter dem Haufen Decken.

»Okay, jetzt bin ich verwirrt«, stellte die Glitzer-Maklerin fest. »Sie haben mir gesagt, dass Sie wollen, dass jeder, der hier lebt, rausgeschmissen wird.«

»Oh, das will ich. Definitiv, aber wenn man will, dass jemand packt und geht, muss man ihm auch die Möglichkeit geben, zu packen. Also, ich meine, man lässt sie ihre Sachen mitnehmen.«

»Wenn diese Person ihre Sachen möchte, kann sie in mein Büro kommen und erklären, warum sie hier unerlaubt gelebt habt. Das muss man sich mal vorstellen.«

»Ich denke, das müssen Sie untereinander klären«, meinte Roseanna.

Sie ging schnell zur Tür. Und blieb stehen. Drehte sich um. Sah sich ein weiteres Mal im Raum um, und ihr wurde klar, was fehlte.

»Es gibt kein Badezimmer«, stellte sie fest.

»Ich glaube nicht, dass je geplant war, dass hier Menschen leben.«

»Richtig. Vermutlich nicht. Und trotzdem tut das jemand. Gibt es nach den zwanzig Jahren immer noch das Plumpsklo?«

»Gott, nein. Das wurde sofort abgerissen, nachdem das Bad angebaut war.«

»Mhm.« Roseanna sah sich einige Augenblicke länger um, als wenn sie damit rechnete, dass das fehlende Badezimmer einfach auftauchen würde. »Wie leben ordentliche Leute irgendwo ohne Toilette?«

»Wer behauptet, dass sie ordentlich sind?«

»Wie kann das überhaupt irgendjemand?«

»Ich habe keine Ahnung«, erwiderte die Glitzer-Maklerin. Mit einem kleinen selbstgerechten Schauder.

Kapitel Sechs

Was würde deine verstorbene beste Freundin sagen?

Sie wusste sofort, es war Nitas Auto. Selbst im Dunkeln.

Sie blickte hoch, als Scheinwerfer auf sie zukamen, und wusste es. Sie hatte Nitas Wagen nie zuvor gesehen – war sich nicht einmal sicher gewesen, ob sie überhaupt einen besaß. Viele Leute in der Stadt taten das nicht. Also musste es irgendeine »andere« Form von Wissen gewesen sein.

Aber, dachte Roseanna, *bevor du zu stolz auf deine hellseherischen Fähigkeiten bist, vergiss nicht, dass dieser Diner geschlossen hat. Und nicht viele Leute haben Grund, hier auf den Parkplatz zu fahren.*

Es war ein Jaguar, wie Roseanna auffiel, als Nita unter eine Straßenlaterne fuhr und anhielt. Ein goldfarbener Jaguar.

Roseanna stieg aus. Lächelte.

Nita stieg ebenfalls aus. Lächelte nicht. Tatsächlich schaute sie Roseanna überhaupt nicht an. Sie ging nur zum Kofferraum des Jaguars, öffnete ihn und begann, schwer wirkende Koffer herauszuhieven, die Roseanna als ihre eigenen erkannte.

Roseanna stand still dabei, beobachtete, wie Nitas Atem kleine Wölkchen bildete. Immer noch waren keine Worte gesprochen worden.

Es fing als Kribbeln in Roseannas Magen an – und wurde zu einem unangenehmen Knoten der Anspannung –, ihre frühere Sekretärin so wütend zu erleben, dass sie ihr nicht mal ins Gesicht sah.

»Ich vermute, ich habe dir zu viel Geld gezahlt«, bemerkte sie und hoffte damit die Stimmung aufzuheitern. Es schien nicht zu funktionieren. »Ich war mir nicht einmal sicher, ob du überhaupt ein Auto hast.«

Nita erstarrte mitten in der Bewegung. Sie hob den Blick zu Roseannas Gesicht. Und in diesem Moment wusste Roseanna, dass es vorher besser gewesen war, als Nita sich geweigert hatte, sie anzusehen.

»Ich habe kein Auto«, erwiderte sie einfach.

»Dann hast du das hier gestohlen?« Ein weiterer Versuch von Humor, der leider überhaupt nicht funktionierte.

»Es gehört Jerry. Es ist neu.«

Ein stärkeres Kribbeln in Roseannas Magen.

»Er versteckt sich nicht im Kofferraum und wartet bloß darauf, herauszuspringen und mich zurückzuzerren, oder?«

Nita knallte den Kofferraumdeckel zu. Laut. Ohne Kommentar.

»Dann wohl nicht. Warum hat Jerry dir sein Auto geliehen, damit du mir ein paar Sachen bringen kannst? Und ich wegbleiben kann? Das passt gar nicht zu ihm.«

»Das habe ich ihm nicht erzählt. Nur, dass ich dich treffen würde und wir uns unterhalten würden. Ich denke, er glaubt, dass es mir gelingen könnte, dich zu überreden, zurückzukommen.«

»Verstehe«, sagte Roseanna.

Sie stand in der kalten Nacht – es regnete gerade nicht – und schaute zu, wie Nita begann, die Koffer in Roseannas Maserati zu laden. Auf eine irgendwie vage und distanzierte Art war ihr klar, dass sie ihr helfen sollte. Aber es war so natürlich, die Leute, die für sie arbeiteten, alles erledigen zu lassen.

Außerdem fühlte sie sich innerlich wie erstarrt. An der Stelle festgenagelt.

Ihr fiel auf, dass es das erste Mal war, dass ihr die Bedeutsamkeit dieser Lebensveränderung aufging. Das Gewicht. Die Ausmaße. Die Implikationen. Und sie hatte es nicht kommen sehen.

»Ich vermute, es ist seltsam«, erklärte sie, als Nita anfing, den Rücksitz von Roseannas Auto vollzupacken. »Du hast elf Jahre für mich gearbeitet, und ich wusste nicht, ob du ein Auto hast oder nicht.«

Nita räumte den letzten Koffer ein, ohne zu antworten. Dann kam sie zu der Stelle auf dem dunklen Parkplatz, an der Roseanna wartete. Stand merkwürdig nahe. Es hätte sich fast bedrohlich angefühlt, wenn Nita nicht gerade mal eins fünfzig groß gewesen wäre. Ihr lockiges Haar war in der feuchten Nachtluft kraus geworden. Roseanna sah, wie sich die Wölkchen ihres Atems vermischten.

»Du redest in der Vergangenheitsform«, stellte Nita fest, ihre elfengleiche Stimme war eine schmerzhafte Erinnerung daran, dass nichts in Roseannas neuer Welt irgendeine Vorgeschichte hatte.

»Ja, das stimmt wohl.«

»Du kommst nicht zurück, oder?«

»Nein.«

Nita drehte sich auf dem Absatz um und lief zurück zu Jerrys Jaguar.

»Hey, warte. Nita. Geh nicht so.«

Nita blieb stehen und warf ihr einen Blick über die Schulter zu. »Wie soll ich dann gehen?«

»Gar nicht. Noch nicht. Du solltest bleiben, und wir sollten uns unterhalten.« Roseanna machte ein paar Schritte, um die Distanz zwischen ihnen zu überwinden. »Darum habe ich diesen Diner ausgesucht«, fuhr sie fort und zeigte mit einem Daumen über die Schulter. »Ich wusste nicht, dass er zuhat. Ich dachte, wir würden uns reinsetzen, wo es warm und hell ist, und uns unterhalten. Und etwas essen.«

Ich hätte wissen sollen, dass er geschlossen hat, dachte sie. Sie erinnerte sich, dass die Kellnerin gesagt hatte: *Wir machen ein ordentliches Frühstück und Mittagessen.* Ganz sicher hatte sie nicht gemeint, dass sie auch Abendessen servierten, aber bloß Frühstück und Mittagessen gut waren.

»Hier?«, fragte Nita, und ihre Stimme verriet, was sie dachte.

Roseanna wusste, Nitas Reaktion sollte sie nicht überraschen. Nur wenige Tage zuvor wäre ihre die gleiche gewesen.

»Ja. Hier. Okay, ich verstehe schon, wir sind verwöhnt von den tollen New Yorker Restaurants. Aber ich habe gestern Morgen hier gegessen. Gestern? Ja. Ich glaube, es war erst gestern, obwohl mir das merkwürdig erscheint. Es fühlt sich an, als wäre es schon ein Jahr her. Wie auch immer, ich hatte einfach ein klassisches amerikanisches Frühstück, und es war gut. Nichts Extravagantes, aber ehrlich gut. Also hab ich gedacht, dass …«

»Du verstehst es wirklich überhaupt nicht, oder?«, fragte Nita und beendete Roseannas Gestammel. »Ich habe dich immer als jemand betrachtet, der … wie … Als wärst du fast …«

Roseanna wartete, doch es schien, als ob Nita diesen Gedanken nicht zu Ende bringen würde.

»Wie was?«, wollte sie wissen, ihre Stimme viel sanfter als sonst.

»Wie eine Mutter. Irgendwie.«

»Oh«, sagte Roseanna. Und für einen langen, unbehaglichen Moment standen sie im Dunkeln, atmeten Dampf. »Nun, dann bin ich wohl eine komplette Idiotin. Ich denke, das macht mich zu einer totalen Mistzicke, oder? Weil ich nicht wusste, dass du so empfindest. Überhaupt nicht. Ich meine, wir verstehen uns schon gut. Ich habe dich immer gemocht. Aber wir haben uns außerhalb der Arbeit vielleicht, was … ein-, zweimal im Jahr getroffen? Und wir haben uns niemals Dinge anvertraut oder über Persönliches gesprochen oder …«

Roseanna hörte auf zu reden. Für einen Moment stand sie still und spürte ein paar Erkenntnisse in sich reifen.

»Was?«, fragte Nita.

»Ironischerweise ist mir gerade klar geworden, dass das genau die Art Mutter ist, die ich war. Meine Beziehung zu meinem eigenen Sohn ist genau, was ich eben beschrieben habe.«

Roseanna sah auf und bemerkte, dass Nita unter der Straßenlaterne auf und ab ging. Es wirkte leicht beunruhigend.

»Wo wir gerade von Lance sprechen«, sagte Nita. »Du musst dich dringend bei ihm melden. Ihm mitteilen, wo du bist. Er hat mehrfach angerufen.«

»Lance hat im Büro angerufen? Woher wusste er überhaupt, dass ich weg bin?«

»Wie konntest du ihm das nicht erzählen?«, schrie Nita. Schrie. Es war erschreckend.

»Ich … Ich hab gedacht, dass es viel länger dauern würde, bis ihm überhaupt auffällt, dass ich weg bin. Wir sprechen uns nur ein paarmal im Jahr.«

»Nun, es ist nicht undenkbar, dass Jerry mit ihm telefoniert hat«, erklärte Nita, die jetzt ruhiger schien. Auch wenn das eine erzwungene Ruhe sein mochte, denn sie schritt weiter auf und ab. »Du weißt schon. Für den Fall, dass er wüsste, wo du bist.«

»Ich melde mich bei ihm«, versprach Roseanna, überrascht, wie sehr die Angst, die Nitas unruhiges Herumtigern beinhaltete, sie verunsicherte. »Können wir uns in mein Auto setzen und ein paar Minuten reden? Es ist kalt hier draußen. Und dieses Auf-und-ab-Gehen macht mich nervös.«

* * *

Roseanna ließ den Motor laufen, sodass die Heizung anblieb.

Sie warf einen Blick zu Nita, deren Gesicht im Licht des Armaturenbrettes gut zu erkennen war.

»Du wirst irgendwann zurückkommen müssen«, bemerkte Nita. »Du weißt schon. Wenigstens um einige Dinge zu klären.«

»Das hatte ich eigentlich nicht vor.«

»Aber du musst dein Apartment verkaufen und dich auf irgendeine Form von Deal mit den Partnern einigen und …«

»Und was tun die Leute dann, Nita? Wenn sie geschäftliche Absprachen treffen müssen und dabei nicht körperlich anwesend sein wollen? Du solltest das wissen. Du arbeitest für eine Anwaltskanzlei.«

»Sie lassen das alles von ihren Anwälten erledigen.«

»Genau.«

»Aber du hast keinen Anwalt. Weil du selbst einer bist.«

»Das stimmt. Doch ich kenne ein oder zwei. Hundert. Ich bin mir also sicher, dass ich das hinbekomme.«

»Ich versteh das nicht«, erklärte Nita. Und seufzte. Dann kam ein merkwürdiges Geräusch aus ihr heraus. Ein stilles kleines Ding. Eine Mischung aus einem Atmen und einem Wimmern. Roseanna brauchte ein paar Sekunden, bis ihr klar wurde, dass Nita vielleicht weinte. »Wie kannst du alles zu Hause so sehr hassen, dass du nicht einmal zurückkommst, um deine Sachen zu packen oder dein Apartment zu verkaufen? Wie ist es möglich, dass es sich seit gestern Morgen so verändert hat?«

»Es ist schwer, sich vorzustellen, dass es erst gestern Morgen war.«

»Weich meiner Frage bitte nicht aus.«

Weit entfernt auf der anderen Seite der Frontscheibe formten die Scheinwerfer auf der Autobahn einen Lichterstrom. Roseanna betrachtete sie schweigend.

Sie machte den Mund auf, um eine Antwort zu geben, und in dem Moment legte der Regen wieder los. Einfach so.

»Ich denke, es fühlt sich an, als ob mich alles ersticken wollte.«

»Geht es um Alice Cummings?«

Roseanna schloss die Augen und hörte dem Regen zu, bevor sie antwortete.

»Vermutlich schon, wenigstens zum Teil. Aber es geht auch um mich.«

»Ich werde etwas sagen, das ich vorher nie zu dir gesagt hätte. Ich hätte es vorher aus Respekt für mich behalten, und wegen des Gefühls, dass ich nicht das Recht habe, mich zu deinem Leben zu äußern. Du bist mein Boss. Es gibt Grenzen. Doch wahrscheinlich arbeite ich ja auch gar nicht mehr für dich. Und nach heute Nacht werde ich dich voraussichtlich ohnehin nicht wiedersehen. Hier ist es also. Ich denke, Alice … Ms Cummings … wäre absolut dagegen gewesen. Ich denke, wenn sie jetzt hier wäre, würde sie sagen, dass du verrückt bist, wenn du alles hinter dir lässt. Alles, wofür ihr beide euch so abgerackert habt.«

Roseanna saß einige Sekunden länger mit geschlossenen Augen da und erkundete vorsichtig ihre Gefühle. Ging auf Entdeckungstour. Nitas Worte beunruhigten sie nicht. Überhaupt nicht. Sie war überraschenderweise ganz ruhig und entspannt. Es kam ihr wie eine Bestätigung vor, dass sie das Richtige tat.

Es fühlte sich gut an.

So wenige Dinge hatten das in letzter Zeit getan.

»Ja und nein«, erwiderte Roseanna sanft. »Ich denke, wenn sie hier wäre und am Leben … und weiter die, die sie immer war … dann … Ja. Dann wäre sie fürchterlich wütend auf mich. Aber wenn wir mal davon ausgehen, dass sie, wo auch immer sie jetzt ist, immer noch denken kann. Ich meine, nehmen wir mal an, sie existiert irgendwo mit … du weißt schon, einem Bewusstsein. Willst du ernsthaft behaupten, dass sie nicht klug genug wäre, aus ihrem Fehler zu lernen? Sie hat ihr ganzes Leben lang auf etwas hingearbeitet und dann nicht lange genug gelebt, um es zu genießen. Wenn sie jetzt hier wäre mit all dem Wissen, das sie jetzt hat … ihren frühen Tod in Betracht ziehen könnte … Nun, ich muss glauben, dass sie mir sagen würde, ich solle nicht denselben Fehler machen. Meinst du nicht?«

Nita antwortete nicht. Sie seufzte nur. Sie zog ein Papiertaschentuch aus der Handtasche und tupfte sich die Augen. Vorsichtig, damit sie ihr Make-up nicht verschmierte.

Keine Freiheit, dachte Roseanna. *Ich hoffe, dass du eines Tages die Freiheit erfährst, die ich gefunden habe. Doppeltes Frühstück. Sich das Auge einfach zu reiben, ohne die Wimperntusche zu verschmieren. Einfach von zu Hause wegzulaufen.*

»Nun«, sagte Nita und klang resigniert. Roseanna konnte es hören. »Das war mein bester Versuch. Das war alles, was ich hatte.«

Nita seufzte tief, ein bebendes Ausatmen. Dann öffnete sie die Autotür und trat in den Regen.

Roseanna saß für einen Moment da, sah zu, wie sie durch den Wolkenbruch ging. Dann öffnete auch sie ihre Tür und stieg aus. Der Regen war ein Platzregen, der in riesigen, schweren Tropfen auf sie herunterprasselte. Sie war in Sekunden bis auf die Haut durchnässt.

Sie joggte Nita hinterher. »Warte«, rief sie.

Nita blieb stehen und drehte sich um. Roseanna holte sie ein und umarmte sie fest. Sie standen lange so da, im eiskalten

Regen. Kalt, bis auf ihre Nähe. Nita weinte vielleicht wieder, aber der Regen war so laut auf dem Asphalt, dass es schwierig war, das genau zu sagen.

»Hier kommt ein mütterlicher Rat«, begann Roseanna. »Ich habe dich enttäuscht. Das verstehe ich. Das tun die Leute immer. Doch das ist nicht so schlimm, wie es sich anhört. Es gibt einen Grund, warum die Leute dich immer enttäuschen werden. Es ist, weil sie auf diesem merkwürdigen Planeten sind, um ihr eigenes Leben zu leben. Nicht das von jemand anderem. Ein klassischer Fall von widerstreitenden Interessen. Verstehst du, was ich meine?«

Nita nickte an ihrer Schulter, dann hob sie den Kopf und lächelte traurig.

»Ich glaube schon«, erwiderte sie. »Ja.«

Dann ging Nita weg in den Regen. Und Roseanna wusste, sie würde sie nie wiedersehen. Natürlich könnte sie es. Man könnte es arrangieren, in Kontakt zu bleiben. Aber das würden sie nicht. Und sie wusste es. Und es war okay.

Leute kommen in unser Leben, überlegte sie, *und es ist nicht unbedingt für immer, und das muss es auch nicht sein. Es geht nicht immer um ein ganzes Leben.*

* * *

Roseanna betrat zum ersten Mal das Farmhaus, schleppte zwei ihrer Koffer. Sie stolperte im Mondlicht nach Gefühl in die Mitte des Raums. Glücklicherweise gab es einen Mond. Ein drei viertel volles Ding, das am Himmel hing und einen Hauch von Licht durch ihre staubigen, regenverschmierten Fenster sandte. Es erlaubte ihr, die Schnur vom Deckenlicht zu erkennen, an der sie schnell zog.

Das Licht ging an, und sie schaute sich um. Und war fast überwältigt vor Angst. Beinahe am Boden zerstört.

Es war kalt, und sie war immer noch klatschnass. Sie hatte Feuerholz in einem kleinen Anbau gesehen, doch sie hatte bisher nie ein Feuer gemacht und wusste nicht genau, wie man das anstellte. Sie hatte unterwegs ein Sandwich gekauft, aber sie würde am Morgen keinen Kaffee kochen können, und im Kühlschrank waren keine Lebensmittel.

Und sie hatte keine Ahnung, was genau Nita ihr alles eingepackt hatte.

Sie unterdrückte das Gefühl und öffnete einen Koffer, nahm die Kleidung heraus. Sie trug sie in das winzige Schlafzimmer. Es gab ein frei stehendes Elektro-Heizgerät, bemerkte sie. Und vielleicht würde das für die erste Nacht reichen.

Es war erst Frühling. Es würde sich hier vermutlich den ganzen Sommer über gut anfühlen, dachte sie. Wenn der Winter kam, würde sie allerdings etwas tun müssen. Vielleicht könnte sie außen am Haus eine kombinierte Heiz-und-Klima-Anlage installieren lassen, mit Leitungen ins Schlafzimmer und Bad.

Plötzlich klopfte es an der Tür, und ihr blieb fast das Herz stehen. Es war laut. Eher ein Hämmern. Und sie war ganz allein. Allein im Nirgendwo. Ohne Handyempfang. Und ohne einbruchsichere Schlösser.

»Wer ist da?«, rief sie, ihre Stimme atemlos vor Panik.

»Ich brauche den Schlüssel für das Vorhängeschloss«, antwortete eine junge Frauenstimme.

Roseanna atmete ein paarmal tief durch und versuchte ihr Herz zu beruhigen. Sie begab sich zur Tür. Aber sie öffnete sie nicht. Berührte nur das Holz mit den Fingerspitzen, während sie sprach.

»Ich hab den Schlüssel nicht«, sagte sie.

»Wie können Sie den Schlüssel nicht haben? Sie haben ein Vorhängeschloss anbringen lassen. Zum Vorhängeschloss gehört ein Schlüssel.«

Sie klang verzweifelt, nicht wütend. Mehr so, als würde sie in eine Million Stücke zerbrechen und Splitter einer verzweifelten jungen Frau über Roseannas Veranda verteilen.

»Ich habe das Vorhängeschloss nicht angebracht.«

»Oh, es ist da ganz von allein gelandet?«

»Nein. Natürlich nicht. Die Maklerin war das.«

Stille. Roseanna wartete. Aber es wurde nichts mehr gesprochen. Und sie hörte auch keine Schritte, die sich entfernten. Offensichtlich stand die junge Frau einfach vor ihrer Tür und machte … was? Roseanna hatte keine Ahnung.

Sie öffnete vorsichtig.

Das Mädchen auf ihrer Veranda war ein dünnes Ding, vielleicht Anfang zwanzig. Ihr Haar war lang und dick und wild und war in letzter Zeit sicher nicht gekämmt worden. Es hatte eine wunderschöne Bernsteinfarbe. Außer ihrem Haar besaß die Frau nichts, weshalb man ihr einen zweiten Blick schenken würde. Ihr Gesicht war freundlich, aber wenig bemerkenswert.

Ein Kind von vielleicht fünf oder sechs Jahren schlief in ihren Armen, den Kopf auf ihrer Schulter, den unbeirrten, fast unstörbaren Schlaf, in dem Kinder so gut waren.

»Sie sind also meine ungebetenen Hausgäste«, stellte Roseanna fest.

»Ich weiß wirklich nicht, was ich tun soll«, erklärte die junge Frau und ignorierte Roseannas Kommentar komplett. Beinahe wirkte es, als hätte sie Mühe, die Tränen zurückzuhalten. »Das Auto ist kaputt. Und wir haben den letzten Bus verpasst. Ich bin gut vier Kilometer zur Bushaltestelle gelaufen, um in die Stadt zu fahren, was bedeutet, dass ich sie fast vier Kilometer getragen habe. Und dann haben wir den letzten Bus nach Hause verpasst. Also musste ich den ganzen Weg mit ihr zu Fuß gehen. Ich war fast vier Stunden unterwegs. Und sie ist schwer, wissen Sie? Und es hat die halbe Zeit geregnet. Doch niemand hat angeboten, uns mitzunehmen, aber wir mussten nach Hause. Und dann kommen wir nach Hause, und es ist ein Vorhängeschloss an der Tür. Meine ganzen Sachen sind da drin. Ich kann mich nicht einmal hinsetzen. Es ist kalt hier draußen, und es regnet vielleicht wieder, und ich kann sie nicht ins Bett legen, und ich kann nicht mal einen Schluck Wasser trinken nach dem langen Weg …«

An diesem Punkt ihrer Geschichte verstummte die junge Frau. Nicht so sehr, weil sie von allen Schrecken des Abends berichtet hatte. Mehr, weil Tränen und Gefühle sie überwältigten.

»Möchten Sie reinkommen und einen Schluck Wasser trinken?«, fragte Roseanna.

»Danke«, erwiderte die junge Frau und wischte sich die Nase an der Schulter ihres Shirts ab, wo nicht das schlafende Kind lag. »Das wäre sehr nett.«

»Ich habe vielleicht ein Glas, oder vielleicht auch nicht. Das ist alles noch ein Prozess des Entdeckens. Aber kommen Sie rein, und wir werden sehen.«

* * *

»Ich habe der Maklerin gesagt, dass es ziemlich drastisch wäre, die Sachen von jemandem einfach so einzuschließen.«

Sie betrachteten beide das schlafende Kind, während Roseanna sprach. Das kleine Mädchen lag ausgestreckt auf der Couch, und ihre Wangen zuckten, als müsste sie über etwas in ihren Träumen lächeln.

»Na ja, auf jeden Fall vielen Dank dafür.«

»Die Sache ist die: Sie müssen verstehen, dass ich wütend war, weil Sie hier ohne Erlaubnis leben. Das bringt Verpflichtungen mit sich.«

Die junge Frau leerte ihr Wasserglas und hielt es Roseanna erneut hin.

»Könnte ich bitte noch mehr haben?«

Roseanna seufzte. Nahm das Glas entgegen. Stand auf und begab sich auf den kurzen Weg zur Küchenzeile.

»Es war nicht ohne Erlaubnis«, hörte sie das Mädchen sagen. »Macy hat uns erlaubt, hier zu wohnen. Wir durften sogar ihr Auto benutzen.«

»Macy?«

»Die Frau. Sie wissen schon. Sie hat in diesem Haus gelebt, seit … Ich weiß nicht. Seit sechzig Jahren oder so.«

»Und dann ist sie gestorben?«

Roseanna drehte den Hahn auf. Wegen der Luft in der Leitung spritzte das Wasser zischend heraus, genau wie beim ersten Glas.

»Ja. Sie ist gestorben.«

»Und so leid es mir tut, Ihnen das mitteilen zu müssen, mit ihr ist jede Erlaubnis gestorben, die Sie vielleicht hatten, hier zu sein.«

Roseanna wartete auf eine Antwort, aber keine kam. Sie drehte den Hahn wieder zu und brachte das Glas Wasser zurück zum Sofa. Gab es der jungen Frau, die es entgegennahm, ohne hochzuschauen.

»Ich muss immer noch unsere Sachen herausholen«, erklärte sie nach einiger Zeit.

»Ich fürchte, da kann ich Ihnen nicht helfen. Sie hat mir keinen Schlüssel gegeben. Technisch gesehen miete ich das hier nur, bis die Urkunde fertig ausgestellt und die Eintragung im Grundbuch erfolgt ist. Sie werden das mit ihr regeln müssen oder mit jemandem in ihrem Maklerbüro.«

»Das ist in Walkerville.«

»Stimmt.«

»Das ist über fünfzig Kilometer von hier entfernt.«

»Genau.«

»Also, was sollen wir tun?«

Roseanna seufzte tief. Lehnte sich auf der Couch zurück. Sie war auch müde. Auf andere Art, doch es entsprach trotzdem der Wahrheit. Es war ein langer, merkwürdig aufwühlender Tag gewesen. Es war viel angsteinflößender gewesen, als sie sich einzugestehen gewagt hatte. Sie fühlte sich im Moment kaum ihren eigenen Herausforderungen gewachsen.

»Mir ist klar, dass es schwierig sein muss, ein Kind allein großzuziehen.«

»Ist es.«

»Und dazu noch mit wenig Geld.«

»Das können Sie laut sagen.«

»Und ich möchte wirklich nicht kalt oder gefühllos erscheinen. Ich schwöre, das will ich nicht. Aber die Welt ist voll von Leuten mit Problemen. Sie haben mein aufrichtiges Mitgefühl. Doch ich habe genug mit meinen eigenen Schwierigkeiten zu kämpfen. Und das hier hat alles nicht wirklich etwas mit mir zu tun. Nur weil ich die nächste Person bin, die in dem Haus lebt nach …«

»Macy.«

»Ja. Macy. Das macht es nicht zu meinem Problem. Wenn Sie verstehen, was ich meine.«

»Klar. Verstehe ich.«

Das Mädchen stellte sein jetzt leeres Wasserglas auf die Reisetruhe, die als Couchtisch diente. Nahm ihr knochenlos scheinendes, schlafendes Kind hoch. Versuchte gar nicht erst, ihre Tränen vor Roseanna zu verbergen.

»Ich habe ein Handy«, erklärte Roseanna, während die junge Frau das Kind zur Tür trug. »Sie müssen den Berg hochklettern, um Empfang zu haben. Aber wenn Sie jemanden anrufen wollen, damit der kommt und Ihnen hilft, würde ich Ihnen mein Handy leihen. Sie können sogar Ihr kleines Mädchen auf meiner Couch lassen …«

Die junge Frau blieb an der Tür stehen. Sah zurück zu Roseanna, ohne ihren Blick zu erwidern. Sie schüttelte den Kopf. »Es gibt niemanden, den ich anrufen kann. Niemand wird mir helfen.«

Sie ging hinaus und schloss die Tür hinter sich.

Roseanna blieb stehen und starrte die Tür einen Moment an. Dann zwang sie sich, die Augen abzuwenden und zu ihrem Auspacken zurückzukehren. Oder vielleicht wäre es richtiger, zu sagen, dass sie kurz so tat, als ob sie weiter auspacken würde.

Sie nahm einen weiteren Armvoll Kleidung und trug ihn ins Schlafzimmer. Warf alles aufs Bett.

Dann lief sie schnell zur Tür und öffnete sie, erwartete, die zwei ungebetenen Gäste auf ihrem Weg zur Straße zu sehen. Es war niemand da.

»Hm«, machte sie.

Ihr kam der Gedanke, dass die junge Frau zurück zur Hütte gegangen sein könnte, um festzustellen, ob sie vielleicht das Schloss aufbrechen oder durch ein Fenster hineingelangen könnte.

Roseanna suchte sich im Mondlicht vorsichtig ihren Weg zur Hütte.

Die junge Frau und ihre Tochter waren dort. Aber sie versuchten nicht einzubrechen. Die Frau war einfach auf ihrer eigenen Fußmatte zusammengesunken, hatte den Rücken gegen die verschlossene Tür gelehnt, ihr Kind schlief weiter an ihrer Schulter. Sie weinte immer noch.

»Ich könnte Sie nach Walkerville fahren«, schlug Roseanna vor.

»Nun, das ist sehr nett von Ihnen. Doch das Büro wird erst morgen früh wieder besetzt sein.«

»Es gibt ein Motel.«

»Ich kann mir kein Motel leisten.«

»Es kostet nur etwa siebzig Dollar.«

»*Nur? Nur* siebzig Dollar?« Ihr bitteres Lachen vermischte sich mit ihrem Schluchzen, wurde zu etwas sehr Merkwürdigem. »Wissen Sie, wie lange meine Tochter und ich von siebzig Dollar leben können? Ich habe einunddreißig Dollar hier in meiner Tasche, und wir müssen davon Essen für mehr als eine Woche kaufen.«

Großartig, dachte Roseanna. *Du konntest dich ja nicht einfach raushalten. Du musstest dich einmischen. Musstest es zu deinem Problem machen. Und jetzt ist es ein großes Problem, und du musst dich darum kümmern. Und diese junge Frau, der dieses große Problem eigentlich gehört, hilft nicht mit. Sie versucht es nicht einmal.*

Roseanna wandte sich ab, um zurück zum Haus zu gehen. Aber sie schaffte nur ein oder zwei Schritte, bevor sie sich wieder umdrehte.

»Okay, in Ordnung«, sagte sie. »Ich fahre Sie nach Walkerville, und ich leihe Ihnen die siebzig Dollar.«

»Leihen« bedeutete in diesem Fall »schenken«, und Roseanna wusste das. Sie vermutete, das wussten sie beide.

* * *

»Also, ich möchte nicht unhöflich sein …«, begann Roseanna.

Sie fuhren eine Landstraße entlang, eine Abkürzung nach Walkerville, in vollständiger Dunkelheit. Unter mehr Sternen, als Roseanna sich je hätte vorstellen können.

»Das ist ein wirklich nettes Auto«, bemerkte die junge Frau, nach deren Namen Roseanna immer noch nicht gefragt hatte.

»Vielen Dank. Versuchen Sie, mich davon abzulenken, eine unhöfliche Frage zu stellen?«

»Kann sein.« Sie seufzte. Das schlafende kleine Mädchen auf ihrem Schoß öffnete den Mund und ließ ein fast komisch lautes Schnarchen hören. »Aber machen Sie nur.«

»In der kleinen Hütte gibt es kein Badezimmer.«

»Nein.« Sie starrte aus dem Fenster, obwohl dort im Dunkeln nichts zu sehen war. »Es gibt kein Badezimmer. Das ist allerdings nicht wirklich eine Frage.«

»Stimmt. Ich hatte gehofft, Sie würden mir den Rest einfach erzählen.«

Roseanna wartete. Es kam nichts.

»Also gehen Sie und Ihre Tochter in den Wald?«

»Natürlich nicht.« Jetzt lag ein Hauch von Feuer in ihrem Tonfall. Als wäre sie endlich aufgewacht, um sich zu verteidigen. Als ob sie das Ende ihrer völligen Resignation erreicht hätte. »Wir sind keine Tiere.«

»Das wollte ich auch gar nicht andeuten.«

»Wir haben eine kleine Campingtoilette. Sie ist unter dem Bett. Aus dem Weg. Sie hat einen Deckel. Es ist alles ganz hygienisch. Und dann am Morgen … Man kann es in die Klärgrube schütten. Da ist ein Rohr. Ein Rohr, das in den Tank führt. Macy hat mir gezeigt, wie es geht.«

»Ich verstehe. Es tut mir leid, falls es eine unhöfliche Frage war. Ich war einfach nur neugierig.«

»Sie fragen sich, warum ich nicht in besseren Umständen lebe.«

»Das hab ich nicht gesagt.«

»Sie denken, ich sollte mir einen Job suchen. Aber wo soll meine Tochter bleiben, während ich arbeite? Wenn ich die Kinderbetreuung bezahle, arbeite ich praktisch für nichts. Dann geht es mir kaum besser, als wenn ich zu Hause bleibe, um mich selbst um sie zu kümmern.«

Roseanna konnte in der Ferne die ersten Lichter der Stadt erkennen. Es war eine Erleichterung. Es machte ihr immer ein bisschen Angst, durchs absolute Nichts zu fahren. Es verging einige Zeit, ohne dass ein Wort fiel. Die einzigen Geräusche waren das Schnurren des Motors des Maserati und das weniger zivilisiert wirkende Schnarchen des kleinen Mädchens.

»Was werden Sie jetzt tun?«, fragte Roseanna, als sie beim Motel vorfuhren.

»Ich habe absolut keine Ahnung«, erwiderte die junge Frau.

Sie stieg aus dem Wagen, legte sich das kleine Mädchen wieder über die Schulter.

Also wenigstens begriff sie, dass es nicht Roseannas Aufgabe war, eine Lösung zu finden. Zumindest nicht über diese eine Nacht hinaus.

Kapitel Sieben

Menschen, die Schrott sammeln … und Mäuse

Es war nach acht Uhr am folgenden Abend und stockfinster. Roseanna war gerade von ihrem Trip zum Supermarkt in Walkerville zurück. Dem zweiten am selben Tag.

Bei ihrer ersten Fahrt hatte sie Kaffee, Nahrungsmittel und einige Hygieneartikel eingekauft, die Nita nicht eingepackt hatte.

Dann war ihr während des restlichen Tages aufgefallen, wie viele Sachen noch zusätzlich fehlten, doch sie war nicht in der Lage gewesen, eine Liste zu schreiben. Weil ein Notizblock – oder irgendeine Art von Zettel – ebenfalls zu diesen Dingen gehörte. Genau wie ein Bleistift – bei dem nicht beim Transport in der Handtasche die Spitze abgebrochen war. Selbst ein billiger Anspitzer hätte ihr sehr geholfen.

Also war sie die insgesamt neunzig Kilometer ein weiteres Mal gefahren, hatte sich die Dinge eingeprägt, sie sich wieder und wieder vorgesagt, wie ein Lied, das einem zwar nicht gefällt, einem aber trotzdem immerzu im Kopf herumgeht.

Es war insgeheim eine Erleichterung, diese zweite Fahrt in die Stadt. Denn um ehrlich zu sein, hatte Roseanna keine Ahnung, was sie mit ihrer ganzen Zeit anfangen sollte.

Erst als sie wieder auf dem Rückweg war, fiel ihr ein, dass sie die Liste auf ihrem Telefon oder ihrem iPad hätte notieren können. Dann hätte sie vielleicht auch daran gedacht, dass die Taschenlampe, die zu kaufen sie nicht vergessen hatte, Batterien benötigte.

Sie war gerade auf halbem Weg von der unbefestigten Einfahrt zu ihrer vorderen Veranda, als sie ein leises Geräusch hörte. Es klang menschlich. Eine Stimme. Mehr ein Laut als eine verbale Äußerung – mit anderen Worten: keine Worte. Und trotzdem ein eindeutig menschliches Geräusch.

Der Mond war noch nicht aufgegangen oder vielleicht hinter Wolken verborgen. Und Roseanna hatte nicht daran gedacht, im Haus Licht anzulassen, hatte vergessen, dass es dunkel sein würde, wenn sie zurückkehrte.

Sie stellte ihre Einkaufstüte auf den Boden und bewegte sich langsam und leise in Richtung Scheune, von wo das Geräusch gekommen war. Gar nicht so sehr mit dem Ziel, den Verursacher zu konfrontieren. Es war mehr ein reflexhafter Wunsch, zu wissen, was und wo es war. Ihr Herz schlug schneller, fühlte sich mehr und mehr so an, als würde es ihr in der Kehle sitzen. Dann blieb sie stehen. Fragte sich, ob es klüger wäre, einfach ins Haus zu laufen und die Tür hinter sich zu verriegeln.

Bevor sie einen Entschluss treffen konnte, prallte etwas gegen sie. Sie schrie laut auf, aus voller Kehle. Das andere schrie zurück, hörte sich etwas jünger und höher an.

»Wer ist da?«, rief Roseanna und klang entschieden ängstlich.

»Ich bin's nur«, erwiderte eine weibliche Stimme. Roseanna erkannte sie als die der Frau wieder, die sie am Abend zuvor von ihrem Grundstück vertrieben hatte. »Tut mir leid«, erklärte die junge Frau, immer noch nur eine Stimme, die von einem dunklen Umriss in der schwarzen Nacht kam.

»Was machen Sie denn wieder hier? Habe ich mich gestern Abend nicht klar ausgedrückt?«

»Doch, schon. Es tut mir leid. Ich habe bloß … Können wir vielleicht morgen gehen? Nicht heute Nacht? Ich habe versucht, all unsere Dinge rauszutragen, aber es ist dunkel, und ich habe kein funktionierendes Auto, und wir haben keinen Platz, wo wir heute Nacht bleiben können, und …«

Dann schien alle Kraft aus ihr zu weichen.

Roseanna schloss für einen Moment die Augen. Sie legte sich eine Hand aufs Herz, als wenn sie das schockierte Organ so beruhigen könnte.

»Sie haben mich zu Tode … Sie haben mich erschreckt«, sagte sie und beließ es dabei.

»Das tut mir leid.«

»Wo ist Ihre Tochter?«

»Drinnen. Sie schläft. Wir brauchen mehr Zeit, um uns zu überlegen, wie wir all unsere Sachen woanders hinschaffen. Und im Moment habe ich auch gar keine Ahnung, wo das überhaupt sein soll.«

Roseanna schloss für einen Moment wieder die Augen. Es fühlte sich irgendwie tröstlich an, auch wenn sie nicht wusste, warum.

Es war ziemlich offensichtlich, dass das Problem, das diese junge Frau gerade geschildert hatte, nicht über Nacht gelöst werden konnte oder würde. Und sie wollte die ganze Sache einfach hinter sich lassen. Sie wollte den großen Schreck hinter sich lassen und nach drinnen gehen, wo sie sich sicher fühlte.

Also war alles, was sie sagte: »Na gut. Aber nur für heute Nacht.«

* * *

Am nächsten Morgen klopfte die junge Frau an, während Roseanna in dem überraschend unangenehm kalten Haus Kaffee kochte.

Sie durchquerte in ihrem Morgenmantel das Zimmer und öffnete die Tür.

Das kleine Mädchen hing – ziemlich wortwörtlich – an der Hand ihrer armen Mutter. Mehr oder weniger mit ihrem ganzen Gewicht. Als wäre das alles ein Spiel. Als könnte sie ihre Mutter als improvisierte Schaukel benutzen.

Roseanna hatte das junge Mädchen bisher noch nicht wach und mit offenen Augen erlebt. Sie hatte rosige Wangen und feines, dünnes, weich wirkendes braunes Haar. Riesige Augen. Sie blickte Roseanna an und lächelte breit, enthüllte dabei Zähne, die klein und perfekt und ordentlich aussahen. Kleine Emailleperlen, die genau richtig standen.

Großartig, dachte Roseanna. *Das Kind wird mich die ganze Zeit anschauen, während ich versuche, sie loszuwerden.*

»Guten Morgen«, sagte die junge Frau.

»Hi!«, fügte das kleine Mädchen hinzu, und ihre Stimme war so schrill und enthusiastisch, dass es Roseanna in den Ohren wehtat.

»Guten Morgen. Haben Sie sich überlegt, wo Sie hinkönnen?«

»Nun. Das ist eigentlich das, worüber ich mit Ihnen reden wollte. Können wir einen Augenblick reinkommen?«

Roseanna sah das Kind an, das sie erwartungsvoll anstrahlte. Fröhlich. Optimistisch. Und in diesem Moment wusste Roseanna, dass sie verloren hatte. Sie hätte antworten können: »Nein, Sie können nicht reinkommen, denn wenn ich Sie reinlasse, ist es, als würde man eine streunende Katze füttern. Ich werde Sie nie wieder loswerden.« Wenn es nur die Mutter auf ihrer Veranda gewesen wäre, hätte sie das gekonnt. Aber diesem kleinen glücklichen Mädchen konnte sie das nicht ins Gesicht sagen.

Roseanna seufzte tief.

»Na gut«, gab sie sich geschlagen. »Für einen kurzen Moment.« Sie trat zur Seite, damit sie an ihr vorbeigehen konnten. »Kaffee?«

»Ja, bitte«, erwiderte die junge Frau.

»Ja, bitte!«, kreischte das kleine Mädchen. Sie wollte vermutlich nicht kreischen. Das schien einfach die Art zu sein, wie sie sprach. Als hätte sie keinen anderen, würdevolleren Tonfall.

»Du trinkst keinen Kaffee«, erklärte die Mutter und zog an der Hand ihrer Tochter. »Dummerchen.«

»Nein?«

»Nein, natürlich nicht. Du bist fünf.«

»Wie alt muss man denn sein?«

Ihre Mutter dachte einen Moment über diese Frage nach. Dann sagte sie: »Achtzehn.«

»Oh«, quietschte das kleine Mädchen. »Ach, egal!«

Roseanna drückte sich einen Finger in ihr malträtiertes Ohr, als wenn es das besser machen würde.

* * *

Sie reichte der jungen Frau Kaffee in einer der angeschlagenen kobaltblauen Tassen der verstorbenen Macy. Dann setzte sie sich auf die Couch und verfolgte, wie das fünfjährige Mädchen eine Show veranstaltete, und zwar mit einiger Beunruhigung. Beunruhigung bei Roseanna, nicht bei dem kleinen Mädchen. Das Kind hatte ganz offensichtlich niemals ein ermahnendes Wort gehört.

Jedes Mal, wenn die junge Frau den Mund öffnete, um mit Roseanna zu sprechen, zog das kleine Mädchen an ihrem Ärmel, hüpfte in seinen rosafarbenen Sneakern auf den Zehenspitzen auf und nieder oder schrie: »Mami, Mami. Mami!« In den meisten Fällen benutzte sie alle drei Methoden auf einmal, um die Aufmerksamkeit ihrer Mutter zu erringen.

»Was, Süße?«, erkundigte sich die erschöpfte junge Mutter schließlich und wandte sich zu dem Kind um.

»Ich habe eine Maus gesehen!«

»In unserem Haus?«

»Nein, hier!«

»Wann?«

»Genau jetzt. In der Küche!«

»Da sind Mäuse in der Küche?«, mischte sich Roseanna ein.

»Oh, ja«, erwiderte die junge Mutter. Roseanna hatte sie immer noch nicht nach ihrem Namen gefragt. Mit voller Absicht. Sie hatte nicht vor, zuzulassen, dass dies hier der Anfang von … nun, irgendetwas sein würde. »Hier sind überall Mäuse. So ist das, wenn man auf dem Land lebt. Macy hat sie lebend gefangen und sie hoch in die Berge gefahren. Doch ich glaube, sie finden ihren Weg zurück. Entweder das, oder es ziehen einfach neue Mäuse in die leeren Löcher. Sie wissen schon. Dort kann man leben.«

»Wo wir gerade davon sprechen …«, begann Roseanna.

Das kleine Mädchen unterbrach sie wieder mit ihrem Gehüpfe und Geziehe.

»Mami! Mami! Es war eine graue Maus! Ich dachte, Mäuse sind braun. Aber sie war grau!«

»Nun, Süße, manche Mäuse …«

»Vielleicht war sie bloß staubig. Vielleicht hatte sie Staub. Haben Mäuse Staub?«

»Weißt du«, sagte Roseanna, bevor die Mutter des kleinen Mädchens antworten konnte, »es kommt eine Zeit im Leben eines jeden Kindes, wo es lernen muss, dass es nicht der Mittelpunkt des Universums ist.«

Die junge Mutter setzte sich abrupt auf. Sie sah Roseanna direkt ins Gesicht, ihre eigene Miene wirkte wie erstarrt.

»Selbst bestimmen kann, meinen Sie.« Sie hörte sich nicht wütend an. Nur bewusst. Vorsichtig.

»Genau.«

»Nun, da bin ich anderer Meinung. Ich glaube, dass das ganze Problem mit dieser Welt ist, dass wir unsere Kinder zu sehr einschränken. Wie sie natürlicherweise sind, scheint uns einfach zu verdammt unbequem, also werden wir ungeduldig, und wir sagen ihnen, dass sie nicht so sein sollen, wie sie sind. Daraus kann nichts Gutes entstehen. Wenigstens meiner Meinung nach nicht.«

»Wir können nicht immer das tun, was uns natürlich erscheint.«

»Warum nicht?«

Während sie das diskutierten, fiel Roseanna auf, dass das Kind uncharakteristisch still war. Sie schien die Spannung im Raum bemerkt zu haben. Vielleicht wusste sie sogar, dass sie der Grund für die Auseinandersetzung war. Sie schaute zwischen den Gesichtern der Erwachsenen hin und her, als würde sie auf der Zuschauertribüne bei einem Volleyballturnier sitzen.

»Nun … Wir haben Verantwortung. Wir müssen lernen, dass das Leben …« Sie brachte den Satz nicht zu Ende. Denn ihr wurde klar, dass sie sich wie Alice anhörte. »Also gut. Ich möchte nicht unfreundlich erscheinen, doch vielleicht können wir zum Punkt kommen. Sie sind hergekommen, um mir etwas zu sagen.«

»Genau. Das stimmt. Ich muss Sie um etwas bitten.«

Aber dann hielt sie inne und sprach nicht weiter.

Das Mädchen sah weiter still von einem zum anderen.

»Mein Name ist Patty«, erklärte die junge Frau, als sie sich gefasst hatte. »Und das hier ist Willa.«

»Kommen Sie zum Punkt«, beharrte Roseanna. »Bitte jetzt.«

»Wir können nirgendwo anders hin. Wir brauchen Zeit, um eine Wohnung zu finden. Wir müssen wahrscheinlich nach Walkerville ziehen. Ich weiß nur nicht, ob man dort etwas mieten kann. Ich kann vermutlich etwas Geld von meinen Eltern leihen. Ich hasse es wie die …«, sie sah kurz zu ihrer aufmerksam lauschenden Tochter, »ich hasse es zutiefst, sie darum zu bitten. Allerdings fürchte ich, mir bleibt nichts anderes übrig. Willa kommt im Herbst in die Vorschule, und dann kann ich einen Teilzeitjob annehmen und es ihnen zurückzahlen. Und mir die Miete leisten. Ich werde heute noch meine Familie anrufen, doch es wird trotzdem ein wenig dauern, bis ich etwas finde. Ich schwöre, wir werden so still sein, dass Sie nicht einmal bemerken, dass wir hier sind.«

Roseanna warf einen Blick zu dem kleinen Mädchen, das ihn seinerseits vollkommen offen erwiderte. Ohne jeden Hintergedanken.

»Ich bezweifle, dass Sie so still sein werden, dass ich nicht merke, dass Sie hier sind. Sie haben selbst gesagt, dass Sie Ihrer Tochter keine Grenzen setzen.«

»Das habe ich nicht gesagt.«

»Sie lassen sie sein, wie Kinder natürlicherweise sind. Was okay ist. Sie können sie erziehen, wie Sie wollen. Aber jetzt muss sie plötzlich still sein. Wie soll das funktionieren?«

»Ich kann still sein«, verkündete Willa. Zu laut.

»Hören Sie, Patty. Ich fühle wirklich mit Ihnen. Doch es war für mich ja gerade Sinn und Zweck dieser ganzen Sache, hier meine Ruhe zu haben. Das ist es, was ich brauche. Wenn ich hier nicht in ungestörter Einsamkeit leben kann, wozu dann das alles? Wer wohnt an einem Ort wie diesem, wenn er keine Ruhe will?«

»Ich schwöre, es wird höchstens für ein, zwei Wochen sein. Und wir können Ihnen helfen. Ich kann mich hier nützlich machen.«

»Bei was soll ich denn Hilfe brauchen?«

»Ich könnte Ihnen helfen, das ganze Zeug aus der Scheune zu räumen.«

»Was für Zeug?«

Stille. Patty wirkte ernsthaft überrascht.

»Sie haben nicht in die Scheune geschaut?«

»Nein.«

»Sie haben die Farm gekauft, ohne in die Scheune zu sehen?«

»Ich werde nicht in der Scheune wohnen, also ist es völlig egal, was da drin ist.«

»Okay, in Ordnung«, antwortete Patty.

Sie lehnte sich zurück und trank von ihrem Kaffee. Willa rannte in die Küche, vermutlich, um nach mehr Mäusen zu suchen.

»Ich gebe auf«, sagte Roseanna. »Jetzt bin ich neugierig. Was ist in der Scheune?«

* * *

»Ach du heilige …«, begann Roseanna. Aber sie beendete den Satz nicht. Weil das kleine Mädchen sie anstarrte und zuhörte. »Warum behält irgendjemand all dieses … dieses …?«

»Ich glaube, das Wort, das Sie suchen, ist ›Gerümpel‹«, stellte Patty fest.

Roseanna betrat die Scheune. Es war allerdings nicht einfach. Man konnte dort nicht einfach hineingehen. Man musste sich für einen Gang entscheiden.

Zwischen den sorgfältig angelegten Gängen stapelte sich … nun, wie Patty gesagt hatte, Gerümpel. Doch es war

Gerümpel mit einem Thema. Es war zu hundert Prozent Metall. Schutzbleche und Räder und Ketten und Motoren und Maschendrahtzaun und … Manchmal konnte man nicht mal erkennen, was genau es war. Wenn zu irgendeinem Zeitpunkt Teile dieser Schrottberge irgendetwas anderes gewesen waren, irgendetwas Größeres, war es für Roseanna unmöglich, sich das entsprechende Gebilde noch vorzustellen.

Jetzt war es einfach ein Meer von aufeinandergeschichteten Metallteilen. An vielen Stellen höher als ihr Kopf. In den Ecken bis fast unters Dach.

Patty und Willa folgten ihr in einen Gang. Roseanna reckte überwältigt den Hals.

»Warum sollte irgendjemand all das behalten?«, fragte sie niemand Bestimmten.

»Ich habe keine Ahnung«, erwiderte Patty.

»Aber es war Macy, die das alles aufgehoben hat?«

»Genau.«

»Wozu?«

»Keine Ahnung.«

»Sie haben sie nie gefragt?«

Roseanna bog an einer Kreuzung zwischen den Stapeln um die Ecke, und plötzlich kam ihr ein verstörender Gedanke. *Wenn es jetzt ein Erdbeben gäbe … Himmel, vielleicht reicht ein lauter Überschallknall … würden wir alle drei wie Käfer zerquetscht werden.*

»Ich habe sie gefragt«, antwortete Patty, nahm ihre Tochter an die Hand und ging hinter Roseanna her. »Sie hat allerdings nicht gern darüber gesprochen. Ich glaube, sie war sich darüber im Klaren, dass es objektiv betrachtet Unsinn war. Es war eine Art Besessenheit. Sie wissen schon. Wie diese Menschen, die Kerzen mögen und nicht zwei oder drei haben, sondern zwei- oder dreihundert.«

»Wie ein Messie.«

»Ja«, bestätigte Patty. »Genau so.«

»Was war dieses Zeug alles mal?«

»Oh, ganz verschiedene Dinge. Landwirtschaftliche Geräte. Traktoren und Pflüge und Autos. Fahrräder. Auch ein Motorrad oder zwei.«

Roseanna kam am Ende des Gangs an und blieb in der Nähe der Rückwand der Scheune stehen. Sie starrte immer noch fast direkt nach oben. Allmählich fing ihr Nacken an wehzutun.

»Aber irgendjemand hat das alles auseinandergebaut. Und hier aufgeschichtet. Und Macy war eine alte Frau.«

»Nicht ihr ganzes Leben lang. Und sie hat früher Hilfskräfte beschäftigt.«

»Richtig. Hilfskräfte. Ich vermute, die muss man an einem Ort wie diesem haben.«

»Das ist es, was ich vorhin versucht habe, Ihnen klarzumachen. Ich kann Ihnen hier behilflich sein.«

Roseanna beschloss, diesen Kommentar komplett zu ignorieren.

»Was hatte sie mit diesem ganzen Zeug vor? Ich kann mir nicht vorstellen, wozu das gut sein soll.«

»Keine Ahnung«, sagte Patty. »Vielleicht einfach nur wegen der Bauteile. Genau wie auf Schrottplätzen die kaputten Autos einfach komplett aufgehoben werden. Wenn ein Traktor nicht mehr funktioniert oder so, dann kann man hier ein Ersatzteil finden.«

Roseanna folgte einem anderen Pfad und landete in einem Teil der Scheune, in der Nähe einer Seitentür, der frei und sauber war. Eine Lichtung.

»Was ist das hier?«, fragte sie Patty. »Ist sie nicht fertig geworden?«

»Hier hat sie bei schlechtem Wetter das Pferd untergestellt.«

Roseanna zwängte sich an Patty und Willa vorbei, was in dem schmalen Gang nicht einfach war, und ging zurück zur offenen Scheunentür. Sie hatte angefangen, sich in dieser Enge klaustrophobisch zu fühlen. Ihr war ein wenig schlecht.

»Das ist der Grund, warum diese Maklerin immer wieder gesagt hat, dass ich mir alles gründlich anschauen soll, bevor ich ein Angebot abgebe.« Roseanna stand in der offenen Scheunentür und fühlte sich hier draußen im Licht besser. »Weil es Tausende Dollar kosten wird, all diesen Schrott wegschaffen zu lassen. Und ich hätte das von meinem Angebot abziehen sollen.«

»Vielleicht«, erwiderte Patty. »Auf jeden Fall kann ich helfen. Ich kann damit anfangen, Zeug rauszutragen. Und mir einen Pick-up leihen, oder … Nun, ich habe keine Ahnung, wer mir einen Wagen leihen würde. Vielleicht können wir einen mieten. Und dann kann ich anfangen, zur Deponie zu fahren. Ich kann nicht alles bewegen. Einiges davon, die Motoren und so, ist zu schwer für mich. Außer ich könnte einen Seilzug oder so benutzen. Doch selbst wenn ich nur alles wegbringe, was klein genug ist, dann wäre das schon ziemlich viel. Bestimmt drei Viertel. Und dann hätten Sie hier jede Menge Platz.«

Roseanna fuhr fort, das Angebot zu ignorieren. »Nun, es ist egal«, stellte sie fest. »Ich brauche keine Scheune. Es wäre mir gleich gewesen, wenn es hier gar keine gegeben hätte. Ich habe kein Pferd. Wer braucht sie also?«

»Ich hab gedacht, dass Sie vielleicht Ihr Auto darin parken möchten.«

»Oh. Mein Auto. Nun. Vielleicht. Aber ich bin mir nicht sicher, ob ich es hier drinnen abstellen will. Sieht aus, als wenn alles beim ersten Sturm in sich zusammenfallen würde.«

»O nein«, widersprach Patty. »Es ist ganz stabil.«

Sie trat neben Roseanna in das Sonnenlicht in der offenen Tür. Ihre Tochter tat das nicht. Willa fuhr fort, die Gänge entlangzuhüpfen, und lachte dabei fröhlich.

»Ich weiß, sie sieht nicht nach viel aus«, fuhr Patty fort. »Die Scheune. Doch Macy hat immer mal wieder jemanden herkommen lassen, der überprüft hat, ob die Substanz in Ordnung ist. Die Verkleidung … Sie wissen schon, die Bretter … die sind ziemlich verrottet vom Wetter. Aber sie hat ein festes Betonfundament, um den Boden unter den Stützpfeilern vor Wasserschäden zu bewahren. Und die sind in gutem Zustand. Es ist ein so schönes Auto. Teuer. Sie möchten bestimmt nicht, dass es draußen im Schnee steht.«

»Oh«, sagte Roseanna. »Das stimmt.«

»Der Winter hier ist echt heftig. Sie würden es kaum freischaufeln können.«

Roseanna fiel auf, dass es ziemlich viele Dinge gab, die sie nicht über dieses Stück Land und seine geografischen Besonderheiten wusste. Vielleicht war es gar nicht verkehrt, jemanden hierzuhaben – natürlich nur vorübergehend –, der ihr bei Fragen Auskunft geben konnte. Zu den Gefahren, die hier lauerten.

»Ich bezweifle, dass ich das Auto behalten werde«, erklärte sie. Und es war merkwürdig, weil es sowohl logisch als auch wahr war und doch so vollkommen überraschend. Sie hatte keine Ahnung, dass sie das gedacht hatte, bis sie sich die Worte hatte aussprechen hören. »Ich meine, wer hat denn hier draußen einen Maserati? Es ist ein Stadtauto, das bloß auf asphaltierten Straßen gefahren werden sollte. Er hat eine so geringe Bodenfreiheit, dass man ihn am Bordstein oder beim Einfahren in einen Parkplatz beschädigen kann. Ich werde ihn vermutlich verkaufen und mir einen … oh, ich weiß nicht … vermutlich einen Pick-up-Truck holen.«

Aber schon während sie das sagte, wuchs ihr Widerstand dagegen, das Auto abzuschaffen. Vielleicht würde sie einen Pick-up kaufen und den Sportwagen trotzdem behalten. Sie konnte es sich leisten.

»Sie wollen auch nicht Ihren Pick-up vom Schnee freischaufeln.«

»Was hat Macy getan?«

»Sie hatte eine Art von … Unterstand. Wie ein Carport, nur aus Segeltuch. Der ist jetzt allerdings kaputt. Das Wetter hat ihn zerstört. Ich glaube, die Maklerin hat alles abholen lassen. Es sah schrecklich aus. Aber die Scheune wäre eine großartige Garage. Sie könnten einen Pick-up mieten, und ich werde die nächsten zwei Wochen damit verbringen, das ganze Zeug hier wegzuschaffen.«

Roseanna stand für einen Moment einfach da und spürte die warme Sonne auf ihrem Rücken. Sie hörte zu, wie das kleine Mädchen laut lachte, während es die Gänge entlanglief. Sie fragte sich, warum es im Leben immer darum zu gehen schien, das kleinere von zwei Übeln auszusuchen. Warum konnte man nicht alles bekommen, was man sich wünschte? Vor allen Dingen, nachdem sie so lang und so hart dafür gearbeitet hatte.

»Das werden zwei laute Wochen«, bemerkte sie und seufzte tief.

»Ich bring ihr bei, nicht so zu kreischen. Das verspreche ich. Wir machen ein Spiel daraus. Das Flüsterspiel.«

»Oh, das wage ich zu bezweifeln«, erwiderte Roseanna. »Aber ich denke, zwei Wochen kann ich alles ertragen.«

Kapitel Acht

Metallkatzen und horizontale Pferde

Roseanna wurde am nächsten Morgen von einem Kreischen geweckt. Es kam von außerhalb des Hauses, aber das schien die Lautstärke nicht wirklich zu senken. Die Fenster hatten nur eine alte Einfachverglasung ohne Dichtungen im Rahmen. Die dünnen Wände schienen nicht dick genug für irgendeine Form von Isolation. Vielleicht hatte es die auch noch gar nicht gegeben, als dieses Haus gebaut worden war.

Kein Wunder, dass es hier drinnen so kalt ist, dachte sie und zog die Decke fester um sich. Der kleine elektrische Heizkörper lief auf höchster Stufe. Das hatte er die ganze Nacht getan, doch seine Möglichkeiten waren begrenzt.

Ich werde einen größeren, stärkeren besorgen müssen, dachte sie.

Und damit sank sie zurück in den Schlaf.

Gerade als die Bilder in ihrem Geist sich in unverständliche Traumvisionen verwandeln wollten, schrak Roseanna bei einem weiteren Kreischen auf.

»Verdammt!«, rief sie laut und zog sich eines der Kissen über den Kopf.

Etwa zwei Minuten später folgte ein weiteres fröhliches, aber dennoch nervtötendes Kreischen. Dieses Mal wurde Roseanna davon allerdings nicht aus dem Schlaf gerissen. Denn diesmal schlief sie nicht. Sie hatte einfach dagelegen und gewartet, sich dafür gewappnet, es zu hören.

Sie seufzte und warf die Decke von sich.

Während sie in ihren Morgenmantel schlüpfte, fühlte sie auf beiden Seiten ihres Körpers starken Zug – einen warmen vom Heizkörper und einen kalten vom Fenster. Sie zog ihre mit Fell besetzten Hausschuhe an und marschierte nach draußen, verengte die Augen gegen die frühe Morgensonne.

Da sie nichts sah oder hörte, begab sie sich zur Scheune. Als sie kurz vor dem Scheunentor war, kam das kleine Mädchen herausgestürmt und stieß mit Roseanna zusammen, erwischte sie mit dem Kopf so fest, dass sie einen Moment um Luft rang, und trat ihr dabei auch noch auf den Fuß.

»Au«, entfuhr es Roseanna.

»Willa! Entschuldige dich sofort.«

»Tut mir leid«, gehorchte Willa.

Es hörte sich beunruhigend ehrlich an. Das Gesicht des kleinen Mädchens verzog sich zu einem Ausdruck tief empfundener, herzzerbrechender Reue, und sie sah Roseanna in die Augen, als wenn ihr Leben enden würde, wenn sie ihr nicht vergeben würde.

Roseanna schmolz das Herz. Und sie hasste das. *Hasste* es. Hatte es immer getan.

»Und sag ihr, dass es dir leidtut, dass du sie aufgeweckt hast«, meldete sich Patty von einer unklaren Stelle aus. »Ich meine, haben wir Sie geweckt? Wenn ja, tut es mir leid.«

Roseanna öffnete den Mund, um zu antworten, stellte jedoch fest, dass sie einfach noch nicht wach genug war. Sie konnte sich zu dieser ganzen Sache im Moment nicht äußern.

»Also, ich habe schon gut vorgelegt«, fügte Patty hinzu und trat in das frühe Morgenlicht. »Ich kann noch nichts wegfahren, aber ich hab schon ganz viel aus der Scheune herausgeschafft. Ich habe alles nach hinten getragen, sodass Sie es nicht sehen müssen, bis wir einen Pick-up mieten und einen Anhänger und ich es wegbringen kann …«

»Ich bin mir nicht so sicher, ob ich ihn mieten soll«, erwiderte Roseanna und war plötzlich hellwach. »Ich muss mir sowieso einen kaufen.«

Während sie das sagte, warf sie einen Blick über die Schulter zu dem Maserati, der im Matsch an der Zufahrt parkte, und ihr wurde klar, dass sie keinesfalls bereit war, ihn aufzugeben. Vielleicht musste sie sich einen Pick-up zulegen, doch niemand zwang sie, ihr Auto zu verkaufen. Sicher, es stimmte schon, dass hier auf dem Land niemand so einen Wagen fuhr. *Zur Hölle damit*, dachte sie. *Dann bin ich eben die Erste.*

»Ein Pick-up wird nicht reichen«, erklärte Patty und unterbrach Roseannas Überlegungen zum Maserati. »Wenn ich bloß die Ladefläche eines Pick-ups habe, dauert es ein Jahr, bis alles weg ist. Ich brauche einen von diesen offenen Anhängern, die man hinten ans Auto ankuppelt.«

»Oh. Okay. Ja, das stimmt wohl. Aber Sie brauchen trotzdem einen Wagen, um ihn zu ziehen. Richtig?«

»Richtig. Ich sortiere alles, wenn ich es raushole. Falls es zu schwer ist, um es zu bewegen, lass ich es drinnen. Wenn ich es rausschaffen und man es verkaufen kann, kommt es auf einen Haufen. Wenn es auf die Deponie muss, auf einen anderen.«

Roseanna fühlte, wie jemand fest am Ärmel ihres Morgenrocks zog.

»Hey, Mrs Lady!«, rief Willa. »Hey! Ich habe eine Katze gefunden.«

»Eine Katze? Und nein.«

»Was ist so schlimm an einer Katze?«

»Ich will keine Katze.«

»Es ist keine echte Katze«, stellte Patty klar.

»Ich bin verwirrt.« Roseanna fühlte sich überwältigt von einem Verlangen nach Kaffee. Und Einsamkeit, während sie ihn trank.

»Willa hat sich den Schrott angeguckt und darin Formen entdeckt.«

»Oh«, meinte Roseanna. Es gab vermutlich passendere Dinge, die man hätte sagen können, doch das war es, was rauskam.

»Komm mit!«, kreischte Willa. »Ich zeig dir die Katze!«

Sie zerrte Roseanna am Ärmel um die Scheune herum.

Sie standen einen Moment da und betrachteten eine Ansammlung von Metallteilen, die am Boden lagen. Zwei Autostoßstangen, etwas, das wie der Kettenschutz eines Fahrrads aussah. Eine Ansammlung von kleinen Rädern, vielleicht von einem Rasenmäher oder einer Schubkarre. Mehrere Rohre in unterschiedlichen Längen.

»Siehst du?«, fragte Willa.

»Nicht wirklich.«

»Du siehst keine Katze?«

»Ich versuch's, aber …«

»Der Kopf ist genau hier!«, beharrte Willa, sichtlich verärgert. Sie zeigte energisch hin.

»Oh, da. Natürlich.«

»Siehst du die Katze jetzt?«

»Ja.«

Roseanna konnte keine Katze erkennen.

»Wird auch Zeit.«

»Nun, ich denke, du bist ein Mädchen mit sehr viel Fantasie«, teilte Roseanna ihr mit, denn meistens wussten Kinder nicht genug, um zu verstehen, dass solche Aussagen nicht wirklich ein Kompliment waren.

»Hast du ein Kind?«, wollte Willa wissen.

»Ja, hab ich«, erwiderte Roseanna.

»Wo?«

Roseanna beantwortete diese Frage nicht. Denn plötzlich erinnerte sie sich an das, was sie die ganze Zeit vergessen hatte.

»O nein! Ich hab versprochen, dass ich ihn anrufe. Ich hab versprochen, dass ich Lance anrufe. Und das war … wann? Vor drei Tagen?«

»Wer ist Lance?«, fragte Willa, der die Ablenkung offensichtlich nicht gefiel.

»Verdammt«, entfuhr es Roseanna statt einer Antwort.

»Du hast geflucht.«

»Ja, tut mir leid.«

»Man soll nicht fluchen.«

»Das stimmt vermutlich.«

»Oh, das stimmt auf jeden Fall.«

»Würdest du mich bitte entschuldigen, Willa? Ich muss ein Telefonat führen.«

* * *

»Herrgott noch mal, Mom!«, brüllte Lance praktisch.

Es war das Erste, was er sagte. Nicht »Hallo«. Er schien »Hallo« übersprungen zu haben und es durch diesen Vorwurf ersetzt zu haben, was daher kam, wie sie nur annehmen konnte, dass er ihren Namen auf dem Display seines Telefons gelesen hatte.

»Ich weiß«, antwortete sie. »Es tut mir leid.«

Sie saß ein, zwei Sekunden still da. Einfach auf dem Boden oben auf dem Berg. Ein kleiner Stein bohrte sich in ihren Oberschenkel, doch sie machte sich nicht die Mühe, sich zu bewegen. Sie blickte über die Felder, staunte über die Wolken. Sie sahen dick und weiß und riesig aus, wie aufgeblähte Gebirge mit glatter, dunkler Unterseite. Sie hingen ziemlich tief über der Erde und warfen beeindruckende Schatten, die über die Bäume und Ähren glitten.

Der Wind hatte zugenommen, drang durch Roseannas Kleidung, sodass sie mit den Zähnen klapperte.

Ihr wurde in diesem Moment klar, dass in ihrem neuen Zuhause zu leben sich darum drehte, sich ausgesetzt zu fühlen – Sonne und Wind und Kälte zu spüren. In der Stadt zu leben bedeutete, vor ihnen geschützt zu sein. Und sie hatte ihr ganzes Leben in der Stadt verbracht.

Dieses neue Dasein war mit Unbehagen verbunden. Sie fühlte sich lebendig. Aber nicht unbedingt auf gute Art. Vielleicht musste man sich an diese Dinge erst einmal gewöhnen.

»Du hast angerufen, um mir irgendetwas zu sagen«, erinnerte Lance sie.

»Genau. Sorry.«

»Warum hörst du dich atemlos an?«

»Lange Geschichte. Deswegen habe ich nicht angerufen. Also, es tut mir leid. Es war eine sehr merkwürdige Zeit. Auf viele Arten. Du weißt doch, wie man manchmal aufsteht und in die Küche geht, und wenn man dann dort ist, weiß man nicht mehr, was man eigentlich holen wollte. Es stellt sich heraus, dass es dafür tatsächlich einen Grund gibt. Es ist irgendeine Form von Evolutionsding. Es hat uns beschützt, als wir vor den Dinosauriern weggelaufen sind. Wenn du in einer neuen Umgebung bist, ist dein Gehirn plötzlich leer. Wie eine frisch gewischte Tafel. Das hilft uns, für die Herausforderung des neuen Ortes bereit zu sein. Oder das ist zumindest das, was ich irgendwo gelesen habe.«

»Bei allem Respekt, Mom. Ich habe keine Ahnung, wovon du gerade redest.«

»Sorry«, erwiderte sie und beobachtete einen Moment einfach nur die Wolken, die vorüberzogen.

»Willst du behaupten, dass du tatsächlich keine einzige Sekunde Zeit hattest, um dich bei mir zu melden?«

»Nun, man braucht tatsächlich mehr als eine Sekunde. Ich muss auf diesen kleinen Berg klettern, um Empfang zu haben. Das ist nicht nichts. Aber nein, das versuche ich nicht zu behaupten. Ich gebe zu, dass ich es vergessen habe. Ich fühle mich unendlich schuldig deswegen. Doch das ist die Wahrheit. Ich habe Nita versprochen, dass ich dich anrufe, und dann hab ich es vergessen.«

»Warum gibst du dann nicht einfach zu, dass du es vergessen hast? Und sparst dir all die Ausführungen zur Flucht vor Dinosauriern?«

»Vermutlich dachte ich, dass für mich irgendwie mildernde Umstände gelten«, erklärte sie.

Lance antwortete nicht.

Roseanna schaute von den Wolken weg und hinunter auf ihr Grundstück. Sie konnte das kleine Mädchen und seine Mutter erkennen, die den Schrott herumzerrten, aber sie sahen von hier wie Ameisen aus. Jedes Mal, wenn Patty ein Teil auf einen Haufen legte, zog Willa es wieder weg und benutzte es für ihr Arrangement. Vielleicht eine weitere unidentifizierbare Katze.

»Und ich wollte, dass du weißt, dass es wirklich nicht darum geht, dass du mir nicht wichtig bist. Denn ich weiß, das denkst du.«

»Nun, wie das auch immer sein mag, Mom. Es gibt etwas, was ich dir sagen will.«

»Okay, schieß los.«

Es herrschte kurz Stille, während er seine Gedanken sammelte.

»Nimm wieder Vernunft an. Ernsthaft. Bitte.«

Roseanna seufzte und betrachtete immer noch Mutter und Tochter, die den Schrott herumzogen und immer gegeneinander arbeiteten.

»Lance, das habe ich. Das ist genau der Punkt. Ich habe Vernunft angenommen, und das ist der Grund, warum ich weggefahren bin.«

Sie wartete einen Moment auf seine Antwort.

Als keine kam, nahm sie das Telefon vom Ohr und schaute aufs Display. Der Anruf war beendet. Eine plötzliche Unterbrechung, dachte sie zuerst. Doch sie hatte perfekten Empfang.

Nein, die logischere Erklärung war, dass Lance aufgelegt hatte.

Sie wählte erneut seine Nummer, aber er ging nicht ran.

* * *

»Ich hab ein Pferd gemacht!«, kreischte Willa, als Roseanna zurück auf ihr Grundstück kam.

Das kleine Mädchen bemächtigte sich ihrer Hand und zog sie hinter die Scheune. Roseanna stand einen Moment da und dachte über das nach, worauf Willa aufgeregt zeigte.

»Oh«, meinte sie. »Ein Pferd.«

»Hab ich doch gesagt.«

»Ich meine, es sieht wirklich wie ein Pferd aus.«

»Es *ist* ja ein Pferd«, stellte Willa fest. »Also wie sollte es sonst aussehen?«

»Stimmt, da hast du natürlich recht.«

Roseanna ging auf ein Knie und betrachtete Willas Pferd genauer. Es war rudimentär, aber klar erkennbar. Seine Beine bestanden aus Rohren. Geraden Rohren. Dieses spezielle Pferd war nur zu Gangarten fähig, für die es seine Beine nicht beugen musste. Es hatte keine Hufe. Nacken und Ohren waren ebenfalls aus Rohren, also schien es so was wie ein Strichpferd zu sein. Doch das Metallstück, das Willa für seinen Kopf gefunden hatte – Roseanna vermutete, dass es vielleicht ein länglicher

Motorradtank sein könnte –, hatte überraschende Ähnlichkeit mit dem Kopf eines Comic-Pferds.

»Wir könnten ihn einem Pferd sogar noch ähnlicher machen«, sagte Roseanna.

»Wie?«

»Wir könnten ihm Beine geben, die sich biegen können.«

»Wie können wir das schaffen?«

»Wir könnten ein paar von diesen Verbindungsstücken finden, mit denen man zwei Teile zusammenfügen kann, sodass sie um die Ecke gehen.«

»Ich habe keine Ahnung, was du meinst«, erwiderte Willa.

»Und wir könnten ihm eine Mähne und einen Schwanz verpassen.«

»Woraus?«

»Vielleicht aus etwas von der Kette, die in der Scheune ist. Wir müssten sie irgendwie zerschneiden.«

»Wie zerschneidet man eine Kette?«

»Ich habe keinen Schimmer«, gab Roseanna zu. »Ich hab darin nicht mehr Erfahrung als du.«

»Man könnte einen Bolzenschneider benutzen«, schlug Patty vor.

Roseanna drehte sich um und stellte fest, dass die junge Mutter hinter ihnen stand.

»Gibt es hier denn irgendwo einen Bolzenschneider?«

»Durchaus möglich. Ich kann mich mal umschauen. Und ich habe gerade ein paar Kolben auf den Haufen für die Müllkippe gebracht.«

»Ich habe keine Ahnung, wie Kolben aussehen«, antwortete Roseanna und kam mühsam auf die Füße, wischte sich die Hände an der Hose ab. »Oder wozu man sie braucht.«

»Von einem alten Motor. Ich hab mir gerade gedacht, sie wären ziemlich gute Hufe.«

»Wenn er Hufe hätte«, kreischte Willa, »könnte er stehen! Und dann könnte ich ihn reiten!«

»Süße«, widersprach Patty, »wenn du versuchen würdest, das alles hier hinzustellen, würde es einfach auseinanderfallen. Der Boden ist das Einzige, was es zusammenhält.«

»Oh«, machte Willa. Sie hörte sich an, als wäre ihr Herz gebrochen. Sie brachte sich in Position und legte sich auf die Seite, dorthin, wo der Rücken des Pferdes war. Als wenn sie versuchen würde, es horizontal zu reiten. Liegend. »Los!«, kreischte sie, runzelte dann die Stirn und kam auf die Füße. »Das ist nicht gut. Wir müssen ihn zusammenleimen.«

»Leim hält das nicht zusammen«, erklärte Roseanna. Dann schaute sie zu Patty, falls sie sich irrte. »Oder?«

»Nein, das glaube ich nicht. Man müsste es schweißen.«

»Nun, das ist es dann wohl. Außer Sie wissen, wie das geht.«

»Nicht wirklich. Aber ich habe für einen Typen hier in der Nähe gearbeitet, der es kann. Vielleicht bringt er es uns bei.«

»Mhm«, sagte Roseanna. »Hört sich nach einem echten Projekt an.«

»Ja!«, kreischte Willa. »Ich finde auch, es hört sich toll an!«

* * *

Während Patty den Berg erklomm, um den Schweißer anzurufen, saß Roseanna mit Willa im Schatten eines alten Walnussbaums. Sie lehnten sich beide mit dem Rücken an den Stamm, Willas Schulter drückte sich gegen Roseannas Arm.

»Warum bist du jetzt traurig?«, fragte Willa. Sie kreischte es nicht. Sie schien unterdessen etwas müde zu sein.

»Warum denkst du, dass ich traurig bin?«

»Weil du das bist. Du warst in Ordnung, als ich dir die Katze gezeigt habe. Dann bist du den Berg hochgestiegen. Dann bist du runtergekommen und warst traurig.«

»Oh. Ja. Stimmt. Also, Willa, ich habe mit meinem Sohn telefoniert. Und wir haben uns nicht gerade gut verstanden.«

»Tut mir leid«, sagte Willa.

Dann rutschte sie mit ihrem Hintern ein Stück beiseite, streckte sich auf der Seite auf dem blanken Boden aus und legte ihren Kopf in Roseannas Schoß.

Roseanna streichelte Willas dünnes, seidiges Haar und dachte: *Okay, ich bin tot. Es ist alles vorbei. Sie werden für immer hierbleiben, und es gibt nichts, was ich dagegen tun kann.*

ETWA EINEN MONAT VOR DEM UMZUG

Kapitel Neun

Kratzer und Gebrauchsspuren auf dem Herzen

Roseanna kam fast eine halbe Stunde zu spät in ihrer Kanzlei in Manhattan an.

Als sie in Alice' Büro trat, drehte sich Alice mit ihrem Stuhl sofort so um, dass sie mit von der Tür abgewandtem Gesicht dasaß. Und damit auch von Roseanna abgewandt. Alice telefonierte gerade, sprach mit leiser Stimme. Sie hatte Roseanna nicht in die Augen gesehen.

Dies war kein geschäftlicher Anruf. Und kein erfreulicher Anlass.

Als Alice Roseanna einen schuldbewussten Blick über die Schulter zuwarf, versuchte Roseanna ihr zu verstehen zu geben, dass sie später wiederkommen werde. Ihre Geste bestand aus einem vagen Deuten auf die Tür, die sie benutzen würde, um den Raum zu verlassen. Alice schüttelte den Kopf und hielt einen Finger hoch.

Roseanna ging trotzdem.

* * *

Drei oder vier Minuten später steckte Alice den Kopf in den Korridor, wo Roseanna an die Wand gelehnt stand und ins Nichts starrte.

»Tut mir leid, Darling«, sagte Alice.

»Schlechtes Timing. Der Fluch meines Lebens. Er folgt mir, wohin auch immer ich gehe.«

»Ach Quatsch. Niemand hat ein besseres Timing als du. Du hättest Stand-up-Comedian werden können. Und jetzt schaff deinen Hintern hier rein.«

Das tat Roseanna. Sie setzte sich auf einen der butterweichen Ledersessel, von denen aus man zum Fenster rausschauen konnte.

Alice goss sich einen Drink ein. Einen ziemlich großen für zwanzig nach zehn vormittags, fand Roseanna. Etwa vier Fingerbreit. Drei, wenn man mit Roseannas kurzen, eher dicken Fingern maß. Alice hob die Flasche in einer stummen Frage, und Roseanna nickte.

»Aber nicht ganz so viel«, fügte sie hinzu, diesmal in Worten.

Alice stellte das Glas mit Bourbon vor Roseanna auf den Tisch und setzte sich auf den Stuhl hinter ihrem Schreibtisch, drehte ihn so, dass er ebenfalls zum Fenster zeigte. Sie saßen beisammen und betrachteten die Skyline von Midtown.

Eine überraschend lange Zeit rührten sie sich nicht und schwiegen.

»Also, was macht das Leben?«, fragte Roseanna.

Es war eine leicht sarkastische Frage. Ganz offensichtlich war das Leben nicht so toll, doch Roseanna war sich nicht sicher, ob ihre Freundin darüber sprechen wollte, wie wenig gut es war.

»Ich war nie ein großer Fan«, erwiderte Alice.

»Vom Leben?«

»Genau.«

»Ganz generell?«

»Ja.«

Sie saßen ein paar Minuten weiter schweigend da. Alice legte ihre Füße in den Jimmy-Choo-High-Heels auf die Fensterbank. Die Knöchel übereinandergeschlagen. Schob sich mit einer Hand gedankenverloren die lockigen Haare aus der Stirn, was bedeutete, dass Roseanna ihre Freundin daran würde erinnern müssen, sich vor dem großen Meeting vor dem Spiegel die Frisur zu richten.

Sie hatten gar nicht viel Zeit totzuschlagen. Ihr Treffen mit Tyler Brandt war in etwa sieben Minuten. Roseanna warf einen Blick auf ihre Armbanduhr. Sie trug sie so, dass das Zifferblatt auf der Innenseite ihres Handgelenks war, eine alte Gewohnheit, die es ihr erlaubte, die Uhrzeit abzulesen, ohne die Hand zu drehen.

»Mir wurde das Herz gebrochen«, erklärte Alice plötzlich und erschreckte sie damit leicht. »Schon wieder.«

»Oh.« Roseanna war irgendwie unsicher, wie sie weitermachen sollte. Sie war nie jemand gewesen, an dessen Schulter man sich ausweinen konnte. Aber andererseits weinte Alice auch nicht. »Tut mir leid, das zu hören.«

»Ist schon in Ordnung.«

»Wie kann es in Ordnung sein?«

»Ist einfach so.«

»Nicht in meiner Welt.«

»Ich sag das nicht nur, um ungerührt zu wirken.«

»Das wollte ich auch nicht andeuten. Erklär mir einfach, wie es okay sein kann, wenn einem das Herz gebrochen wird. Denn das verstehe ich nicht.«

»Ach, komm schon, Roseanna. Du hast eine hässliche Scheidung hinter dir, also was kann ich dir schon über Herzschmerz beibringen?«

»Vielleicht … wie es okay sein kann?«

Alice seufzte. Sie drehte ihren Stuhl zurück zu ihrem Schreibtisch und zog ihre Aktentasche mit dem abgenutzten weichen Leder darunter hervor. Stellte sie einfach auf die Papiere auf dem Schreibtisch.

»Es ist wie mit dieser Tasche«, begann sie, hörte sich so an, als wäre ihr der Alkohol schon zu Kopf gestiegen. Allerdings konnte Roseanna nicht wissen, ob dies ihr erstes Glas gewesen war. »Meine Lieblingstasche. Du weißt, wie sehr ich sie liebe.«

»Dein Herz ist wie diese Tasche?«

»Ganz genau.«

»Ich glaube, du hast selbst nicht alle in der Tasche, Süße.«

»Nein, ich meine das ganz ernst.« Alice strich mit der Hand über die Riemen und Schnallen. »Wie häufig hat Jerry mir geraten, dass ich mir eine neue holen soll?«

»Zahllose Male.«

»Aber ich ersetze sie nicht.«

»Nein, das tust du allerdings nicht.«

»Weil sie abgetragen sein soll. Das zeigt, dass sie ein Leben hatte. Dass ich sie benutzt habe. Dass ich keine Angst hatte, sie wirklich zu benutzen. Ich habe sie nicht einfach nur ins Regal geräumt und angestarrt. Es geht nicht bloß ums Aussehen.

Das erinnert mich daran … Als ich ein Kind war, damals in Missouri … Ich glaube nicht, dass ich dir das schon jemals erzählt habe, denn ich denke gerade zum ersten Mal seit Jahren daran. Mein Bruder hatte diese Auseinandersetzung an der Tankstelle, und ich meine eine echte Prügelei. Unser Dad musste in die Stadt fahren und ihn aus dem Gefängnis holen. Und weißt du, worum es bei dieser Schlägerei ging? Klar, natürlich nicht. Tut mir leid. Er hatte zu jemandem, einem Teenager, den er aus der Highschool kannte, gesagt, dass dessen Pick-up ›Disco‹ sei. Ich denke, ich verrate hier sehr viel über mein Alter, weil heute niemand mehr dieses Wort verwendet. Es bedeutet, dass etwas zu sauber ist. Es war ein höhergelegter Pick-up mit Vierradantrieb. Der soll nicht sauber sein. Der soll im Matsch gefahren werden. Also sind das provozierende Worte, wenn man jemanden beschuldigt, einen Pick-up zu haben, der zu sauber ist. Da geht es um mehr als nur den Wagen. Das bedeutet, dass die Person so tut, als wäre sie jemand, der sie nicht ist. Große Klappe und nichts dahinter. Weißt du, was ich meine?«

»Ich glaube schon. Du meinst, Herzen sind dazu da, gebrochen zu werden. Ich bin mir nicht sicher, ob ich deine Ansicht teile, aber …«

»Genau. Sonst verwendet man sie nicht bestimmungsgemäß. Und das ist eine ziemlich feige Art, zu leben, findest du nicht?«

Sie saßen eine Minute schweigend da.

Roseanna warf einen Blick auf die Uhr, um sich zu vergewissern, dass sie nicht zu spät zum Brandt-Meeting kamen. »Ich wusste nicht einmal, dass du mit jemandem zusammen warst«, stellte sie nach einiger Zeit fest.

»Es war nicht wirklich lange. Und es war jemand … Junges … Zu jung – das ist alles, was ich dazu sagen werde. Ich sollte mir den Kopf untersuchen lassen. Es ist peinlich, überhaupt darüber zu reden. Aber, weißt du, wir sind in dem Alter, in dem uns klar wird, dass wir uns noch ein bisschen die Hörner abstoßen müssen.«

»Sprich für dich selbst«, antwortete Roseanna, denn sie empfand sich als komplett hörnerlos. »Was ist also passiert?«

»Oh, das Übliche. Ich bin zu sehr mit meinem Job verheiratet.«

»Nur noch zwei Jahre.«

»Das funktioniert nicht bei den Jungen, Darling. Das ist, als wenn man jemandem verspricht: ›Im nächsten Leben unternehme ich mehr mit dir.‹ Die Erde dreht sich nicht so schnell für sie, wie sie es für uns tut.«

Es war fast Zeit, zu gehen. Doch Roseanna hatte eine weitere brennende Frage. Und die schien nicht warten zu können.

»Warum hast du mir nichts davon erzählt?«

»Was? Dass ich jemanden in meinem Leben hatte? Oder dass es nicht funktioniert hat?«

»Ja. Das.«

»Oh, was soll ich sagen, Darling? Wir reden nicht über private Dinge. Oder? Zumindest ich habe nicht gedacht, dass wir das tun.«

»Aber wir sind beste Freundinnen.«

»Stimmt.«

»Das kann kein gutes Zeichen sein.«

»Ach, ich weiß nicht, Roseanna. Interpretiere nicht zu viel hinein. Die eigene Privatsphäre zu wahren ist nicht das Schlimmste auf der Welt. Pass auf, ich schlag dir was vor. Nach dem Brandt-Meeting gönnen wir uns einen schönen langen Drei-Martini-Lunch. Und dann schauen wir mal, was wir uns alles gegenseitig noch nicht anvertraut haben. Vielleicht können wir es besser machen. Vielleicht kann man alten Hunden doch neue Tricks beibringen. Du weißt schon.«

»Okay«, erwiderte Roseanna. »Einverstanden. Das gefällt mir.«

* * *

Und Roseanna hätte es gut gefallen. Sehr gut sogar. Sie hätte so eine Gelegenheit wirklich zu schätzen gewusst, wenn sie denn jemals gekommen wäre.

FORTSETZUNG: DER UMZUG

Kapitel Zehn

Angeln – im Gegensatz zu Fangen – und wissen, wovor man Angst hat

Roseanna war auf dem Weg zur Scheune, um etwas zu schweißen, als sie ihn sah. Den jungen Mann. Er lehnte an ihrem Zaun und betrachtete den Metallzoo. Das taten die Leute von Zeit zu Zeit.

Sie trat näher zu ihm, doch er war zu sehr von den Tierskulpturen fasziniert, um es mitzubekommen.

Er wirkte wie knapp zwanzig, trug einen verblichenen Hut mit breiter Krempe. Nicht direkt ein Cowboyhut, aber etwas Ähnliches. Er hob ihn hoch und kniff die Augen gegen die frühe Nachmittagssonne zu Schlitzen zusammen. Sein Haar war extrem kurz. Fast rasiert. Er hatte ernste, intelligente Züge. Er kratzte sich seinen geschorenen Kopf und setzte den Hut wieder auf. Neben seinen Füßen stand ein riesiger Rucksack, einer von der Sorte, wie man sie benutzte, wenn man mehrere Tage in der Wildnis verbringen wollte.

Dann bemerkte er sie, und er nahm den Hut wieder ab und nickte ihr zu. »Guten Morgen, Miss«, rief er. »Oder ist es schon Nachmittag?«

»Nachmittag, glaube ich«, erwiderte sie.

Sie ging näher zu ihm und stellte sich auf der anderen Seite an den Zaun, und sie schauten sich die Tiere zusammen an.

»Interessant, was Sie hier gemacht haben«, sagte er. »Wobei ich vermutlich nicht so viel als gegeben voraussetzen sollte. Sind die von Ihnen?«

»Nun, nicht von mir allein. Es gibt ein kleines Mädchen, das beim kreativen Teil geholfen hat. Doch man überlässt einer Fünfjährigen keinen Schweißbrenner. Also bin ich diejenige, die alles zusammengeschweißt hat.«

»Mhm«, meinte er. »Schwere Arbeit, Schweißen. Heutzutage ist das eine fast vergessene Kunst. Ich hab allerdings noch nie eine Schweißerin getroffen, obwohl es natürlich gut ist, dass Sie eine sind.«

»Ich bin mir nicht sicher, ob ich mich selbst als Schweißerin bezeichnen würde«, erklärte Roseanna. »Ich lerne noch. Wenn man sich die Arbeit aus der Nähe ansieht, kann man erkennen, dass ich auf keinen Fall Profi bin.«

»Wenn ich das tun dürfte? Oh, nicht um Ihre Arbeit zu kontrollieren, Miss. So habe ich es nicht gemeint. Ich würde sie einfach nur gerne aus der Nähe betrachten.«

»Klar, komm rein«, forderte sie ihn auf und zeigte zum Tor.

Der junge Mann zog sich den schweren Rucksack auf die Schultern und ging zum Tor, das Roseanna ihm aufhielt. Er streckte ihr die Hand entgegen und schüttelte ihre, bevor er das Grundstück betrat.

»Sorry«, entschuldigte er sich. »Wo sind meine Manieren? Nelson David. Vorname Nelson, Nachname David. Die Leute verwechseln das häufig. Und ich weiß es zu schätzen, wenn sie das nicht tun.«

»Freut mich, dich kennenzulernen, Nelson«, erwiderte sie. »Rosie Chaldecott.«

Sie gingen zusammen zu dem Feld mit dem Elefanten und dem Löwen und dem Pferd und der Giraffe und dem Nilpferd und dem Krokodil und liefen stumm zwischen ihnen herum.

»Das macht auf mich alles einen handwerklich einwandfreien Eindruck«, sagte Nelson.

»Man kann alle Schweißnähte sehen.«

»Aber es hält.«

»Ja, tatsächlich reitet das kleine Mädchen täglich auf dem Pferd.« Roseanna hatte ihm den wie einen Sattel geformten Sitz eines alten Traktors auf den Rücken geschweißt. »Wo ist dein Zuhause?«

Nelson deutete mit einem Daumen über seine Schulter. Roseanna konnte nur vermuten, dass er vage in irgendeine Richtung zeigte, konnte damit jedoch nichts anfangen.

»Wo?«

»Im Grunde auf meinem Rücken«, antwortete er. »Seit ich ausgeschieden bin, bin ich einfach umhergezogen.«

»Ausgeschieden?«

»Aus der Armee.«

»Ah. Verstehe.« *Das erklärt den Haarschnitt*, dachte Roseanna. »Wie lange bist du denn schon raus?«

»Etwa vier Tage.«

Sie gingen zu der Giraffe, und Nelson starrte an dem langen Hals hinauf, schirmte seine Augen ab, als die Nachmittagssonne unter seinen Hutrand schien.

»Trotzdem«, beharrte Roseanna. »Du musst irgendwo herkommen. Das tut jeder.«

»Das stimmt wohl, Miss. Jeder kommt irgendwoher. Ich aus North Carolina. Ich bin mir allerdings nicht sicher, ob ich es Zuhause nennen würde.«

»Ah«, stellte sie fest. »Jetzt, wo du das gesagt hast, höre ich einen Hauch von Akzent.«

»Schade. Ich hab mir große Mühe gegeben, den in meinen zwei Jahren bei der Armee loszuwerden. Ich vermute, ich wollte das alles einfach hinter mir lassen. Ich habe da mit meinen Eltern gelebt, von dem Tag, an dem ich geboren wurde, bis zu dem Tag, als ich achtzehn wurde. Dann bin ich zur Armee gegangen, weil ich wegwollte. Verstehen Sie mich nicht falsch. Ich liebe meine Eltern. Das sind gute Leute. Jeder für sich. Aber wenn man sie zusammentut, ist das, was herauskommt, nicht gut. Sie streiten sich die ganze Zeit. Jede Minute, die sie zusammen sind, so scheint es mir. Und ich konnte nie verstehen, warum. Das Leben ist zu kurz für all diesen Streit. So sehe ich das jedenfalls.«

Sie gingen weiter zum Löwen. Auf ihn war Roseanna besonders stolz – wie sie die Glieder von Dutzenden Ketten zusammengeschweißt hatte, sodass sie in einem erstarrten Wellenmuster abstanden und die gigantische Mähne bildeten.

»Weil sie nicht glücklich sind«, vermutete sie.

Nelson sah sie kurz an, dann zurück zum Löwen. Er sagte nichts weiter.

»Mir wird langsam bewusst, dass wir früh im Leben Entscheidungen treffen«, fuhr Roseanna fort, »wenn wir zu jung sind, um zu wissen, was uns glücklich macht. Und das sind mehr oder weniger permanente Entscheidungen. Dabei müssten sie das nicht sein. Trotzdem glauben wir irgendwie, dass sie es sind. Es ist schwierig, sie zu ändern, vor allem, wenn es schon lange so ist, und wir wollen die Leute nicht enttäuschen, indem wir unsere Versprechen brechen. Aber was wir diesen armen Leuten antun, ist viel schlimmer. Wir geben ihnen die Schuld dafür, dass wir nicht glücklich sind. Denn das ist einfacher, als uns selbst die Schuld zu geben. Wenn wir uns selbst die Schuld gäben, dann müssten wir es in Ordnung bringen, und das kann schwierig sein.«

Nelsons Blick begegnete wieder ihrem. Kurz.

»Nun, ich weiß es zu schätzen, dass ich Ihre Arbeit aus der Nähe anschauen durfte, Miss. Das ist alles sehr … fantasievoll.«

»Ja«, erwiderte sie. »Das stimmt wohl.«

Sie begaben sich gemeinsam zum Tor. Langsam. Der junge Mann schien es nicht eilig zu haben, weiterzuziehen.

»Ich würde ja zu gerne sehen, was alles dazugehört, das zu schweißen«, erklärte er.

* * *

Roseanna schob die schwere Schweißmaske hoch und wischte sich die Stirn ab. Das Innere der Scheune war angenehm schattig, aber dafür gab es hier keinerlei Wind. Alles, was sie getan hatte, war, zwei Rohrstücke in einem bestimmten Winkel zu verbinden, und schon war ihr heiß, und sie fühlte sich erschöpft. Sie stellte den Schweißbrenner aus. Die Stille war himmlisch.

»Also ist das hier etwas, was Sie wirklich gerne tun«, bemerkte Nelson und testete vorsichtig, ob die Rohre schon kühl genug waren, um sie anzufassen.

»Nicht wirklich. Nein. Es ist Sommer, und es ist heiß genug, ohne dass man noch mit dem Schweißbrenner hantiert. Und mir tun Arme und Schultern weh. Außerdem ist die Maske schwer, und ich habe das Gefühl, als bekäme ich nicht genug Luft.«

»Es ist vielleicht eine offensichtliche Frage«, begann der junge Mann, »aber warum tun Sie es dann?«

»Wegen dieses Moments gerade jetzt. Wenn ich die Maske hochschiebe und die kühle Luft einatme und den Schweißbrenner ausmache. Und dann schaue ich runter und stelle fest, dass ich etwas Echtes geschaffen habe. Etwas Echtes, das man sehen und anfassen kann. Außer Mahlzeiten habe ich nicht viele fassbare Dinge in meinem Leben hergestellt. Ich glaube, es gefällt mir, weil es schwer ist. Ich muss darum kämpfen. Und dann, wenn es geschafft ist, fühle ich mich gut. Es ist befriedigend. Und durch die Tatsache, dass es so schwierig war, ist es nur besser.«

Sie blickte auf und stellte fest, dass der junge Mann zustimmend nickte. »Alles im Leben ist so«, sagte er.

»Glaubst du?«

»Alles, was sich zu haben lohnt. Danke, dass Sie es mir gezeigt haben. Vermutlich sollte ich mich jetzt verabschieden.«

Sie traten zusammen aus der Scheune. Gingen zum Tor.

Nelson blieb stehen und zeigte den Hügel hinunter zum Bach. »Wenn ich fragen darf, Miss ... Ist das da unten auch Ihr Grundstück?«

»Wo unten?«

»Ich hab auf den letzten paar Kilometern, während ich gegangen bin, bemerkt – ich hab gesehen, dass da ein nettes Flüsschen fließt. Ich wollte nachschauen, ob Fische darin sind, aber ich hab mir gedacht, das ist alles Privatbesitz. Wissen Sie zufällig, ob man hier gut angeln kann?«

»Ich habe keine Ahnung«, erwiderte sie. »Es gehört mir. Ich bin da allerdings noch nie gewesen.«

»Sie sind noch nie da unten gewesen?« Er klang ehrlich schockiert. »Wie ist das möglich? Wie kann Ihnen ein Stück Land gehören, das Sie noch nie gesehen haben?«

»Ich bin gerade mal knapp zwei Monate hier. Und ich bin nicht in guter körperlicher Verfassung gewesen, als ich eingezogen bin. Ich muss mich langsam an alles gewöhnen. Außerdem ist das ein steiler Abhang. Ich denke, die Vorstellung, dass ich da wieder hochklettern muss, hat mich davon abgehalten.«

»Nun, meiner unwesentlichen Meinung nach, Miss, müssen Sie aber wissen, ob man auf Ihrem Besitz gut angeln kann.

Wenn Sie einen Fluss haben, der das ganze Jahr über durch Ihr Grundstück fließt, müssen Sie ihn mit Ihren eigenen Augen gesehen haben. Kommen Sie mit mir da runter. Wenn Sie Probleme haben, wieder hinaufzuklettern, können Sie sich an einem Riemen an meinem Rucksack festhalten, und ich zieh Sie hoch, als wäre ich ein Brauereipferd. Klingt das nach einem Plan?«

»Sicher«, antwortete Roseanna. »Das klingt gut.«

* * *

»Ich denke, was Sie über meine Eltern gesagt haben, stimmt vermutlich«, begann Nelson.

Sie saßen im Schatten am Ufer des Flüsschens, an einer Stelle, wo das Wasser überraschend tief zu sein schien, und beobachteten die geisterhaften Schatten von drei oder vier silbernen Fischen, die dicht unter der Oberfläche hin und her schwammen.

»Und andere Leute, die wie sie sind«, fuhr er fort, als sie nicht antwortete. »Ich denke, Sie haben generell gesprochen. Also … Hey, ich will mich nicht zu weit aus dem Fenster lehnen, Miss, aber ich habe eine zusammenklappbare Angelrute in meinem Rucksack. Würde es Sie stören, wenn ich mal versuche, einen von denen rauszuholen?«

»Überhaupt nicht«, sagte sie. »Nur zu.«

* * *

»Ich glaube, dass ich einfach schreckliche Angst bekommen habe«, schloss Roseanna, nachdem sie ihm die Geschichte von Alice' plötzlichem Schlaganfall erzählt hatte.

Es war etwa eine Stunde später. Sie saßen immer noch im Schatten, mit dem Rücken an die schmalen Stämme der Bäume hinter ihnen gelehnt. Er hatte immer noch nichts gefangen.

Er schwieg, also fügte sie hinzu: »Es fällt mir schwer, das zuzugeben, aber es stimmt.«

»Wir werden alle sterben«, stellte Nelson fest, lehnte sich über seine Knie nach vorn und starrte auf das Ende seiner Angelrute. »Also bringt es nichts, durchs Leben zu gehen und Angst vor dem Tod zu haben. Sie müssen verstehen, mir ist schon klar, wenn ich das sage … Das ist eins der Dinge, die man leicht sagen kann und die schwer zu tun sind.«

»Das ist es nicht. Ich meine nicht, dass ich Angst vorm Sterben habe. Nun, das habe ich natürlich. Die meisten Leute haben das. Doch das ist nicht das Wichtigste.«

»Was ist das Wichtigste?«, fragte er.

Sie saßen einige Zeit still da.

So ist das, begriff sie jetzt, *wenn man angelt. Die meiste Zeit verbringt man mit Angeln, nicht mit Fangen. Es ist nicht gerade das Spannendste. Also sucht man sich was anderes, um die Zeit rumzubringen. Gute Unterhaltungen, wenn man nicht allein ist. Wertvolle Gedanken, wenn man es ist.*

»Weißt du, wie …«, fing sie an und hielt dann inne. »Jemand geht zum Arzt. Man denkt, alles ist in Ordnung. Es ist bloß eine Kleinigkeit. Der Arzt kommt mit den Röntgenbildern oder was auch immer und sagt: ›Schlechte Neuigkeiten. Sie haben nur noch ein Jahr.‹ Das Leben dieser Personen ändert sich in diesem Moment total. Plötzlich wird einem klar, dass man bald keine Zeit mehr hat. Man denkt darüber nach, wie man leben will, solange man das noch kann.«

Er wartete kurz, dass sie weitersprach. Sie hoffte allerdings, sie müsste es nicht.

»Aber das ist Ihnen nicht passiert, oder?«

»Nein. Doch warum muss es das? Ich werde sterben. Das werden wir alle. Und wir wissen es auch alle. Wir denken gerne, dass es ewig weit in der Zukunft liegt, aber wir könnten morgen vor ein Auto laufen. Heute sogar. Und das wissen wir ebenfalls alle. Trotzdem verschwenden wir unsere kostbare Zeit. Warum? Warum leben wir so, als würden wir nie sterben?«

Er dachte darüber ein oder zwei Augenblicke nach, bewegte das Ende der Angelrute hoch und runter, um die Forelle anzulocken, die definitiv nicht anbiss.

»Da fragen Sie den Falschen, Miss«, erwiderte er. »Ich weiß so gut wie gar nichts über das Wesen der Menschen. Ich habe das Gefühl, als hätte ich mein ganzes Leben damit verbracht, die Leute um mich herum zu beobachten und zu denken: Was entgeht mir?«

»Ich kenne das Gefühl.«

»Also hatten Sie Angst, dass Sie nicht genug leben würden, bevor Sie sterben.«

»Genau.«

»Dann würde ich sagen, dass Sie das Richtige getan haben, Miss. Von zu Hause weglaufen und so.«

Und damit rollte er die Angel wieder ein, gab offensichtlich auf.

»Du bist der Einzige, der das denkt. Zumindest bis jetzt.«

»Nun, Sie sollten auf mich hören, Miss Rosie. Denn ich bin sehr weise.« Er lächelte selbstironisch. »Tatsächlich bin ich das nicht. Aber ich stimme Ihnen zu. Warum sollte man nicht so denken? Ich gebe es für diesen Nachmittag auf, Miss. Sie sind da drin, doch sie wollen einfach nicht anbeißen.«

Während er sprach, entfernte er vorsichtig den Köder von seinem Haken. Kleine, strahlend rote Lachseier, die er vorsichtig in ein kleines Glas mit Schraubverschluss zurücktat. Er legte die Angelrute zusammen, nahm sie Stück für Stück auseinander. »Also, eines noch. Wahrscheinlich überstrapaziere ich mein Glück damit. Aber ich werde trotzdem fragen. Das hat noch nie geschadet, und Sie können mir immer sagen, ich soll verschwinden. Sonnenuntergang und Sonnenaufgang sind die

Zeiten, wo ich am wahrscheinlichsten einen fange. Und es ist ein bisschen spät am Nachmittag, um zu Fuß noch weiterzuziehen, wenn ich nicht weiß, was ich vor mir habe – was in Laufdistanz liegt und ob ich eine Mitfahrgelegenheit finde oder nicht. Besteht die Chance, dass Sie mich hier für heute Nacht mein Zelt aufschlagen lassen? Ich werde durch das Flüsschen waten und auf die andere Seite dieses kleinen Wäldchens gehen. Sie werden mich vom Haus aus nicht sehen. Und ich bin so still wie ein Flüstern. Das verspreche ich.«

»Du bist mir mehr als willkommen«, erklärte sie und überraschte sich damit selbst. Denn unter normalen Umständen waren ihr, wie sie wusste, Leute nicht mehr als willkommen. Oder überhaupt willkommen. Es war vermutlich, weil er so höflich war und ihr zustimmte, dass es richtig gewesen war, von zu Hause wegzulaufen.

Er hob den Hut in stummem Dank.

»Wollen Sie, dass ich Sie den Hügel hochziehe, wie ich es versprochen habe?«

»Nein«, erwiderte sie. »Vielen Dank. Ich will da ganz allein hochkommen.«

Und das tat sie, sogar ohne zwischendrin anzuhalten. Sie war außer Atem und keuchte, blieb aber nicht stehen. Sie war seit zwei Monaten hier, wurde ihr klar, und sie wurde langsam fitter. Das gefiel ihr auf eine Art, wie ihr noch nie in der Vergangenheit etwas gefallen hatte.

* * *

Willa zog den jungen Mann am folgenden Morgen an der Hand hinter sich her zum Haus. Roseanna konnte das gar nicht entgehen, denn das kleine Mädchen schrie: »Rosie! Rosie! Rosie!« So laut, als wenn etwas brennen würde.

Roseanna rannte auf die Veranda und entdeckte nichts, was brannte, sondern Willa, die den leicht widerstrebenden Ex-Soldaten auf ihre Veranda zerrte.

»Das ist Nelson«, verkündete Willa, als wäre das eine wichtige Erkenntnis.

»Ja, das weiß ich«, antwortete Roseanna. »Wir sind uns schon begegnet.«

»Oh«, machte Willa. Sie klang enttäuscht. Offensichtlich war es wichtig für sie gewesen, diejenige zu sein, die den Neuankömmling auf dem Grundstück meldete. »Du musst ihm etwas zu essen geben.«

»Nein, das müssen Sie nicht«, widersprach Nelson und wurde rot. »Sie müssen mir nichts zu essen geben, Miss. Willa, erinnerst du dich, du solltest das nicht sagen.«

»Oh«, rief Willa. »Ich sollte das *nicht* sagen. Ich hab gedacht, es war andersrum.«

Dann lief das kleine Mädchen weg zu seiner Mutter, die aus der Entfernung zusah. Nelson schaute Roseanna an und sie ihn, und er wurde sogar noch röter.

»Also«, begann Roseanna. »Kann ich dir etwas Frühstück anbieten?«

Der junge Mann richtete den Blick auf die Holzdielen unter seinen festen Stiefeln. »Ich bin nicht mittellos«, beteuerte er. »Ich habe etwas Geld bei mir. Ich bin losgezogen und wusste, dass ich mich um mich selbst kümmern und mich nicht von anderen durchfüttern lassen würde. Nur, nach meinem Frühstück gestern Morgen hat mich diese Straße irgendwie mitten ins Nichts gebracht. Es nützt nichts, Geld für Essen zu haben, wenn niemand welches verkauft.«

»Komm rein«, lud sie ihn ein. »Ich wollte gerade etwas Rührei und Toast machen.«

Er trat in ihr Wohnzimmer, nahm den Hut ab und hielt ihn respektvoll mit beiden Händen vor sich.

»Ich hatte gehofft, eine dieser dicken Forellen zu fangen, um das Problem zu lösen«, informierte er sie, während sie begann, die Zutaten für ihr Frühstück zusammenzusuchen.

»Aber wie hättest du sie zubereitet?«

»Ich habe einen kleinen Campingkocher. Das ist nicht das Problem. Das Problem ist, dass sie nicht anbeißen. Zuerst dachte ich, es wäre die falsche Tageszeit und sie hätten vielleicht keinen Hunger. Doch ich hab es den ganzen Tag über probiert. Jetzt denke ich, dass sie meine künstlichen Köder nicht wollen. Es scheinen Wilde zu sein. Wissen Sie? Im Gegensatz zu Zuchtfischen – die zu Tausenden in die Flüsse gegossen werden, damit Sportangler etwas fangen können. Die Zuchtfische nehmen so ziemlich alles. Sie werden in den Zuchtstationen mit einer Art Pellets gefüttert. Manchmal wollen die wilden Fische nur Käfer oder Würmer. Das ist das, was sie kennen.«

Er lehnte sich mit dem Rücken gegen die Küchenwand und sah ihr zu. »Das ist sehr nett von Ihnen«, fügte er hinzu.

»Kein Problem. Wir können dich ja nicht halb verhungert auf die Straße zurückschicken.«

Sie erwähnte extra die Straße, weil sie schon spürte, dass er sich hier wohlfühlte und dass es nicht ausgeschlossen war, dass er bleiben wollte. Obwohl sie nicht genau wusste, woran sie das merkte.

Er schien den Wink zu verstehen. »Das ist ein wunderbarer Ort, den Sie hier haben«, stellte er fest. »Sie haben großes Glück.«

»Da stimme ich dir zu«, erwiderte sie und schlug das erste von sieben Eiern in eine Schüssel.

»Hier herrscht ein ganz besonderes Gefühl. Ich bin heute Morgen aufgewacht und habe etwas Kaffee auf den Campingkocher gestellt und im Schneidersitz gesessen und lange auf die Landschaft gestarrt. Das war gerade, als die Sonne aufging. Es war etwas diesig unten im Tal. Und ich habe zugesehen, wie der Himmel sich verfärbte, und ich hatte einfach das Gefühl ... als wenn es hier so ähnlich wie im Himmel wäre. Es ist so natürlich und so still.«

»Natürlich ist es«, bestätigte Roseanna. »Allerdings ist es nur still, bis Willa aufwacht.«

Er lächelte, aber es war irgendwie traurig. Er wusste, dass er jetzt bald gehen müsste. Sie konnte es in seinen Augen lesen. Dabei wollte er nicht fort. Auch das konnte sie lesen.

»Ich wünschte, wir hätten frische Forellen, um sie mit den Eiern zu essen. Hatten Sie je Forelle und Eier zum Frühstück?«

»Nein, kann ich nicht behaupten.«

»Aber ... Sie wissen nicht, wie ein Fisch schmeckt, wenn er direkt aus dem Wasser kommt?«

»Ich glaube nicht. Ich bin mir sicher, ich hatte einige Fische, die frischer waren als andere. Doch ich habe mein ganzes Leben in der Stadt verbracht ...«

»Sie haben nie einen Fisch direkt aus dem Wasser gegessen? So zwanzig Minuten nachdem er geschwommen ist?«

»Nein, habe ich nicht.«

»Nun, dann ist es offiziell«, sagte er, und er wirkte nicht mehr wie ein verlorener Welpe. In seinen Augen leuchtete großer Enthusiasmus. »Das müssen Sie einfach probieren. Und ich bin hier, um dafür zu sorgen, dass Sie das tun werden.«

»Aber du hast es bisher nicht geschafft, dass einer anbeißt.«

»Ich werde Würmer ausgraben. Machen Sie sich keine Gedanken. Ich werde keine Löcher auf Ihrem Grundstück hinterlassen. Ich werde direkt im Fluss selbst graben. Da, wo es flach ist. Und das fließende Wasser wird die Löcher direkt wieder schließen. Ich werde Ihnen auf jeden Fall einen Fisch besorgen. Und dann bekommen Sie das beste Frühstück, das Sie je hatten. Oder Mittagessen oder Abendessen. Hängt davon ab, wann ich ihn fange. Aber keine Sorge, ich werde einen fangen. Es ist mir egal, selbst wenn es Tage dauert.«

Roseanna antwortete nicht. Ihr fiel auf, dass er sie nicht fragte, die Besitzerin des Grundstückes, ob es auch ihr egal war, wenn es Tage dauerte.

Doch er war so jung und voller Begeisterung, so ernst in seinem Wunsch, diese Erfahrung mit ihr zu teilen, dass sie sich nicht dazu durchringen konnte, seine jugendliche Hoffnung zu zerstören.

* * *

Gerade als er das Haus verließ, das Frühstück im Magen, drehte sich Nelson um und sah Roseanna direkt in die Augen.

»Sie müssen diese Geschichte mehr Leuten erzählen«, erklärte er.

»Welche Geschichte meinst du?«

»Über diese Freundin von Ihnen, die gestorben ist. Die dachte, dass sie später noch Zeit zum Leben hätte. Hatte sie aber nicht. Es tut mir leid, ich erinnere mich gerade nicht an ihren Namen.«

»Alice«, sagte Roseanna leise.

»Genau. Sie müssen mehr Leuten die Geschichte von Alice erzählen.«

»Warum muss ich das tun?«

»Weil sie nicht glücklich sind, Miss. Ist Ihnen das nicht aufgefallen? Weil kaum irgendjemand glücklich ist.«

Kapitel Elf

Danke, dass du mich nicht gebissen hast

Zwei Wochen und mehrere Frühstücke mit Forelle und Ei später war immer noch niemand vorbeigekommen, dem Roseanna die Geschichte von Alice und ihrer Fehleinschätzung hätte erzählen können. Der junge Ex-Soldat zog nicht weiter, und sie beharrte auch nicht darauf.

Dann, eines Tages, sah Roseanna aus dem Fenster und bemerkte ein Paar, das in seinem alten Kleinwagen vor ihrem Zaun am Straßenrand angehalten hatte. Die beiden standen am Tor und machten mit einer Einwegkamera aus Pappe Fotos von den Skulpturen.

Sie ging aus dem Haus und zum Tor, um sie zu begrüßen, winkte, während sie das tat, um ihnen zu zeigen, dass sie ihnen freundlich gesinnt war.

Sie winkten aufgeregt zurück.

Sie waren im mittleren Alter. Vielleicht ein, zwei Jahre jünger als Roseanna selbst. Der Mann hatte buschiges dunkles Haar, das zum Teil von einem albern aussehenden Strohhut an den Kopf gedrückt wurde. Die Frau war eine Blondine – vermutlich nicht natürlich – und ziemlich stämmig gebaut. Ansonsten wurden ihre Gesichter effektiv von dunklen Sonnenbrillen verdeckt.

»Diese Tiere sind einfach so lustig«, quietschte die Frau. Sie war natürlicherweise laut, was unterdessen die Eigenschaft bei ihren Mitmenschen war, die Roseanna am wenigsten mochte.

»Es freut mich, dass sie Ihnen gefallen«, erwiderte sie, überspielte ihre Abneigung wegen der Möglichkeit, die Geschichte zu erzählen.

Der Mann kam zu ihr, die Kamera in der linken Hand, die rechte ausgestreckt, um ihre zu schütteln. »Dave«, stellte er sich vor. »Und das ist meine Frau Melanie.«

»Leben Sie hier in der Nähe?«, fragte Roseanna.

»O nein. Wir sind noch nie in dieser Gegend gewesen.«

»Wo kommen Sie her?«

»Wir sind auf einer Art Roadtrip«, erklärte Melanie. Was ungünstig war, denn da sie Melanie war, sagte sie es zu energisch. Und zu laut. »Wir sind uns nur nicht sicher, wohin. Wir sind Lehrer und haben den Sommer über frei, und wir versuchen zu entscheiden, wo wir hinfahren wollen oder ob wir überhaupt zurückkehren sollen. Wenn wir ein wirklich schönes Fleckchen finden, gehen wir vielleicht einfach früher in Pension. Aber das ist vermutlich mehr, als Sie wissen wollten.«

Während sie redete, bemerkte Roseanna ihren Hund. Ein kurzhaariger, ganz gewöhnlich aussehender brauner Hund von mittlerer Größe, der an der abgefahrenen gelben Linie in der Mitte der Straße schnüffelte.

»Es macht mir nichts aus, die Geschichten anderer Leute zu hören«, widersprach Roseanna. »Ich habe ebenfalls eine zu erzählen. Bevor ich das jedoch tue, denke ich, sollten Sie lieber Ihren Hund von der Straße runterholen. Mir ist bewusst, dass hier nicht besonders viel Verkehr herrscht. Das da ist allerdings eine unübersichtliche Kurve, bei der man nicht sieht, was dahinter kommt.« Sie zeigte zu dem Stück der Straße, das sich mit einem scharfen Knick um den Empfängnisberg schlängelte. »Und die Einheimischen nehmen diese Strecke gern mit Höchstgeschwindigkeit, denn sie denken, sie kennen sie wie ihr eigenes Wohnzimmer. Sie würden nie die Möglichkeit in Betracht ziehen, dass ein Hund auf der Fahrbahn stehen könnte.«

Melanie und Dave wandten die Köpfe, um den Hund zu betrachten, erwiderten jedoch nichts und machten auch keinerlei Anstalten, ihn zu sich zu rufen.

»Ernsthaft«, beharrte Roseanna. »Es könnte gefährlich für ihn werden.«

»Das ist nicht unser Hund«, stellte Dave klar.

»Nein, wir haben ihn noch nie gesehen«, bestätigte Melanie – wieder zu laut. »Oder wir hatten das zumindest nicht, bevor wir aus dem Auto gestiegen sind. Wir dachten, er gehört Ihnen.«

»Hm«, sagte Roseanna. »Gehen Sie nicht weg.«

Sie trat durch das Tor und begann sich dem Hund zu nähern. Er bemerkte es. Für einen Augenblick wirkte er hin- und hergerissen. Er stand in geduckter Haltung da und hatte den Schwanz zwischen die Beine geklemmt, wedelte aber trotzdem zögerlich. Er schien Roseanna sowohl kennenlernen als auch vor ihr weglaufen zu wollen.

Sie hielt ihm die Hand hin, und er reckte vorsichtig seine Schnauze, um an ihr zu schnuppern.

Genau in diesem Moment kam ein Auto viel zu schnell um die Kurve gerast. Ohne nachzudenken, packte Roseanna den Hund – der schwerer war, als er aussah. Sie hob ihn auf die Arme und an ihre Brust, wobei ihr klar wurde, dass er sie vielleicht beißen könnte. Sie konnte sich nicht darauf verlassen, dass er das nicht tun würde.

Sie machte einen Satz zur Seite, und das Auto fuhr um sie herum – das Heck brach aus – und hupte. Dann raste es weiter.

Roseanna sah dem Hund ins Gesicht, das nur wenige Zentimeter von ihrem entfernt war. Der Hund schaute zurück.

»Danke, dass du mich nicht gebissen hast«, sagte sie.

Dann trug sie ihn zum Tor. Denn sie hatte Angst, dass er weglaufen würde, wenn sie ihn runterließ. Und wenn er das täte, würde das nächste Mal, wenn er in Schwierigkeiten geriet, niemand da sein, um ihn zu retten.

»Das war knapp!«, rief Melanie.

»Ja. Zu knapp.«

»Er sieht nicht wie ein Streuner aus«, fügte Dave hinzu. »Er sieht aus, als würde er jemandem gehören. Er ist gut gefüttert und sauber. Er trägt allerdings kein Halsband.«

»Ja, ich vermute, jemand wird nach ihm suchen kommen. Ich werde ihn für den Moment in meine Scheune sperren, damit ihm nichts passiert. Und dann schau ich mal, ob ich herausfinden kann, wem er gehört. Aber zuerst, wenn Sie noch einen Augenblick hierbleiben wollen, würde ich Ihnen gern eine Geschichte erzählen.«

* * *

»Damit ist es entschieden!«, verkündete Melanie und schlug ihrem Ehemann Dave in ihrem Überschwang fest aufs Knie. »Wir gehen in Pension!«

Sie saßen im Schneidersitz im Gras hinter Roseannas Scheune, starrten über die Hügel und Täler, die Wälder und Flüsse. Dave nickte, und sein Hut klappte vor und zurück unter der Wucht seiner Zustimmung.

»Ich denke, du hast recht, Babe«, pflichtete er ihr bei. »Ich weiß genau, was du meinst.«

»Oh, das ist einfach so traurig!«, schrie Melanie praktisch. Das Wort »traurig« kam dermaßen laut heraus, dass Roseanna versucht war, sich mit der Hand das Ohr zuzuhalten, das auf

Melanies Seite war. »Daran habe ich nie gedacht. Nicht ein Mal. Dave und ich haben eine Millionen Gründe gehabt, warum wir in Pension gehen sollten oder nicht. Wir haben sogar alle Vor- und Nachteile auf ein Blatt Papier geschrieben. Sie wissen schon, mit einer Linie genau in der Mitte – das ganze Zeug. Und niemals sind wir darauf gekommen, dass einer von uns einfach tot umfallen könnte und es dann zu spät wäre. Daran haben wir nie gedacht!«

»Menschen denken nicht gerne über solche Dinge nach«, bemerkte Roseanna. Leise. Falls es vielleicht möglich war, lautstärkemäßig ein gutes Beispiel zu geben.

Sie saßen eine Weile stumm da. Roseanna fiel auf, dass sie ein Stück von Nelsons Zelt unten am Hügel durch die Bäume erkennen konnte.

»Das ist uns überhaupt nie in den Sinn gekommen!«, rief Melanie.

Roseanna zuckte erschreckt zusammen und beschloss, dass sie genug hatte.

»Nun«, erklärte sie und stemmte sich hoch, wischte sich den Hosenboden ab. »Ich werde jetzt den Hund in die Stadt bringen.«

Melanie und Dave schauten Roseanna an, als hätte sie ihnen mitgeteilt, dass sie das arme Tier hinter den Schuppen bringen würde, ihm die Augen verbinden und eine letzte Zigarette anbieten und es dann vor ein Erschießungskommando führen würde.

»Was haben Sie mit ihm vor?«, fragte Melanie.

»Ich denke … eine Anzeige in die Zeitung setzen? Sie wissen schon. Hund gefunden. Braun, gewöhnlich. Mittelgroß. So was.«

»Warum nehmen Sie ihn dafür überhaupt mit?«, wollte Dave wissen. »Ich bezweifle, dass Sie ihn dazu bringen können, einen Scheck für die Anzeige auszustellen.«

Dann hielt er inne, als erwartete er, dass jemand lachen würde. Doch das tat niemand.

»Ich meine nur, dass sie vielleicht ein Foto von ihm machen wollen«, sagte Roseanna. »Ich meine … Tun die so was nicht?«

»Ich glaube nicht«, erwiderte Dave. »Ich habe noch nie eine Gefunden-Anzeige für einen Hund mit Bild gesehen.«

»Bitte bringen Sie ihn nicht ins Tierheim und lassen ihn dort«, flehte Melanie. »Bitte. Sie wissen, was dort mit Hunden passiert.«

»Aber ist das nicht der Ort, wo sein Besitzer ihn am wahrscheinlichsten suchen würde?«

»Wenn ich es wäre«, erklärte Dave, »und ich hätte meinen Hund verloren, würde ich als Erstes in die Anzeigen der Lokalzeitung schauen.«

»Wie auch immer«, meinte Roseanna. »Der Hund und ich, wir werden bestimmt eine Lösung finden.«

* * *

Roseanna betrat das Büro der Zeitung von Walkerville mit dem Tier in den Armen und setzte es auf dem Teppich ab. Die Frau hinter dem Tresen hatte ein rundes Gesicht und viel Haar. Lockig und viel. Sie schaute zu Roseanna hoch, wenn auch nicht ihr direkt in die Augen. Sie runzelte die Stirn. Unübersehbar.

Roseanna hatte schon überlegt, ob ein Hund überhaupt ins Gebäude dürfte. Und trotzdem blickte die Frau nicht den Hund an. Sie schien ihn bisher gar nicht bemerkt zu haben. Sie starrte Roseanna an – einen Fleck irgendwo in der Nähe ihrer Nase, so wie es Leute tun, die nicht gerne Augenkontakt halten.

»Mein Name ist Roseanna Chaldecott«, sagte Roseanna.

Die Frau hob einen angebissenen Schokoriegel, der noch in der Verpackung steckte, und nahm einen winzig kleinen Bissen, nur mit den Vorderzähnen. Es betonte ihren deutlichen

Überbiss, sodass sie wie ein Kaninchen aussah. Dann legte sie den Schokoriegel beiseite und wischte sich die Lippen ab mit etwas, was ein sauberes Taschentuch zu sein schien. Sie runzelte wieder die Stirn.

»Ich weiß, wer Sie sind«, erklärte sie.

»Woher wollen Sie das wissen?«

Roseanna ging zum Schreibtisch und setzte sich auf den Rand eines unbequemen Stuhls. Der Hund, der keinen besonderen Grund hatte, bei ihr zu bleiben, saß gegen die Tür gelehnt da, den Rücken gekrümmt, den Kopf unten und die Schultern hochgezogen, und irgendwie erinnerte die Haltung an einen Geier.

»Kleinstadt«, erklärte die Frau. »Sie haben Macy Petersons altes Haus gekauft. Da steht der ganze Schrott so, dass man ihn von der Straße aus sehen kann.«

»Sie müssen jemand anders meinen.«

»Nein.« Die Frau kratzte sich mit dem Radiergummi am Ende ihres Bleistiftes hinter dem Ohr. »Ich meine schon Sie. All dieser Schrott.«

»Das ist kein Schrott«, widersprach Roseanna und spürte, wie sie wütend wurde. »Das ist Kunst. Es *war* Schrott, aber jetzt ist es das nicht mehr.«

»Sie können es in jede Form bringen, die Sie wollen«, beharrte die Frau. »Es ist immer noch das, was es ist.«

Roseanna atmete tief durch und beschloss, diese Unhöflichkeit zu ignorieren. Sie öffnete den Mund, um nach der Anzeige zu fragen, die sie in die Zeitung setzen wollte, doch die Frau kam ihr zuvor.

»Hier sind keine Hunde erlaubt.«

»Aber ich muss eine Gefunden-Anzeige aufgeben. Und er ist das, was ich gefunden habe.«

»Jetzt fangen Sie nicht wieder damit an.«

»Ich fürchte, ich verstehe Sie nicht.«

»Eine Sache ist genau, was sie ist, egal, wie Sie es zu verdrehen versuchen.«

»Lassen Sie mich von vorne anfangen«, erklärte Roseanna. »Ich glaube, der Anfang zwischen uns hat nicht gut geklappt. Ich möchte eine Anzeige aufgeben.«

»Okay«, erwiderte die Frau und nahm einen weiteren Minibissen von ihrem Schokoriegel, dann brachte sie beide Hände über ihrer Tastatur in Stellung. »Schießen Sie los.«

»Gefunden. Bei Chudley. Mittelgroßer brauner Hund. Unauffälliges Aussehen. Kurzes Haar. Freundlich. Wirkt nicht wie ein Streuner. Gut ernährt, allerdings ohne Halsband.«

Sie hielt inne. Die Frau hatte aufgehört zu tippen, und ihre Hände schwebten wieder über der Tastatur.

»Ist das alles?«

»Nun, meine Telefonnummer noch.«

»Das ist normalerweise sinnvoll.« Die Frau nahm ihren Bleistift und tippte mit dem Radiergummi einige Male gegen den Monitor. Sie schien Wörter zu zählen. Oder vielleicht sogar Zeichen. »Zweiundsechzig fünfzig.«

»Zweiundsechzig fünfzig?«

»Zweiundsechzig fünfzig.«

»Ich dachte, Zeitungen nehmen Gefunden-Anzeigen kostenlos auf. Sie wissen schon. Weil es gut ist, eine Anzeige zu schalten, wenn man etwas gefunden hat.«

»Davon weiß ich nichts.«

»Er ist nicht mal mein Hund.«

»Wollen Sie die Anzeige oder nicht?«

»Nein. Nicht die. Aber ich muss immer noch den Besitzer finden. Also fangen wir von vorne an.«

Die Frau seufzte. Sie drückte ihren Finger für zwei Sekunden auf die Löschen-Taste. Dann brachte sie ihre Hände wieder in Position. »Okay, legen Sie los.«

»Gefunden. Hund. Chudley. Und die Telefonnummer.«

»Zweiunddreißig Dollar.«

»Es ist nur ein Zehntel so lang!«

»Das ist das Minimum. Zweiunddreißig Dollar.«

»Also gut«, erklärte Roseanna.

Sie seufzte und begann in ihrer Tasche zu kramen. Sie sah über die Schulter zu dem Hund hinüber, der sich weiter nervös gegen die Tür presste. Sie warf ihm einen Blick zu, der ihm zu verstehen gab, dass das alles seine Schuld war. Er erwiderte den Blick und gab zu verstehen, dass er alle Schuld auf sich nahm und mehr.

»Sie hätten den Hund im Auto lassen können«, bemerkte die Frau.

»Ich dachte, Sie wollten vielleicht ein Bild von ihm machen.«

»Warum sollte ich das tun?«

»Damit sein Besitzer ihn erkennen kann?«

»Wollen Sie wirklich wissen, was eine Anzeige mit einem Foto kosten würde?«

»Nein«, antwortete Roseanna. »Egal.«

Sie diktierte der Frau ihre Telefonnummer und legte zweiunddreißig Dollar auf den Schreibtisch.

»Okay«, sagte die Frau und blickte Roseanna immer noch nicht direkt an. »Das wird Donnerstag in einer Woche in der Zeitung erscheinen.«

»Donnerstag in einer Woche? Soll das ein Scherz sein? Und was soll ich in der Zwischenzeit mit ihm tun?«

»Das ist nicht mein Problem.«

»Warum dauert es so lange?«

»Die Deadline für diesen Donnerstag ist schon vorbei.«

»Warum muss es donnerstags in der Zeitung stehen?«

Die Frau warf Roseanna einen direkten Blick zu, wenn auch nur ganz kurz. Und irgendwie von der Seite, falls das möglich war. »Es ist eine Wochenzeitung. Ich dachte, Sie wüssten das.«

»Und es ist die einzige Zeitung in der Gegend.«

»Genau.«

»Und es ist ein Wochenblatt.«

»Das ist korrekt.«

Roseanna seufzte wieder und stand auf.

Sie hatte vorgehabt, sich nach dem nächsten Tierheim zu erkundigen. Doch das konnte sie jetzt nicht mehr. Denn Donnerstag nächster Woche war zu lang hin. Bis dahin konnte man im Tierheim schon getan haben, was in Tierheimen mit ungewollten Hunden eben getan wurde.

Sie stellte sich vor den ungewollten Hund und starrte ihn an, was seine Angst nur zu vergrößern schien.

»Okay«, sagte sie. »Ich denke, ich muss dich wieder mit nach Hause nehmen.«

»Ich habe diesen Hund nie zuvor gesehen«, stellte die Frau an Roseannas Rücken gewandt fest. »Ich glaube nicht, dass er hier aus der Gegend ist.«

»Sie können unmöglich jeden Hund im County kennen.«

»Nicht?«

»Nun, wie auch immer, selbst wenn Sie jeden Hund hier kennen, könnte es ein Hund sein, den jemand sich gerade erst geholt hat.«

»Sie leben hier noch nicht so lange, also lassen Sie sich von mir erklären, wie das abläuft. Die Leute wollen plötzlich doch keinen Hund, daher fahren sie aufs Land und setzen ihn aus. Das ist wie diese Sache von früher, als der eigene Vater den Hund ins Tierheim gebracht, aber behauptet hat, er sei jetzt auf einer Farm, wo er den ganzen Tag Hasen jagen könne. Die Leute reden sich ein, dass es irgendwo da draußen dieses himmlische Leben für den Hund gibt, doch die meisten verhungern oder werden überfahren.«

Roseanna wandte die Augen von dem Hund und sah über die Schulter zurück zu der lästigen Frau. »Sie sind ein echter Schatz, was?«

Die Frau funkelte Roseanna an. »Wissen Sie eigentlich, dass mehrere Einwohner überprüfen wollen, ob es kein Gesetz gegen Ihren Schrott gibt?«

»Sie können auf die andere Seite gucken, wenn sie vorbeifahren.«

»Sie verstehen nicht. Es ist hauptsächlich der zusätzliche Verkehr, der ihnen nicht gefällt. Wobei einige auch aus Prinzip dagegen sind, weil sie sie nicht schön finden.«

»Leute wie Sie tun mir leid«, erwiderte Roseanna. »Sie schauen sich fantasievolle Tierskulpturen an und sehen Schrott. Sie schauen sich diesen wirklich freundlichen Hund an und sehen etwas, das jemand wie Müll weggeworfen hat. Warum sollte jemand einen so freundlichen Hund wie ihn aussetzen?«

Roseanna beugte sich vor, um den Hund auf die Arme zu heben. Er stand in nervöser Erwartung halb auf und pinkelte dann über seine eigenen Vorderbeine auf den Teppich der Zeitungsredaktion.

»Das könnte vielleicht ein Hinweis sein«, bemerkte die Frau.

* * *

Roseanna hielt den Hund mit purer Willenskraft am Platz, starrte ihn an, wie er am Randstein saß, und wiederholte das Wort »Bleib« im autoritärsten Ton, über den sie verfügte.

Zwischen den Worten kaufte sie das Regionalblatt – Wochenblatt! – aus einem Automaten, nahm die Doppelseiten auseinander und benutzte sie, um den Beifahrersitz des Maserati abzudecken.

»Okay«, sagte sie zu dem Hund, als ihr die Papierschicht dick genug schien. »Jetzt kannst du einsteigen.«

Der Hund sprang ins Auto, als wenn er sie perfekt verstünde. Es war eindeutig, dass er daran gewöhnt war, zu jemandem zu gehören.

Wenn man nach seinem geringen Selbstvertrauen geht, überlegte Roseanna, *ist diese Person vermutlich nicht sehr nett.*

Roseanna setzte sich hinters Lenkrad und beobachtete einen Moment, wie der Hund auf dem knisternden Papier herumtrat, das ihn offensichtlich daran hinderte, sich hinzusetzen oder hinzulegen. Schließlich tat er es, aber offenkundig nur extrem ungern.

Dann fuhren sie gemeinsam nach Hause.

Roseanna blickte hinüber zum Hund, und er blickte zurück. Seine Augen schienen zu verraten, dass er die Situation besser einschätzen konnte, als ein Hund das eigentlich können sollte.

»Okay«, teilte sie ihm mit. »Ich verstehe schon. Wir haben alle solche Momente in unserem Leben. Momente, an die wir uns mit einem Stirnrunzeln erinnern. Von denen wir wissen, dass wir uns darin nicht von unserer besten Seite gezeigt haben. Ich kann das verzeihen, wenn die Zeitungsleute es auch können. Wenn du allerdings denkst, dass du in mein Haus darfst, liegst du eindeutig falsch. Du bleibst draußen, bis dein Besitzer sich meldet. Wenn es regnerisch und kalt ist, kannst du in der Scheune unterkommen.«

Der Hund starrte Roseanna an, als würde er ihre Botschaft in Hundesprache übersetzen, ein Wort nach dem anderen.

Roseanna wusste, während sie das sagte, dass der Besitzer des Hundes sie nicht anrufen würde. Sosehr sie der Einschätzung der unhöflichen Frau auch widersprechen wollte, dass der Hund ausgesetzt worden war, schien es Roseannas intuitivem Bauchgefühl nach die wahrscheinlichste Möglichkeit.

»Verdammt«, rief sie plötzlich, bremste und wendete auf der verlassenen Straße. »Ich hab vergessen, in der Stadt Hundefutter zu kaufen.«

* * *

Als sie zu Hause ankamen, sprach Roseanna mit dem Hund, bevor sie ihn aus dem Auto springen ließ.

»Also, du musst auf dem Grundstück bleiben«, erklärte sie. »Nicht mehr mitten auf der Straße rumschnüffeln. Ich werde dich nicht anbinden, weil das einfach gemein ist. Also müssen wir hier eine Vereinbarung auf Ehre und Gewissen treffen.«

Super, Roseanna, dachte sie. *Als ob ein Hund das versteht.*

»Vielleicht übertrage ich es dem kleinen Mädchen, auf dich aufzupassen«, beschloss sie.

Sie stieg aus dem Wagen und öffnete die Beifahrertür für den Hund, der raussprang. Roseanna knüllte die Zeitung zusammen und ging damit zur Mülltonne.

Dort rannte sie direkt in Melanie hinein. Sozusagen fast wörtlich.

»Oh, Sie sind immer noch hier«, stellte Roseanna fest und hoffte, dass das als Wink genügen würde. Dann, um sicher zu sein, fügte sie hinzu: »Ich hätte nicht gedacht, dass Sie noch hier sein würden.«

»Ja, ich hoffe, es macht Ihnen nichts aus!«, kreischte Melanie. Aber dann sprach sie weiter und unterband damit jede Möglichkeit für Roseanna, anzubringen, dass sie vielleicht etwas dagegen haben könnte. »Wir haben diesen netten jungen Mann getroffen, David Nelson. Er bringt Dave bei, wie man angelt. Dave wollte das schon immer lernen, doch wir leben in der Stadt, wissen Sie? Sobald Dave seinen ersten Fisch gefangen hat, fahren wir weiter.«

Großartig, dachte Roseanna. Nelson hatte selbst drei Tage gebraucht, um einen zu fangen, und er schien ziemlich viel davon zu verstehen.

»Ich fand nur, dass es schon ziemlich spät am Nachmittag ist«, meinte sie, versuchte, höflicher zu sein, als die Situation es eigentlich erforderte. »Sie wissen schon. Wenn Sie weiterfahren, möchten Sie noch etwas Tageslicht haben, um dahin zu kommen, wo Sie hinwollen.«

»Oh, wir haben schon unser Zelt aufgestellt, auf der anderen Seite der Bäume, wo der Mann campt.«

»Sie haben ein Zelt?«

»Ja, das ist ein Campingtrip, haben wir Ihnen das nicht erzählt? Wir haben uns gedacht, es stört Sie nicht, weil das Zelt des jungen Mannes schon da unten ist. Es ist ja nicht so, als ob Sie uns von Ihrem Haus aus sehen oder hören könnten.«

Dann lief Melanie den Hügel hinunter zum Bach, bevor Roseanna irgendein Veto einlegen konnte.

Ich könnte dich vermutlich auch aus Myanmar noch hören, dachte Roseanna, während sie der Frau hinterherschaute.

Sie sah zum Hund hinunter, der ihren Blick entschieden unglücklich erwiderte.

»Sicher«, sagte sie. »Kein Problem. Fühlt euch alle ganz wie zu Hause.«

Der Hund wandte den Kopf schamvoll ab.

Roseanna fragte ihn: »Denkst du, wenn ich eine Anzeige für die beiden in die Zeitung setze, würde jemals jemand anrufen?«

Der Hund wedelte nervös mit dem Schwanz, als wenn es ihm leidtäte, dass er nicht antworten konnte.

Roseanna gab auf, seufzte und ging zurück in ihr Haus.

Kapitel Zwölf

Nettes Leben haben Sie hier … wäre zu schade, wenn das nicht so weitergehen könnte

Roseanna hackte Holz mit einer Axt – keine Kleinigkeit, selbst in ihrer mittlerweile deutlich besseren körperlichen Verfassung –, als der alte Mann auf seinem Motorroller vorbeigefahren kam und eine Wolke von braunem Qualm hinter sich herzog. Er hielt am Straßenrand an, als er ihren Metallzoo entdeckte. Er klappte den Ständer des kleinen Rollers aus, der mit vollgepackten Satteltaschen beladen war, und stellte den lauten Motor aus.

Er schien sie noch nicht bemerkt zu haben.

Er ging zum Zaun und nahm den Helm ab, was mühsam aussah, und enthüllte einen fast kahlen Schädel. Er lehnte sich an den Zaun.

Schließlich setzte er sich vorsichtig auf den Boden, die Ellbogen auf die Knie gestützt, und betrachtete sie weiter.

Roseanna ließ ihre Arbeit liegen und trat an den Zaun, wo der alte Mann saß. Er zuckte zusammen, als er sie entdeckte.

Versuchte, auf die Füße zu kommen, schaffte es aber nicht und fiel zurück auf seinen Hintern.

»Tut mir leid«, erklärte er. »Hoffe, es stört Sie nicht. Ich habe nur geguckt.«

»Überhaupt nicht«, erwiderte sie. »Dafür sind sie da. Ich habe sie gemacht, damit man sie ansieht.«

Sie öffnete den Mund, um ein richtiges Gespräch mit ihm anzufangen. Etwas, was zu Alice' Geschichte führen konnte. Dann schloss sie den Mund wieder. Denn sie erinnerte sich daran, dass einige der Personen, denen sie die Geschichte erzählt hatte, immer noch hier waren.

Sicher, die meisten nicht. Sie hatte allein in dieser Woche drei Gespräche über den Metallzoo mit Menschen oder Paaren geführt, die höflich wieder in ihre Wagen gestiegen und nach Hause zu ihrem eigenen Leben gefahren waren. Trotzdem, die überraschende Anzahl von Menschen, die das nicht getan hatten – genauer gesagt drei –, hatte Spuren auf ihrer Psyche hinterlassen. In Zukunft wollte sie vorsichtiger sein.

»Ich frage mich, ob ich wohl ein Glas Wasser bei Ihnen bekommen könnte«, bat der Alte. »Es tut mir leid, Ihnen solche Mühe zu bereiten. Aber es ist schon einige Zeit her, dass ich das letzte Mal irgendeinen Ort gesehen hab, wo man anhalten und etwas essen und trinken konnte.«

»Natürlich«, antwortete Roseanna, die verstand, dass der arme alte Mann überhitzt und geschwächt war. »Kommen Sie, und setzen Sie sich auf der Veranda in den Schatten, und ich bringe Ihnen etwas.«

»Tut mir leid. Ich hab Sie nicht verstanden. Ich höre nicht so gut.«

»Kommen Sie, und setzen Sie sich auf der Veranda in den Schatten, und ich bringe Ihnen etwas«, wiederholte sie, diesmal deutlich lauter.

»Danke«, meinte er. »Sie sind sehr freundlich.«

* * *

»Ich glaube, ich hab da was falsch eingeschätzt«, erklärte er und nahm mehrere lange Schlucke Wasser.

Sie stellte eine Schale mit Maischips zwischen sie und setzte sich neben ihn.

»Nicht wirklich eine Schätzung«, fügte er hinzu. »Ich glaube, das ist das falsche Wort. Es geht nicht um Mathematik. Was ich falsch eingeschätzt habe, waren meine eigenen Fähigkeiten. Ich werde in zwei Wochen achtzig, aber ich bin gesund wie ein Maultier. Also hatte ich gedacht, dass es für mich okay wäre, lange Strecken auf dem Roller zurückzulegen. Doch ich glaube, ich habe mich da verschätzt.«

»Wie lang sollte der Trip denn werden?«, fragte sie und achtete darauf, dass ihre Stimme laut genug war.

Er wandte den Blick ab. »Das ist schwer zu sagen«, murmelte er.

Roseanna beschloss, nicht weiter nachzuhaken, da er das ganz eindeutig nicht wollte.

»Oh«, sprach er plötzlich weiter. »Ich habe mich gar nicht vorgestellt. Entschuldigung. Martin Matthew.«

»Rosie Chaldecott«, erwiderte Roseanna. »Warum haben Sie sich für so einen kleinen Motorroller entschieden?«

»Ich würde nicht wirklich sagen, dass ich mich für ihn entschieden habe. Es war eigentlich eher andersrum.«

Das erklärte nicht wirklich etwas. Aber Roseanna wurde klar, dass sie selbst für solche Ausweichmanöver bekannt war. Und daher und aus anderen Gründen war es gegen ihre Natur, nachzubohren.

Währenddessen hatte er ausgetrunken. Und sie hatten beide dafür gesorgt, dass der Boden der Maischips-Schlüssel nicht mehr länger ganz bedeckt war.

Roseanna wurde bewusst, dass sie ein gutes Gefühl dafür entwickelt hatte, für den Moment, wenn die Leute wussten, dass es Zeit war, ihr Grundstück zu verlassen, das jedoch eigentlich nicht tun wollten. Es schien ihr eine merkwürdige Gabe zu sein.

»Möchten Sie etwas essen?«, fragte sie. Denn ein Teil von ihr wollte ihn zurück auf seinen Roller verfrachten und dafür sorgen, dass er weiterfuhr, während ein anderer, stärkerer Teil von ihr das ohne jedes Schuldgefühl tun wollte.

Martin sah weg.

»Es ist nett, dass Sie fragen«, erwiderte er. »Ich habe Ihnen allerdings schon genug Umstände bereitet.«

Sie aßen einen Moment stumm weiter. Dann griff Roseanna in die Schüssel und fand nichts außer ein paar Salzkörnern.

»Das beantwortet nicht wirklich die Frage. Es ist allein Ihre Angelegenheit, also werde ich ganz sicher nicht darauf bestehen, dass Sie antworten. Doch es ist nichts Unhöfliches dabei, wenn man zugibt, dass man Hunger hat, falls es das ist, was Ihnen Sorgen macht.«

»Ich habe heute Morgen an einer Tankstelle Kaffee und ein Stück Kuchen gehabt. Das war eine schlechte Wahl, denn das ist nichts, was einen durch den Tag bringt, wenn Sie verstehen, was ich meine. Nur Zucker und Mehl. Wenn die verbraucht sind, dann geht es schnell bergab. Und im Moment sind die Tage so warm, deshalb ist mir ein bisschen schwindlig geworden. Also war es wirklich nett von Ihnen, dass Sie mich in den Schatten gebracht haben und mir Wasser und einen kleinen Snack angeboten haben. Ich bin Ihnen sehr dankbar.«

»Ich habe nicht viel Essen im Haus«, stellte Roseanna fest. »Ich wollte eigentlich heute Nachmittag nach Walkerville fahren und einkaufen, allerdings bin ich dazu noch nicht gekommen. Aber ich könnte Erdnussbutter-Sandwiches machen. Und ich habe etwas Milch. Wenigstens können wir etwas Protein und ein paar Kalorien in Sie hineinbekommen, bevor Sie weiterfahren.«

Roseanna konnte mitverfolgen, wie sein Widerstand bröckelte. Sie konnte es in seinen Augen erkennen. Nachdem sie das Essen, um das es ging, beschrieben hatte, konnte er es nicht länger ablehnen, indem er darauf verwies, dass es zu viel Arbeit für sie sei.

»Ein Erdnussbutter-Sandwich und ein Glas Milch wären Manna vom Himmel, Rosie. Sie sind sehr freundlich.«

Während sie zusammen ins Haus gingen, fiel ihr auf, dass ihre Freundlichkeit Fremden gegenüber möglicherweise maßgeblich dazu beitrug, dass sie nicht mehr wegwollten.

* * *

»Erzählen Sie mir noch mal, wie Sie zu diesem kleinen Roller gekommen sind?«, fragte Roseanna laut, als sie sich nach ihrem beendeten Mahl zurücksetzte. »Ich glaube, ich hab die Antwort nicht genau verstanden.«

»Er hat meiner Frau gehört.«

»*Hat* gehört?«

»Meine Frau ist letzten Monat gestorben.«

»Oh, das tut mir so leid.«

»Sie hatte Krebs. Hat sehr lange daran gelitten. Und unsere Finanzen gleich mit. Doch ich fürchte, das wird jetzt ein bisschen zu persönlich, und außerdem wollen Sie sich sicher nicht meine Probleme anhören.«

»Unsinn«, erwiderte Roseanna. »Ich fange an zu denken, dass das der Grund ist, warum wir hier alle zusammen auf diesem Planeten sind. Um zu versuchen, uns gegenseitig alles ein wenig leichter zu machen. Warum sonst sollte man sich überhaupt mit Leuten abgeben? Sie müssen mir nichts erzählen, wenn Sie nicht wollen, aber falls Sie gerne darüber sprechen möchten, habe ich nichts dagegen.«

»Wir waren versichert«, begann Martin.

Dann starrte er für eine überraschend lange Zeit schweigend auf seinen leeren Teller. Sie spürte, dass er eine Entscheidung traf – entweder nichts zu sagen oder alles rauszulassen. Sie bemerkte es genau – den kurzen Augenblick, bevor er weitersprach –, als er sich für Letzteres entschied.

»Das heißt, *sie* war versichert. Ich habe Medicare, doch meine Frau war viel jünger als ich – vierundsechzig, und ich bin achtzig –, und es kam nicht früh genug, um ihr zu helfen. Ich weiß nicht, ob Medicare besser gewesen wäre als die Versicherung, die wir für sie hatten. Im Rückblick scheint es, dass so ziemlich alles das gewesen wäre.«

Er betrachtete sein fast leeres Milchglas erbost, als wäre es ein nichtsnutziger Versicherer. Dann sprach er weiter.

»Wir haben beide unser ganzes Leben lang gearbeitet und hatten Geld für schlechte Tage zurückgelegt. Haben immer unsere Beiträge bezahlt und alles. Sie wissen schon. All die Dinge, von denen sie sagen, dass man sie machen soll, um vorzusorgen. Aber es ist eine komische Sache mit Versicherungsgesellschaften. Sie lieben es, dein Geld zu nehmen, wenn du gesund bist. Wenn du allerdings krank wirst, dann zahlen sie lange nicht so viel, wie man eigentlich erwarten dürfte. Tatsächlich gelingt es ihnen fast immer, weniger auszuzahlen, als man über die Jahre eingezahlt hat. Ich vermute, wenn sie das nicht täten, dann wären sie nicht mehr im Geschäft und würden nicht so gut verdienen. Sie haben einige Ausgaben nicht anerkannt und nur achtzig Prozent bezahlt, und die zwanzig Prozent waren genug, um so ziemlich jeden ins Grab zu bringen. Ich hab das Haus verloren, und ich musste mein Auto verkaufen. Der Roller ist im Prinzip alles, was ich noch habe. Das und eine kleine Pension. Betonung auf ›kleine‹.«

Roseanna blieb einige Zeit stumm, weil sie nicht wusste, was sie erwidern sollte.

»An diesem Punkt in meinem Leben kann ich wirklich kein gutes Haar an Versicherungsgesellschaften lassen«, fügte Martin hinzu.

»Ich kann nicht behaupten, dass ich Ihnen daraus einen Vorwurf mache.«

»Es erscheint mir mehr und mehr wie Betrug. Zumindest ein wenig. So, wie wenn Leute früher Schutzgeld an die Mafia gezahlt haben, weil sonst irgendetwas Schreckliches mit ihrem Geschäft passiert wäre. Ich glaube, der Unterschied ist, dass die Versicherungsgesellschaften nicht direkt daran beteiligt sind, dass schlimme Dinge passieren. Aber sie wollen so viel Geld, und man hat kaum eine Wahl, wenn man das schöne Leben, das man sich aufgebaut hat, absichern will. Ich habe die hohen Beiträge gezahlt, damit ich das Haus nicht verliere. Doch dann habe ich es trotzdem verloren. Also hätten sie genauso gut die Mafia sein können.«

Er trank den letzten Schluck von seiner Milch und runzelte die Stirn.

»Es tut mir leid«, sagte er. »Ich denke immer noch, das war unhöflich von mir. Sie möchten bestimmt nicht so viel über meine Schwierigkeiten erfahren.«

»Ich wüsste nicht, warum nicht«, widersprach Roseanna. »Ich hab jede Menge Zeit. Außerdem habe ich auch eine Geschichte, die ich Ihnen erzählen will, wenn wir schon über Verluste sprechen, die die Richtung unseres Lebens verändern.«

* * *

»Also«, fragte Roseanna zögernd, als sie hinaus auf die Veranda traten, »wo werden Sie leben, jetzt, da Sie das Haus verloren haben?«

»Das weiß ich noch nicht so genau.«

»Ist Ihre Pension groß genug, um Miete zu bezahlen? Vielleicht für eine Wohnung?«

»Nicht irgendwo in der Nähe von dort, wo ich gelebt habe.«

»Und das war in …?«

Sie blieben im Schatten der Veranda stehen, eingehüllt in dieses Gefühl. Dass er gehen musste, das jedoch nicht wollte. Was hatte dieser Ort, dass er Leute wie ein Magnet anzog und dann nicht wieder gehen ließ?

»Newark. Nicht dass man in Newark nicht billig leben kann. Ich meine, verglichen mit New York. Aber meine Pension ist wirklich ziemlich niedrig. Ich würde irgendwohin ziehen müssen wie Arkansas oder Kentucky. Irgendwohin, wo die Lebenshaltungskosten komplett anders sind. Und selbst dann – wenn ich Miete zahle, würde ich mir nicht viel anderes leisten können. Ich vermute, ich hab gedacht, wenn ich auf der Straße lebe … Sie wissen schon … nachts campe und so … dann habe ich vielleicht genug für Essen und anderes. Und vielleicht finde ich irgendwo einen Ort, wo es günstig genug ist und ich bleiben kann. Aber ich weiß nicht. Es ist ziemlich anstrengend für meine alten Knochen, den ganzen Tag auf dem Roller zu sitzen. Ich fange an, zu denken, dass es eine bescheuerte Idee war.«

Ausgehend von den Erfahrungen mit den letzten beiden, bei denen sie sich die Mühe gemacht hatte, sie kennenzulernen, hörte es sich fast so an, als hätte er vor zu bleiben. Doch das tat er nicht. An so was dachte er überhaupt nicht, das wusste sie. Denn das war ihm gar nicht in den Sinn gekommen, würde ihm von selbst auch nicht in den Sinn kommen. Er hatte schon gedacht, dass er zu viel Mühe bereitete, wenn er ein Sandwich von ihr annahm, damit er nicht vor Hitze und Hunger ohnmächtig wurde und von seinem Roller fiel.

Trotzdem fragte sie sich, ob sie es nicht vielleicht anbieten sollte. Vielleicht für eine Nacht.

Sie schob die Idee sofort beiseite. Es fing immer mit einer Nacht an. Aber es blieb nie dabei.

Sie gingen zusammen die Stufen runter und in Richtung des Tors.

Ein kleines kreischendes Gelächter drang an ihre Ohren, und sie drehten sich um. Melanie war am Bach, bei den Zelten. Wie immer war sie zu laut.

»Nachbarn?«, fragte Martin.

»Nein, das ist mein Grundstück da unten.«

»Und Leute campen dort?«

Da war es also. Die Idee, dass er bleiben könnte, war ihm gerade in den Sinn gekommen. Sie konnte es in seinen Augen sehen. Es in dem Tonfall seiner Stimme hören.

Und von allen vier Heimatlosen – sechs, wenn man Patty und Willa dazurechnete, sieben, wenn man den Hund hinzunahm –, wer könnte wohl dringender Unterschlupf brauchen als dieser arme, achtzig Jahre alte Witwer?

Es wäre nicht so schlimm, dachte sie. Es könnte vielleicht sogar gut für sie sein. Sie könnte ihn einladen, hier für eine Nacht sein Zelt aufzuschlagen. Dann könnte sie ihnen allen am Morgen mitteilen, dass es nett gewesen sei, es jetzt allerdings an der Zeit wäre, dass sie alle weiterzögen. Sie könnte vier Fliegen mit einer Klappe schlagen. Einfach eine kleine Ansprache halten und das Gelände räumen.

»Ja«, sagte sie. »Es campen Leute da unten an meinem Bach. Wenn Sie auch für eine Nacht hierbleiben und am Morgen weiterfahren wollen, denke ich, das wäre okay. Es ist nur für eine Nacht, und schließlich, was ist schon einer mehr?«

* * *

Am nächsten Morgen, nach einer belebenden Tasse starken Kaffees, ging Roseanna hinunter zum Bach. Der Plan war, die

Schuhe auszuziehen, die Hosenbeine hochzukrempeln und hinüber zu den Zelten zu waten.

Sie tat es nicht. Es sah tief und schnell fließend aus, und die Steine am Grund glänzten, und sie vermutete, dass sie glatt waren. Das Letzte, was sie wollte, war, auszurutschen und in fließendes Wasser zu fallen. Oder überhaupt.

»Guten Morgen!«, rief sie, legte die Hände trichterförmig um den Mund.

Nichts.

»Guten Morgen!«, rief sie wieder.

Einige Sekunden später kam Nelson aus dem Wald gelaufen.

»Sorry, Miss«, entschuldigte er sich. »Ich war gerade mal für kleine Jungs.«

»Ich hätte gern eine Zusammenkunft von allen, um zu reden«, erklärte Roseanna.

Er verzog das Gesicht, und sie konnte seine Enttäuschung nicht übersehen, sosehr sie sich auch bemühte.

»Hier auf dieser Seite des Baches wäre nett«, fügte sie hinzu, »da ihr alle besser darin zu sein scheint, da hindurchzuwaten, als ich es vermutlich bin.«

»Ich hole alle zusammen«, versprach er, und sein Tonfall machte klar, dass er wusste, worum es ging.

* * *

»Also, worum geht's?«, fragte Melanie und rieb sich die Augen theatralischer, als nötig war. »Ich hab noch geschlafen.«

Ja, auf meinem Grundstück und ohne meine ausdrückliche Erlaubnis, dachte Roseanna. Sie hätte es sagen können. Tat es beinahe. Aber sie entschied sich dagegen. Solange sie alle demnächst hier verschwinden würden, warum sollte sie da schnippisch werden?

»Es tut mir leid, wenn ich euch aus den Federn gerissen habe, bevor ihr so weit wart«, wandte sie sich an die vier. Dann bereute sie sofort, das gesagt zu haben. Die Vorstellung, dass sie sich bei irgendjemand entschuldigen musste, ausgerechnet bei Melanie und Dave, den nur widerstrebend Geduldeten, erschien ihr lächerlich.

»Ich war wach«, erklärte Martin höflich. »Ich werde hier weg sein, bevor Sie es wissen, Rosie. Danke, dass ich mich ein bisschen ausruhen durfte.«

»Und vielen Dank Ihnen, Martin, dass Sie mir helfen, gleich zum Anlass für dieses kleine Treffen zu kommen. Martin ist nur die eine Nacht hier gewesen, wie ihr alle wisst. Doch der Rest von euch, ihr seid schon ein paar Wochen hier. So war das eigentlich nie geplant. Es ist nichts, worüber wir gesprochen hatten. Ich weiß, euch allen gefällt es hier, und vielleicht erscheint es einigen von euch sogar wie eine Art Himmel. So ist es wenigstens für mich. Aber einer der Gründe, warum ich hierhergezogen bin, war die Einsamkeit. Meine Version des Himmels beinhaltet sehr viel Stille und Zeit für mich allein.«

»Sprechen Sie nicht weiter, Miss«, unterbrach Nelson sie. »Ich pack sofort meine Sachen.«

»Ach, so ein Mist«, schimpfte Melanie. »Wir hatten so gehofft, den Sommer über hierbleiben zu können! Dann könnten wir nach Hause fahren und dem Direktor und der Schulverwaltung mitteilen, dass wir in Pension gehen, und dann könnten wir einen neuen Plan für den Winter machen. Das jetzt … das ist einfach … lästig.«

Roseanna sah Melanie nicht an, während die Frau ihre verärgerte und ziemlich unhöfliche Erwiderung von sich gab. Stattdessen beobachtete sie Nelson, der versuchte, seine eigene Verärgerung zu unterdrücken. Am Ende konnte er es nicht.

»Aber Miss Rosie hat Sie nicht eingeladen, den ganzen Sommer zu bleiben!«, fuhr er Melanie an. »Und es ist nicht besonders höflich, sich einfach selbst einzuladen.« Dann wurde sein Gesicht rot. Er schaute schnell zu Roseanna hinüber und wandte den Blick dann ab. »Nun, ich denke, ich bin nicht viel besser, oder, Miss? Sie haben mich auch nicht eingeladen, wochenlang hierzubleiben. Doch wenigstens bin ich bereit, ohne irgendwelche Beschwerden weiterzuziehen, wenn Sie mich darum bitten.«

»Du hältst dich da mal ganz raus«, schnauzte Melanie zurück. »Das hier ist nicht einmal dein Grundstück.«

»Nein, aber es ist ihres. Und sie hat Ihnen gerade gesagt, dass Sie verschwinden sollen.«

»Jetzt hör mal zu, du …«

Roseanna nutzte die kurze Pause, um sich einzuschalten. »Seht ihr, das ist genau das, was ich vermeiden wollte.«

»Machen Sie sich überhaupt keine Sorgen, Miss«, wandte sich Nelson mit fast übertriebenem Respekt an sie. »Geben Sie uns einfach ein paar Minuten, um unsere Sachen zu packen, und dann sind wir hier weg. Wir alle«, knurrte er und warf Melanie einen vernichtenden Blick zu.

Sie kniff die Augen in seine Richtung zusammen, erwiderte jedoch nichts.

* * *

Roseanna nippte an ihrer zweiten Tasse guten Kaffees und beobachtete, wie sie den Hügel hinauf zu ihrem Haus kamen. Wichtiger noch, in Richtung der Straße. Nelson schien sowohl seine als auch Martins Habseligkeiten zu tragen. Sie wirkten alle ein wenig niedergeschlagen, wie erschöpfte und verwundete Soldaten, die aus einer Schlacht kamen, die eindeutig verloren war.

Für einen Augenblick fühlte Roseanna sich schuldig, aber sie unterdrückte das Gefühl. Sie hatte jedes Recht, sie zu bitten zu gehen. Sie war mehr als gastfreundlich gewesen. Und in wenigen Minuten würde sie ihren wunderschönen Himmel haben. Sie würde diesen wunderschönen, natürlichen, ruhigen Platz ganz für sich haben, um die Stille zu genießen.

In diesen Gedanken drang das Kreischen einer Fünfjährigen, was sie daran erinnerte, dass sie sich verzählt hatte. Es waren immer noch zwei ungebetene Gäste übrig, die sie nicht aufgefordert hatte, ihr Grundstück zu verlassen. Oder zumindest eineinhalb.

Sie trat auf die Veranda und betrachtete Willa, die den braunen Hund in einem weiten Kreis jagte. Dem Hund schien das Spiel zu gefallen. Er schaute zurück über seine Schulter zu dem Mädchen, um sicherzustellen, dass sie ihm weiter folgte. Die Zunge hing ihm seitlich aus dem weit geöffneten Maul, und er sah aus, als würde er breit grinsen. Sein Schwanz wedelte wild, während er rannte.

Roseanna fiel auf, dass Patty neben ihrer kleinen Hütte stand und ihre Tochter nicht aus den Augen ließ. Das Spiel überwachte. Sie trat von der Veranda und ging zu der jungen Frau.

»Das scheint ein sehr netter Hund zu sein«, bemerkte Patty.

Roseanna ignorierte den Hunde-Small-Talk. »Es ist jetzt ein paar Wochen her, dass du mir gesagt hast, dass du dich wegen eines Kredits an deine Eltern wenden würdest«, begann sie.

Patty verzog das Gesicht. Roseanna schien diese Wirkung heute Morgen auf alle zu haben.

»Sie haben es abgelehnt.«

»Es tut mir leid, das zu hören.«

»Aber ich hab mir gedacht, du würdest vielleicht deine Meinung ändern, darüber, dass wir wegsollen. Weil all diese anderen Leute jetzt bleiben. Ich hatte gehofft, du hättest beschlossen, dass du Gesellschaft doch magst.«

»Ganz sicher nicht«, erwiderte Roseanna.

»Warum sind sie dann alle hier?«

»Sind sie ja nicht. Nicht mehr. Sie haben ihre Zelte abgebaut und ihre Sachen zusammengepackt, und sie kommen jetzt gerade den Hügel hoch. Auf dem Weg in eine unbekannte Zukunft.«

»Oh«, sagte Patty. »Warum waren sie dann so lange hier?«

»Nun, das ist eine gute Frage. Die habe ich mir in letzter Zeit auch häufig gestellt. Ich glaube, ich kann Konfrontationen nicht besonders.«

Patty lachte auf, ein peinlicher Grunzlaut. »Du? Aber du bist Anwältin.«

»Stimmt. Ich denke, ich bin gut darin, Konfrontationen für andere Leute zu übernehmen. Meine eigenen nicht so sehr.«

»Miss, Miss!«, hörte sie plötzlich Nelson rufen. »Wir haben ein Problem!«

Roseanna drehte sich um und sah, dass er auf sie zulief. Er durchquerte den Kreis, den der Hund und Willa in ihrem Spiel bildeten. Der Hund sprang aus dem Weg.

»Martin ist zusammengebrochen, als er den Hügel hochgestiegen ist. Er hat hohes Fieber, glaube ich. Ich habe kein Thermometer oder so, doch seine Stirn ist ganz feucht und heiß. Und er sagt, dass er Gliederschmerzen hat. Ich glaube, er hat vielleicht Grippe.«

»Oje«, entfuhr es Roseanna. »Vielleicht sollten wir ihn ins Haus bringen.«

»Ich bin mir nicht sicher, wie wir ihn den Rest des Hügels hochkriegen sollen, Miss. Die einzige Möglichkeit ist, dass ich ihn trage. Und er ist nicht klein. Er ist größer als ich. Aber ich könnte es trotzdem versuchen.«

Roseanna seufzte tief. »Gehen wir mal zu ihm und schauen nach.«

Martin saß im Gras, als sie den Hügel hinunterkamen. Doch es wirkte, als hielte er sich nur aufrecht, weil Dave ihn stützte.

Als sie neben ihm standen, sah Martin beschämt und verlegen zu Roseanna hoch.

»Oh, ich … es tut mir so leid, Rosie. Ich glaube, ich muss mir irgendeinen Virus eingefangen haben. Kein Wunder, dass mir so schwindlig war und ich mich so müde gefühlt habe. Ich schwöre, dass ich fit bin, wenn es mir gut geht. Ich bin mir bloß nicht sicher, wie ich in diesem Zustand zur Straße gelangen soll.«

Roseanna legte ihm die Hand auf die Stirn, wie sie es bei ihrem Sohn getan hatte, als er klein gewesen war. Martin hatte definitiv Fieber.

»Wir müssen Sie hoch zum Haus bringen«, verkündete sie.

»Nein, Ma'am. Davon will ich nichts hören. Sie verdienen Ihre Privatsphäre, und wenn ich in Ihrem Haus bin, dann werden Sie ebenfalls krank, und das kommt überhaupt nicht infrage.«

»Ich könnte ihn den Hügel runterbringen und sein Zelt wieder aufstellen«, schlug Nelson vor.

»Er sollte nicht in einem Zelt leben, wenn er krank ist.«

»Ich wüsste nicht, warum nicht, Rosie«, erwiderte Martin. »Es ist warm genug. Und ich habe mein Feldbett.«

Roseanna stand einen Moment unschlüssig da. Dachte nach, und irgendwie auch nicht. Wartete einfach darauf, dass alles an seinen Platz fiel. Dass irgendein Plan auftauchte. Oder wenigstens eine Richtung.

»Versuchen wir es«, erklärte sie nach einiger Zeit. »Nelson, wirst du ein Auge auf ihn haben? Und wenn du dir irgendwelche Sorgen machst, musst du kommen und es mir sagen. Wenn es schlimmer wird, melde dich sofort.«

»In Ordnung, Miss.«

Es war nicht ohne. Martin war fast achtzig. Ein Achtzigjähriger konnte an der Grippe sterben. Beim Tod von Roseannas eigener Mutter hatte ein Grippevirus eine entscheidende Rolle gespielt. Sie könnte Martin ins Krankenhaus fahren, wenn Nelson ihn den Berg hochtragen könnte. Doch im Krankenhaus würde er vermutlich nur irgendwelche Medikamente bekommen, und dann würden sie ihn zurück in Roseannas Obhut geben. Da er keinen anderen Platz hatte, wo er hinkonnte.

»Also gut«, antwortete sie und begann den schwierigen Aufstieg zurück zu ihrem Haus.

Auf dem Weg sandte sie ein schnelles Gebet gen Himmel, dass niemand demnächst auf ihrem Grundstück sterben würde.

Dann änderte sie »demnächst« zu »jemals«.

* * *

Es dauerte gut vier Tage, bis ihr klar wurde, dass Melanie und Dave das Grundstück ebenfalls nicht verlassen hatten. Anscheinend hatten sie sich einfach ruhig verhalten. Selbst Melanie hatte es geschafft, still zu sein.

Aber eines Tages schaute Roseanna aus dem Fenster und bemerkte, dass Dave etwas aus dem heruntergekommenen kleinen Auto holte.

Sie ging aus dem Haus und trat auf den Weg, den er würde nehmen müssen, um den Hügel wieder hinunterzulaufen.

Als er sie dort entdeckte, blieb er stehen und lächelte sie betreten an. Er schob seinen albernen Hut zurück und kratzte sich den Kopf mit dem buschigen Haar.

»Okay«, sagte er. »Tut mir leid, Rosie. Doch Melanie hat sich gedacht, da die anderen beiden noch nicht gehen mussten … Aber wie auch immer, mach dir keine Sorgen. Sobald Martin wieder auf den Beinen ist, werden wir alle verschwinden.«

Roseanna schwieg, als er an ihr vorbeieilte.

Wenn sie etwas geantwortet hätte, wäre es vermutlich etwas gewesen wie: »Ich hab auch gedacht, dass es so einfach wäre. Jetzt bin ich mir nicht mehr so sicher.«

DREI MONATE NACH DEM UMZUG

Kapitel Dreizehn

Kein Pferd in irgendeinem Sinn des Wortes

Lance, der kein Frühstücksmensch war, hatte das Haus vor zehn oder fünfzehn Minuten für einen Spaziergang verlassen. Er nannte es seinen »morgendlichen Ertüchtigungsgang«. Roseanna hatte keine Ahnung, wo er den Ausdruck herhatte. Jedenfalls nicht von ihr.

Roseanna, die ganz entschieden ein Frühstücksmensch war, genoss gerade Kaffee, Eier und eine Scheibe Toast, als er den Kopf wieder durch die Tür steckte.

»Okay«, sagte er. »Ich bin ein bisschen überrascht, dass du mir nichts von dem Pferd erzählt hast.«

»Was für ein Pferd?«

»Äh … deins?«

»Ich hab kein Pferd«, erklärte sie mit vollem Mund.

»Nicht dass ich dich um eins gebeten hätte oder so. Aber wir sind ja durchgegangen, wer hier alles lebt, und …«

»Ich habe kein Pferd«, wiederholte sie, fragte sich, wie sie es noch klarer ausdrücken könnte.

»Oh, verstehe«, erwiderte Lance. Die Morgensonne stand hinter ihm und umstrahlte seinen Kopf und seine Schultern wie ein Heiligenschein. »Du gibst zu, dass er ein Pferd ist, doch du hast ihn nicht wirklich. Er hat dich.«

»Da ist kein Pferd«, beharrte Roseanna und fühlte sich merkwürdig der Wirklichkeit entrückt. »Niemand hat irgendjemanden auf eine Art und Weise, die ein Pferd beinhaltet. Es gibt einfach kein Pferd.«

»Als was bezeichnest du das vierbeinige Tier in deiner Scheune dann?«

Roseanna seufzte hörbar und stand von der Couch auf, ließ ihr Essen stehen. Was irgendwie ärgerlich war, um es milde auszudrücken. Sie wusste, wenn sie in die Scheune kam, würde sich alles klären und sich herausstellen, dass es eine Art Scherz oder ein Missverständnis war. Und dann würde sie sich ärgern, weil sie dafür in die Kälte hinausgemusst hatte. Es war quasi eine Vorschau auf Verärgerung.

Sie folgte Lance durch den gar nicht mal so kühlen Morgen, ignorierte ein paar neugierige Schaulustige, die an ihrem Zaun lehnten und Fotos von dem Metallzoo machten. Seit der lästige Artikel erschienen war, waren es eine ganze Menge. Roseanna verspürte keinerlei Verlangen mehr, sie in Unterhaltungen zu verwickeln. Es waren einfach zu viele. Und außerdem, was hatte es ihr in der Vergangenheit gebracht? Nur Probleme. Einen ganzen Haufen davon, ohne den sie, wie sie wusste, viel besser dran wäre.

Sie und Lance steckten die Köpfe in die Scheune.

Ein Tier, das unbestreitbar zur Gattung der Pferdeartigen gehörte, drehte den Kopf und blickte Roseanna mit milder Neugier über das Dach ihres Maserati hinweg an. Vielleicht auch mit einer Spur Gutmütigkeit, obwohl es möglich war, dass sie sich das nur einbildete. Was wusste Roseanna schon über Pferde?

Er war weiß oder beinah weiß. Vielleicht grau oder ein weißes Pferd, das sich seit seinem letzten Bad zu viel im Staub gewälzt hatte. Es war schwer, zu entscheiden, ob sein langes, struppiges Fell Matschflecken hatte oder an einigen Stellen einfach schlammfarben war. Der Rücken hing leicht durch, sein großer Kopf hatte eine lange, gerade Nase und wirkte irgendwie stur. Womöglich war er sogar zum Teil Maultier oder Esel, überlegte sie, als ihr seine großen und ungelenk wirkenden Ohren ins Auge fielen, die sich hin und her drehten, Geräusche verfolgten.

Zu sagen, dass er nicht gerade ein schönes Pferd war, wäre eine massive Untertreibung gewesen.

Roseanna bemerkte, dass ihr Sohn sie anstarrte, und auch, dass ihr der Mund offen stand.

»Du kennst dieses Pferd wirklich nicht?«, wollte Lance wissen.

»Ich habe es in meinem ganzen Leben noch nie zuvor gesehen.«

Das Tier schwang träge den Schwanz. Vermutlich um Fliegen zu vertreiben.

»Also was, glaubst du, hat er hier in deiner Scheune verloren?«

»Vielleicht ist es ein Streich von irgendwem? Jeder, der mich kennt, würde wissen, das Letzte, was ich möchte, ist ein Pferd. Oder irgendein anderes Tier.«

Ein rosafarbener Blitz zischte ungefähr auf Hüfthöhe an Roseanna vorbei. Sie benötigte einen Moment, um zu begreifen, dass es Willa war, die so schnell lief, wie ihre kurzen Beine sie trugen.

»Ernst!«, rief sie und schlang dem Pferd die Arme um ein haariges Vorderbein. »Ernst! Du bist zurück!«

»Du kennst dieses Pferd?«, fragte Roseanna.

Sie trat näher zu dem kleinen Mädchen, was leider bedeutete: auch näher zu dem übergroßen Vieh. Doch wenn eine Fünfjährige das überleben konnte …

»Natürlich«, sagte Willa. »Das ist Ernst. Alle kennen Ernst.«

»Ich nicht.«

»Alle anderen aber schon«, erwiderte Willa einen Hauch herablassend. Sie umarmte immer noch eines von Ernsts behaarten Beinen.

»Weißt du, warum Ernst hier ist?«

»Er lebt hier.«

»Einspruch«, antwortete Roseanna.

»Ich weiß nicht, was das heißt.«

»Lass es mich anders versuchen. Kennt deine Mom Ernst?«

»Natürlich. *Jeder* tut das. Das hab ich dir doch schon *gesagt*.«

»Bist du mal so lieb und holst sie her?«

Willa seufzte und ließ sichtlich widerstrebend das behaarte Bein los. »Na gut.« Sie seufzte tief, und es war klar, dass es nicht gut war.

Sie stapfte aus der Scheune. Ein sehr dramatischer Abgang.

Roseanna machte ein paar Schritte nach hinten und stand wieder neben ihrem Sohn.

»Er bleibt nicht hier«, erklärte sie. »Wenn es das ist, was du denkst.«

»Ich denke überhaupt nichts«, widersprach Lance. »Ich hab kein Wort gesagt.«

* * *

»Oh, sieh mal einer an«, rief Patty, als sie in die Scheune kam. »Da ist ja Ernst.«

»So weit waren wir auch schon«, bemerkte Roseanna. »Irgendeine Idee, was Ernst hier tut?«

»Ich bin mir nicht sicher.« Patty trat näher zu dem Tier, das den Kopf senkte und sie mit seiner knochigen Pferdenase anstieß. »In der Woche, bevor Macy gestorben ist, hat sie ihn Archie Miller überlassen, der ein Stück die Straße runter wohnt. Ich vermute, Ernst ist abgehauen und hierher zurückgekommen.«

»Okay«, sagte Roseanna. »Das ist schon mal ein Fortschritt. Wenigstens wissen wir jetzt, wohin wir ihn zurückbringen müssen. Hast du vielleicht die Adresse von diesem Archie Miller?«

»Nicht wirklich. Doch er ist nicht schwer zu finden. Einfach eineinhalb oder zwei Kilometer die Straße entlang Richtung Walkerville. Sein Name steht auf dem Briefkasten. Du hast ja keinen Anhänger, daher denke ich mal, du wirst ihn zu Fuß hinbringen müssen. Aber mach das schön langsam, und gib ihm erst was zu trinken. Er ist alt.«

»Wie alt?«

»Siebenunddreißig oder achtunddreißig.«

»Ist das alt für ein Pferd?«

»Sehr.«

»Wie lange leben Pferde eigentlich?«

»Vielleicht dreißig Jahre, wenn man Glück hat.«

»Okay. Danke, denke ich.«

Roseanna beobachtete, wie Patty ihre Tochter an die Hand nahm und das kleine Mädchen zögernd aus der Scheune führte. Es war nicht zu übersehen, dass der Anblick von Ernst auf dem Weg nach Hause für die Kleine ein Problem sein würde.

Roseanna schaute ihren Sohn an und er sie.

»Das ist ein ganz schönes Stück«, stellte sie fest. »Zu schade, dass ich keinen Pferdeanhänger hab.«

»Vielleicht gibt's irgendwo ein Telefonbuch. Dann rufen wir diesen Archie an. Vielleicht hat er einen Anhänger. Es ist schließlich sein Pferd. Lass ihn herkommen und es abholen.«

Gemeinsam verließen sie die Scheune und traten in die strahlende Morgensonne. Als würden sie das Gleiche denken – oder in diesem Fall eher davor zurückschrecken –, standen sie nebeneinander und schauten zum Empfängnisberg.

»Ich gehe«, verkündete Lance und zog das Handy aus seiner Jeanstasche.

»Danke.«

Aber er hatte erst drei oder vier Schritte gemacht, bevor sie ihre Meinung änderte. »Lance, warte«, rief sie ihm nach und beeilte sich, ihn einzuholen. »Ich komme mit. Schließlich wollen wir ja Zeit miteinander verbringen. Richtig?«

»Ich meine, das habe ich so in der Bedienungsanleitung gelesen«, erwiderte Lance.

* * *

Gerade als sie oben angekommen waren, brach Lance das Schweigen. Er war leicht außer Atem, und Roseanna keuchte. Obwohl es mit jedem Mal, wenn sie diesen gewaltigen Felsbrocken erklomm, leichter wurde. War es möglich, dass sie körperlich besser in Form kam?

»Warum besorgst du dir keinen Festnetzanschluss?«, fragte er.

»Das ist komisch«, meinte sie. Aber dann wartete sie ein paar Sekunden lang, führte nicht weiter aus, warum es so komisch war. »Die ersten paar Wochen habe ich einfach vergessen, dass es so etwas gibt. In den Häusern von Leuten, meine ich. Und dann, als es mir aufging … Na ja, da fiel mir wieder ein, wie schrecklich es ist, wenn jemand eine Klingel in deiner Wohnung läuten lassen kann, wann immer er möchte, dass du dich mit ihm befasst. Was ist das für ein krankes System? Man kann erkennen, dass es von Leuten erfunden wurde, denen einfach nichts Besseres eingefallen ist. Ich kann hier heraufkommen, wenn es ein Notfall ist. Und wenn nicht, nun … nicht erreichbar zu sein hat für mich bislang gut funktioniert.«

Sie setzten sich im Schneidersitz auf die Erde, betrachteten Roseannas persönlichen Himmel.

Lance wählte die Auskunft.

»In Chudley, New York. Nachname Miller«, sagte er in einem roboterähnlichen Tonfall. Mit Robotern zu reden ließ echte Menschen ebenfalls roboterhafter werden. Roseanna war das auch schon bei anderen aufgefallen. »Oh, Moment.« Er senkte das Handy und hielt es an seine Schulter. »Ist ›Archie‹ eine Abkürzung?«

»Archibald.«

Lance lachte. Leicht und spontan, als würde er diese kleinen Scherze zwischen ihnen wirklich genießen. Nur dass es keiner gewesen war.

»Moment«, sagte er ein weiteres Mal, wandte sich dieses Mal direkt an Roseanna. »Ist das dein Ernst?«

»Hast du noch nie den Namen Archibald gehört?«

»Nein. Und ich hoffe, das bleibt so.« Dann sprach er ins Telefon: »Vorname Archibald.« Eine Pause. »Ich werde verbunden«, erklärte er.

Roseanna wartete. Und wartete. Und wartete. Da war ein weiterer Adler oder Falke – oder was immer sie hier an ihrem ersten Tag gesehen hatte –, der sich von der Thermik über dem Tal tragen ließ. Es gab ihr etwas, was sie beobachten konnte, während sie wartete.

Lance schüttelte den Kopf, beendete den Anruf und steckte das Handy zurück in seine Jeanstasche.

»Kein Glück. Niemand geht dran, kein Anrufbeantworter und auch keine Mailbox.«

»Oh.« Roseanna verfolgte, wie der Adler-Falke hinter einer goldfarbenen Anhöhe verschwand.

»Ich fürchte, wir sind wieder zurück bei dem anstrengenden Plan, ihm ein Seil um den Hals zu binden und ihn heimzubringen.«

»Stimmt, schaut so aus.«

»Ich werde gehen«, bot sich Lance an, klang dabei sehr tapfer und aufopferungsvoll.

»Nein. Das tun wir zusammen. Ich komme mit. Es ist so, wie ich schon sagte. Wir wollen einander besser kennenlernen. Und das ist schwer zu bewerkstelligen, wenn du ein Pferd die Straße entlangführst, während ich zu Hause hocke.« Sie standen auf. Roseanna musste aufpassen, um ihr Gleichgewicht zu halten. Sie klopfte sich die Erde vom Hosenboden. »Siehst du, jetzt kannst du aus nächster Nähe miterleben, was ich dir die ganze Zeit klarzumachen versuche. Ich hab nicht um einen Hund gebeten oder ein Pferd oder ein Kind oder andere Leute auf meinem Grundstück. Sie tauchen einfach auf. Sie finden mich.«

»Nun, den hier werden wir dahin zurückbringen, wo er hingehört.«

»Das hoffe ich jedenfalls«, erklärte Roseanna.

* * *

Sie gingen zu dritt gemeinsam an der Straße entlang. Lance war innen, mit einem Fuß auf der Fahrbahn. Wobei »Fahrbahn« ein bisschen großspurig war, da in zwanzig Minuten bloß zwei Autos vorbeigekommen waren. Roseanna lief auf dem Bankett. Ernst hatte ein Seil um den Hals und blieb mehr oder weniger auf der weißen Linie. Seine Hufe klapperten rhythmisch auf dem Asphalt.

Roseanna war der Ansicht, dass das Seil das Pferd nicht würde aufhalten können, wenn es beschloss, durchzugehen. Andererseits erweckte Ernst den Eindruck, eher ein unverhofftes Nickerchen machen zu wollen, als zu plötzlichen Energieausbrüchen zu neigen.

Der Morgen war unangenehm heiß geworden. Roseanna empfand die Luft als drückend, was ihre Laune weiter beeinträchtigte.

»Nur gut, dass wir daran gedacht haben, ihm etwas zu trinken zu geben, bevor wir aufgebrochen sind«, bemerkte sie. »Und zu schade, dass wir dabei uns selbst vergessen haben.«

»Vermutlich ist es gar nicht mehr viel weiter. Vielleicht fährt uns der alte Archibald auch zurück. Scheint mir das Mindeste zu sein, nachdem wir ihm sein Pferd zurückbringen.«

»Oh, ja. Absolut. Es ist ja eindeutig ein wertvolles Tier. Sicherlich ist eine Belohnung angebracht.«

»Die Leute lieben ihre Tiere, selbst wenn sie nicht wertvoll sind.«

»Ich bin mir nicht sicher, wer dieses Vieh hier lieben könnte.«

»He«, erwiderte Lance. »Pass auf. Er ist direkt neben dir.«

Roseanna blieb plötzlich auf dem Schotter am Straßenrand stehen. Ernst bemerkte es und hielt ebenfalls an. Lance erreichte das Ende des Seiles, was ihn stoppte.

»Willst du etwa andeuten, dass dieses Tier Menschensprache versteht?«, erkundigte sie sich.

»Nicht wirklich. Aber wenn jemand etwas Gemeines über dich in einer fremden Sprache sagen würde, möchte ich wetten, wüsstest du, dass es kein Kompliment war.«

»Gut. Tut mir leid, Ernst.«

Sie gingen wieder los. Klapp. Klapp. Klapp.

»Darf ich dich was Persönliches fragen?«, wollte Lance wissen.

»Ich dachte, darum geht es bei alldem hier.«

»War da etwas zwischen dir und Alice?«

Roseanna blieb stehen. Dieses Mal bekam Lance es rechtzeitig mit.

»Du meinst, wie …?«

»Du musst nicht …«

»Nein. Absolut nichts. Wir waren Freundinnen. Da war nichts … Warum fragst du das eigentlich?«

»Du schienst ihr so nahezustehen.«

»Sie war mir sehr lieb. Allerdings nicht so.«

»Tut mir leid.«

Sie klapperten schweigend weiter. Also, Ernst klapperte.

»Es tut mir leid, dass das so geklungen hat, als wäre es etwas Schlimmes«, erklärte sie. »So habe ich das nicht gemeint. Es war nur einfach … nicht so.«

»Es ist nicht deine Schuld«, versicherte ihr Lance. »Das bin ich. Ich mach das. Ich blicke durch die Schwulenbrille auf die Welt. Das behauptet Neal jedenfalls immer.«

»Neal?«

»Sowieso.«

»Sowieso?«

»›Der Name meines Partners ist Sowieso.‹«

»Oh. Richtig. Das habe ich gesagt. Oder?«

»Und vielleicht teilweise auch, weil ich sie nie mit irgendjemandem zusammen gesehen habe. Und ich hab ebenfalls nie gewusst, warum du und Dad euch getrennt habt.«

»Nicht? Das tut mir leid.«

»Ich hätte ja fragen können. Vermutlich hatte ich Angst davor.«

»Ich hab mich von deinem Vater scheiden lassen, weil er emotional unreif ist und Wutanfälle bekommt.«

»Oh. In Ordnung. *Das* wusste ich. Ich hab es mir selbst zusammengereimt.«

»Ich glaube, das da ist es«, meinte Roseanna und deutete auf einen staubigen weißen Briefkasten ungefähr zwanzig Meter vor ihnen an der Straße. »Steht da nicht ›Miller‹?«

Hinter ihnen näherte sich ein Auto, ein ziemlich neues Mercedes-Coupé. Es bremste ab, und das Beifahrerfenster senkte sich elektrisch. Roseanna blickte in das Gesicht einer Frau, die ungefähr in ihrem eigenen Alter war. Eine Fremde.

Jemand, den sie noch nie gesehen hatte. Andererseits galt das für fast jeden hier.

»Sie haben Ernst!«, rief die Frau mit quäkender Stimme. »Gott sei Dank.«

»Wow«, sagte Lance leise an Roseannas Ohr. »Die Kleine hatte recht. Jeder kennt ihn.«

»Wir haben ihn nicht lange«, antwortete Roseanna der Frau. »Wir bringen ihn gerade zu seinem Besitzer zurück.«

»Das können Sie ja wohl nicht«, erwiderte die Frau, als sollte der Grund dafür auf der Hand liegen.

»Warum denn nicht?«

»Archie ist gestorben.«

Sie standen alle einen Moment lang schweigend auf der Straße. Nur die Frau im Auto nicht, die schweigend saß.

»Wie lange ist das her?«, wollte Lance wissen.

»Sie haben ihn vor drei Tagen gefunden. Er ist vermutlich am Tag zuvor gestorben. Herzinfarkt, denken sie. Seine Kinder und Enkel sind gestern da gewesen, um das Haus leer zu räumen. Er hatte Ernst ja noch gar nicht lange. Hat ihn nach dem letzten Familienbesuch hier zu sich genommen, daher vermute ich, sie wussten nichts von ihm. Millie Fairfield ist dann gestern rausgefahren, um zu sehen, ob es dem alten Pferd gut geht. Aber sie konnte ihn nirgends finden. Sie sollten ihm vermutlich ein bisschen Heu geben und Wasser, bevor Sie ihn nach Hause bringen. Es ist heute heiß, und er ist sehr alt. Siebenunddreißig, denke ich. Vielleicht sogar achtunddreißig.«

»Das habe ich schon gehört.«

»Ich bin so froh, dass er Sie hat. Alle werden so erleichtert sein.«

Roseanna öffnete den Mund, um der Annahme zu widersprechen, dass Ernst »sie hatte«. Doch es war zu spät. Das Beifahrerfenster schloss sich, und das Auto fuhr davon.

* * *

Lance trank durstig aus dem Gartenschlauch des verstorbenen Archie Miller. Er beugte sich vor, um nicht nass zu werden. Dann schien er es sich aber anders zu überlegen und richtete den Strahl auf sich und ließ sich das Wasser über den Kopf laufen.

»Glaubst du, da ist irgendwo ein Eimer, aus dem das Pferd trinken kann?«, fragte sie ihn.

»Ich weiß nicht. Ich könnte suchen gehen.«

Roseanna ließ das Wasser, während sie auf ihn wartete, über ihren eigenen Kopf laufen und beobachtete, wie Ernst sich über ein Bündel Heu hermachte, das sie vor ihn auf den Boden gelegt hatten.

Dann hob das Tier den Kopf und marschierte zu Roseannas großer Bestürzung auf sie zu. Er kam viel zu nah, bedrängte sie. Trat ihr beinahe auf die Füße. Er reckte den Hals, versuchte etwas zu erreichen. Sie benötigte einen Moment, bis sie begriff, dass er Wasser wollte und mehr als willens war, es direkt aus dem Schlauch zu nehmen.

Sie lenkte den Strahl in seine Richtung, und er öffnete das Maul, hob die Oberlippe und entblößte dabei alte gelbe Zähne. Er trank, und es sah aus, als würde er kleine Bissen nehmen, besprengte Roseanna mit dem Wasser, das von seiner großen rosa Zunge wegspritzte.

»Kein Eimer«, ertönte Lance' Stimme hinter ihr. »Aber ich sehe, ihr beide habt schon allein einen Weg gefunden.«

* * *

»Wir können ihn nicht einfach zum Sterben hierlassen«, erklärte Lance.

Sie saßen nebeneinander im Schatten eines Ahornbaums und schauten zu, wie Ernst fraß.

»Nein«, stimmte sie ihm zu. »Das können wir nicht.«

»Vielleicht können wir jemanden finden, der ihn haben möchte.«

»Ernsthaft? Ein Pferd, das so aussieht? Das acht Jahre älter ist, als Pferde werden können, wenn man Glück hat?«

»Ich weiß nicht, was wir sonst tun sollen.«

»O doch. Das weißt du. Wir müssen ihn mit uns nach Hause nehmen. Er ist Macys Pferd. Er lebt dort. Ich hab eine Scheune. Ich hab ohnehin jede Menge ungebetene Gäste, die einfach nicht wieder gehen wollen, also was macht schon einer mehr? Wenigstens wird sich der hier nicht bei mir über Eier beschweren. Aber ich sage dir eins: Wir kommen mit dem Pick-up zurück und laden all das Heu aus Archies Schuppen auf und nehmen es mit. Wo auch immer Archie jetzt ist, Heu ist das Letzte, was er braucht.«

»Okay. Also wenn er fertig gefressen hat … wenn er das je haben sollte … dann gehen wir los.«

Sie saßen eine Weile länger schweigend in der Hitze nebeneinander.

Dann bemerkte Lance: »Sorgst du dich wegen dem, was Jerry gesagt hat?«

Die Worte ballten sich tief in ihrem Magen zusammen, verdarben alles. Selbst die Laune, von der sie gedacht hatte, sie sei bereits restlos verdorben.

»Bis eben nicht. Bis vor einer Sekunde ging es mir bestens. Weil es mir gelungen war, nicht daran zu denken. Nur musstest du es ja ansprechen und alles ruinieren.«

* * *

Sie waren ungefähr auf halber Strecke nach Hause, als Ernst genau das tat, wovon Roseanna vorhin angenommen hatte, er sei zu alt dazu. Er entfernte sich von Lance und machte eine plötzliche Drehung, sodass ihrem Sohn das Seil durch die Hand rutschte.

»Au«, entfuhr es ihm, und er blickte auf seine Handfläche.

Roseanna rechnete damit, dass das Pferd kehrtmachen und weglaufen würde, jetzt, da es frei war. Stattdessen blieb es im Schatten eines immergrünen Baumes stehen, senkte den Kopf und stieß etwas aus, das sich wie eine Kreuzung zwischen einem Seufzen und einem Schnauben anhörte. Seine Nüstern waren feucht, als liefe ihm die Nase.

»Alles in Ordnung, Süßer?«, fragte Roseanna ihren Sohn.

»Das wird schon, vermute ich. Allerdings tut es wirklich weh.«

»Lass mich sehen, ob ich ihn zurück auf die Straße kriege.«

Roseanna näherte sich dem Tier vorsichtig. Es beobachtete sie argwöhnisch, rührte sich jedoch nicht von der Stelle. Sie bückte sich. Hob das Seil auf. Verstärkte langsam den Zug, achtete darauf, dass die Schlinge um seinen Hals sich nicht zu fest zuzog.

Ernst rührte sich nicht.

»Also, was tun wir jetzt?«, wollte Lance wissen, stellte sich neben sie.

»Ich bin mir nicht sicher. Lass mich nachdenken.« Sie dachte genau genommen nicht wirklich nach. Ihr Verstand fühlte sich merkwürdig leer an. Aber einen Augenblick später fiel ihr was ein. »Wie wäre es, wenn du den Rest des Wegs nach Hause gehst und Patty und Willa herbringst? Ich warte hier mit dem Pferd. Sie kennen ihn, daher können sie ihn vielleicht dazu bringen, sich wieder in Bewegung zu setzen.«

* * *

Lance war vielleicht eine Minute oder zwei fort, und Roseanna stand ein bisschen ratlos da, kam sich albern vor – weil sie ein

Seil hielt, das ganz offensichtlich nutzlos dabei war, das Pferd zu zügeln –, als Ernst zusammenbrach. Oder wenigstens schien es ihr das zu sein, was er tat. Er sank mit einem tiefen Grunzen auf die Knie, dann ließ er den Rest seines Körpers folgen und seufzte gequält.

Oje, dachte Roseanna. *Vielleicht war's das mit ihm. Er ist alt. Vielleicht … stirbt er jetzt.*

Sie trat näher zu dem Tier, das mit gebogenem Hals dalag, die Schnauze auf den Vorderläufen, und setzte sich daneben. Wenn dies Ernsts letzter Moment auf Erden war, dann, das wusste Roseanna, war sie der letzte Mensch, den das Pferd sehen würde. Das Mindeste, was sie tun konnte, war, dafür zu sorgen, dass dieser Moment für den armen alten Kerl schön wurde.

Sie streckte zögernd eine Hand aus. Tätschelte ihm die flache, knochige Stelle zwischen den Augen.

»Es tut mir leid, was ich über dich gesagt habe«, begann sie und fühlte sich wieder albern, weil sie mit einem Pferd sprach. »Natürlich hat irgendjemand dich mal geliebt. Macy wahrscheinlich. Vielleicht sogar Archie in den letzten paar Monaten. Und Willa tut es noch. Ich sollte aufpassen, was ich sage, weil du einfach alt bist. Du siehst so aus, wie du es tust, weil du alt bist. Ich werde bald selber alt sein, und ich hoffe, ein paar Leute werden mich weiter lieben, selbst wenn ich nicht mehr so toll aussehe.«

Ernst hob den Kopf und betrachtete Roseanna ein paar Sekunden lang. Seine Augen waren klar, und er schien alles zu verstehen. Er wirkte nicht wie ein Pferd, das seinen letzten Moment auf Erden hatte. Er wirkte, als ob er neugierig darauf wäre, zu erfahren, worüber sie sich solche Sorgen machte.

Dann legte er seinen Kopf auf seine Vorderhufe zurück und seufzte.

* * *

Lance tauchte ein paar Minuten später mit dem Pick-up auf, Patty und Willa auf dem Beifahrersitz.

Er blieb mit dem Wagen mitten auf der Straße stehen, und alle drei stiegen aus und stellten sich neben Roseanna und das Pferd.

»Ich fürchte, das ist's für ihn gewesen«, bemerkte Roseanna.

Ein Teil von ihr wollte das vor Willa nicht offen aussprechen. Es war eine schwierige Situation. Aber das kleine Mädchen würde es früher oder später herausfinden müssen.

»Warum sagst du das?«, wollte Patty wissen.

»Also … Schau ihn dir doch an. Er ist einfach zusammengebrochen.«

»Er hat sich hingelegt. Pferde legen sich die ganze Zeit hin.«

»Wirklich?«

»Ja. Das tun sie.«

»Ich dachte, sie schlafen sogar im Stehen.«

»Tun sie auch. Ziemlich oft sogar.«

»Und wann legen sie sich dann hin?«

»Wenn ihnen danach ist.«

»Verstehe«, sagte Roseanna. Sie hatte gemischte Gefühle bei dieser Entwicklung. Jedenfalls war sie einfühlsam genug, um nicht zu wollen, dass der arme Ernst starb. Andererseits wäre es irgendwie passend, wenn das Pferd sein Leben genau hier und jetzt aushauchte, kurz nachdem seine beiden vorherigen Besitzer das mit ihrem getan hatten. Jetzt würde Roseanna sein Besitzer sein müssen. Sie würde einen weiteren Vierbeiner bei sich aufnehmen müssen.

»Willa und ich werden hier bei ihm bleiben«, erklärte Patty. »Ihr beide fahrt ruhig zurück. Er wird aufstehen und mit uns nach Hause kommen, wenn er dazu bereit ist.«

* * *

Zu der Zeit, als Roseanna und ihr Sohn mit der ersten Pick-up-Ladung Heu von Archie zurückkamen, gingen Patty, Willa und Ernst langsam durch das Tor. Willa saß auf Ernsts Rücken, hielt sich mit ihren Händen an seiner zotteligen Mähne fest.

Roseanna wurde langsamer und kurbelte das Fenster herunter.

»Also geht es ihm gut«, stellte sie fest. »Das hat ja wirklich nicht lange gedauert.«

»Er war offenbar einfach nur müde«, antwortete Patty. »Er hat bloß versucht, dir zu sagen, dass er eine Pause brauchte. Er ist alt.«

»Ich meine mich zu erinnern, das schon mal irgendwo gehört zu haben«, erwiderte Roseanna, bevor sie das Fenster wieder hochkurbelte und weiterfuhr.

Während sie das tat, bemerkte sie eine weitere Gruppe Neugieriger, die am Zaun standen.

»Wie wäre es, wenn du rübergehst und mit ihnen sprichst?«, schlug sie Lance vor.

»Warum ich?«

»Ich bin mit ihnen fertig.«

»Ich dachte, du magst das mit dem ›Austausch von Gedanken‹.«

»Ich vermute, ich dachte das auch.« Sie hielt neben der Scheune an und stellte das Auto ab. »Aber das beruhte auf der Annahme, dass es nur ein kurzer Austausch sein würde.«

»Verstanden«, erklärte Lance und sprang aus dem Pick-up.

»Und lass keinen Zweifel daran aufkommen, dass wir voll sind«, rief sie ihm nach. »Kein Zimmer mehr frei.«

»Du kannst dich auf mich verlassen«, rief Lance zurück.

Kapitel Vierzehn

Wenn deine Scheibenwischerblätter ihren Weg in den Verdauungstrakt von jemand anders finden

»Mom«, sagte Lance und rüttelte Roseanna sachte an der Schulter.

Sie setzte sich im Bett auf und blinzelte ihn an, schlief im Grunde genommen noch.

»Ich werde den ganzen Tag fort sein, Mom. Ich wollte nur, dass du das weißt.«

»Wo willst du denn hin?«

»Ich muss zurück in die Stadt und ein paar Sachen holen.«

»Oh. In Ordnung.« Sie schlug die Decke zurück und schwang die Beine aus dem Bett. Stellte ihre bloßen Füße auf die Holzdielen. Sie fühlten sich in diesen lauen Sommernächten nicht mal kühl an. »Das wolltest du ja eigentlich gestern tun.«

»Stimmt. Aber dann hatten wir …« Er machte eine irgendwie bedeutungsvolle Pause.

Eine Sekunde oder zwei wusste Roseanna tatsächlich nicht, worauf er hinauswollte. Sie hatte es vergessen.

»… Ernst«, fügte er hinzu, als spräche er mit einem Kindergartenkind.

»O verdammt.« Sie kniff die Augen zu. »Das mit Ernst war mir komplett entfallen. Ich wünschte, du hättest mich nicht an ihn erinnert.«

»Ich hab Kaffee gekocht«, verkündete Lance.

In seiner Stimme lag ein hoffnungsvoller Unterton, den sich Roseanna nicht ganz erklären konnte. Es wirkte irgendwie größer als irgendeines ihrer anderen Themen.

»Okay. Ich stehe auf und trinke eine Tasse mit dir, bevor du aufbrichst.«

Sie stieg aus dem Bett und folgte ihm im Nachthemd in die Küche. Ein Morgenmantel wäre zu warm gewesen.

»Eigentlich«, sagte er und schaute sie dabei nicht an, »hatte ich gehofft, du würdest mitkommen.«

Roseanna blieb stehen.

Lance griff nach der Kaffeekanne und schenkte zwei von den angeschlagenen kobaltblauen Tassen ein. Als er sich zu ihr umdrehte, um ihr eine zu reichen, schien er überrascht, dass sie nicht direkt hinter ihm stand. Und auch ein bisschen verblüfft von dem, was auch immer er in ihrem Gesicht las.

»Was ist?«, fragte er und brachte ihr den Kaffee.

Sie griff danach. Ließ sich den Duft in die Nase steigen. Etwas Kaltes hatte sich tief unten in ihren Eingeweiden eingenistet. Es war ein sehr unangenehmes Gefühl, und sie wollte es loswerden. Aber sie wusste nicht einmal, wo sie ansetzen sollte, um dahin zu gelangen, wo es sich versteckte.

»Mit dir kommen?«, wiederholte sie. Als hätte er ihr vorgeschlagen, mit ihm Bungee-Jumping zu machen. Vielleicht sogar aus einem Flugzeug.

»Ja. Du weißt schon. Auf die Fahrt.«

»In die Stadt?«

»Ja.«

»Warum sollte ich das wollen?«

»Weil …« Er hielt inne, als wartete er darauf, dass es ihr von allein einfiel. »Weil wir doch vorhatten, Zeit miteinander zu verbringen. Schon vergessen?«

»Richtig. Stimmt.«

»Die Fahrt dauert fast vier Stunden. Das würde uns viel Zeit zum Reden geben.«

»Ach Süßer. Wir haben jede Minute von jedem Tag, um zu reden. Sobald du wieder zurück bist.«

Lance schaute ihr ins Gesicht, daher wandte sie sich ab. Sie nahm ihre Kaffeetasse mit zur Couch und setzte sich, starrte auf den Holzofen, als ob darin ein schönes Feuer knisterte und sie den Blick nicht davon losreißen könnte.

Einen Moment später spürte sie, wie er sich neben sie setzte.

»Worum geht es hier, Mom? Hast du plötzlich Angst vor motorisierten Fahrzeugen? Oder dass die Farm von ungebetenen Gästen überrannt wird, sobald du ihr den Rücken kehrst?«

»Natürlich nicht.«

»Was ist es dann?«

»Es ist nur … Die Stadt. Ich möchte das nicht mehr.«

»Nun, das musst du ja auch nicht, Mom. Ich schlage bloß vor, dass du mich auf der Fahrt begleitest. Wir werden keine zwei Stunden dort sein, einfach kurz rein und gleich wieder raus.«

»Was zwei Stunden mehr Stadtleben ist, als ich möchte.«

Ein langes Schweigen. In der Zeit wagte sie einen Blick zu ihm. Er wirkte verärgert. Und zwar signifikant, als ob Roseanna sich plötzlich einen weiteren Hund zugelegt hätte.

»Du musst gar nicht ärgerlich und stumm werden«, erklärte sie. »Es geht nicht um dich.«

»Richtig. Das tut es nie. Und das hat es auch nie getan.«

»Ach, komm schon, Lance. Ich hab einfach eine … Art … Problem mit der Stadt.«

»Du warst aber bereit, zurückzugehen und dein eigenes Zeug zu holen.«

»O nein, das stimmt nicht.«

»Also, wie ist es dann hergekommen? Hat es sich selbst eine Busfahrkarte besorgt?«

»Nita hat das Allerwichtigste vorbeigebracht. So was wie die Sachen, die du dir holen willst. Und dann habe ich einen professionellen Umzugsservice beauftragt, der alles zusammengepackt und hertransportiert hat. Das meiste davon ist noch auf Paletten in der Scheune.«

Sie tranken eine Weile schweigend ihren Kaffee. Gewöhnlich wäre draußen vor dem Fenster um diese Uhrzeit bereits Unruhe gewesen. Doch was immer ihre ungebetenen Gäste heute trieben, sie erledigten es leise. Roseanna hatte fast das Gefühl, als ob sie und ihr Sohn die einzigen Bewohner eines Planeten wären, der die Erde sein mochte oder auch nicht.

»Das ergibt keinen Sinn«, sagte er nach einer Weile, sichtlich verärgert.

»Nein, tut es nicht. Trotzdem ist es nun mal so.«

»Du hast über fünfzig Jahre lang in der Stadt gelebt.«

»Und genau da scheint ja das Problem zu liegen.«

»Aber du kannst doch … Ich meine, du magst die Stadt nicht mehr. Gut. Meinetwegen. Dennoch könntest du es doch sicher aushalten, wenn du im Gegenzug dafür die Gelegenheit bekämst, Zeit mit mir zu verbringen.«

»Ich wünschte, ich könnte es, Süßer. Nur …« Sie machte eine Pause. Versuchte, dem Gefühl einen Namen zu geben. Es war Furcht. Grenzenlose Panik. Es gab keine Erklärung dafür, aber es ließ sich nicht leugnen. »Es ist wie eine posttraumatische Belastungsstörung. Mir fällt keine bessere Erklärung dafür ein. Bis ich mit der Absicht herausgefahren bin, nicht wieder reinzufahren und mich auch sonst fernzuhalten, hatte ich gar keine Ahnung, wie sehr ich es gehasst habe. Ich hab es so lange unten gehalten. Hab es weggesperrt, sodass ich dort leben konnte. Aber jetzt ist es raus, und ich kann es nicht mehr zurücktun. Es ist so groß.«

Lance stand auf und schüttete den Rest seines Kaffees in die Spüle.

»In Ordnung«, sagte er. »Was auch immer.«

Er ging zur Tür.

»Kannst du bitte nicht wütend gehen?«

Er hielt kurz inne, eine Hand auf dem Türknauf.

»Kannst du bitte zur Abwechslung mal *mich* zum Wichtigsten in deinem Leben machen?«

Er ließ ihr Zeit für eine Antwort, allerdings nicht viel. Ihr Zögern schien ihm alles zu bestätigen, womit er gerechnet hatte.

»Genau. Das dachte ich mir schon. Gut, ich mag die Stadt. Und wenn sich bei dir nichts geändert hat und ich weiter nicht so wichtig bin, vielleicht bleibe ich dann einfach dort. Vielleicht komme ich gar nicht zurück.«

Dann kam eine noch kürzere Pause – ein Sekundenbruchteil, um die Situation zu retten. Und womöglich ihre gesamte Beziehung. Sie ruinierte es wieder durch Zögern.

Lance knallte die Tür hinter sich ins Schloss.

* * *

Roseanna benötigte beinahe eine Stunde, um zu begreifen, dass sie in die Scheune würde gehen müssen, um Ernst etwas Heu zu geben. Da sie am vergangenen Morgen noch gar keine Pferdebesitzerin gewesen war, gehörte es nicht zu ihren Gewohnheiten.

Sie fand das irgendwie gerupft aussehende Tier in der Scheune, wo sie es gelassen hatte und wo es jetzt für ihren Geschmack viel zu dicht bei ihrem Maserati stand. Inzwischen roch es hier unverkennbar nach Pferdemist.

Sie trat dicht vor Ernst, das Heubüschel in der Hand, hielt es ihm hin, damit er es sehen – und daran riechen – konnte. Dann ging sie damit in die gegenüberliegende Ecke der Scheune, weg von ihrem geliebten Auto, und ließ es auf den Boden fallen. Ernst kam, um zu fressen, stieß Roseanna dabei mit seiner knochigen Schulter an und wäre ihr beinahe auf den Fuß getreten.

Auf dem Weg aus der Scheune blickte sie zu ihrem Auto und bemerkte etwas Merkwürdiges. Einer der Scheibenwischer stand ab, statt auf der Scheibe zu liegen. Als hätte jemand die Frontscheibe ihres Autos geputzt und dann urplötzlich damit aufgehört.

Sie trat näher.

Gerade als sie die Hand ausstreckte, um den Wischer wieder zurückzudrücken, machte sie eine weitere besorgniserregende Entdeckung. Die Gummilippe war verschwunden. Jemand hatte sie abgenommen. Sie überprüfte den zweiten Scheibenwischer, der ordnungsgemäß auflag. Aber auch da fehlte das Gummi. Roseanna hob ihn leicht an, als wäre das Gummiteil irgendwo darunter versteckt, und bemerkte einen Kratzer an der Stelle im Glas, wo das Metallteil offensichtlich zurückgeschnellt war.

Roseanna spürte Hitze in ihren Ohren.

Sie marschierte aus der Scheune und machte sich auf den Weg zum Tor, wo sie laut und energisch die Glocke läutete. Das tat sie, wenn sie wollte, dass all ihre ungebetenen Gäste zusammenkamen, und zwar flott.

* * *

»Ich will wissen, wer sie an sich genommen hat«, erklärte Roseanna. »Und ich möchte wissen, warum.«

Sie standen alle zusammen in der Scheune. Roseanna. Patty und Willa. Martin, Nelson David. Melanie, nur ihr

Ehemann Dave war nicht da. Er war offensichtlich gar nicht auf dem Grundstück gewesen, was ihn in Roseannas Augen zum Hauptverdächtigen machte.

»Sie sind kaum etwas wert«, fuhr sie fort, mit mehr Wut in der Stimme, als sie vorgehabt hatte, sich anmerken zu lassen. »Vielleicht brauchte einfach jemand von euch einen für sein eigenes Auto, obwohl ich gar nicht weiß, ob sie auch auf andere Fabrikate passen. Aber das ist nicht der springende Punkt«, kam sie zum eigentlichen Thema zurück. »Ich habe euch alle hier aufgenommen und lasse euch bleiben, und zum Dank dafür wagt es einer von euch, mich zu bestehlen? Sicher, es ist keine große Sache, trotzdem ist es ärgerlich, weil hier kein Maserati-Händler irgendwo gleich um die nächste Ecke ist. Und wenn ich euch bei solchen Kleinigkeiten nicht trauen kann, wie soll ich euch vertrauen, wenn es um etwas geht, das tatsächlich wertvoll ist? Werde ich als Nächstes hier in die Scheune kommen und feststellen müssen, dass das gesamte Auto verschwunden ist? Und warum muss ich immer an das Sprichwort denken: ›Keine gute Tat bleibt ungestraft‹? Ich erwarte mindestens, dass ihr genug Vernunft habt, um Diebstähle auf die zu beschränken, die euch keine besondere Freundlichkeit erwiesen haben.«

Roseanna spürte, dass das kleine Mädchen sie am Ärmel zupfte. Sie schob sie weg.

»Bitte nicht, Willa«, zischte sie. »Ich will hier was klarmachen.«

»Aber …«

»Später, Süße.«

»Aber … ist das hier dein Wischerding?«

Roseanna schaute nach unten.

Auf Willas winziger Hand lag ein kleines Stückchen Gummi. Vielleicht zwei oder drei Zentimeter lang. Ein Ende war glatt und sauber, das andere zerrupft. Angeknabbert.

Roseanna nahm es dem kleinen Mädchen ab und betrachtete es genauer. Es war in der Tat ein Stückchen Scheibenwischergummi. Allerdings kein besonders großes.

Die ungebetenen Gäste rückten näher, um es besser erkennen zu können.

Sie alle starrten einen Moment lang darauf. Dann schauten sie hoch. Schauten einander der Reihe nach an. Patty drehte den Kopf und sah zu Ernst. Eine Sekunde später waren alle Augen auf das alte Pferd gerichtet.

Ernst schwang seinen langen Hals herum und starrte zurück, und sein Blick schien zu sagen: »Ist was?«

* * *

Roseanna saß im Schneidersitz auf dem wenig bequemen Stück freier Erde oben auf dem Empfängnisberg. Während Lance' Festnetztelefon klingelte – mittlerweile vermutlich oft genug, dass sie gleich auf die Mailbox umgeleitet werden würde –, blickte sie über ihr Anwesen und zu dem Maserati. Aus nachvollziehbaren Gründen hatte sie ihn außerhalb der Scheune geparkt.

Als sie schließlich Lance' Stimme hörte, dachte sie einen Sekundenbruchteil, er sei es tatsächlich. Die Worte »Hier ist Lance« klangen wie er selbst in Fleisch und Blut. Bei dem »Ich kann Ihren Anruf im Moment leider nicht entgegennehmen – hinterlassen Sie bitte eine Nachricht« sank Roseanna das Herz bis auf den Grund ihres Magens. Ein gutes Stück tiefer, als sie es bei einem Herzen für möglich gehalten hätte.

»Hallo, Süßer«, begann sie. »Ich bin nur … Ich brauche nur … Ach, Mist. Schlechter Anfang. Lance, du hattest völlig recht, und ich lag völlig falsch. Und ich bin darauf aufmerksam gemacht worden, dass ich in der Vergangenheit nicht gut darin war, so was zuzugeben. Also … Einfach, um dir zu zeigen, dass ich mich wirklich ändern will, gebe ich meinen Fehler zu, auch wenn mir bewusst ist, dass ich das einem Sprachaufzeichnungstool gegenüber tue. Ich hab einfach diese verrückte Panik davor, wieder dorthin zurückzumüssen. Aber ich hätte es einfach tun sollen. Egal, wie schlecht es sich angefühlt hätte. Ich hätte es einfach durchstehen sollen. Für dich.«

Sie kniff ihre Augen zu.

»Jetzt sitze ich mit geschlossenen Augen hier oben auf dem Empfängnisberg und stelle mir vor, dass ich mit dir im Auto wäre und wir die ganze Zeit reden würden. Und in meinem Kopf ist es wunderschön. Daher weiß ich, dass ich diesmal echt Mist gebaut habe. Und ich sage das auch nicht bloß, damit du zurückkommst, selbst wenn ich hoffe, dass du das tun wirst. Es ist nur so ein schrecklicher Vormittag geworden. Du bist sauer weggefahren, und jetzt fühle ich mich ganz schrecklich deswegen, und dann hat das Pferd das Gummi von meinen Scheibenwischern gefressen, und wenn ich mich bei dir fertig entschuldigt habe, muss ich mich bei allen entschuldigen, denen ich unterstellt hab, es gestohlen zu haben, was beinahe alle betrifft, die hier leben. Und ich dachte, wenn ich mit dir reden könnte, würde ich mich besser fühlen. Aber das klappt jetzt ja nicht. Das sag ich nicht, damit du dich schlecht fühlst. Es ist ganz meine eigene Schuld.«

Sie hielt inne und öffnete die Augen, fragte sich, ob sie noch genug Zeit hätte, bevor die Aufnahmezeit vorbei war.

»Den Rest erzähl ich dir persönlich, wenn ich das nächste Mal mit dir rede. Wenn wir denn jemals wieder miteinander reden. Ich hab dich lie…«

Bevor sie das fertig aussprechen konnte, hörte sie den zweiten Piepton. Den, der einem anzeigt, dass Schluss ist, ob man nun fertig ist oder nicht.

Das war das Wichtigste an der ganzen Sache, dachte sie. *Warum zur Hölle habe ich es nicht gleich zu Anfang gesagt?*

* * *

Auf dem Weg zurück zum Haus stieß sie auf Patty.

»Ich hab mich gefragt, ob ich mir dein Handy leihen kann«, erklärte sie.

»Sicher, ja. Wo ist Willa?«

»Bei Martin. Sie stapeln Feuerholz.«

»Verdammt! Wie oft muss ich ihm sagen, dass ich nicht möchte, dass er all die anstrengende Arbeit auf meinem Grundstück erledigt? Er ist achtzig.«

Sie reichte Patty das Handy.

»Danke«, erwiderte die und nahm es. »Immerhin scheint er recht gut beieinander zu sein. Für jemanden in seinem Alter jedenfalls.«

»Ja. Richtig. Alle scheinen immer gut beieinander zu sein. Bis zu dem Moment, in dem sie tot umfallen.«

Eine Pause. Roseanna blickte Patty in die Augen und erkannte, dass sie sich etwas zurücknehmen musste. Nicht nur war ihre Laune schlecht für andere, sie tat ihr selbst auch nicht besonders gut.

»Ja, also, wie auch immer«, sprach sie weiter und bemühte sich um einen verbindlicheren Ton. »Geh du nur und telefoniere. Ich muss zurück und mich bei allen für heute Vormittag entschuldigen.«

»Oh«, meinte Patty, und ihre Miene hellte sich ein wenig auf. »Ich glaube, das würde ihnen gefallen.«

»Da bin ich mir sicher«, antwortete Roseanna. »Die Einzige, die es nicht mögen wird, bin ich. Sag mal, ist das eigentlich normal? Dass ein Pferd Gummi frisst? Ich meine, ich weiß, Ziegen fressen alles. Aber ein Pferd?«

»Das tun die meisten auch nicht«, bemerkte Patty. »Nein. Ernst ist einfach ungewöhnlich.«

Das schien eine so massive Untertreibung zu sein, dass Roseanna eigentlich etwas darauf hätte entgegnen müssen, doch sie war zu müde und zu niedergeschlagen, um sich die Mühe zu machen.

* * *

Zwanzig Minuten und vier Entschuldigungen später kam Patty zur Tür, um Roseanna ihr Handy zurückzugeben.

»Danke«, sagte Roseanna.

Sie wollte die Tür schließen, aber Patty erweckte nicht den Eindruck, als wolle sie gehen.

»Interessiert es dich nicht, was der Tierarzt meint?«, erkundigte sich Patty.

»Welcher Tierarzt?«

»Na der, den ich angerufen hab.«

»Ich wusste ja nicht mal, dass du einen sprechen wolltest.«

»Oh. Hatte ich vergessen, das zu erwähnen?«

»Offenbar.« Roseanna wartete ein oder zwei Sekunden, dann seufzte sie. »Ich denke, es ist besser, du kommst rein und erzählst es mir.«

Patty trat ein und ging im Wohnzimmer umher, betrachtete Roseannas wenigen Besitz, als vergliche sie alles mit dem, was Macy an der gleichen Stelle aufbewahrt hatte. Andererseits, vielleicht auch nicht. Man wusste nie, was andere dachten.

»Also, warum hast du einen Tierarzt angerufen?«, fragte Roseanna, als sie es leid wurde, darauf zu warten, dass ihr die Information freiwillig gegeben wurde.

»Um sicherzugehen, dass Ernst keinen Schaden nimmt.«

»Und? Wird er das?«

»Das wissen wir nicht. Der Tierarzt hat gesagt, wenn er das Gummi gut gekaut hat, ist es durchaus möglich, dass es einfach hinten wieder rauskommt, ohne irgendwelche Probleme zu verursachen. Aber wenn er große Stücke davon einfach runtergeschluckt hat … also, dann könnte es sich im Magen verdrehen und irgendwas abschnüren, sodass keine Nahrung mehr durchkommt, und dann, bevor man weiß, wie einem geschieht, hat er Verstopfung. Und das wäre echt schlecht. Das Einzige, was man dagegen tun kann bei einem Pferd … Man kann versuchen, ihm Mineralöl zu verabreichen, allerdings funktioniert das entweder oder eben nicht.«

Alles funktioniert entweder oder eben nicht, dachte Roseanna. Aber sie sprach das nicht aus.

»Wenn das nicht klappt«, erzählte Patty weiter, schien zu glauben, Roseanna wolle jede Einzelheit wissen, »dann ist das Einzige, was einem übrig bleibt, eine Operation. Nur ist die echt teuer, und außerdem will der Tierarzt ein achtunddreißig Jahre altes Pferd nicht operieren. Das würde das Tier vermutlich gar nicht überleben, und selbst wenn, es wäre einfach nicht fair ihm gegenüber. Und wenn er irgendwelche Metallstückchen von der Halterung der Scheibenwischer verschluckt hat, ist es sowieso aus und vorbei für ihn.«

Roseanna ließ sich auf der Couch nieder und wartete schweigend. Nach dem letzten Detail hatte sie irgendwie das Gefühl, da müsse noch mehr kommen.

»Also, was tun wir?«, fragte sie, als nichts weiter folgte.

»Wir sollen auf Darmgeräusche achten.«

»Ich hoffe sehr, dass du weißt, was das heißt. Denn ich tue es nicht.«

»Ja, ich kann's dir zeigen. Komm mit.«

Dann war Patty an der Tür und gleich darauf draußen. Bevor Roseanna sich gefasst hatte, um ihr mitzuteilen, wie wenig sie mitkommen wollte, war Patty schon auf halbem Weg zur Scheune. Daher gab Roseanna einfach auf. Das war einfacher.

Sie seufzte tief und folgte Patty.

Ernst schaute sie mit weichen, seelenvollen Augen an, als sie in die Scheune trat. Sie hatte nie zuvor diesen Blick bei ihm gesehen. Roseanna überlegte, ob Pferde so vielleicht Menschen manipulierten. Sie fragte sich auch, warum sie nicht das Pferd aus der Scheune geworfen und das Auto dringelassen hatte.

»Man hält einfach das Ohr an seine Seite«, erklärte Patty. »So.« Sie zeigte es ihr. Ernst drehte den Kopf und begann an ihren Haaren zu knabbern. »O ja, ich kann's hören. Das ist gut. Es klingt irgendwie wie Gurgeln. Möchtest du es mal versuchen?«

»Nicht mal ein ganz kleines bisschen.«

Sie standen einen Moment lang schweigend da, betrachteten das Pferd, das zurückschaute.

»Ich habe Probleme, zu verstehen«, bemerkte Roseanna, »wie etwas so Kleines wie die Gummilippe von einem Scheibenwischer etwas so Großem schaden kann.«

»Pferde haben eine sehr empfindliche Verdauung. Sie können sich nicht übergeben.«

»Was meinst du damit: ›Sie können sich nicht übergeben‹?«

»Das heißt genau das, wonach es klingt.«

»Warum können sie das denn nicht?«

»Ich hab keine Ahnung«, antwortete Patty. »Das wirst du mit Gott ausmachen müssen.«

Roseanna dachte einen Moment lang darüber nach, konnte aber keine passende Erwiderung finden. »Also hören wir einfach die ganze Zeit seiner Verdauung zu?«

»Ja, und hoffentlich werden wir morgen oder übermorgen feststellen, dass es einfach ohne Probleme durch Magen und Darm gegangen ist.«

»Dir ist schon klar, dass ich nicht diejenige sein werde, die sich Stück für Stück durch die Pferdeäpfel arbeitet und nach halb verdautem Gummi sucht.«

»Oh, ich bezweifle, dass er es verdauen wird.«

»Das ist nicht der wesentliche Punkt dabei.«

»Ja«, meinte Patty. »Ich hab mir gedacht, dass das nicht du sein würdest.«

Sie drehten sich um, um gemeinsam aus der Scheune zu gehen. Roseannas Blick fiel auf ihre in Kartons verpackten Habseligkeiten in der Ecke. Möbel, wichtige Unterlagen, Fotoalben von der Familie. Alles, was nicht in ihr neues Haus gepasst hatte.

»Warte«, sagte sie, und Patty wandte sich ihr zu. »Weißt du, wie ihr alle immer erklärt, dass ihr alles Mögliche tun würdet, um hierbleiben zu dürfen? Also, ich hab eine Aufgabe. Baut dem Tier einen Stall, wenn es das hier durchsteht. Ihr könnt eure Köpfe zusammenstecken, wie ihr das am besten hinkriegt. Nur erledigt es, okay? Mir ist egal, wie er am Ende aussieht. Aber auch wenn Ernst die Scheibenwischer überlebt, wird er spätestens dann dran glauben müssen, wenn er sich meine Möbel einverleibt. Weil ich ihn dann persönlich abmurksen werde.«

»Okay«, erwiderte Patty. »Wir überlegen uns was.«

Gemeinsam traten sie hinaus in die Sonne. Roseanna kniff die Augen zusammen und beschattete sie mit einer Hand.

»Warum hat Macy das Vieh eigentlich Ernst genannt? Ernst, wie der Männername? Oder wie das Eigenschaftswort?«

»Letzteres, glaube ich.«

»Weil er ungefähr das am wenigsten ernste Wesen ist, das ich je getroffen habe.«

»Sie hat wohl versucht, ihm etwas vorzugeben, wonach er streben kann«, meinte Patty.

* * *

Roseanna lag im Bett und schlief, als es an ihrer Tür klopfte. Sie erschrak, sodass ihr Herz zu pochen begann.

Sie zog sich den Morgenmantel über und ging durch das Wohnzimmer in die absolute Dunkelheit. Es gab keinen Mond, oder er war noch nicht aufgegangen. Roseanna war sich da nicht sicher.

»Wer ist da?«

»Ich bin's, Lance.«

Roseanna seufzte ihre Angst weg und öffnete ihm. Sie starrten einander an, so gut das eben bei zwei Leuten ging, die sich in der absoluten Dunkelheit einer mondlosen Nacht gegenüberstanden.

»Ich hab bloß gesagt, ich würde *vielleicht* nicht zurückkommen«, erklärte Lance, und seine Stimme klang verlegen.

»Komm rein, Süßer. Komm rein.« Er tat das, hatte zwei schwer wirkende Reisetaschen dabei.

»Ich bin so glücklich, dich zu sehen, dass ich fast weinen könnte.«

»Warum nur fast?«

»Na ja, du kennst mich doch.«

»Ja, Mom. Sogar sehr gut. Und das Pferd hat deine Scheibenwischer gefressen?«

»Das ist irgendwie eine lange Geschichte. Wobei, eigentlich nicht. Sie ist ziemlich kurz. Genau genommen ist es das auch schon.«

»Auch die Metallteile? Oder nur das Gummi?«

»Nur das Gummi.«

»Das freut mich zu hören. Um Ernsts willen.«

»Der letzte Teil der Nachricht lautete: ›Ich hab dich lieb.‹ Aber die Aufzeichnung war vorbei, bevor ich fertig war.«

»Ja, Mom«, sagte Lance. Er legte ihr einen Arm um die Schultern und zog sie an sich, gab ihr einen Kuss auf die Schläfe. »Ich konnte mir schon denken, dass es das war, worauf du hinauswolltest.«

Kapitel Fünfzehn

Der Verdauungstrakt von Pferden und andere lustige Themen

Sie saßen auf der Couch, im ersten fahlen Licht des Morgens. Roseanna und ihr Sohn. Sie tranken guten Kaffee. Lance spielte mit seinem Handy, schaute auf das Display und tippte mit seinen Fingern darauf, als wolle er etwas eingeben.

»Was kannst du mit dem Handy schon anfangen, so ganz ohne Empfang?«, wollte sie von ihm wissen.

Lance lachte. »Eigentlich so gut wie nichts«, antwortete er.

Es klopfte an der Tür, was vor sieben Uhr morgens ungewöhnlich war.

Lance sprang auf, um aufzumachen, was Roseanna ebenfalls ungewöhnlich erschien, aber auf angenehmere Art und Weise. Er hatte bereits begonnen, sich in diesem Haus zu benehmen, als lebte er hier.

»Ich hab bloß eine E-Mail geschrieben, die ich später abschicken möchte«, erklärte er auf dem Weg zur Tür über seine Schulter hinweg.

Er öffnete sie weit. Auf der Veranda stand Patty, die irgendwie angespannt und besorgt wirkte. Willa hing an der Hand ihrer Mutter, war ungewohnt still.

»Ich hab eine Frage«, begann Patty und trat ein, ohne dass sie dazu explizit aufgefordert worden war.

Vielleicht hat es Grenzen, dieses »sich so benehmen, als lebte man hier«, überlegte Roseanna. *Vielleicht ist es nur für Blutsverwandte okay.* Doch sie sprach das nicht aus, weil sie erst hören wollte, was dafür verantwortlich war, dass Patty so in Sorge war. Nur für den Fall, dass das hier der völlig falsche Augenblick für so eine Bemerkung wäre.

»Okay«, meinte Roseanna. »Was ist die Frage?«

»Wenn ich heute Vormittag den Tierarzt für Ernst rufen würde …«

Sie hielt inne, aber Roseanna hatte keine Ahnung, was von ihr erwartet wurde, dass sie es in dieser Pause sagte.

»Das ist nicht wirklich eine Frage«, stellte sie schließlich fest.

»Richtig. Ich bin in Sorge wegen Ernst. Ich denke, wir müssen den Tierarzt kommen und ihn behandeln lassen. Damit es keine schlimme Kolik wird. Weil das bei einem Pferd sehr schnell passieren kann. Selbst bei einem jungen.«

Roseanna öffnete den Mund, um anzumerken, dass das immer noch keine Frage war.

Patty kam ihr zuvor. »Ich weiß. Das ist *auch* keine Frage. Ich hatte gehofft, dass du dir die Frage inzwischen denken kannst.«

Lance stand müßig daneben, die Hände locker in den Taschen seiner Shorts. Roseanna fing seinen Blick auf, falls er irgendwelche bedeutenden Gedanken dazu hatte und möglicherweise bereit wäre, sie mit ihr zu teilen. Das schien nicht der Fall zu sein.

»Tut mir leid«, erklärte sie. »Das ist meine erste Tasse Kaffee.«

»Also, das ist mehr, als ich bezahlen könnte«, fuhr Patty fort. Immer noch keine Frage, doch sie kam näher. »Und, du weißt schon. Er ist ja nicht nur mein Pferd. Das Problem ist, wem gehört er? Ich bin mir nicht sicher, ob du ihn als dein Pferd betrachtest. Aber an dem Tag, an dem der Tierarzt geholt werden muss, braucht ein Pferd einen Besitzer, und ich befürchte, Ernst hat in der Beziehung nicht, was er braucht, um die richtige Behandlung zu erhalten.«

»Du möchtest wissen, ob ich dafür bezahlen werde«, erwiderte Roseanna und verspürte ein Gefühl von Klarheit.

»Ja«, antwortete Patty. »Genau das.«

»Wie viel kostet so etwas denn?«

»Das kann ich nicht genau sagen. Allerdings ist ein Tierarztbesuch nicht billig.«

Roseanna lehnte sich zurück und nahm einen langen Schluck aus ihrer Kaffeetasse. Seufzte tief. »Geh und ruf ihn an. Ich möchte nicht, dass dem armen alten Ernst etwas passiert. Heute muss er irgendjemandes Pferd sein, daher vermute ich mal, er ist meins.«

Willa blickte zu ihrer Mutter hoch. »Hat sie Ja gesagt, Mami?«

»Ja, Süße. Sie hat Ja gesagt.«

Willa riss sich von ihrer Mutter los und rannte zur Couch, zu Roseanna. Sie umarmte fest ihre Knie, legte den Kopf auf ihren Schoß.

Dann fuhr sie jäh hoch.

»Du musst meiner Mom dein Handy geben«, erklärte sie. »Und du musst kommen und Ernst herumführen, während wir den Berg hochsteigen, um anzurufen.«

»Warum muss ich ihn herumführen?«, fragte Roseanna das kleine Mädchen.

»Weil man das tut, wenn ein Pferd eine Kolik hat.«

* * *

»Warum muss ich das Pferd herumführen?«, wollte Roseanna von Patty wissen, bevor sie sich am Scheunentor trennten.

»Weil man das tut, wenn ein Pferd eine Kolik hat.«

»Wenigstens passen deine Geschichte und die deiner Tochter zusammen.«

Patty lächelte leicht und nahm Roseannas Handy, das sie ihr hinhielt. Roseanna schaute Patty und ihrer Tochter einen Moment hinterher, während sie sich entfernten, Hand in Hand und den fröhlich bellenden Hund im Schlepptau.

Dann richtete sie ihre Aufmerksamkeit auf ihren Sohn.

»Wie heißt der Hund eigentlich?«, wollte Lance wissen.

»Er hat keinen Namen.«

»Warum willst du ihm keinen Namen geben? Du musst ihn ja irgendwie nennen.«

»Ich nenne ihn ja irgendwie. Ich nenne ihn ›der Hund‹. Ich hab nur einen, daher funktioniert das prima.«

»Du hast auch nur ein Pferd, doch das hat einen Namen.«

»Ja, aber den hatte es schon. Wenn es von allein aufgetaucht wäre, ohne dass mir jemand seinen Namen hätte verraten können, würde ich es wahrscheinlich ›das Pferd‹ nennen.«

»Ich wette, Willa hat einen Namen für den Hund.«

Das stimmt vermutlich, dachte sie. Da würde sie mal nachforschen müssen. In der Zwischenzeit galt es erst einmal, sich um den armen kranken Ernst zu kümmern.

»Du weißt, wie man ein Pferd herumführt?«, fragte sie Lance.

»Wir sind mit ihm die Straße entlang zu Archies Haus gegangen und den halben Weg zurück. Ich vermute, so ähnlich könnte es funktionieren.«

Gemeinsam betraten sie die Scheune.

Darin war Nelson damit beschäftigt, Ernst in einem großen Kreis zu führen, wobei er ein Seil als behelfsmäßige Zügel benutzte.

»Oh, gut«, sagte er. »Die Ablösung ist da.« Er hielt Roseanna das Seil hin, die es anschaute, als wäre es eine ungiftige – aber dennoch unheimliche – Schlange. »Lassen Sie nicht zu, dass er stehen bleibt und sich hinlegt«, fügte er hinzu. »Halten Sie ihn in Bewegung.«

»Wie soll ich denn verhindern, dass er sich hinlegt?«

Ein Bild erschien vor ihrem geistigen Auge: Ernst, wie er neben der Straße auf die Knie fiel, keuchte und dann seinen Körper auf die Erde sinken ließ. Das hier waren fünfhundert Kilo unberechenbares Tier. Was wurde von ihr erwartet? Ihn aufzufangen und wieder auf die Füße zu stellen?

»Ziehen Sie seinen Kopf nach oben, und hoffen Sie, dass sein Körper folgt«, erklärte Nelson. »Es ist schwierig für ihn, sich hinzulegen, wenn man ihm den Kopf nicht frei gibt. Versuchen Sie, seine Aufmerksamkeit zu behalten. Das hilft.«

»Kannst du nicht bleiben und …«

»Es ist in Ordnung, Mom«, unterbrach Lance sie und nahm das Seil. »Wir schaffen das.«

Roseanna war sich nicht ganz sicher, ob sie ihm zustimmte, trotzdem gefiel ihr der Klang von dem »wir«, das ihr Sohn da benutzte. Daher erhob sie keine Einwände, als Nelson den Stall verließ.

Sie blickte Lance an und Lance sie. Dann begannen sie die gleiche langsame Runde zu gehen, die sie Nelson mit dem Pferd hatten gehen sehen.

Zuerst sagten sie nichts. Roseanna spürte, dass eine dunkle Wolke über ihr lastete, als drückte sie von oben auf ihren Kopf. Sie spürte sie schon eine Weile, wurde ihr klar. Fast einen Tag lang vielleicht. Es hatte nichts mit dem Pferd zu tun, obwohl die Tatsache, dass es alt war und jetzt krank, kein bisschen half.

Das Problem war, es hing mit etwas zusammen – das war ja bei allem der Fall –, aber Roseanna hatte keine Ahnung, was das sein mochte. Sie hatte es mit voller Absicht vermieden, darin herumzustochern oder Fragen zu stellen.

Ernst blieb stehen, schwang seinen Kopf herum und stieß mit der Schnauze gegen seinen runden, zotteligen Bauch.

Das hast du davon, wenn du das Gummi von Scheibenwischern frisst, war Roseanna in Versuchung geführt, dem Tier vorzuhalten. Sie tat es nicht, weil die Situation zu ernst war für so eine Bemerkung. Lance zog den Pferdekopf zurück, und sie gingen gemeinsam weiter. Roseanna verspürte maßlosen Stolz auf ihren Sohn und fragte sich, warum er sich befähigt fühlte, eine Aufgabe zu übernehmen, die so völlig anders war als alles, was er bisher in seinem Leben hatte bewältigen müssen.

»Ich kenne dich vielleicht nicht so gut wie manche Söhne ihre Mütter«, begann er und schreckte sie aus ihren Gedanken auf. »Trotzdem weiß ich es, wenn dich etwas beschäftigt.«

»Stimmt«, sagte Roseanna, auch wenn ihr klar war, dass das als Antwort vermutlich nicht reichte.

»Ich kann mir nicht vorstellen, dass es nur die Sorge um das Pferd ist. Weil du ihn ja schließlich erst seit vorgestern kennst. Und weil er ein Pferd ist. Und du … du weißt schon … einfach du bist. Ohne respektlos sein zu wollen.«

»Ist schon in Ordnung«, erwiderte sie und seufzte.

Dann gingen sie zwei volle Runden durch die Scheune, ohne ein Wort zu sagen.

Irgendwo ungefähr auf halbem Weg in der zweiten Runde konnte Roseanna die dunkle Wolke identifizieren. Nicht weil sie das ununterbrochen versucht hätte. Ganz im Gegenteil. Sie hatte versucht, sie zurück an die Stelle zu schubsen, wo sie sie nicht so genau sehen und sich deswegen auch nicht von ihr gestört fühlen konnte. Aber dann poppte sie auf und starrte ihr auf eine Art und Weise ins Gesicht, die sich anfühlte, als meinte sie, über sie triumphiert zu haben. Wobei Roseanna das Letzte vermutlich überinterpretierte.

»Seit wir diese Unterhaltung hatten ...«, begann sie. Dann brach sie wieder ab.

»Welche?«

»Die über Alice.«

»Oh. Verdammt. Da bin ich wirklich ganz schön ins Fettnäpfchen getreten, oder? Es tut mir leid, Mom. Können wir so tun, als hätte ich das nie gefragt?«

»Nein. Können wir nicht. Weil ich jetzt darüber nachdenken muss. Und nun, wo ich das tue, grüble ich darüber nach, dass Alice lesbisch gewesen sein könnte, ohne dass ich etwas davon gewusst habe. Oder dass ich es vielleicht sogar doch gewusst habe, bloß habe ich einfach nicht darauf geachtet. Ich habe nie jemanden kennengelernt, mit dem sie eine Beziehung hatte. Es gab nur ganz wenige ... Von denen ich wusste, zumindest. Und sie haben alle nicht lange gehalten, und irgendwie hat sie sie mir gegenüber immer erst erwähnt, nachdem sie schon zu Ende waren. Und jetzt, wenn ich zurückblicke, begreife ich, dass sie über diese Leute stets nur ganz allgemein gesprochen hat.«

»Wäre es denn schlimm, wenn sie es gewesen wäre?«

»Ja«, erwiderte Roseanna. Mit einer überraschenden Entschiedenheit.

Sie gingen drei weitere Runden, ohne etwas zu sagen.

»Also«, begann Roseanna, unfähig, das Schweigen länger auszuhalten, »stimmt es, dass Homosexuelle so eine Art Radar haben und damit irgendwie spüren, ob jemand anders es ebenfalls ist?«

»So sagt man wenigstens.«

»Ich frage nicht, was *man* sagt, ich frage, was *du* sagst.«

Eine Pause entstand.

Dann antwortete Lance: »Meistens kann ich es spüren.«

»Alice?«

»Ziemlich wahrscheinlich. Ja.«

Wieder legten sie ein paar stumme Runden zurück.

»Das ist der andere Grund, weshalb ich diese Frage gestellt hatte«, fügte Lance hinzu.

Eine neue wortlose Runde durch die Scheune.

»Warum ist das denn überhaupt schlimm?«, wollte er wissen. »Du hattest doch kein Problem damit, als es um mich ging. Oder vielmehr immer noch geht, meine ich.«

»Zwei Gründe, die mir sofort einfallen. Erstens, ich kann nicht glauben, dass die beiden Menschen in meinem Leben, die mir am nächsten gestanden haben beziehungsweise das immer noch tun, das Gefühl hatten, sie könnten mich bei einer derart wichtigen Sache nicht ins Vertrauen ziehen.«

»Das ist es nicht, Mom.«

Ernst blieb stehen. Schnaubte. Versuchte sich auf die Knie fallen zu lassen, aber Lance zog seinen Kopf hoch und brachte das Pferd dazu, weiterzulaufen. Roseanna fragte sich, ob Lance eigentlich die Hände noch von dem Seilbrand auf dem Rückweg von Archie wehtaten.

»Was ist es denn dann?«

»Es ist nicht so, dass wir geglaubt haben, wir könnten nicht mit dir darüber reden.«

»Es ist vielmehr so, dass ihr geglaubt habt, ihr könntet überhaupt nicht über viel mit mir reden.«

Sie wartete, während sie weiter im Kreis gingen. Er antwortete jedoch nicht, und sein Schweigen sprach Bände.

»Das ist so viel besser!«, erklärte sie, und ihre Stimme troff von dem gewohnten Sarkasmus. »Jetzt bin ich aber erleichtert. Ich bin so froh, dass wir dieses Gespräch hatten.«

Sie rechnete damit, dass er irgendetwas Tröstendes sagen würde, und blickte in sein Gesicht. Er schien in Gedanken allerdings ganz woanders zu sein.

»Was ist die andere Sache?«, fragte er nach einer Weile.

»Welche andere Sache?«

»Du hast gesagt, es gäbe zwei Dinge, die dir spontan einfielen. Zwei Gründe, warum es dich stört. Das mit Alice.«

»Oh. Richtig. Was, wenn sie mich geliebt hat?«

»Also, wir wissen ja, dass sie das getan hat, Mom. Du hast sie doch auch geliebt, oder?«

»Natürlich habe ich das. Trotzdem, du weißt, was ich meine. Was, wenn der Grund, weswegen sie nie eine länger dauernde, glückliche Beziehung hatte … wenn ich der Grund dafür war, dass sie die Arbeit zu ihrem Lebensmittelpunkt gemacht hat? Immer im Büro gewesen ist, statt irgendwo anders zu sein und mit jemandem ein glückliches Leben zu führen?«

»Ich vermute, das ist möglich«, meinte er.

»Das ist keine gute Antwort.«

»Ich dachte, du wolltest, dass ich dir die Wahrheit sage.«

»Seit wann kennst du mich als jemanden, der die Wahrheit hören möchte?«

»Da hast du recht«, erwiderte Lance. »Was hätte es denn tatsächlich geändert? Selbst wenn es stimmt? Vielleicht hat sie dich mehr geliebt als du sie. Ich weiß es nicht. Was hättest du anders gemacht, wenn du es gewusst hättest?«

Roseanna blieb jäh stehen und ließ zu, dass Lance mit Ernst ohne sie weiterlief. Sie schaute zu, wie er die Aufmerksamkeit des alten Pferdes auf sich lenkte. Beobachtete, wie er das Tier davon abhielt, sich umzudrehen und sich mit seinem Bauch zu beschäftigen.

Als sie auf ihrer Runde wieder bei ihr vorbeikamen, erklärte Roseanna: »Ich wäre netter gewesen.«

»Warst du denn nicht nett zu ihr?«

»Doch. Immer. Trotzdem wäre ich netter gewesen. Wenn ich es gewusst hätte.«

Sie blickte auf und sah Patty und Willa im hellen Morgensonnenschein im Scheunentor stehen, den wedelnden Hund neben sich. Hinter ihnen entdeckte Roseanna Neugierige am Zaun. Vier Leute.

»Jetzt können wir wieder übernehmen«, verkündete Patty. »Wenn du möchtest.«

»Das wäre sehr schön«, antwortete Roseanna. »Ich habe Hunger auf mein Frühstück. Ist der Tierarzt unterwegs?«

»Ja. Er wird in weniger als einer Stunde hier sein.«

Patty kam näher, ihre Tochter an der Hand, und gab Roseanna ihr Handy zurück. Dann nahm sie das Seil von Lance entgegen.

Roseanna blickte das kleine Mädchen an, das zurückschaute. Alle Sorgen schienen von Willa abzufallen, und ihr ganzes Gesicht begann zu strahlen, einfach, weil sie Roseanna wiedersah. Roseanna fragte sich, wie es sich anfühlen mochte, so ganz im Moment zu leben. So offen für alles, was auch immer das Schicksal entschied, dir als Nächstes vorzusetzen.

»Hat der Hund einen Namen?«, wollte Roseanna von ihr wissen.

Willa verdrehte die Augen. »Es ist *dein* Hund.«

»Ja, aber ich dachte, er hätte vielleicht schon einen. Ich hab mich gefragt, was du meinst.«

»Ich glaube, er hat einen.«

»Und wie könnte der lauten?«

»Buzzy.«

»Buzzy?«

»Genau.«

»Warum sollte sein Name Buzzy sein?«

»Das weiß ich nicht«, sagte Willa und fasste nach dem losen Ende von Ernsts Führungsseil, unterhalb der Stelle, wo ihre Mutter es hielt. »Das ist er einfach.«

Mutter und Tochter begannen, mit dem Pferd im Kreis zu laufen.

Als sie auf ihrer Runde an Roseanna vorbeikam, erklärte Patty: »Sie weiß es. Sie hat es nur vergessen. Das erste Mal, dass wir den Hund gesehen haben, ist er wild herumgehüpft und hat versucht, eine Biene zu fangen.«

»Ach so«, erwiderte Roseanna. »Und hat er die Biene erwischt?«

»Nein, in so was ist er nicht besonders gut.«

»Vermutlich auch besser so.«

Als Roseanna mit ihrem Sohn aus der Scheune ging, schaute sie zu ihm, rechnete schon damit, dass er ihr einen »Ich hab's dir ja gesagt«-Blick zuwerfen würde.

Und sie hatte sich nicht geirrt.

Als sie sich zur Straße umdrehte, bemerkte sie, dass die Zoo-Betrachter weggefahren waren. Sie atmete erleichtert auf.

* * *

Lance steckte seinen Kopf durch die Tür, während Roseanna das Frühstücksgeschirr abwusch.

»Willst du rauskommen und zuschauen?«, fragte er. »Schließlich bezahlst du es ja.«

»Wie einem Pferd der Magen ausgepumpt wird? Ich denke, das ist ein eindeutiges Nein.«

»Eigentlich ist es das nicht so genau.«

»Wie bekommen sie denn das Öl in ihn rein?«

»Mit einem Schlauch durch die Nüstern.«

»Stört ihn das nicht?«

»Er ist sediert. Im Moment stört ihn überhaupt nur ganz wenig.«

»Also, du lässt mich einfach wissen, wie es ihm geht. Wenn es an der Zeit ist, den Scheck auszustellen, bin ich an der Reihe und bereit, meinen Part zu übernehmen.« Und dann, gerade als er den Kopf wieder zurückzog, rief sie ihm nach: »Lance? Wird Ernst es heil überstehen?«

Sein Kopf kam wieder zurück. Sie blickten einander für einen langen Moment an, und sie dachten beide offenbar das Gleiche. Dass es interessant war, festzustellen, dass es sie kümmerte.

Doch keiner von ihnen sprach das laut aus.

»Das wissen wir nicht«, antwortete Lance. »Aber ich halte dich auf dem Laufenden.«

* * *

Drei Stunden und fast sechshundert Dollar später saß Roseanna mit ihrem Sohn in der Scheune. Sie behielten gemeinsam das Pferd im Auge. Jemand musste das Pferd immer im Auge behalten, und jetzt waren Roseanna und Lance an der Reihe.

»Ich weiß, das habe ich noch nie getan«, erklärte Lance und brach damit ein langes Schweigen. »Trotzdem: Darf ich dir meine Überlegungen zu etwas erzählen? Fast so, als wollte ich dir einen Rat geben? Was sich ein bisschen gefährlich anfühlt, weil du eben du bist und so. Egal. Ich habe ein paar ziemlich entschiedene Gefühle zu dem Thema, und mit deiner Erlaubnis würde ich es gerne riskieren.«

Roseanna antwortete nicht. Und während sie nicht antwortete, verzog sie innerlich das Gesicht, vermutete, dass ihre posthume Freundschaft mit Alice einen weiteren Schlag erhalten würde.

Lance schien ihre stumme Zustimmung zu spüren. Und er stürzte sich kopfüber hinein.

»Ich denke, du solltest Jerry anbieten, dich außergerichtlich mit ihm zu einigen.«

»Das habe ich schon.«

»Ich denke, du solltest ihm mehr anbieten. Genug, dass er dich in Ruhe lässt.«

»Um das zu erreichen, müsste ich ihm mehr geben, als ich mir leisten kann. Ich müsste ihm Geld geben, das ich wirklich brauche. Oder brauchen werde. In meinem weiteren Leben.«

»Ich finde, du solltest es trotzdem tun.«

Sie saßen schweigend eine ganze Weile da. Roseanna starrte auf Ernst und bemerkte, dass sein Kopf immer noch ein bisschen tief hing und irgendwie wacklig wirkte von dem Beruhigungsmittel. Was nach Aussage des Tierarztes inzwischen aufgehört haben sollte. Oder vielleicht hatte der arme Kerl einfach einen schlimmen Tag.

»Ich werde Jerry gegenüber nicht kuschen. Das werde ich für niemanden tun.«

»Also wirst du ihm stattdessen dieses neue Leben, das du für dich gefunden hast, überlassen. Du wirst jede Chance, inneren Frieden zu finden, dafür opfern, gegen ihn zu kämpfen?«

»Ich werde so etwas nicht tun.«

»Es gibt keinen Weg drum herum, Mom. Du wirst in die Stadt zurückkommen müssen, um vor Gericht zu erscheinen. Du musst dich regelmäßig mit deinen Anwälten treffen. Einbestellt werden. Das ist genau das Gegenteil von dem, was du, wie du sagst, willst. Du möchtest in Frieden leben und in Ruhe gelassen werden. Du musst entscheiden, ob dir das wirklich wichtig ist oder nicht. Wie viel es dir bedeutet. Denn ein Teil von dem, was Jerry möchte, ist, dir das wegzunehmen. Und was, wenn du ein Jahr oder mehr deines Lebens dafür ruinierst, dann verlierst und er trotzdem all das Geld bekommt? Du hast gesagt, du wärst bereit, Hühner zu halten und ihre Eier zu essen und Gemüse im Garten zu ziehen und mit ganz wenig auszukommen. War das wirklich dein Ernst? Also verrat mir, was dir wichtiger ist. Geld? Recht zu behalten? Oder glücklich zu sein und in Frieden zu leben?«

Eine weitere lange Stille.

Dann sagte Roseanna: »Lass uns über Pferde und ihren Verdauungstrakt reden. Das ist ein lustigeres Thema.«

»Das stimmt wohl«, pflichtete ihr Lance bei. Offensichtlich enttäuscht. »Schon verstanden.«

»Es gibt einen Grund, warum du mir normalerweise keinen Rat gibst.«

»Ja«, erwiderte er. »Das merk ich schon.«

Kapitel Sechzehn

Geh angeln

Roseanna hockte auf den Fersen in einer Ecke ihrer Scheune und schaute zu, wie Lance schweißte. Es war seine zweite Stunde und seine erste Gelegenheit, dem Eisenzoo ein Tier hinzuzufügen. Obwohl Roseanna, ehrlich gesagt, nicht die leiseste Ahnung hatte, was für ein Tier das werden sollte. Sein erster Versuch war rasch von »fantasievoll« in das Gebiet von »unerkennbar« abgedriftet. Aber er versuchte es, und sie wollte ihn auf keinen Fall entmutigen.

Aus der gegenüberliegenden Ecke der Scheune konnte Roseanna das rhythmische Geräusch des Erdbohrers hören. Nelson hob ein Loch im Scheunenboden aus, in das er das Fundament für einen Pfahl betonieren konnte. Dieser Pfahl würde eine Ecke von Ernsts neuem Stall bilden.

In der Zwischenzeit knabberte Ernst, der noch sehr lebendig war, Heu aus einem Netz, das an der Wand hing. Er war vorübergehend in einer Ecke angebunden worden, um ihn von Roseannas Auto fernzuhalten.

Lance schaltete das Schweißgerät ab und schob die große Maske an seinem Helm hoch.

»Also, das ist Mist«, rief er und deutete auf … was auch immer es sein sollte. Das Ding, das er zu schweißen versucht hatte.

»Es braucht Übung«, erwiderte Roseanna.

Lance zog mit der in einem schweren Handschuh steckenden Hand das frisch geschweißte Stück seiner Kreation in eine aufrechte Stellung. Die Schweißnaht hielt nicht, und es fiel klappernd auf den festgestampften Erdboden, was Ernst erschreckte.

»Ich hab im Moment nicht mal Lust, es noch mal zu versuchen«, antwortete Lance, eindeutig entmutigt. »Ich bin hungrig. Ich möchte einfach etwas essen und alles andere vergessen.«

»Wir versuchen es morgen erneut.«

»Ich weiß nicht.«

»Man braucht etwas Übung«, wiederholte Roseanna.

»Es ist vielleicht an der Zeit, sich einfach damit abzufinden, dass ich schlicht nicht gut darin bin, Dinge mit meinen Händen zu tun.«

»Das ist eine ziemlich pauschale Behauptung«, entgegnete sie mit einem übertriebenen Stirnrunzeln.

»Betrachte es mal so, Mom. Lass uns sagen, ich versuche es wieder und wieder, und irgendwann lerne ich, einigermaßen anständig zu schweißen. Kannst du überhaupt erkennen, was das ist? Was das sein soll, wenn es fertig ist?«

»Hm«, meinte Roseanna und legte den Kopf schief. Für den Fall, dass diese leicht veränderte Haltung alles war, was dafür nötig wäre. Aber in Wahrheit konnte sie es nicht mal raten. »Es ist ein … Hilf mir mal bitte.«

»Ein Pinguin.«

»Ein Pinguin? Wirklich?«

»Ich gebe auf.« Lance nahm seinen Schweißhelm ab und legte ihn auf die Erde. »Wir müssen uns den Tatsachen stellen: Ich bin einfach kein kreativer Typ.«

»Du hast doch mal gerne Musik gemacht.«

»Offenbar hast du vergessen, dass ich darin immer schrecklich schlecht war.«

»Du warst ein Kind. Du hast einfach mehr Übung gebraucht.«

»Ich habe *sechs* Jahre lang Flötenunterricht gehabt.«

»Oh«, erwiderte Roseanna. »Ehrlich?« Sie konnte sich nicht erinnern, wie lange ihr Sohn versucht hatte, Flöte spielen zu lernen. Sie erinnerte sich hingegen ziemlich gut daran, dass seine Flötenmusik stets eine Qual für die Ohren gewesen war. »Nun ja, wir haben alle unterschiedliche Dinge, in denen wir gut sind.«

Lance antwortete darauf nichts.

Sie saßen ein paar Momente auf dem Boden, wussten, als Nächstes stand das Mittagessen an, aber keiner von ihnen hatte es eilig damit, mit der Zubereitung zu beginnen.

»Du weißt«, sagte sie mit einem Blick auf seine enttäuschte Miene, »du kannst gerne einen Gast mitbringen, wenn du möchtest.«

»Einen Gast?«

»Ja. Du weißt schon. Sowieso.«

»Sowieso?«

»Es tut mir leid. Es ist schrecklich. *Ich* bin hierbei einfach schrecklich. Ich hab schon wieder den Namen deines Partners vergessen.«

»Oh. Neal.«

»Genau. Neal. Es muss für euch beide ja schwierig sein, diese Trennung. Er kann gerne am Wochenende oder so herkommen. Mir ist natürlich klar, dass meine Couch zu klein ist für zwei. Im Grunde genommen sogar für einen. Aber es gibt ja immer noch das Motel in Walkerville.«

Lance runzelte die Stirn.

Roseanna beobachtete, wie er sich die riesigen Schweißhandschuhe auszog, erst den einen, dann den anderen, und damit auf den Scheunenboden schlug.

»Da ist noch was.«

Doch dann, für eine unbehagliche Weile, führte er das nicht weiter aus.

»Ich vermute, die ganze Idee dahinter ist ja, dass wir einander Sachen anvertrauen«, begann er schließlich, riss sich zusammen. Mit einiger Anstrengung, wenigstens sah es so aus. »Richtig? Wir erzählen einander Sachen, die schwer für uns sind oder die wir lieber für uns behalten würden. Also, hier ist es: Neal und ich … Ich will nicht sagen, wir haben Probleme. Denn wenn du mich fragen würdest, was die Probleme sind, würde ich nicht mal wissen, was ich darauf antworten soll. Es ist mehr so, dass die Dinge nicht so glattlaufen. Ich weiß leider nicht, wie ich das besser erklären soll.«

»Du musst es gar nicht erklären«, entgegnete Roseanna. »Ich bin schon in Beziehungen gewesen. Ich weiß, dass es oft kompliziert ist. Und schwierig.«

»Ich glaube, der Grund, weshalb ich dir das nicht schon früher erzählt habe … Als du mich gebeten hast, hierzubleiben, und ich Ja gesagt habe, wollte ich, dass du denkst, dass es dabei nur um uns geht. Darum, ein besseres Verhältnis zueinander zu bekommen. Und überwiegend war es so. Aber dann, je mehr ich darüber nachdachte, desto mehr verspürte ich eine enorme Erleichterung bei der Vorstellung, von Neal Urlaub zu nehmen. Und dann, als ich den Berg hochgestiegen bin und ihn angerufen habe und mit ihm darüber gesprochen hab, hatte ich dieses starke Gefühl, dass es ihm genauso geht. Ich möchte nicht, dass du jetzt gekränkt bist. Ich möchte die Tatsache nicht mindern, dass ich bereit war, das hier zu tun.«

»Zerbrich dir deswegen nicht den Kopf«, erwiderte sie und tätschelte ihm das Knie. »Wenn du dich in Subtext verhedderst, erstarrst du nur, und dann sind wir wieder dabei, dass du mir gar nichts verrätst. Damit haben wir beide schon genug Zeit verbracht, findest du nicht auch? Jetzt komm mit ins Haus. Ich mache uns etwas zum Lunch, und du kannst mir mehr darüber erzählen.«

Er stemmte sich hoch und streckte Roseanna eine Hand hin, zog sie hoch.

Zusammen gingen sie zu der offen stehenden Scheunentür, blinzelten ins helle Tageslicht. Und stießen direkt auf einen Fremden.

Es war ein junger Mann, vielleicht in den Zwanzigern, mit ordentlich gekämmtem Haar. Er trug eine Lederjacke, die viel zu heiß aussah für das herrschende Wetter.

»Oh, hier sind Sie alle«, bemerkte er. »Ich habe am Haus geklopft.«

»Kann ich Ihnen helfen?«, fragte Roseanna.

»Roseanna Chaldecott?«

»Ja.«

Er reichte ihr einen schlichten braunen Briefumschlag. Er war unbeschriftet und versiegelt. Der Bote sagte nichts zur Erklärung, weshalb er ihn ihr gab oder was sich darin befand. Aber andererseits brauchte er das auch nicht. Roseanna war zu viele Jahre Anwältin gewesen, um dieses Geschehen nicht wiederzuerkennen.

»Mir wird ein Gerichtsschreiben offiziell zugestellt«, meinte sie zu dem Rücken des jungen Mannes, der sich bereits umgedreht hatte und zu seinem Auto ging.

»Ganz genau«, rief er über seine Schulter, ohne stehen zu bleiben. »Nur in der Vergangenheitsform: Es wurde Ihnen zugestellt.«

* * *

Roseanna saß vorgebeugt auf der Couch, die Ellbogen auf die Knie gestützt. Sie betrachtete kritisch die Spielkarten, die in mehreren Reihen vor ihr auf der Reisetruhe ausgebreitet waren, die als Couchtisch diente, und legte mit einem scharfen Klatschen eine weitere hin.

Lance zuckte leicht zusammen. Er lag auf dem Rücken auf dem Fußboden, einen Arm über den Augen. Es war die heißeste Zeit des Tages, und das Haus war der einzige Ort, wo man es aushalten konnte, während draußen die Luft flirrte.

»Ich weiß, du denkst darüber nach, was du tun sollst«, erklärte er. »Weil du immer Patiencen legst, wenn du nachdenken musst. Du hast es ja auch selbst gesagt. Und je lauter du die Karten hinknallst, desto angestrengter denkst du nach.«

Roseanna antwortete nicht. Und während sie nicht antwortete, erfuhr sie etwas über sich. Sie hatte das Spiel ohne einen Gedanken im Kopf gespielt. Es war nicht ein einziger da gewesen. Also stimmte es nicht, dass sie Patiencen legte, wenn sie nachdenken musste. Sie tat es, wenn es gerade wichtig war, auf keinen Fall zu denken.

Lance setzte sich auf dem Boden auf, vermutlich um zu sehen, warum sie ihm nicht antwortete. Er beugte sich hinüber, um auf ihre Karten zu schauen.

»Leg deine rote Neun auf die schwarze Zehn«, schlug er vor.

»Richtig. Ich weiß. Ich hab bloß nachgedacht.«

Allerdings stimmte das nicht. Sie dachte nicht nach. Sie versuchte, genau das zu vermeiden.

»Und, was willst du jetzt tun?«

»Also, ich muss dagegen angehen. Das muss ich einfach. Es sind die Ersparnisse für mein restliches Leben. Es ist alles, wofür ich all diese Jahre gearbeitet habe. Und ich muss davon für den Rest meiner Tage leben können, daher kann ich nicht einfach zulassen, dass Jerry es bekommt.«

Sie wagte einen Blick in sein Gesicht. Er wirkte irgendwie enttäuscht. Falls sie das nicht hineininterpretierte.

»Du besitzt ja noch den Maserati, oder? Da musst du nichts mehr abbezahlen.«

»Natürlich tue ich das. Du weißt doch, dass ich meine Autos nicht auf Kredit kaufe.«

»Könntest du nicht einigermaßen behaglich einfach von dem Erlös davon leben?«

»Das hängt davon ab, was du mit ›behaglich‹ meinst. Aber ja. Ich könnte davon leben, bis die Rente greift. Wenn ich mich einschränke. Allerdings müsste ich ihn dafür verkaufen.«

»Verstehe«, sagte Lance. »Also geht es nicht nur darum, ob du überleben kannst und einigermaßen über die Runden kommst. Es geht mehr um den radikalen Wechsel in deinen Finanzen. Du wärst eine Frau, die tatsächlich einen gebrauchten Pick-up besitzt und kein anderes Gefährt. Keinen Aufkleber hinten auf dem Pick-up, auf dem steht: ›Mein anderes Auto ist ein Maserati‹.«

»Entschuldige mich bitte«, erwiderte Roseanna. »Kannst du nicht sehen, dass ich hier versuche, Karten zu spielen?«

Sie knallte die rote Neun auf die schwarze Zehn.

Lance ließ sich wieder zurücksinken und legte sich den Arm über die Augen.

Ein paar Minuten lang herrschte Schweigen.

»Was tust du hier eigentlich?«, wollte er plötzlich wissen. Die Worte schienen aus ihm herauszuplatzen, als ob er unter Druck gestanden hätte. »Es ist so *langweilig*. Wie schaffst du es, diese ganze Zeit rumzubringen?«

»Man gewöhnt sich dran«, entgegnete sie. »Man überwindet den Drang, alle paar Sekunden schnell mal aufs Handy zu blicken. Es ist eine Geisteshaltung, und du durchbrichst sie. Manchmal langweile ich mich mehr als sonst. Dann gehe ich und mach etwas. Ich koche oder erledige etwas, was getan werden muss. Oder ich schweiße ein neues Tier, um es dem Zoo hinzuzufügen. Manchmal sitze ich auch nur da und langweile mich. Wenn man das überhaupt so nennen möchte. Man könnte es einfach Gelassenheit nennen und nicht die negative Bezeichnung verwenden. Es ist nicht das Schlimmste auf der Welt, nichts zu tun. Man muss sich einfach nur daran gewöhnen.«

»Vielleicht gehe ich den Abhang runter und schaue, ob Nelson in der Nähe ist. Dann frag ich ihn, ob er mir das Angeln beibringt.«

»Die Mittagshitze wird die schlechteste Zeit dafür sein, einen zu fangen.«

»Ich kann mir denken, dass die Unterweisung eine Weile dauern wird«, erklärte er und stand auf. »Schließlich bin ich blutiger Anfänger.«

Mit drei langen Schritten war er an der Tür.

»Alice würde wollen, dass ich mich wehre«, verkündete Roseanna, bevor er den Knauf umdrehen und rausgehen konnte. Bevor er entkommen konnte.

Er sah wieder zu ihr zurück. Starrte einen Moment lang in ihr Gesicht, und sie senkte den Blick, um seinem auszuweichen.

»Alice hätte gewollt, dass du in der Kanzlei bleibst.«

»Jetzt sind wir wieder am gleichen Punkt. Das haben wir doch schon durchgesprochen. Ja. Wenn sie am Leben wäre, vielleicht. Aber sie hat einen Riesenfehler gemacht. Und wenn sie jetzt noch irgendeine Form von Bewusstsein hat, wird sie anders darüber denken. Sie wird es gelernt haben. Das habe ich dir schon gesagt. Wir haben das ausführlich besprochen.«

»Wann hast du mir all das gesagt?«

Roseanna blinzelte und versuchte, ihre Gedanken zu ordnen. Oder den Mangel davon.

»Oh, stimmt. Das warst gar nicht du. Das war Nita.«

»Du kannst nicht beides gleichzeitig haben«, stellte Lance fest. Sprach in dem Tonfall, den sie hasste. Als ob er ihr Vater wäre und sie sein fehlgeleitetes Kind. »Du sagst, wenn sie jetzt hier wäre, würde sie anders empfinden – würde wollen, dass du die Kanzlei verlässt und dass du, solange es geht, ein Leben wie im Ruhestand führst. Dann sagst du plötzlich, sie würde wollen, dass du dich gegen Jerrys Klage zur Wehr setzt. Wenn sie hier wäre und ihren Fehler erkennen würde, woher willst du wissen, dass sie dir nicht einfach sagen würde, du solltest Jerry vergessen und das Geld und einfach dein Leben genießen? Der Tod hat sie entweder verändert oder eben nicht.«

Er machte eine Pause. Runzelte die Stirn.

»Das hier ist eine wirklich befremdliche Unterhaltung«, fügte er hinzu.

»Geh und lern angeln.«

Er schüttelte den Kopf. Aber dann, nach einem Moment der Stille, tat er es.

* * *

Es war am nächsten Morgen immer noch dunkel, als Roseanna bemerkte, dass Lance wach war. Sie hatte auf der Bettkante gesessen, den Kopf in die Hände gestützt. Als sie den Blick hob, sah sie ihn auf der Couch sitzen, sie durch die offene Tür betrachten.

»Alles in Ordnung mit dir?«, fragte er, klang einen Moment lang wie der kleine Junge, an den sie sich so gut erinnerte.

»Ich hab nicht geschlafen«, erklärte sie. Doch die Worte erreichten ihn kaum. Sie klangen ganz rostig, wie ungeölte Metallscharniere. Als ob sie ihre Stimme einen Monat lang nicht benutzt hätte.

»Tut mir leid«, meinte er und kam zu ihrer Tür. »Was hast du gesagt?«

»Ich hab gesagt, ich hätte überhaupt nicht geschlafen.«

Darauf antwortete er nichts. Er blieb einfach ein paar Momente auf der Schwelle stehen. Dann durchquerte er den kleinen Raum und setzte sich neben sie auf die Bettkante, legte ihr einen Arm um die Schultern.

»Die Sache mit Jerry, richtig?«

»Mehr oder weniger. Aber es ist mehr das, was ich über meinen Teil denke.«

»Du meinst … dass du seine Sicht verstehst?«

»Mehr meinen Teil dabei, wie ich damit umgehe. Ich denke, du hast recht. Ich denke, du hast schon die ganze Zeit recht gehabt, und du hast versucht, es mir zu sagen. Und es ist gar nicht so sehr, dass ich nicht deiner Meinung war oder dass ich deine Argumente nicht nachvollziehen konnte. Es war mehr so, dass ich es nicht verstehen *wollte.* Was eine schlechte Eigenschaft für einen Menschen ist.«

Er öffnete den Mund, um etwas zu erwidern, doch sie kam ihm zuvor.

»Ich möchte viel Geld haben, weil das Teil meines Selbstbildes ist. Sicher, ich kann behaupten, dass ich mir Hühner halte und Gemüse ziehe. Und das ist alles sehr romantisch. Trotzdem ist es schwierig, sich plötzlich so einzuschränken. Und ich möchte das eigentlich auch gar nicht. Nur was verrät das über mich?«

Einen Moment lang antwortete er nicht. Als ob er abwartete, ob er jetzt wirklich dran war. Ob nicht noch mehr aus ihr herausbrechen würde.

Dann sagte er: »Es ist nicht so schlimm, wie du es darstellst. Alle haben Angst vor so etwas.«

»Ach ja?«

»Natürlich. Alle großen Veränderungen sind Angst einflößend. Und der Gedanke, kein Geld zu haben, ist Angst einflößend. Es muss nicht mal eine große Ego-Sache sein, aber es wäre sehr menschlich und normal, wenn das ein Teil davon wäre. Wir brauchen Geld, um zu überleben und um grundlegende Probleme zu lösen. Und, du weißt schon … Sie haben die Neigung, plötzlich aufzutauchen. Es ist schwierig, kein Geld zu haben, besonders, wenn du daran gewöhnt bist, jede Menge zu haben. Sei nicht zu hart mit dir.«

Sie saßen schweigend einen Augenblick nebeneinander. Roseanna genoss das Gefühl seines großen Arms, der fest um ihre Schultern lag.

»Ich bin mir nicht sicher, was ich tun würde, wenn du während dieser ganzen Sache nicht hier bei mir wärst«, vertraute sie ihm an.

Der Arm verschwand, und Lance stand auf.

»Also«, bemerkte er, »das geht, glaube ich, zu weit ins Rührselige, selbst für unsere neue Art von Beziehung. Hör zu. Ich hab nicht gemeint, dass es schrecklich wäre, wenn du beschließt, dich auf die Auseinandersetzung vor Gericht einzulassen. Ich will nur sagen, dass es eine gute Chance ist, herauszufinden, was deine eigenen Prioritäten sind. Ich weiß, dass du weißt, was ich meine.«

Roseanna nickte. Sie wusste, was er meinte.

»Ich kenne meine Prioritäten für jetzt«, teilte sie ihm mit. »Ich hab sie in der Nacht sortiert. Ich mach uns jetzt etwas Kaffee. Und Frühstück. Und dann, wenn die Bürostunden anfangen, erklimme ich den Berg und rufe meine Anwälte an. Und ich gebe ihnen eine neue Zahl, die sie Jerry anbieten sollen.«

»Warum lässt du dir das nicht von mir abnehmen, Mom? Du hast schließlich nicht geschlafen.«

»Sollte ich nicht selbst mit ihnen reden?«

»Ich weiß nicht. Musst du? Ist nicht das Einzige, was sich geändert hat, die Zahl unterm Strich? Wenn du noch in der Kanzlei arbeiten würdest, an dem Fall von jemand anderem, hättest du nicht auch einfach Nita anrufen und dem Anwalt die neue Summe durchgeben lassen?«

»Vermutlich nicht«, antwortete sie, kam auf die Füße und ging das kurze Stück in die Küche. »Vermutlich würde ich den Anruf selbst machen, aus Respekt gegenüber dem Klienten. Aber in diesem Fall bin *ich* der Klient. Und die Vorstellung, nach einer durchwachten Nacht den Berg zu erklimmen, gefällt mir nicht wirklich. Also nehme ich dein Angebot an.«

Sie holte einen kleinen Block aus einer Küchenschublade. Den Block, den sie benutzte, um Einkaufslisten zu schreiben, bevor sie nach Walkerville fuhr. Sie kritzelte eine Zahl auf das Papier. Eine, die zu schreiben ihr wehtat. Buchstäblich. Sie löste einen unbestimmten drückenden Schmerz in ihrem Bauch und in ihrer Brust aus.

»Hier«, erklärte sie und faltete das Papier in der Mitte, schob es über die Arbeitsplatte zu ihrem Sohn. »Sag ihm, er soll Jerry sagen, dass ich bereit bin, so weit zu gehen, wenn er bereit ist, dafür alles fallen zu lassen.«

* * *

Lance war erst fünfzehn oder zwanzig Minuten weg, als Roseanna begann, nach ihm Ausschau zu halten. Was dumm war. Schließlich würde er schon länger brauchen, allein um oben anzukommen.

Nachdem fast eine Stunde vergangen war, wurde sie des Wartens müde und ging in die Scheune, um nach Ernst zu sehen und ihm sein Frühstück zu geben.

»Also, du hast überlebt«, meinte sie zu dem Pferd, während sie eine Garbe Heu in seine neue Futterstelle aus Plastik tat, die Nelson erst gestern angebracht hatte.

Roseanna trat aus der Scheune.

Im hellen Morgensonnenschein entdeckte sie, dass Lance zurückgekehrt war. Er lag auf dem Rücken auf der Erde, raufte gutmütig mit dem Hund. Buzzy saß auf Lance' Brust und wedelte heftig mit dem Schwanz. Lance umarmte den Hund halb, halb rang er mit ihm. Es hatte etwas Anrührendes. Beinahe hatte Roseanna das Gefühl, dass sie weinen wollte.

Sie kam näher, und Lance schob den Hund von sich und richtete sich auf.

Roseanna setzte sich zu ihrem Sohn auf die Erde, überwältigt von einem Gewirr aus Empfindungen, die zu sortieren und zu identifizieren sie noch nicht einmal angefangen hatte.

Sie kniff die Augen zusammen und schaute ihm ins Gesicht. Aber die Sonne war direkt hinter ihm, daher konnte sie seine Miene nicht klar erkennen. Doch an der Unruhe, die er verströmte, spürte Roseanna, dass er keine guten Neuigkeiten für sie hatte.

»Es tut mir leid, Lance«, erklärte sie. »Es tut mir so leid.«

»Was?«

»Ich hätte dir einen Hund kaufen sollen.«

Ein Schweigen, während dessen Buzzy zurückgelaufen kam und die Luft in Richtung von Lance' Gesicht leckte.

»Ja«, antwortete er. »Das hättest du. Trotzdem danke, dass du es mir sagst. Das finde ich wirklich gut.«

»Mit dem aufgestockten Angebot hat es nicht geklappt, oder?«

»Nein.«

»Hat er Jerry am Telefon erreicht?«

»Ja.«

»Und Jerry wollte mein Gegenangebot nicht annehmen?«

»Nein.«

Weiteres Schweigen.

Roseanna spürte die Sommersonne brennend heiß auf der Haut in ihrem Nacken und warm durchs Haar bis zu ihrer

Kopfhaut. »Wie viel möchte er dafür, die Sache auf sich beruhen zu lassen?«

»Etwas mehr als das Doppelte von dem, was du ihm angeboten hast.«

»Das Doppelte von meinem zweiten Angebot? Das Doppelte von dem, was wir ihm gerade eben angeboten haben?«

»Ich fürchte schon.« Schweigen. »Könntest du ihm so viel geben und das Haus hier trotzdem behalten?«

»Nein«, sagte Roseanna. Und beließ es dabei.

»Genau«, erwiderte Lance. »Das ist eine große Summe. Das hab ich mir schon gedacht.«

Kapitel Siebzehn

Selektive Vertreibung

Roseanna rutschte auf dem lockeren Erdreich des steilen Berghangs aus und wäre beinahe auf ein Knie gefallen. Aber sie fing sich, wartete, bis sich das Schreckgefühl in ihrem Bauch beruhigt hatte, und kletterte dann weiter.

Einen Moment später erreichte sie schwer atmend den Gipfel und schaute sich um, ließ den Blick über ihre geliebte Farm schweifen.

Lance und der Hund spielten Willas Hundespiel. Lance rannte in einem weiten Bogen hinter dem Hund her, drehte dann plötzlich um und ließ sich von dem Hund jagen. Nelson trabte und galoppierte mit Willa auf den Schultern um die Scheune herum wie ein Turnierpferd. Roseanna fragte sich kurz, warum das kleine Mädchen eigentlich nicht auf dem *echten* Pferd ritt. Vermutlich, weil niemand Ernst dazu überreden konnte, zu traben oder zu galoppieren, wahrscheinlich nicht einmal unter Androhung von nuklearer Vernichtung. Ernst wäre dazu vielleicht sogar bereit, allerdings konnte er einfach nicht schnell laufen.

Melanie wusch ihre Kleidung im Fluss, während Dave mit bloßem Oberkörper im Gras lag und sich sonnte.

Es war entschieden überfällig, dass die beiden verschwanden, überlegte Roseanna. Sie waren eindeutig die ungebetenen Gäste, die sie am wenigsten leiden konnte. Die andern waren freundlich, sympathisch und nett, und sosehr sie es auch verabscheute, es zuzugeben, sie hatte positive Gefühle für sie. Melanie und Dave hingegen waren einfach nur lästig. Vielleicht würde sie sie von Lance rauswerfen lassen.

An ihrem Zaun sah sie ein paar Fremde lehnen, die Bilder von den Tieren machten. Inzwischen hatte der Strom der Zoobesucher nach der Zunahme direkt nach der Veröffentlichung des Artikels wieder nachgelassen. Dennoch war Roseanna nicht überrascht, ab und an ein paar zu entdecken.

Sie setzte sich auf die Erde und wandte ihre Gedanken der vor ihr liegenden Aufgabe zu. *Die anderen Dinge waren kleine Fische*, überlegte sie. Plötzlich hatte sie Appetit auf eine frisch gebratene Forelle.

Sie tippte auf die gespeicherte Nummer ihrer Anwaltskanzlei, beendete den Anruf aber dann, bevor die Verbindung hergestellt werden konnte.

Eigentlich hatte sie vorgehabt, sie wissen zu lassen, dass eine Gegenklage gegen Jerry die angemessene Reaktion wäre. Es wäre auch nett gewesen, wenn Franklin, ihr Anwalt, ihr hätte helfen können, über die Richtung der Gegenklage zu brainstormen. Doch sie konnte ja schlecht anrufen und ihm mitteilen: »Ich möchte Jerry verklagen, ich weiß nur nicht, weswegen.« Wie sollte er mit solchen Anweisungen arbeiten? Wie konnte das anders enden als in tödlicher Verlegenheit wegen der ganzen Unausgegorenheit?

Trotzdem, wenn man mit jemandem so lange zusammengearbeitet hatte wie sie mit Jerry, war da immer irgendwas. Irgendeine Ungerechtigkeit. Irgendeine Leiche im Keller.

Aber ihr Kopf war wie leer gefegt.

Sie saß im Schneidersitz auf dem Berg, betrachtete ihr kleines Königreich von oben, bis die Morgensonne zu heiß wurde.

Sie starrte ein letztes Mal auf ihr Handy, dann steckte sie es mit einem Seufzen zurück in ihre Shirttasche.

Und begann den langen Weg zurück nach Hause.

* * *

»Warum machen Sie so ein langes Gesicht, Miss?«, fragte Nelson, der Willa immer noch auf seinen Schultern sitzen hatte.

Roseanna überquerte das Stückchen blanke Erde zwischen Scheune und Haus und blieb stehen, um mit ihm zu reden, obwohl ihr gar nicht danach war, mit irgendjemandem zu sprechen. Wie eine Decke lag Niedergeschlagenheit über ihr.

Es ist schon verwunderlich, wenn man innehält, um darüber nachzudenken, dachte sie, *was ich alles so lange verdrängen konnte.*

»Nur ein paar Probleme, doch nichts, worum du dir Sorgen machen müsstest, Nelson. Trotzdem danke.«

Er würde sich natürlich in der Tat Sorgen machen *müssen*, wenn sie die Farm wirklich wieder aufgeben müsste. Es wäre entscheidend für sein Leben. Sicher, Gerichtsverfahren konnten sehr lange dauern, und er würde schon bald irgendwann eine eigene kleine Wohnung irgendwo haben. Sie entschied, die Sache allein ihr Problem sein zu lassen. Für die nächste Zeit wenigstens.

Sie wandte sich ab und machte sich langsam auf den Weg zurück zu ihrem Haus.

»Ich hoffe, Sie sagen es mir, wenn es irgendetwas gibt, was ich tun kann, Miss. Irgendeiner von uns. Nun, bei Melanie und Dave bin ich mir nicht so sicher. Sie kümmern sich offenbar vor allem um sich selbst. Aber jeder von uns Übrigen, wir würden alle unser Leben für Sie geben.«

Roseanna blieb stehen und drehte sich zurück zu ihm, gerührt von der Ernsthaftigkeit, die sie in seiner Stimme hörte.

»Das ist lieb von dir, Nelson.«

»Ich meine es wirklich so, Miss Rosie. Wenn Ihnen jemand Ärger macht, dann kommen Sie zu mir. Dann müssen sie sich mit mir anlegen. Wenn Sie etwas tun müssen, was Sie nicht können, dann werde ich es für Sie tun, wenn es mir möglich ist. Wenn Sie irgendetwas brauchen, was Sie nicht haben, dann werde ich es Ihnen besorgen, wenn ich kann.«

»Du bist ein wirklich wunderbarer junger Mann«, erklärte sie.

Willas Antwort bestand daraus, Nelson den Kopf zu tätscheln, als wäre er ein braver Hund.

Das Problem war nur, in diesem Fall wusste Roseanna, dass er nichts tun konnte. Dennoch fühlte sie sich besser. Wenigstens war sie mit diesem ganzen Mist nicht allein.

Sie lächelte ihn an, vermutlich ein bisschen traurig, überlegte sie. Dann ging sie ins Haus.

Lance schaute von der Couch auf und lächelte. Er las eine Ausgabe der *New York Times*, die ausgebreitet auf ihrem behelfsmäßigen Couchtisch lag.

»Wo hast du eine Zeitung her?«

»Ich bin nach Walkerville gefahren. Ich hab auch Kuchen mitgebracht.«

»Wie schön. Ich hab mich schon gefragt, wo du steckst, als ich aufgewacht bin.«

»Hast du Franklin angerufen?«

»Nein.«

Sein Blick bohrte sich kurz in ihren, dann schaute sie weg.

Er fragte nicht nach, also verriet sie es ihm freiwillig.

»Ich konnte mich nicht konzentrieren. Mir wollte einfach nicht einfallen, was ich zu ihm sagen soll. Was für einen Sinn hat es, wenn ich ihm mitteile, dass ich eine Gegenklage erheben möchte, ohne dass ich genauer weiß, weswegen? Ich hätte nur irgendwann wieder den Berg hochsteigen müssen, wenn ich Zeit gehabt hätte, alles im Kopf durchzugehen und zu ordnen. Und in der Zwischenzeit hätte er gedacht, dass ich unorganisiert bin.«

»Du *musst* dir einen Festnetzanschluss zulegen«, verkündete Lance.

Roseanna schüttelte den Kopf und machte sich auf der Suche nach dem Kuchen auf den Weg in die Küche. »Das haben wir doch schon besprochen, Süßer.«

»Mom«, erwiderte er. »Mom.« Bei dem zweiten »Mom« spürte sie seine Hand auf ihrer Schulter, was sie zusammenzucken ließ. Sie hatte gar nicht bemerkt, dass er das Zimmer durchquert hatte. »Lass dir eine Telefonleitung legen. Besorg dir ein Festnetztelefon mit Schnur, und stöpsel es aus, damit es nicht klingelt. Wenn du dann telefonieren musst, schließ es wieder an. Erledige deine Anrufe in der Bequemlichkeit deines Hauses. Wenn du einen Rückruf von Franklin erwartest, lass das Kabel ein oder zwei Stunden stecken. Und nachdem er angerufen hat, kannst du es wieder rausziehen. Alles bleibt unter Kontrolle für dich.«

Roseanna sagte eine Weile lang nichts.

Sie biss in ein Stück dänischen Plunder, der, wie sich herausstellte, mit Frischkäse und Aprikosen gefüllt war. Sie musste sich sehr zusammennehmen, damit sie nicht genüsslich die Augen schloss. So gut schmeckte es.

Sie kaute nachdenklich, ohne zu antworten.

»Und?«, wollte Lance wissen. »Was meinst du?«

»Es ist mir peinlich, dass mir das nicht selbst eingefallen ist. Ich werde dieses göttliche dänische Plunderstück aufessen und dann umgehend ein Telefon bestellen.«

Aber während sie das sagte, schaute sie zum Fenster hinaus zum Empfängnisberg. Sie würde ihn erneut erklimmen müssen, um die Telefongesellschaft anzurufen. Und das konnte sie nicht. Nun … rein körperlich könnte sie es schaffen. Nicht mühelos, doch wenn es nötig wäre, könnte sie. Psychisch hingegen eher nicht. Nicht zwei Mal an einem Vormittag. Sie konnte sich einfach nicht dazu durchringen.

Lance folgte ihrem Blick und erriet ihre Gedanken. Es sprach einiges dafür, in Gesellschaft von jemandem zu sein, der einen wirklich gut kannte.

»Lass mich das machen«, erklärte er und ging zur Tür.

»Danke.«

Dann, bevor er hinausgehen konnte, das Handy in der Hand, sagte Roseanna seinen Namen, um ihn aufzuhalten.

»Lance. Während du draußen bist, könntest du mir noch einen Gefallen tun?«

»Welchen denn?«

»Unterrichte Melanie und Dave, dass sie das Grundstück zu verlassen haben.«

»Liebend gern«, antwortete Lance. »Die beiden habe ich ohnehin nie gemocht.«

* * *

Lance war vielleicht zwanzig Minuten oder so fort, als es klopfte.

Roseanna durchquerte ihr Wohnzimmer und öffnete die Tür, sah Martin auf der Veranda stehen, und er wirkte mehr als ein bisschen verlegen. Den Hut, den er immer trug, damit er keinen Sonnenbrand auf seiner Glatze bekam – ein Wanderhut aus Stoff –, drückte er sich gegen den Bauch, während er kurz den Blick hob und sie anschaute.

Er sah nicht gut aus. Er wirkte verschwitzt, und sein Gesicht war rot, als würde er jeden Moment vor Erschöpfung zusammenbrechen.

»Morgen, Rosie«, murmelte er halblaut.

»Geht es dir gut, Martin?«

»Was? Tut mir leid, was hast du gefragt?«

Sie hatte vorübergehend vergessen, wie schwerhörig er war. Sie trat näher und sprach lauter.

»Ich hab gefragt, ob es dir gut geht.«

»Ja. Warum fragst du?«

»Du wirkst müde.«

»Es war nur ehrlich heiß auf dem Weg hierher, und er führt ja bergauf. Würde es dich stören, wenn ich kurz auf ein kleines Schwätzchen reinkomme? Ich verspreche auch, ich werde nicht zu viel von deiner Zeit beanspruchen.«

Roseanna wich einen Schritt zurück, und Martin trat ein. Er setzte sich auf die Couch, den Hut über dem Knie. Er verriet seine Nervosität, indem er sich vorbeugte, als wolle er seinen Bauch schützen.

»Also, Melanie und Dave sind fort«, bemerkte er.

Roseanna setzte sich neben ihn auf die Couch. Damit er besser verstand, was sie zu ihm sagte.

»Das ist aber schnell gegangen.«

»Hab gesehen, wie sie ihr Zeug den Hügel hochgeschleppt haben. Sie schienen nicht wirklich guter Stimmung zu sein.«

»Das kann ich mir gut vorstellen. Haben sie ihre Hühner mitgenommen?«

»Nein, die haben sie zurückgelassen. Ich denke, jetzt gehören sie Nelson.«

»Das wird ihm gefallen.«

»Bestimmt. Ich hab sie gefragt, ob sie von alleine gehen. Melanie und Dave, meine ich. Sie haben Nein gesagt, es sei nicht ihre Idee gewesen. Sie haben gesagt, dein Sohn hat ihnen unmissverständlich klargemacht, dass sie des Grundstücks verwiesen werden, und zwar unverzüglich. Das ist der Grund, weshalb ich hergekommen bin, um mit dir zu reden, Rosie. Bevor die Sache weitergeht.«

Er hielt inne, warf einen raschen Blick auf ihr Gesicht.

»Ich möchte nicht, dass du denkst …«, unterbrach sie ihn.

Er fiel ihr ins Wort.

»Nein, du musst gar nichts sagen, Rosie. Das hier ist dein Grundstück, und du kannst entscheiden, wen du hierhaben willst und wen nicht. Das ist einfach eine schlichte Tatsache, und jeder, der das nicht weiß, ist nicht richtig erzogen. Und ich bin auch gar nicht hergekommen, um dich um irgendetwas für mich zu bitten, obwohl ein weiterer Monat schon viel geholfen hätte. Ich bin hergekommen, um dich zu bitten, Nelson noch etwas bleiben zu lassen. Denn für den Jungen, finde ich, gelten mildernde Umstände. Aber vielleicht weißt du das ja schon.«

Roseanna blinzelte ein paarmal, versuchte zu ordnen und zusammenzufassen, was sie wusste. Nichts mit Nelsons Name darauf fiel ihr ein.

»Ich fürchte nein«, antwortete sie.

»Er ist verliebt.«

Roseanna spürte, wie ihre Augen groß wurden. »Verliebt? In …?«

»Na, in wen schon, Rosie? Es gibt hier nur eine junge Frau in seinem Alter, oder?«

»Oh. Patty.«

»Ja. Patty.«

»Sie ist nicht wirklich in seinem Alter. Oder? Ist sie nicht ein bisschen älter?«

»Vier oder fünf Jahre, glaube ich. Offenbar stört es ihn nicht, wenn es sie nicht stört.«

»Erwidert sie seine Gefühle?«

»Also, vielleicht schon. Solche Sachen brauchen Zeit, das weißt du doch. Sie scheint ihm nicht ganz abgeneigt, und es sieht so aus, als würde sie ihn lieber mögen, je länger er hier ist. Sie ist ein bisschen vorsichtig, allerdings vermutlich nur, weil sie die kleine Tochter hat, für die sie verantwortlich ist. Es hilft natürlich, dass Nelson die Kleine liebt. Aber wie gesagt, solche Sachen brauchen Zeit, um sich ganz in Ruhe zu entwickeln, und es wäre schlimm, wenn man sie zur Eile drängt. Du erinnerst dich doch sicher noch daran, wie es sich anfühlt, jung zu sein und verliebt, oder, Rosie?«

»Kaum«, entgegnete sie und rutschte unruhig auf der Couch umher.

»Manchmal muss einen das Objekt der eigenen Zuneigung erst mal besser kennenlernen können. Und man benötigt Zeit, um seinen Zauber ausüben zu können, und in der Zwischenzeit ist es wichtig, ihr immer wieder zufällig begegnen zu können. Man braucht diesen Zugang. Daher hatte ich gehofft, du würdest Mitleid mit dem armen Jungen haben und ihn noch ein bisschen bleiben lassen. Bis er sie für sich einnimmt oder nicht. Was immer das Schicksal für sie vorgesehen hat.«

Roseanna lehnte sich auf der Couch zurück und verarbeitete diese neue Information.

»Ich hatte nicht vor, dich oder Nelson zu bitten, von hier wegzugehen«, erklärte sie.

Aus dem Augenwinkel sah Roseanna, wie er sich etwas gerader hinsetzte.

»Nein?«

»Nicht in unmittelbarer Zukunft, nein. Ich dachte eher so, wenn der Schnee kommt.«

Oder wenn ich *von hier fortmuss, weil alles Jerry gehört oder er die Farm verkauft*, dachte sie. *Was immer zuerst passiert.*

»Also, natürlich, wenn der Schnee kommt«, meinte Martin und stand auf, schlug sich mit dem Stoffhut gegen den Oberschenkel, als wolle er Staub davon abklopfen. Was keinen Sinn ergab, da er während seines Aufenthaltes im Haus schließlich kaum staubig geworden sein konnte. »Im Moment ist das hier eher eine Unterkunft für den Sommer, oder? Na, ich muss schon sagen, das ist eine große Erleichterung, Rosie.

Weißt du, die kleine Pension, von der ich dir erzählt habe? Sie geht auf mein Bankkonto, als Einlage. Und seit ich hier bin, habe ich sie nicht anrühren müssen. Ich konnte alles einfach da liegen und mehr werden lassen, meine ich. Also wenn ich im Herbst gehe, habe ich ein bisschen was angespart. Das wird mir sehr helfen.«

Gemeinsam traten sie zur Tür.

»Bist du sicher, dass es dir gut geht, mein Freund?«, fragte Roseanna ihn.

Sein Gesicht wirkte immer noch verschwitzt und gerötet. Die kurze Pause auf der Couch hatte daran nichts geändert, anders, als sie es erwartet hatte.

Martin stand an der Tür, den Hut in der Hand, während Roseanna verfolgte, wie sich sein Gesichtsausdruck völlig änderte. Als würde er von innen schmelzen.

»Ich hab vielleicht einen kleinen Infekt, aber nichts, womit ich nicht klarkäme. Bin ich dein Freund, Rosie?«

»Also … Ja. Natürlich bist du das.«

»Ich hatte keine Ahnung. Ich dachte, wir wären einfach bloß eine Bande lästiger Störenfriede für dich. Eine Ansammlung kleiner Stachel in deinem Fleisch. Warum wolltest du, dass Melanie und Dave gehen, wir jedoch nicht, wenn es dich nicht stört, dass ich danach frage? Oder war das Lance' Idee?«

»Nein, meine. Ich habe ihn gebeten, sie wegzuschicken.«

»Weil …?«

»Sie waren nicht meine Freunde.«

»Verstanden«, antwortete Martin.

»Sie haben eine schlichte Tatsache nicht begriffen«, fügte sie hinzu. »Dass ich jedem, bei dem ich das möchte, erlauben kann zu bleiben und jedem anderen, bei dem das nicht der Fall ist, nicht. Sie sind nicht richtig erzogen. Ich möchte nur Leute hierhaben, die richtig erzogen worden sind.«

Sie traten gemeinsam auf die Veranda. Roseanna blickte zum Empfängnisberg, hoffte, Lance auf seinem Rückweg zu sehen.

Das war er noch nicht.

In der Zwischenzeit, begriff Roseanna, gab es mehr an Dave und Melanie, worüber sie sich beschweren musste.

»Sie waren die Einzigen, die nie um Erlaubnis gefragt haben, ob sie hierbleiben dürfen«, sagte sie und beschattete ihre Augen gegen die Sonne, schaute auf den Weg zum Berg. »Oder wenigstens hab ich ihnen nie meine Erlaubnis gegeben. Nicht einmal für eine Nacht. Nelson, er hat mich gefragt, ob er eine Nacht bleiben könnte, und dann haben wir das ausgedehnt, damit er mir einen Fisch angeln und zubereiten konnte.«

Roseanna trat von der Veranda, während sie redete. Ging die Stufen hinab und ein Stück weiter, um um die Scheune herumsehen zu können, immer noch in der Hoffnung, Lance auf dem Rückweg zu entdecken.

»Und dir, dir habe ich eine Nacht angeboten, und dann haben wir es ausgedehnt, weil du diese Grippe hattest. Und dann, ja, es ist ein bisschen aus dem Ruder gelaufen. Doch nicht wegen eines Mangels an Höflichkeit oder Respekt bei dir oder Nelson. Melanie und Dave hingegen …«

Roseanna hörte einen dumpfen Aufprall, etwas, das auf die Verandadielen gefallen war. Sie brach mitten im Satz ab und wirbelte herum. Martin war gestürzt, lag ausgestreckt auf den Holzbrettern – und wie es aussah, war er nicht bei Bewusstsein.

Sie blickte sich verzweifelt um, hoffte, jemanden zu entdecken, der helfen könnte. Nelson wäre gut gewesen.

Sie fand allerdings nur Willa, die mit dem Hund spielte.

»Willa!«, schrie sie, und das Mädchen zuckte zusammen. »Willa, renn los, und hol deine Mutter. Aber schnell, okay, Süße? Sag ihr, sie muss mein Handy nehmen und damit den

Berg hoch, von oben anrufen. Es ist ein Notfall, okay, Süße? Also lauf schnell.«

Während das kleine Mädchen um die Ecke sauste, Buzzy dicht auf den Fersen, musste Roseanna daran denken, wie wichtig ein Telefonanschluss war.

Man konnte einfach nicht wissen, wann man sich in einer Situation wiederfand, wo das Leben eines anderen Menschen davon abhing.

* * *

»Oh, Süßer«, rief Roseanna, als sie aufschaute und Lance in den Warteraum im Krankenhaus joggen sah. »Du bist da.«

»Ich bin so schnell gekommen, wie ich konnte. Ich wurde oben auf dem Empfängnisberg aufgehalten, nachdem Patty es mir gesagt hatte. Ich bin hochgelaufen, um statt ihr anzurufen, und als ich endlich wieder am Haus war, hatte ich dich und den Krankenwagen verpasst.«

Sie erhob sich umständlich, und er schlang seine großen Arme um sie. Sie standen eine gewisse Zeit lang so da, mit ihrem Kopf an seiner Brust. Roseanna fragte sich, wie Leute mit Augenblicken wie diesen zurechtkamen, wenn sie allein in ihrem persönlichen Himmel lebten.

Andererseits gibt es in einem persönlichen Himmel auch niemanden, der plötzlich einen Herzinfarkt bekommt und so schnell wie möglich ins Krankenhaus gebracht werden muss. Trotzdem erschien es ihr nicht als ein hinreichend gutes Argument. Das Leben hielt stets irgendwelche Überraschungen für einen parat, die in einem den Wunsch weckten, dass es zwei kräftige Arme und eine tröstende Schulter für einen gäbe.

»Was ist denn mit ihm passiert?«, wollte Lance leise wissen, beugte sich vor, um dicht an ihrem Ohr zu reden.

»Herzinfarkt.«

»Wird er sich wieder erholen?«

»Soweit ich weiß, kann man das noch nicht sagen. Wenn es so sein sollte, hat sich bislang niemand die Mühe gemacht, es mir mitzuteilen.«

Er ließ sie los, und sie saßen auf den unbequemen Plastikstühlen nebeneinander.

»Ich vermute, es ist jetzt nicht mehr so wichtig«, begann Lance, »angesichts der wesentlich bedeutenderen Entwicklungen … Aber die Telefongesellschaft wird morgen zwischen neun und zwölf kommen und den Anschluss verlegen.«

»Es ist wichtig. Glaub mir. Es ist wichtiger, als ich wusste. Du ahnst gar nicht, was ein Telefon wert ist, bis jemand auf deiner Veranda einen Herzinfarkt hat und du nicht mal den Notarzt rufen kannst, ohne erst einen Berg hochzurennen. Besonders, wenn man weiß, dass die Fahrt zum nächsten Krankenhaus lange dauert. Das ist ein ziemlich deprimierendes Gefühl.«

Ein unbehagliches Schweigen entstand.

»Er scheint ein so netter alter Kerl zu sein«, bemerkte Lance. »Dabei kenne ich ihn gar nicht gut.«

»Ich auch nicht«, sagte Roseanna.

Sie sah aus dem Augenwinkel, dass er die Brauen hob, doch er entschied sich, nichts zu sagen.

»Ich meine … Ich kenne ihn«, verbesserte sie sich, rang darum, die richtigen Worte zu finden. »Vermutlich habe ich gemeint, dass ich ihn nicht so gut kenne, wie ich sollte. Ich hätte mir mehr Zeit nehmen sollen, diese Leute besser kennenzulernen. Wenn ich sie schon bei mir wohnen lasse.«

»Das ist einfach nicht deine Art«, erwiderte er.

Roseanna versetzte es bei diesen Worten einen Stich. Nach einem Moment sprach er wieder.

»Das klang kälter, als ich es meinte.«

»Ist schon okay.«

»Ist es das?«

»Ja und nein. Aber mach dir keine Vorwürfe.«

Danach starrten sie gemeinsam drei oder vier Minuten lang auf den gemusterten Linoleumboden.

»Vielleicht sollte ich mich einfach seiner Gnade ausliefern«, erklärte Roseanna plötzlich.

Sie sah zu Lance, der sie mit gerunzelter Stirn betrachtete.

»Was soll das heißen?«

»Oh. Sorry. Ich vermute, ich hab zu abrupt das Thema gewechselt. Ich meinte Jerry. Das zeigt dir, wie ich immer wieder dahin zurückkomme. Vielleicht sollte ich mich Jerrys Gnade ausliefern, statt zu versuchen, gegen ihn zu kämpfen, und zu verlieren. Was glaubst du, hat er welche?«

»Hmm«, machte Lance. Dann schien er ein paar Sekunden lang in sich zu gehen. »Ja. Vielleicht. Allerdings nicht viel. Es ist ein ganz geringer Vorrat, wenn ich richtigliege, wenn du dich ihm also ausliefern willst, dann solltest du darauf achten, dass du ihn an der richtigen Stelle packst. Wenn du weißt, was ich damit sagen möchte.«

Wieder entstand Schweigen. Roseanna schaute den vorbeieilenden Krankenschwestern hinterher.

Dann verkündete sie: »Ich bin so blöd gewesen.«

»Warum sagst du das?«

»Ich hab so getan, als ob der Himmel ein Ort wäre, wo keine Leute sind, damit niemand da ist, der mich stört. Als ob es das wäre, was im Leben wirklich wichtig ist – keine kleinen Störungen. Aber dann ist da auch niemand, über den ich mich freue. Und was war nötig, damit ich gezwungen war, das zu erkennen – das ist es, was mich am meisten ärgert. Plötzlich wird einer von meinen ungebetenen Gästen, den ich wirklich gernhab, aus meiner Welt gerissen, sodass es auf einmal völlig vernünftig erscheint, zu glauben, dass der Himmel auf Erden vermutlich ein Ort mit kreischenden Kindern ist und rennenden Hunden und einem Pferd, das das Gummi von den Scheibenwischern deines Autos frisst. Jetzt verstehe ich es, doch es ist zu spät, denn ich werde alles an Jerry verlieren, jetzt, wo ich endlich begriffen habe, was das Beste daran ist. Ich meine, wenn alles, was ich wollte, war, kleineren Unannehmlichkeiten aus dem Weg zu gehen, hätte ich niemals Kinder in Erwägung gezogen – also ein Kind –, und dann hätte ich dich nicht. Und wo wäre ich dann?«

Sie hielt in dem Gewirr aus Gedanken inne, merkte, dass sie keinen Sinn ergaben. Merkte, dass echte Trauer hinter den rasch hervorgestoßenen Worten stand.

Lance öffnete den Mund, um ihr zu antworten, aber er erhielt nie die Gelegenheit.

Ein Arzt trat zu ihnen. Ein junger Mann in den Dreißigern, in grüner OP-Kleidung.

»Wenn Sie mitkommen und Ihren Vater sehen wollen«, sagte er zu Roseanna, »wäre das jetzt für ein paar Minuten okay.«

* * *

»Rosie«, empfing Martin sie. Mit dünner Stimme. Schwach.

Roseanna musste sich über sein Bett beugen, um ihn zu verstehen. Sie hätte sich ohnehin vorlehnen müssen, bevor sie sprach. Damit er sie hören konnte.

Er wirkte blass und schien halb zu schlafen. Vielleicht wegen der Schmerzmittel oder vielleicht von der Anstrengung, um sein Leben zu kämpfen. Höchstwahrscheinlich beides.

»Jetzt habe ich alles richtig ruiniert, oder, Rosie?«

»Sei nicht albern, mein Lieber«, entgegnete sie dicht an seinem Ohr. »Du kannst nichts für das, was passiert ist.«

»Ich hab nur versucht, dir keine Umstände zu machen. Und dann musstest du mich Hals über Kopf ins Krankenhaus bringen und hier sitzen und warten, als wärst du einer meiner Angehörigen. Dass so was aber auch passieren musste. Du solltest heimgehen, Rosie.«

»Es stört mich nicht, noch ein bisschen länger zu bleiben.«

Sie zog sich einen Stuhl heran und setzte sich, griff nach einer seiner alten Hände.

Der Herzmonitor fiel ihr ins Auge, und sie betrachtete ihn eine Zeit lang, die Kurven, die Martins Zustand dokumentierten, sahen irgendwie fahrig und schwach aus. Sie versuchte, den Blick abzuwenden, doch es funktionierte nicht. In ihrem Magen weckte das eine Furcht, die tiefer reichte als der Moment, in dem sie gegenwärtig lebte. Sie gab ihr Bestes, nicht zu sehr darüber nachzudenken, warum.

»Wir werden dich bald nach Hause holen«, erklärte sie.

Er schien zu lächeln. Oder zu versuchen zu lächeln. Es gelang ihm nicht wirklich. Es schien mehr Kraft dafür nötig zu sein, als er gerade aufbringen konnte.

Roseanna saß da, beobachtete sein Gesicht und erkannte, dass das Versprechen, das sie ihm gerade gegeben hatte, unmöglich zu halten sein würde. Selbst angenommen, er verließ das Krankenhaus wieder, war es völlig unsinnig, zu glauben, er könnte wieder in einem Zelt leben, jeden Tag in das Flüsschen waten und die ganze Zeit den steilen Abhang rauf- und runterkraxeln. Dennoch war ihre Farm das einzige Zuhause, das er gegenwärtig hatte.

Als könne er ihre Gedanken lesen, erwiderte er: »Da bin ich mir nicht so sicher, Rosie. Nicht so sicher wie du. Aber es ist okay. Wie auch immer es kommt, es ist okay. Ich mag die Welt mit all ihren Fehlern. Es war mir eine Ehre, einen Platz darin zu haben. Allerdings ist dorthin zu gehen, wohin Nan vorausgegangen ist, ebenfalls eine schöne Vorstellung. Was immer das Schicksal mit mir vorhat, wird in Ordnung sein.«

Roseanna spürte, wie sie zu weinen begann, was bei ihr wirklich selten geschah. Hatte sie überhaupt Tränen vergossen, als Alice gestorben war? Sie war sich nicht sicher. Sie traute ihrer eigenen Erinnerung nicht. Andererseits, wenn sie das nicht getan hatte, dann weinte sie jetzt zu großen Teilen auch um Alice.

Martin drückte ihre Hand.

»Du bist ein fürsorglicher Mensch, Rosie. Du versuchst, so zu tun, als wärst du's nicht, trotzdem durchschaue ich dich. Ich kann es riechen, so wie ein Bluthund eine Fährte wittert.«

Er öffnete den Mund, um mehr zu sagen, doch seine Müdigkeit und die fehlende Energie machten ihm wohl einen Strich durch die Rechnung. Seine Lider flatterten.

»Ich geh jetzt und werde dich ein bisschen ausruhen lassen«, erklärte sie.

Er öffnete den Mund, aber es kamen keine Worte heraus. Immerhin gelang ihm ein schwaches Nicken.

EINEN MONAT VOR DEM UMZUG

Kapitel Achtzehn

Herzschläge und schlecht getimte Rüffel

Roseanna lehnte sich auf dem harten Plastikstuhl vor, ihr Oberkörper hing beinahe in der Schwebe über dem Krankenhausbett. Ihr ganzer Torso fühlte sich starr an, wie aus Beton. Je weniger sie sich bewegte, desto weniger hatte sie das Gefühl, sie könnte es.

Sie brauchte einige Zeit, bevor ihr auffiel, dass sie nicht atmete.

Sie holte tief Luft, und es machte ein lautes Geräusch.

Alice bemerkte es.

Es wäre für Roseanna schwer gewesen, zu erklären, woher sie das wusste. Denn soweit sie es beurteilen konnte, funktionierten nur noch Alice' Augen. Sie schien sie von einer Seite auf die andere bewegen zu können. Und nach dem Ausdruck zu schließen, den Roseanna in ihnen sah, war schmerzhaft klar, dass ihre Freundin in der Lage war, alles zu begreifen. Sie war wach und bei Bewusstsein. Sie war da drinnen.

Aber da drinnen zu sein war in Alice' gegenwärtigem Zustand ein riesiges Problem.

Roseanna schaute auf den Monitor neben Alice' Bett. Darauf war eine Linie, die das Leben ihrer besten Freundin repräsentierte. Sie tat das allerdings so schwach, als wäre ihr jeder Enthusiasmus verloren gegangen. Doch Maschinen sind nicht fähig zu Enthusiasmus oder dem Fehlen davon. Sie führen einfach eine Funktion aus, ohne irgendwelche Befindlichkeiten – und dieses Wissen ließ Roseanna verstehen, dass Alice' Leben gefährlich schwach war.

Und auch das bemerkte Alice.

Roseanna zwang sich, den Blick von der Linie auf dem Monitor loszureißen.

Sie schaute Alice direkt in die Augen und erkannte Angst von einer Art, wie sie sie bisher nie zuvor gesehen hatte. Und durch die Tatsache, dass sich diese panischen Augen in einem Gesicht befanden, das jeder Ausdrucksfähigkeit beraubt war, wurde es noch erschreckender.

Alice hob nicht die Augenbrauen vor Angst. Sie runzelte nicht die Stirn. Ihre Gesichtsmuskeln zogen sich nicht zusammen. Ihr Gesicht war eine weiche Maske, wirkte fast entspannt, aber in Wirklichkeit war es bloß das Unvermögen ihrer Gesichtsmuskeln, auf Signale zu reagieren.

Trotzdem verrieten die Augen alles.

»Du weißt, ich würde alles für dich tun«, sprach Roseanna es laut aus.

Alice' Augen wurden ein kleines bisschen sanfter. Vielleicht verließen sie fünf Prozent der Angst. Leider schien es klar, dass sie beide verstanden, was der Subtext dieser Aussage war.

Ich würde dir auf jede Art helfen, die möglich ist, doch es gibt nicht eine verdammte Sache, die ich tun kann, und wir wissen das beide.

Roseanna sah wieder die Augen an, wandte dann den Blick ab.

Es hätte tröstlich sein sollen, dass Alice wach war. Dass sie offensichtlich dort drinnen war.

Das war es nicht.

Ihre Freundin war gefangen. Eingesperrt in einem Körper, der noch vor einer Stunde ein Verbündeter gewesen war. Jetzt war er nichts mehr als ein exakt passender Käfig, Grund für die Furcht, die Klaustrophobie hervorrief. Er hatte sich plötzlich und unerwartet gegen seine Besitzerin gewandt.

Ich muss ihr helfen, da rauszukommen, dachte Roseanna, ein furchtbarer Strom von Worten in ihrem Gehirn, der zu nichts führte, was irgendeine Form von Handlung war.

Dann kam der schlimmste Gedanke von allen. Der, den sie bisher verdrängt hatte.

Es gab nur eine einzige Möglichkeit, aus seinem Körper rauszukommen.

Roseanna nahm aus dem Augenwinkel eine Bewegung wahr. Sie blickte auf und bemerkte Jerry, der verloren in der Tür stand. Er wirkte wie jemand, der gerade erst aus einem tiefen Schlaf aufgewacht war, den man geschüttelt hatte, bevor man ihn an diesen Platz gestellt hatte und ihn nun zwang, irgendetwas Zusammenhängendes oder Sinnvolles von sich zu geben.

»Ich bin sofort gekommen, sobald ich es gehört hatte«, sagte er. Er klang atemlos.

Roseanna blickte in Alice' Augen und erkannte, dass die Anwesenheit ihres Partners nicht half. Mit nichts anderem, um sie zu leiten, als diesem Fenster zum Inneren ihrer Freundin, traf Roseanna die plötzliche Entscheidung, dass die Dinge besser für Alice gewesen waren, bevor er gekommen war.

»Das ist jetzt kein guter Zeitpunkt«, erklärte sie ihm, und ihre Angst sorgte dafür, dass die Worte schärfer herauskamen, als sie es geplant hatte.

»Wie bitte?«

»Könntest du vielleicht draußen warten?«

»Aber du bist hier.«

»Nicht mehr lange. Sie muss sich ausruhen.«

Dann schaute Roseanna wieder Alice in die Augen und sagte ihr ohne Worte oder große Mimik, dass ihre letzte Aussage eine Lüge gewesen war. Sie würde nicht gehen.

Als sie wieder aufschaute, war Jerry weg.

* * *

Es hätte eine Minute später sein können, oder fünf.

Die Linie auf dem Monitor gab auf. Sie war einfach zu schwach, um weiterzumachen. Sie kollabierte zu einer flachen Geraden, und Roseanna stellte sich ein tiefes Seufzen vor, als es passierte. Ein großes Geräusch der Erleichterung darüber, endlich aufgeben zu dürfen, etwas niederlegen zu dürfen, was so verzweifelt anstrengend zu tragen gewesen war.

Dann wurde ihr bewusst, dass das Geräusch real war und aus ihrer eigenen Brust gedrungen war.

Und dann war ein anderes Geräusch im Raum. Eine Art von summendem Alarm. Der Monitor kreischte, aber Roseanna war in ihrem Schock so entrückt, dass es bloß ein Hintergrundgeräusch war, als wenn sie Stöpsel in den Ohren hätte oder fast eingeschlafen wäre.

Der Raum füllte sich rasch mit Menschen.

Krankenschwestern eilten herbei. Ein Mann in Krankenhauskleidung, der ein Pfleger oder ein Arzt hätte sein können, lief an ihr vorbei.

Sie rutschte mit dem Stuhl zurück, um ihnen mehr Platz zu geben.

Eine von ihnen, eine Krankenschwester, wandte sich an Roseanna und rief ihr sehr laut Worte zu, doch Roseanna konnte sie kaum verstehen. Die Frau schien zu weit weg, als würde sie sie durch ein falsch herum gehaltenes Teleskop betrachten, und die Bedeutung der Worte blieb ihr verborgen, als würden sie in einer fremden Sprache gesprochen.

Roseanna schüttelte den Kopf, um ihn zu klären. Erst da fiel ihr auf, dass sie die Anweisung der Schwester gehört hatte. Sie hatten nur eine merkwürdig lange Zeit gebraucht, um in ihr Bewusstsein zu dringen.

Sie hatte sie gebeten zu gehen.

Roseanna setzte sich fester auf ihren Stuhl.

Alice wollte, dass sie blieb, also würde sie bleiben.

Roseanna stand von dem Stuhl auf und reckte den Hals, um um die vielen Körper herumzusehen. Es funktionierte. Sie erhaschte einen letzten Blick in Alice' Augen. Sie standen weit offen. Aber es waren nicht dieselben. Sie hatten sich dem Rest ihres Gesichts angepasst, dem Rest ihres körperlichen Seins. Sie waren leer und enthielten nichts.

Alice passte jetzt wieder überall zu sich. Der auffällige Unterschied zwischen ihren Augen und dem Rest ihres Körpers war verschwunden.

Das war der Moment, in dem Roseanna klar wurde, dass es egal war, ob sie aus dem Raum ging oder nicht.

»Ich verstehe es«, sagte sie leise. Sie verhielt kurz auf der Schwelle, fühlte sich immer noch, als wäre sie in einem Traum. »Es gab einfach keinen anderen Weg hinaus.«

* * *

Jerry war da, als sie in den Warteraum stolperte.

Er sah auf. Erwiderte ihren Blick. Sie konnte erkennen, wie er begriff, was geschehen war, begriff, wie schwerwiegend es war, was genau jetzt mit ihnen allen passierte.

Er hatte versucht, es herunterzuspielen. Sein Gesicht verriet das. Wer würde das auch nicht tun? Das konnte er jetzt nicht mehr.

»Wie geht es ihr?«, fragte er.

Roseanna schüttelte den Kopf.

Jerry wandte sich ab und verließ den Raum ohne ein weiteres Wort.

DREI MONATE UND EIN PAAR WOCHEN NACH DEM UMZUG

Kapitel Neunzehn

Martin in Metall

Als Roseanna am nächsten Morgen aus ihrem Schlafzimmer kam, fand sie alle Bewohner der Farm in ihrem Wohnraum versammelt.

Lance und Nelson saßen nebeneinander auf der Couch, sprachen leise miteinander. Willa ging im Haus herum und besah sich alle Sachen, die Roseanna gehörten, genauestens. Ihre Mutter hielt beide Hände des kleinen Mädchens in ihren eigenen und führte sie von einem Ding zum nächsten, als ob das der einzige Weg wäre, die Habseligkeiten ihrer Gastgeberin vor Schaden zu bewahren.

»Ist hier irgendeine Art von Versammlung?«, erkundigte sich Roseanna mit vom Schlaf belegter Stimme.

»Wir versuchen, unseren Krankenhausbesuch zu planen«, erklärte Lance. »Sie haben gehofft, sie könnten bei uns mitfahren.«

»Einer von uns muss wegen des Telefonanschlusses hierbleiben«, sagte sie und bog scharf in Richtung Kaffeemaschine ab.

»Oh«, erwiderte Lance. »Stimmt.«

Schweigen. Es war ein dunkles Schweigen, belastet mit düsteren Gedanken und Erwartungen. Roseanna schauderte kurz. Es weckte in ihr den Wunsch, sie könnte es wie einen zu warmen Mantel einfach abstreifen. Bevor es sie erstickte.

»Ich wollte mit seinem Roller hinfahren«, bemerkte Nelson. »Aber Patty und Willa wollten Martin ebenfalls sehen, und außerdem ist der Tank fast leer.«

»Okay. Was auch immer. Lasst mich erst ein bisschen Kaffee und Frühstück in mich reinkriegen, dann fahre ich euch alle hin. Lance kann zu Hause bleiben, um den Mann von der Telefongesellschaft reinzulassen. Und wir können den Kanister aus der Scheune mitnehmen und Benzin mitbringen.«

»Also …«, antwortete Lance. »Es ist gut möglich, dass sie deine Unterschrift brauchen.«

»Für … was?«

»Das Telefon. Den neuen Anschluss.«

»Oh. Okay. Gut. Dann bleib ich hier, und ihr alle fahrt.«

»Das finde ich gut«, meinte Lance. »Gestern konnte ich ihn ja nicht sehen, und ich fühle mich ein bisschen schuldig, weil ihr ihn so gut kennt, ich allerdings kaum.«

Er erwähnte nicht, dass er wohl nicht mehr so viele Chancen erhalten würde, daran etwas zu ändern. Das musste er auch gar nicht. Es war Teil der düsteren Gedanken und Erwartungen, die den Raum füllten und dazu führten, dass alle die Schultern hängen ließen. Jeder Einzelne von ihnen, mit Ausnahme von Willa, wusste, es war da, ob einer von ihnen es nun in Worte fasste oder nicht.

Niemand tat es.

* * *

In dem Moment, in dem der Mann von der Telefongesellschaft zur Tür hinaus war, stand Roseanna nervös neben ihrem neuen Telefon. Sie nahm den Hörer ab und rief Lance' Handynummer an.

Sie rechnete damit, dass er rangehen würde, weil der Empfang im Krankenhaus gut war und er sein Smartphone stets in der Hosentasche hatte.

Doch das tat er nicht.

Stattdessen hörte sie seine Mailbox-Ansage und wusste es diesmal besser, als sich dazu verleiten zu lassen, zu glauben, er sei es selbst.

»Oh«, begann sie nach dem Piepton. »Du bist nicht da. Ich dachte, du wärst es. Also. Ich hab dich angerufen, um dir unsere neue Telefonnummer durchzugeben.«

Einen Augenblick lang hätte sie ihm die Zahlen fast aus den Unterlagen vorgelesen, die der Mann von der Telefongesellschaft dagelassen hatte. Dann fiel ihr ein, dass das eine Denke aus dem zwanzigsten Jahrhundert war. Er würde die Nummer auf seinem Display sehen können.

»Dabei hast du die ja jetzt, weil ich angerufen hab. Ich springe rasch ins Auto und komme nach. Ruf mich kurz zurück, wenn du das hier abhörst, wobei ich vielleicht im Funkloch bin, wenn ich auf der Straße unterwegs bin. Tschüss.«

Sie legte den Hörer auf, um das Telefonat zu beenden, etwas, was sie schon lange nicht mehr getan hatte. Dann schnappte sie sich die Autoschlüssel von dem kleinen Tisch neben der Eingangstür.

Bevor sie dazu kam, Buzzy auf dem Weg nach draußen den Kopf zu tätscheln und über die Veranda zu ihrem Auto zu gehen, sah sie Lance' Wagen aufs Grundstück abbiegen, eine Staubwolke hinter sich.

Und da wusste sie es.

Sie lief ihm entgegen, während Lance weiter aufs Haus zufuhr. Als er bei ihr ankam, ließ er sein Fenster runter.

»Das ging aber schnell«, bemerkte sie.

Niemand sagte etwas darauf.

Roseanna betrachtete die niedergeschlagenen Mienen im Auto und seufzte.

»Hattet ihr wenigstens Gelegenheit, euch zu verabschieden?«, fragte sie.

Lance schüttelte den Kopf. »Er ist letzte Nacht gestorben. Das Krankenhaus hat versucht, uns anzurufen. Nur … Du weißt schon.«

»Ja«, erwiderte Roseanna und wusste, dass sie auf dem Handy eine traurige Nachricht erreichen würde, wenn sie das nächste Mal in die Stadt fuhr. Oder vielleicht konnte sie ihre Mailbox jetzt über den Festnetzanschluss abhören. Andererseits, in Zeiten wie diesen, wen interessierte das schon? »Ich weiß es.«

»Sie haben uns gefragt, wer seine nächsten Angehörigen sind«, warf Nelson ein, der sich an Lance vorbei vorbeugte, um durch das Fenster auf der Fahrerseite gehört zu werden. »Wir haben ihnen gesagt, dass wir nicht glauben, dass er jemanden hatte. Er hat mir gegenüber nie jemanden erwähnt. Und bei Ihnen?«

»Nein«, antwortete Roseanna, war sich seltsam des festen Bodens unter ihren Füßen bewusst, der Wärme der Vormittagsluft auf ihrem Gesicht. Unverkennbar lebendig. »Ich denke, wenn er irgendwelche Angehörigen gehabt hätte, wäre er zu ihnen gegangen und hätte sie gebeten, ihn aufzunehmen.«

»Wie auch immer«, meinte Nelson, »ich gehe mal nachschauen, ob er in seinem Zelt eine Brieftasche hatte. Wenn das so ist, fahre ich damit ins Krankenhaus. Mit dem Roller.«

»Nimm den Pick-up«, schlug Roseanna vor.

Nelson sagte nichts, aber sein Gesichtsausdruck änderte sich. Er sah überraschend getröstet aus, als würde ihm das kleine Zugeständnis neue Energie verleihen – denn die Benutzung des Pick-ups war ein Privileg, in dessen Genuss nur Familie und enge Freunde kamen.

* * *

»Also warst du die Letzte, die mit ihm gesprochen hat«, stellte Lance fest.

Es war nach dem Lunch. Die Zeit, in der sie gewöhnlich Mittagsschlaf hielten, nebeneinander auf dem Teppich lagen und darauf warteten, dass die heißeste Phase des Tages verging. Heute schliefen sie nicht. Wenigstens Roseanna versuchte es auch gar nicht.

»Wie hat er gewirkt?«, fragte Lance.

»Ruhig. Er hatte seinen Frieden damit gemacht. Er hat mir erzählt, dass die Welt trotz all ihrer Fehler ein guter Ort sei, allerdings wäre dorthin zu gehen, wo seine Frau sei, ebenfalls gut. Ihm schien beides gleich recht zu sein.«

Eine Weile lang schwieg Lance.

»Es ist schwer, sich das vorzustellen«, bemerkte er schließlich. »Aber man hört es manchmal. Ich vermute, wenn Menschen dem Ende näher kommen, fürchten sie den Tod nicht mehr so sehr. Sie verspüren eine gewisse Akzeptanz.«

»Manche sicher, kann ich mir denken«, sagte sie. Hoffte, es dabei belassen zu können.

»Warst du auch der letzte Mensch, den Alice gesehen hat?«

Roseanna kniff die Augen zu.

»Ja.« Das war kaum lauter als ein Flüstern.

Sie wartete, doch er stellte die Frage nie. Sie hing einfach dort in der Luft, unausgesprochen. Was irgendwie einen noch größeren Druck erzeugte, obwohl es logisch keinen Sinn ergab, dass das so sein sollte.

»Nein«, entgegnete Roseanna. »Um deine Frage zu beantworten. Die eine, die du nicht ausgesprochen hast. Danke, dass du sie nicht wirklich gestellt hast, aber ich werde sie trotzdem beantworten. So war es nicht mit Alice. Sie schien eine

Todesangst zu haben. Wobei das vermutlich eine schlechte Wortwahl ist.«

»Tut mir leid, dass ich daran gerührt habe.«

»Sie war auch nicht achtzig«, meinte Roseanna. »Das wird auch einen Unterschied machen. Sie wollte mehr Zeit.«

»Wollen wir das nicht alle?«

»Martin nicht. Aber ich glaube, das liegt daran, dass er alt war und seine Frau vermisst hat.«

Sie rechnete damit, dass ihr Sohn darauf etwas erwidern würde. Tiefer in das Thema eindringen. Doch das tat er nicht. Kurz darauf hörte sie seinen gleichmäßigen Atem.

Und ein paar Minuten später nickte sie selbst ein.

* * *

Es war zwei Tage später, als Lance morgens anmerkte, er würde gern zurück nach Hause fahren. In die Stadt.

»Nur ein, zwei Tage. Maximal drei«, erklärte er beim Frühstück. »Aber ich möchte dich hier nicht zu einer schlechten Zeit allein lassen.«

»Warum sollte es eine schlechte Zeit sein?«

»Ach, du weißt schon.«

»Nicht wirklich. Daher die Frage.«

»Die Sache mit Martin und all das.«

»Das ist schon okay. Fahr nur. Es ist in Ordnung.«

»Bist du sicher?«, erkundigte er sich mit vollem Mund. Die drei Worte waren kaum zu verstehen.

Einen flüchtigen Moment lang hätte sie ihn beinahe deswegen zurechtgewiesen, wie sie das getan hatte, als er noch ein Kind gewesen war. *Mit vollem Mund spricht man nicht.* So eine mütterliche Ermahnung. Doch sie verzichtete darauf. Er war kein Kind mehr. Im Leben jeder Mutter kam die Zeit, in der diese Form von mütterlicher Einmischung eine Grenze überschritt. Im Alter von dreißig Jahren konnte er essen und reden, wie er es für angemessen hielt.

»Ich bin mir sicher«, antwortete sie. »Wenn es für Martin okay war, dann werde ich auch damit fertig. Es war eine so viel größere Sache für ihn, als es das für mich war.«

»Ich weiß, es hat die Sache mit Alice wieder hochkommen lassen«, stellte Lance fest. Dieses Mal mit leerem Mund und voll und ganz verständlich.

»Ich vermute schon. Aber es ist schließlich nicht so, als wäre ich hier allein. Ich hab Patty und Willa und Nelson. Und ein Telefon, falls ich dich anrufen muss. Oder wenn du mich anrufen musst.«

»Stimmt«, sagte er. »Okay. Dann fahre ich gleich nach dem Frühstück los.«

* * *

Keine zwei Minuten nachdem er aufgebrochen war, ging Roseanna aus dem Haus zur Scheune, um Ernst seine morgendliche Ration Heu zu geben.

Sie fand das Pferd bereits zufrieden kauend vor dem Futterkorb und Nelson in der gegenüberliegenden Ecke, auf dem gestampften Lehmboden hockend. Letzterer schweißte.

Roseanna hatte gar nicht gewusst, dass er das konnte.

Er schaute auf und sah sie dort stehen. Drehte den Schweißbrenner aus. Hob das Visier der Schweißmaske.

»Ich habe ihm bereits Futter gegeben«, rief er ihr zu.

Roseanna durchquerte die Scheune zu Nelson und ging neben ihm in die Hocke. Er nahm die schwere Schweißmaske vom Kopf – eigentlich war es ihre Maske – und legte sie neben sich auf den Boden.

»Ich wusste gar nicht, dass du schweißen kannst«, erklärte sie.

»Das konnte ich auch nicht. Bis gestern.«

»Einfach aus heiterem Himmel?«

»Nicht wirklich. Nicht ganz. Ich wollte mich ja nicht verletzen oder die Scheune abfackeln. Also habe ich eine Stunde genommen.«

»Bei wem?«

»Pattys Freund. Der gleiche Typ, der es Ihnen beigebracht hat.«

Einen Moment lang saßen sie schweigend nebeneinander, während sie seine Kreation betrachtete. Sie schien nicht die Gestalt eines Tieres anzunehmen. Es sah eher menschlich aus. Wie eine dreidimensionale Strichfigur, ein Mann mit Rohren als Arme und Beine, Knierohren als Gelenke. Und eine Kugel rostigen Metalls, die gegenwärtig getrennt vom Rest dalag, an die Nelson Ketten geschweißt zu haben schien.

»Also, was machst du da?«, fragte sie.

»Wäre es okay, wenn das eine Überraschung bleibt?«

»Ja, natürlich.«

Beinahe eine Minute, wirklich sechzig Sekunden, war da kein Geräusch außer dem Zwitschern der Vögel vor dem offenen Scheunentor und Ernsts übertrieben lautem Kauen.

Dann sagte Nelson: »Ich hab da eine Idee, zu der ich gerne Ihre Meinung hören würde.«

»Okay.«

»Es ist nur eine Idee. Ohne irgendwelchen Druck. Wenn Sie sie nicht mögen, bin ich nicht irgendwie gekränkt. Ich lass sie anstandslos fallen, wenn Sie das möchten. Aber Fragen kostet nichts, oder?«

»Ich glaube, es ist jetzt Zeit, mich in die Idee einzuweihen.«

Er schüttelte sich einen der großen Schweißhandschuhe ab und kratzte sich an seinem stoppeligen Kinn. »Ich hab gedacht, ich könnte jetzt vielleicht Martins Motorroller benutzen. Ich weiß, dass er nichts dagegen hätte. Ich hab mir gedacht, ich könnte damit nach Walkerville und wieder zurück fahren. Sie wissen schon.«

»Da bin ich mir nicht sicher«, antwortete sie, als er das nicht weiter ausführte.

»Mir einen Job suchen.«

»Oh. Gut. Das hab ich doch nicht zu entscheiden.«

»Genau genommen ist das auch noch gar nicht der wichtige Teil der Idee.«

»Verstanden. Mach weiter.«

»Wenn ich arbeite, könnte es in meinem Leben weitergehen. Es gibt da den offensichtlichen Weg. Mir eine eigene Wohnung suchen. Und dann ein paar weniger offensichtliche Möglichkeiten, die sich als für uns beide günstig erweisen könnten.«

»Das ist eine ziemlich lange Vorrede«, meinte Roseanna.

Er wandte den Blick ab. Starrte auf die Erde, und sein Gesicht wurde rot.

»Entschuldigung. Das stimmt. Ich dachte, ich könnte mir vielleicht etwas bauen. Hier. Auf Ihrem Grund und Boden. Nicht um hier für ewig zu leben. Aber für eine vorher festgelegte Zahl von Jahren. Zwei oder drei vielleicht, und danach kann ich dann auf eigenen Beinen stehen, und das Gästehaus wird Ihnen gehören. Und das wird dann eine Wertsteigerung für die ganze Immobilie sein.«

»Und wer würde das Baumaterial kaufen?«

»Ich. Mit dem Lohn für meine Arbeit.«

»Ich bin mir nicht ganz sicher, ob das realistisch ist, angesichts dessen, wie viel es kostet, ein Haus zu bauen.«

»Sie stellen sich vielleicht etwas Eleganteres vor als ich. Ich hatte mehr einen Anbau im Sinn, der direkt an Pattys und Willas Häuschen grenzt. Nur ein großes Zimmer. Wenn es fertig ist, könnte ich eine Tür zwischen beiden einbauen. Und das kleine Haus könnte dann das Schlafzimmer für ein Gästehaus in einer vernünftigeren Größe sein. Was sie jetzt haben, hat die passende Größe für ein Schlafzimmer. Bloß ist es eben keine gute Größe für ein gesamtes Haus.«

Einen Moment lang saß Roseanna da und überlegte, ob sie die Frage stellen sollte, die auf der Hand lag. Obwohl es angesichts ihrer jüngsten Unterhaltung mit Martin auch ohne Frage klar war. Trotzdem entschied sie sich, sie lieber auszusprechen. Das war bei den meisten Sachen besser so.

»Und wer würde für diese zwei oder drei Jahre darin leben? Patty oder du?«

Sie schaute zu, wie sein Gesicht sich stärker rötete. Sie hatte gewusst, dass Nelson leicht rot wurde, aber das hier war sogar für ihn extrem. Offenbar hatte er nur noch nichts gehabt, was ihn so rot hätte anlaufen lassen.

»Wenn ich Glück habe, Miss, vielleicht … wir beide? Mit Willa natürlich.«

»Also, das ist keine schlechte Idee …«, begann sie.

Nelson unterbrach sie.

»Nein, das macht nichts, Miss. Vergessen Sie, dass ich es je erwähnt habe. Sie mögen die Idee nicht, das sehe ich.«

Er sprang auf die Füße, klopfte sich die Hände an seinen staubigen Jeans ab.

»Ich finde sie gut, Nelson. Es gibt bloß ein Problem.«

Er hielt einen Moment lang inne. Als könnte er das Problem allein finden. Als könnte er es einfach aus der Luft fischen. Dann ging er in die Hocke und blickte ihr ins Gesicht.

»Ich hab es Ihnen ja schon gesagt, Miss Rosie, wenn Sie ein Problem haben, ich nehme es mit der ganzen Welt auf, um es für Sie zu lösen.«

»Das hier kannst du nicht lösen.«

Er stützte die Ellbogen auf seine Oberschenkel und verschränkte die Finger vor sich. Wie ein höflicher Schüler, der an seinem Platz aufpasste.

»Verraten Sie es mir, dann schauen wir weiter.«

»Es fällt mir schwer, darüber zu reden.«

»Sie können mir alles sagen.«

»Es könnte sein, dass ich die Farm verliere.«

Nelson setzte sich auf den Fußboden. Landete mit einem hörbaren Plumps auf der Erde.

»Ich dachte, die Farm würde Ihnen gehören, ohne irgendwelche Belastungen.«

»Das stimmt auch. Allerdings habe ich ein paar juristische Probleme mit einem früheren Kanzleipartner. Er verklagt mich. Und wenn er alles kriegt, was er verlangt, dann werde ich vermutlich nicht in der Lage sein, die Farm zu halten.«

Einen Moment lang herrschte Stille, in der sie sich nicht traute, ihm ins Gesicht zu sehen. Aber schon bald fühlte es sich an, als ob ihn nicht anzusehen so etwas wäre, wie nicht an einen weißen Elefanten zu denken. Je mehr man versucht, es nicht zu tun, desto mehr tut man es trotz allem.

Sie schaute rasch fort, verbrannt von der abgrundtiefen Bestürzung in seinen Augen.

»Das kann nicht passieren, Miss.«

»Es ist nicht völlig ausgeschlossen.«

»Es wäre völlig verkehrt. Das ist eine Sache, die nicht passieren sollte. Wir können es nicht zulassen.«

»Das ist eine schöne Vorstellung«, erwiderte sie und verspürte in dem Moment direkt mütterliche Gefühle. Als könne sie ihm irgendwie helfen, diesen Schock zu verwinden. Aber auch, als ob er eine sanfte Lektion im Erwachsenwerden bräuchte. »Manchmal passieren Dinge, die nicht passieren sollten. Und manchmal gibt es einfach nichts, was wir tun können, um sie zu verhindern. Bislang ist jedoch nichts entschieden, daher müssen wir einfach abwarten und sehen, was passiert.«

* * *

Es war ungefähr eine Stunde vor Sonnenuntergang, als Roseanna auffiel, wie sehr ihr Lance fehlte. Es traf sie auf eine Weise, die sie sich nicht hätte vorstellen können und mit der sie nicht gerechnet hatte.

Er war noch keine vierzehn Tage bei ihr, und doch hatte es alles geändert. Sie hatte sich bereits so daran gewöhnt, ihn um sich zu haben, dass seine Abwesenheit schmerzte.

Sie putzte sich die Zähne, blickte sich in dem winzigen, verkratzten Badezimmerspiegel selbst in die Augen und dachte über die Veränderung nach. Überlegte, wie viel Angst alle vor Veränderungen hatten und wie überzeugt sie alle waren, dass eine Anpassung an Veränderungen nicht eintreten konnte, nicht eintreten würde. Dann kam irgendetwas Neues, und ein paar Wochen später fühlte es sich so an, als ob das Leben schon von Anbeginn der Zeit an so gewesen sei.

Sie spuckte die Zahnpasta aus, spülte nach und fragte sich, wie sie es jemals so viele Jahre ohne ihn ausgehalten hatte.

Sie beschloss, ihn anzurufen.

Sie nahm ihr Handy vom Couchtisch und trat in die etwas kühlere Luft des Spätnachmittags. So kurz vor dem Untergehen stand die Sonne tief, und die Scheune und die anderen Gebäude warfen lange Schatten, während Roseanna sich auf den Weg zum Empfängnisberg machte. Sie ging über den lockeren, trockenen Boden und dachte fast nichts, bis sie auf der anderen Seite ihrer Scheune und beinahe bei der Straße war.

Dann blieb sie jäh stehen, sah auf das Handy in ihrer Hand und lachte.

»Alte Gewohnheiten«, sagte sie laut und drehte sich um, um zu ihrem Haus zurückzukehren, das ein echtes Festnetztelefon beherbergte.

Auf halbem Weg blieb sie unvermittelt stehen und erstarrte.

Es gab einen Zuwachs für den Eisenzoo. Nur war es kein Tier. Nelson war offenbar fertig und hatte sein Werk aufgestellt, und es raubte Roseanna den Atem. Sie musste sich tatsächlich konzentrieren, um ihre Lungen erneut mit Luft zu füllen. Und sie benötigte ein paar Sekunden.

Der Röhrenmann, den Nelson erschaffen hatte, hatte kein Gesicht. Bloß ein kopfartiges Gebilde aus rostigem Eisen. Es hatte einen Haarkranz an der Stelle, wo vermutlich die Ohren säßen, wenn es ein Kopf wäre und welche hätte. Nelson hatte dünne Ketten miteinander verschweißt, um das lange, ungebärdige Haar eines praktisch kahlköpfigen Mannes nachzuahmen. Und obendrauf saß ein Stoffhut, wie Wanderer ihn gerne benutzten. Aber nicht einfach irgendein Hut. Sondern Martins. Und am Ende der Beine des Röhrenmannes standen Martins rote Sneaker. Er trug Martins Hosen und sein gelbes Lieblingsshirt, und am Ende der Röhrenarme konnte Roseanna die ledernen Arbeitshandschuhe des alten Mannes ausmachen. Sie waren an einer Spaltaxt aus Röhren befestigt, die die Gestalt über dem Kopf hielt. Am Boden unter der Statue lag ein Holzklotz – ein kompletter runder, der direkt von einem umgefallenen Baumstamm abgesägt worden war.

Roseanna setzte sich auf den Boden und starrte ihn an. Für wie lange, konnte sie hinterher nicht sagen.

Irgendwann kam Buzzy dazu und leckte in Richtung ihres Gesichts. Einen Moment später warf sich Willa von hinten auf sie und schlang ihr die Arme um die Schultern.

»Magst du es?«, fragte Willa zu laut und direkt in Roseannas Ohr.

»Sehr«, antwortete Roseanna.

»Das ist *Martin.*«

»Ja, das sehe ich.«

»Er hackt Holz.«

»Stimmt.«

»Er hat immer Holz gehackt.«

»Den Großteil seiner Zeit über, ja.«

»Und du hast ihm immer gesagt, er soll aufhören.«

»Also, ich werde ihm das nicht mehr sagen.«

»Gut«, erwiderte Willa.

Dann gab sie Roseanna einen schmatzenden Kuss auf den Hinterkopf und verschwand, zurück in ihr winziges Zuhause.

* * *

Sie rief Lance an, und es fühlte sich merkwürdig bedeutungsvoll an. Es war das erste Mal überhaupt, dass sie auf ihrer Couch saß, in der tröstlichen Umgebung ihres eigenen Zuhauses, auf ihrem eigenen Stück Land, und einen Anruf tätigte. Dann fiel ihr ein, dass sie ihn ja bereits einmal angerufen hatte, an dem Morgen, an dem sie erfahren hatten, dass Martin gestorben war. Aber da hatte sie nicht behaglich auf dem Sofa gesessen, daher beschloss sie, das hier dennoch als das erste Mal zu betrachten.

Leider ging Lance nicht dran, was die Leere in ihr schmerzlich machte.

»Lance«, sprach sie auf seine Mailbox.

Dann öffnete sie den Mund und musste mit anhören, dass nichts herauskam. Für eine peinlich lange Zeitspanne. Durch das Wissen, dass ihre Unfähigkeit, ein Wort rauszubringen, aufgezeichnet wurde, wurde alles nur noch schlimmer.

Schließlich gelang es ihr, hervorzupressen: »Das muss das längste Schweigen in der Geschichte der Mailbox sein.«

Dann folgte eine – glücklicherweise – deutlich kürzere Pause.

»Das Problem ist, vermute ich … Ich bin mir nicht hundertprozentig klar darüber, warum ich anrufe. Einfach bloß, um dir zu sagen, dass du mir fehlst. Was mir merkwürdig vorkommt, weil wir so viel Zeit ohne einander verbracht haben, seit du erwachsen bist. Doch jetzt, wo ich dich wieder kennengelernt habe … Ach, egal. Es ist egal, was ich dir gerade sagen wollte. Ich weiß genau, was du antworten würdest. Du würdest sagen: ›Mom, das überschreitet die Grenze zum Kitschigen, sogar für das neue Uns.‹ Oder ›rührselig‹ oder was auch immer das Wort war, das du benutzt hast. Egal, denn ich gehe jetzt ins Bett. Jedenfalls wollte ich mich bei dir bedanken.«

Dann legte sie rasch auf.

Sie trat hinaus auf die Veranda und setzte sich auf den Rand der Bretter, ließ die Beine baumeln und schwang die Füße hin und her. Buzzy sah sie und kam schwanzwedelnd zu ihr, setzte sich neben sie. Sie rieb ihm die Muskeln unter dem kurzen Fell an seinem Hals und den Schultern und betrachtete die neue Statue.

Die untergehende Sonne verwandelte Martins Kleidung in leuchtendes Orange, vor allem das gelbe Shirt. Kleider, die sich unter der Witterung langsam auflösen würden, wurde ihr bewusst. Aber vielleicht war das nicht wichtig. Vielleicht löste sich alles irgendwann auf, und vielleicht änderte das nichts daran, dass es sich dennoch lohnte, es zu haben, solange es da war.

Sie saß dort, bis es zu dunkel war, um irgendetwas zu erkennen, und schaute dem neuen Martin aus Eisen zu, wie er Holz hackte. Das tat er natürlich nicht wirklich. Die Spaltaxt aus Röhren bewegte sich ja nicht. Das Werkzeug würde immer in der Aufwärtsbewegung gefangen sein, niemals niedersausen auf den Baumstumpf.

Doch dass er das tun wollte, war unverkennbar.

Kapitel Zwanzig

Sternschnuppenregen und Liebe unter einem ungünstigen Stern

Lance traf in der nächsten Nacht ein, eine ganze Weile nachdem Roseanna eingeschlafen war. Er hatte immer noch nicht seinen eigenen Schlüssel, daher musste er anklopfen und sie aufwecken.

Wobei er allerdings gar nicht ins Haus trat, als sie zur Tür stolperte, um ihm aufzumachen. Vielmehr beharrte er darauf, dass sie zu ihm nach draußen kam.

»Wie spät ist es?«, wollte sie wissen und blinzelte heftig.

»Nach Mitternacht.«

»Warum sollte ich nach Mitternacht nach draußen gehen wollen?«

»Du musst mir vertrauen. Tu das für mich, bitte, Mom.«

Roseanna seufzte. Wenn er es so ausdrückte, blieb ihr nicht wirklich etwas anderes übrig. Aber ihre Laune rutschte ins Mürrische ab.

»Na gut. Warte kurz, damit ich mir ein paar Sachen überziehen kann. Und eine Jacke.«

»Nur eine dünne Jacke. Es ist wirklich schön hier draußen.«

* * *

Er führte sie über die trockene Erde zu der großen Wiese hinter der Scheune – er hielt wirklich ihre Hand und zog sie hinter sich her –, als sie zu protestieren begann.

»Wenn es darum geht, eine schöne Nacht im Freien zu genießen«, erklärte sie, »könnten wir es dann nicht auf morgen Abend verschieben? Ich könnte abends noch eine Tasse Kaffee trinken, damit ich länger wach bin. Das ist so viel besser, als abrupt aus dem Schlaf gerissen zu werden.«

»Das tut mir leid«, erwiderte er. »Es muss heute Nacht sein.«

Er blieb jäh stehen. Roseanna blickte nach unten und entdeckte etwas auf dem trockenen Gras, das aussah wie eine ausgebreitete Decke.

»Mach es dir bequem«, forderte Lance sie auf.

»Du hast hoffentlich nicht vor, die Decke nachher wieder mit zurück ins Haus zu nehmen?«

Roseanna hatte die Frage auf eine Art und Weise stellen wollen, die nicht zu missbilligend klang. Das war ihr nicht gelungen.

»Es ist keine Decke aus dem Haus, sondern eine von den Malerdecken aus der Scheune.«

»Oh. Okay. Gut.«

Jeglichen Grundes zur Klage beraubt und auch nicht in der Lage zu irgendwelchen anderen Bemerkungen, legte sie sich auf den Rücken. Lance machte es sich neben ihr bequem, die Hände hinter dem Kopf verschränkt. Gemeinsam schauten sie ein oder zwei Minuten lang schweigend zu den Sternen empor.

Roseanna begann eine Unterhaltung, weil sie ihren Sohn nicht kränken wollte, indem sie gleich wieder einschlief. Das wäre nämlich ganz leicht möglich gewesen.

»Hier draußen sind wirklich richtig viele Sterne.«

»Also …« Er klang so wach. Richtiggehend munter. »Es gibt einfach viele Sterne. Punktum. Überall. Hier draußen können wir sie nur viel besser beobachten, so weit entfernt von der ganzen Lichtverschmutzung der Stadt.«

»Du weißt, dass ich das gemeint habe.«

»Du hast das immer mit mir gemacht, als ich ein Kind war.«

»Ich wollte dich dazu bringen, dich klar auszudrücken. Auch wenn ich das selbst nicht unbedingt tue.«

Einen Augenblick lang betrachtete sie sie, all diese Sterne. Strahlend hell, funkelnd und dicht nebeneinander. Es waren Millionen davon. Sie fühlte sich, als könnte sie die Hände heben und einen kleinen Bereich davon einrahmen, so wie ein Fotograf das tat, wenn er sich eine besondere Aufnahme überlegte, und allein in dem Fenster ihrer Finger würden Hunderte sein.

»Ist das das, was wir uns hier draußen ansehen wollen? Wie viele Sterne es abseits der Lichter der Stadt gibt?«

»Nein. Da ist noch mehr.«

Wieder schwieg sie eine Weile, wartete. Schaute hin. Aber sie konnte nicht »mehr« finden.

»Wie war dein Ausflug in die Stadt?«

»Er war …« Er machte eine Pause. Und in dieser Pause spürte sie etwas Angespanntes. Etwas, was er festhielt. Etwas, das er vermutlich lieber nicht aussprechen würde. »… okay.«

»Wie steht es mit dir und Neal?«

»Du erinnerst dich an seinen Namen!«

»Ja, endlich.«

»Es war gut. Wirklich.«

»Tatsächlich?«

»Ja, tatsächlich. Ich glaube, diese zeitweilige Trennung hilft uns.«

Bevor Roseanna den Mund öffnen konnte, um zu antworten, bemerkte sie etwas aus dem Augenwinkel. Ein heller, allerdings sehr weit entfernter Lichtstreifen am Firmament. Er fiel in einem weiten Bogen durch die Millionen von Sternen, zog einen leuchtenden Schweif hinter sich her, der rasch verglühte.

»Hast du das gesehen?«, fragte sie Lance.

»Ja. Eine Sternschnuppe. Das ist das ›Mehr‹, das ich dir zeigen wollte. Heute Nacht ist ein Sternschnuppenregen. Genau genommen ist er mehrere Nächte lang, aber heute Nacht zwischen Mitternacht und vier Uhr soll man das Spektakel am besten beobachten können.«

Roseanna hoffte, dass er nicht vorhatte, wirklich bis um vier hier draußen zu bleiben, doch das sprach sie nicht aus. Sie war froh darüber, mit ihm hier zu sein, und froh, die Sternschnuppe eben gesehen zu haben. Es war ihre erste Erfahrung mit einer. Da sie in der Stadt aufgewachsen war, hatte sie sie bislang nur im Kino gesehen und noch nie in echt.

»Also, du merkst«, sagte sie, »es hat eindeutig Vorzüge, auf dem Land zu leben, wo man klare Sicht auf den dunklen Nachthimmel hat.«

»Es hat auch eindeutig Vorzüge, in der Stadt zu wohnen, wo man Handyempfang und Internet und Fernseher hat, sodass man es erfährt, wenn ein Sternschnuppenregen im Anzug ist. Sonst würde man gar nicht wissen, in welcher Nacht man nach oben schauen muss, oder?«

Sie dachte einen Moment darüber nach.

Dann schob sich plötzlich ein dunkler Umriss zwischen ihr Gesicht und die Sterne, erschreckte sie. Sie zuckte zusammen und schrie auf, und der Umriss wich abrupt zurück und verriet durch seine Bewegungen, dass es sich um Ernst handelte.

Das Tier stand einen Moment im Dunkeln, als müsse es sich erst beruhigen. Einen Moment später streckte es seinen langen Hals nach unten und begann, an dem trockenen Gras ein Stück neben Roseanna zu knabbern.

»Was macht er hier draußen?«, fragte sie Lance, der ein paar Tage weg gewesen war und es eigentlich gar nicht wissen konnte.

»Er öffnet den Riegel an seiner Stalltür.«

»Woher weißt du das? Du warst doch weg.«

»Das hat er ja schon getan, bevor ich gefahren bin. Gott sei Dank war Nelson da, um ihn wieder einzufangen. Er wollte was ausprobieren. Einen Stock nehmen und dort in den Riegel stecken, wo sonst ein Schloss wäre. Das hat wohl nicht geklappt. So wie ich Ernst kenne, hat er vermutlich gerade jetzt einen Stock im Bauch. Ich hoffe bloß, er hat ihn gut gekaut.«

»Das tun wir beide, du und ich«, meinte Roseanna. »Ich kann mir nicht viel mehr von diesen Tierarztbesuchen leisten. Vor allem, wenn …«

Sie ließ den Satz unvollendet, weil er mit ihrer finanziellen Situation zu tun hatte und sie jetzt keine Lust hatte, darüber zu sprechen.

Außerdem hatte sich eine Spannung zwischen ihnen aufgebaut. Sie konnte sie förmlich von Lance und seiner Seite der Decke ausgehen spüren. Sie wusste nicht, warum oder was es war, aber sie wusste, es war nicht nur Einbildung.

»Wir müssen einen Weg finden, ihn im Stall zu halten«, sagte Roseanna. Vor allem, um über das angespannte Gefühl hinwegzureden.

»Ich habe gerade genau das Gegenteil gedacht. Lass ihn den ganzen Tag lang raus zum Grasen. Und bring ihn bloß nachts zurück in den Stall. Dann ist er vielleicht eher bereit, drinzubleiben.«

»Hier ist doch gar nicht alles eingezäunt. Er könnte einfach fortgehen.«

Zu ihrer Überraschung lachte Lance.

»Ja. Richtig, Mom. Das Glück solltest du haben, dass Ernst einfach wegläuft. Als er bei Archie abgehauen ist, wohin ist er da gegangen?«

»Stimmt«, musste sie ihm recht geben.

Sie lagen ein paar Augenblicke länger in der Stille der Nacht nebeneinander, einzig unterbrochen vom Zirpen der Grillen, das sie gerade eben erst bewusst wahrgenommen hatte, und den zufrieden klingenden Geräuschen von Ernsts Kauen.

Ein weiterer Meteoroid verglühte vor den Sternen, und sie machten beide nahezu gleichzeitig: »Oh.« Dann schwiegen sie wieder.

»Okay …«, begann Lance.

Roseanna spürte, wie sich ihr Magen zusammenzog. Sie wusste, das hier war es. Das Etwas, das ihn umgab, das zwischen ihnen gewesen war. Jetzt kam es heraus, würde ausgesprochen werden.

»Ich muss dir etwas gestehen«, erklärte er.

»Schieß los.«

»Oh. Du wirst vermutlich sauer sein. Ich habe echt Angst, dass du sauer sein wirst. Aber während ich nach Hause gefahren bin, ist mir klar geworden, dass du vermutlich ohnehin davon erfahren wirst. Von jemand anders. Und dann bist du vermutlich nur noch mehr sauer, weil ich es dir nicht selbst gesagt habe.«

»Du bringst mich hier gerade um, Süßer. Was ist es?«

»Vergiss bitte nicht, dass es aus Liebe getan wurde. Ich wollte nur helfen, sonst nichts. Selbst wenn es nicht so gelaufen ist, wie ich es eigentlich wollte, rührt es einzig von meinem Wunsch her, zu helfen.«

»Lance …«

»Ich bin bei Jerry gewesen.«

Stille. Kurz, und in dieser kurzen Frist zwei Sternschnuppen. Beinahe gleichzeitig.

»Ohne zuerst mit mir zu reden?«

»Richtig. Ich weiß. Es klingt schlimm. Und vermutlich ist es das. Nur musste ich in der Lage sein, ihm aufrichtig zu versichern, dass du keine Ahnung davon hast, dass ich bei ihm war. Sonst … Wenn er denken würde, dass du mich geschickt hättest, hätte er das nicht gemacht. Er wäre verärgert gewesen, weil du nicht selbst zu ihm gekommen bist. Und wie du weißt, bin ich ein ganz schrecklicher Lügner. Daher musste ich imstande sein, ihm ehrlich zu beteuern, dass ich auf eigene Faust handele.«

»In Ordnung«, erwiderte sie. »Das habe ich verstanden.«

Sie wollte wissen, wie es gegangen war, konnte sich aber nicht dazu bringen, die Frage zu stellen. Am Ende würde er antworten. Und es könnte die falsche Antwort sein.

»Ich habe die ganze Zeit über Jerry nachgedacht, seit wir uns das letzte Mal über ihn unterhalten haben«, erklärte Lance, und seine Schuldgefühle und sein Stress flossen in die Worte. So viele Worte. »Du erinnerst dich doch, oder? Als du gefragt hast, ob er Mitleid haben würde, sodass du daran appellieren könntest.«

Ein weiterer heller Streifen am Himmel, dieses Mal ein besonders großer.

»Wow!«, entfuhr es Roseanna, während er verglühte und sich dabei in ihre Netzhaut einzubrennen schien.

»Das war toll«, bemerkte Lance.

»Sprich weiter. Die Spannung bringt mich noch um.«

»Okay. Also habe ich versucht, alles zusammenzunehmen, was ich über ihn weiß. Und ich bin zu dem Schluss gekommen, dass seine Achillesferse vermutlich darin besteht, dass er hoffnungslos romantisch ist.«

»Jerry ist romantisch?«

»Absolut. Hat er dir gegenüber jemals das Mädchen erwähnt, in das er im College verliebt war? Er dachte, sie wäre seine große Liebe und dass sie für immer zusammen sein würden, aber dann ist sie bei einem Autounfall gestorben.«

»Ich habe davon gehört, doch nie von ihm.«

»Ich weiß es von ihm selbst. Vor zwei Jahren, als ich bei der Weihnachtsfeier der Kanzlei war. Er hatte ein paar Drinks zu viel intus und hat mich in die Enge getrieben, sodass ich nicht mehr wegkonnte, und dann hat er mir die ganze Geschichte erzählt, und zwar so, als ob es erst letzte Woche geschehen wäre. Als hätte er nicht mal begonnen, es zu verwinden.«

»Hmm«, sagte sie, fragte sich, worauf er hinauswollte.

»Daraus habe ich geschlossen, dass er, was Liebe angeht, ein echter Softie ist. Was der Grund ist, weshalb ich die Entscheidung getroffen habe, die ich nun mal getroffen habe. Und zu der es, wie ich dich ein weiteres Mal erinnern möchte, allein aus Liebe gekommen ist und aus dem Wunsch heraus, zu helfen.«

»Oh, Süßer«, erwiderte Roseanna. »Du weißt, ich liebe dich, aber wenn du jetzt nicht bald ausspuckst, was genau du getan hast …«

Immer noch voller Anspannung, wartete er einen Moment.

»Ich habe ihm erzählt, du und Alice hättet einander geliebt, und zwar seit dem College. Sag jetzt nichts. Lass mich erklären. Dahinter verbirgt sich eine Logik. Er ist wütend, weil du etwas getan hast, das er in einer Million Jahre nicht getan hätte. Du hast etwas den Rücken gekehrt, was für ihn das Wichtigste auf der Welt ist. Und er versteht nicht, warum. Er kann es einfach nicht verstehen. Daher mindert es in seiner Vorstellung alles, was er mit dir zusammen aufgebaut hat. Weil du keinen nachvollziehbaren Grund hattest, es plötzlich abzulehnen. Indem es jedoch mit dieser tiefen Trauer in Zusammenhang gebracht wird … die du ja empfunden hast, daher habe ich in dem Punkt gar nicht gelogen … Ich bin nicht sicher, ob er es verstehen konnte, solange Alice schlicht eine wunderbare Freundin war. Der tragische Verlust einer geliebten Person hingegen … Nun, ich dachte mir, das würde zu ihm durchdringen. Einer solchen Geschichte würde er nicht widerstehen können.«

Ein paar Sekunden lang betrachtete Roseanna den Himmel, pflügte durch die vielen Fragen, die sich in ihrem Kopf drängten. Versuchte, eine einzelne herauszupicken.

»Ich dachte, du wärst ein schrecklicher Lügner.«

»Ja, das habe ich gesagt, oder? Aber das hier ist prima gelaufen. Ich glaube, weil es nicht so weit von der Wahrheit entfernt ist. Ich meine, ihr habt euch geliebt. Und du warst am Boden zerstört, als sie gestorben ist. Mir erschien es mehr wie eine kleine Lüge, die man erzählt, um dafür zu sorgen, dass sich Dinge wahrer anfühlen. Es setzt alles in einen leicht anderen Bezug, damit er sich besser vorstellen kann, was es bei dir angerichtet hat, dass sie gestorben ist.«

»Nur macht mich das …« Dann hielt sie inne, immer noch überwältigt von den vielen Fragen.

»Macht dich das was?«

»Macht es mich nicht zu einer ganz furchtbaren Person, weil ich geheiratet und ein Kind bekommen habe?«

»Oder macht es dich zu jemandem, der Angst davor hat, sich gegen die Konventionen aufzulehnen, der Angst davor hat, was alle anderen denken werden? Und wer könnte sich damit besser identifizieren als Jerry? Außerdem gewinnt dadurch alles an zusätzlicher Tragik.«

Roseanna öffnete den Mund, aber nichts kam heraus.

Sie stützte sich auf die Ellbogen und blickte ihren Sohn an. Ihre Augen hatten sich inzwischen an die Dunkelheit gewöhnt, daher konnte sie seinen Umriss erkennen, nicht jedoch den Ausdruck auf seinem Gesicht.

»Du würdest einen guten Anwalt abgeben«, bemerkte sie.

»Ich werde so tun, als hättest du das nie gesagt.«

»Es ist eine interessante Sicht auf die menschliche Natur«, fügte sie hinzu und merkte, während sie das tat, dass sie nicht verärgert war. Sie hatte in sich nach Verärgerung gesucht und keine gefunden. »Wann hast du so viel über die menschliche Natur gelernt?«

»Das weiß ich nicht. Ich achte einfach auf Leute, vermute ich. Oh. Ich hab das nicht so gemeint, wie es jetzt klang. Ich will damit nicht andeuten, dass du das nicht tust.«

»Aber das ist doch so. Und wir wissen es beide.«

Sie legte sich wieder hin, und eine weitere Sternschnuppe fiel vom Himmel.

»Du klingst gar nicht böse«, stellte er fest.

»Na ja, du hast schließlich versucht, etwas Gutes zu tun, denke ich.«

»Stimmt. Dann allerdings, als ich heimfuhr, ist mir klar geworden, dass Jerry es vermutlich anderen Leuten erzählen wird. Du weißt schon. Was ich ihm über dich und Alice gesagt habe. Und vielleicht wird es die Runde machen. Und das könnte dich stören. Und ich hätte vorher daran denken sollen, bevor ich mich Hals über Kopf wie ein Idiot reingestürzt hab. Bloß … Habe ich schon erwähnt, dass ich es nur getan habe, weil ich versuchen wollte, dir zu helfen?«

»Oh, das ist mir völlig egal«, erwiderte sie. »Lass die Leute denken, was immer sie wollen. Das ist die geringste meiner Sorgen.«

»Es überrascht mich, dich das sagen zu hören. Ich dachte, du wärst ein bisschen empfindlich, was das ganze Thema ›Alice als Lesbe‹ angeht.«

»Ach, das war nur, weil es mir aufgezeigt hat, auf wie vielfältige Weise ich für sie als Freundin nicht gut genug war. Diese Schuldgefühle mal beiseitegelassen … Ich bin nicht homosexuell, aber verdammt noch mal, Süßer … Ich könnte es viel schlimmer treffen als mit Alice. Jeder könnte das.« Eine schwer lastende Pause. »Also, früher oder später muss ich diese nächste Frage stellen.« Sie spürte, wie ihr Magen sich zusammenzog und kalt wurde, als würde sich Eis um die Frage bilden. »Was hat er gesagt?«

»Dass er Zeit brauche, um darüber nachzudenken.«

»Verstehe.«

»Ich glaube nicht, dass ich es schlimmer gemacht habe. Ich weiß nicht, ob ich es besser gemacht habe. Ich vermute, es wird eine Weile dauern, bis wir das erfahren. Trotzdem glaube ich nicht, dass ich alles noch schlimmer gemacht habe, als es schon war. Wobei das natürlich möglich wäre. Indem ich einfach losgerannt bin und es getan habe, ohne deine Erlaubnis einzuholen.«

Er wartete auf eine Art Antwort von ihr. Doch einen Moment lang hatte sie keine. Sie verschränkte die Hände hinter dem Kopf, ahmte seine Körperhaltung nach, in einer gewissen körpersprachlichen Solidarität. Und sie hielt nach einer weiteren Sternschnuppe Ausschau.

Als sie eine sah, wusste sie, dass alles gut werden würde.

»Es ist okay«, erklärte sie. »Alles wird sich finden.«

»Denkst du, er wird von der Klage absehen? Wie willst du das wissen?«

»Nein. Das meine ich nicht. Ich meine nicht: Alles wird genau so laufen, wie ich es möchte. Das kann ich nicht wissen. Ich meine: Was auch immer passiert, es wird okay sein. Leute kommen mit allen möglichen Situationen klar. Irgendwie. Überall auf der Welt gelingt es den Leuten, mit praktisch nichts zu überleben. Sie verlieren Sachen, von denen sie denken, sie könnten ohne sie nicht leben. Oder wenigstens denken sie, sie bräuchten sie zu ihrem Glück. Aber andererseits ist es ziemlich schwierig, glücklich zu sein … Du weißt schon … Wenn es davon abhängt, dass man irgendeinen materiellen Besitz nicht abgeben muss. So möchte ich nicht leben. Was immer passiert, ich komme durch. Wenn du es besser gemacht hast, dann bin ich dir für den Rest meiner Tage dankbar. Wenn du alles schlimmer gemacht hast, mache ich dir die Hölle heiß, doch wenn ich damit fertig bin, werde ich dir verzeihen, weil du mein Sohn bist und du es aus Liebe getan hast.«

Beinahe wäre sie aufgestanden. Es war eine Rede, die förmlich danach schrie, von einem dramatischen Abgang beendet zu werden. Ein weiterer Meteoroid verglühte am Himmel und erinnerte sie daran, dass die Show noch nicht vorbei war. Und auch daran, dass das Himmelsspektakel daran teilhatte, dass sie wusste, sie würde immer irgendwie zurechtkommen. Sie würde unter den Sternen leben, und die würde ihr niemand wegnehmen können.

* * *

Es fühlte sich an, als wäre es bloß Sekunden später, als Lance sie am Ellbogen rüttelte, und sie wurde wach, hatte gar nicht gemerkt, dass sie eingeschlafen war.

»Wir sollten wieder reingehen«, meinte er.

* * *

Am nächsten Morgen wachte Roseanna auf – zu einem deutlich späteren Zeitpunkt als sonst – und entdeckte Lance auf ihrer Bettkante. Er hielt eine Tasse Kaffee in der Hand, und es sah ganz so aus, als sei sie für sie.

Sie setzte sich auf. Wurde so wach, wie es ihr nur möglich war. Nahm die Tasse von ihm entgegen und atmete den aromatischen Duft ein.

»Wirst du mich jetzt von vorn und hinten bedienen, weil du dich schuldig fühlst?«

»Nein«, erwiderte er. Dann verzog sich sein Gesicht zu dem schüchternen kleinen Lächeln, das sie so an ihm geliebt hatte, als er ein kleiner Junge gewesen war. »Also gut, irgendwie schon.«

»Erzähl es mir noch einmal. Ich weiß, ich reite ein bisschen zu sehr darauf rum, aber erklär mir noch mal, woher du wusstest, was du zu ihm sagen musst. Wo all seine Schwachstellen sitzen.«

»All seine Schwachstellen? Echt, Mom. Wir haben Glück, dass er *eine* hat.« Er verschränkte die Finger vor seinen Knien und wiegte sich leicht vor und zurück. Dachte eindeutig nach. »Er hat etwas erwähnt, das mich auf die Idee gebracht hat. Ich bin nicht mit einem Skript oder so reingegangen. Ich hab mich vorsichtig rangetastet. Er hat die ganze Zeit darüber geredet, dass Alice auch seine Freundin gewesen sei. Dass er natürlich gewusst habe, dass ihr beide euch näherstandet und euch bereits länger gekannt hattet, dass es für ihn trotzdem ebenfalls ein herber Verlust gewesen sei. Das hat er ungefähr drei Mal gesagt, bevor mir klar wurde, *was* er da sagte. Dass du, wenn er ihren Tod verwinden und weiterarbeiten konnte, das auch können müsstest. Ich denke, diese Vorstellung haben wir entkräftet.«

Zu ihrer eigenen Überraschung lachte Roseanna laut auf.

»Das wird großartigen Büroklatsch abgeben«, stellte sie fest. »Da würde ich zu gern Mäuschen spielen.«

»Was, glaubst du, würde Alice denken, wenn sie all das hören könnte?«

»Sie würde sich halb totlachen, und das weißt du so gut wie …«

Als es laut an der Tür klopfte, zuckte Roseanna zusammen. Was albern war. Als wäre sie durch ein Spukhaus gegangen, und als wäre vor ihr plötzlich eine Hand unter dem Bett hervorgekommen und hätte sie am Knöchel gepackt. War sie wirklich so aufgeregt wegen all der Sachen? Wenn, dann hatte sie es gut verborgen. Selbst vor sich selbst.

Sie blickte zu Lance, der zurückblickte.

»Vermutlich einfach Nelson«, sagte Lance. »Oder Patty.«

»Die klopfen an. Sie hämmern nicht.«

Und apropos Hämmern, Roseannas Herz begann schneller zu klopfen.

»Ich gehe nachschauen, was los ist«, erklärte Lance und sprang auf.

Als er die Tür öffnete, konnte sie nur seinen Rücken sehen. Sie bekam nie zu Gesicht, wer vor ihm stand. Sie beobachtete, wie Lance in seine Shortstasche griff und etwas durch die Tür reichte. Und dafür etwas in Empfang nahm, obwohl sie nicht erkennen konnte, was es war. Sie rechnete voll und ganz damit, dass es so ein Furcht einflößender brauner Umschlag war, aber es schien wesentlich unhandlicher und dreidimensionaler zu sein als das.

Lance schloss die Tür und drehte sich zum Schlafzimmer um. In seiner rechten Hand hielt er eine Schachtel von einem Blumengeschäft. Sie konnte zwar vom Bett aus nicht den Namen irgendeines Floristen darauf entziffern, doch etwas, was dazu gedacht war, langstielige Rosen zu transportieren, hatte eine unverwechselbare Form, die Roseanna vertraut war.

»Hast du einen geheimen Verehrer?«, fragte er.

»Wenn, dann ist er auch für mich geheim.«

Sie stand auf, schlüpfte in ihren Morgenrock. Ging zum Couchtisch, auf dem Lance die Schachtel abgestellt hatte. Sie machte sie auf und zog die Karte heraus.

Roseanna, stand darauf. Und dann schlicht: *Mein Beileid zu Deinem Verlust – Jerry.*

Sie reichte Lance die Karte, der mit kaum verhohlener Ungeduld hinter ihr gestanden hatte. Wenn er denn überhaupt versucht hatte, sie zu verhehlen.

»Ich will verdammt sein«, entfuhr es ihm. »Vielleicht habe ich den alten Kerl tatsächlich weichgeklopft.«

»Entweder das, oder er hat vor, mich vor Gericht zu zerren, ohne deswegen Gewissensbisse haben zu müssen, dass ihn mein persönlicher Verlust offenbar nicht interessiert.«

»Oh«, sagte Lance. »Richtig. Aber es ist eindeutig das eine oder das andere.«

Kapitel Einundzwanzig

Du und deine spinnerten Ideen

Als Roseanna am nächsten Morgen aus dem Bett stolperte, hörte sie das rhythmische dumpfe Geräusch einer Axt, die sich in Holz bohrte. Für den kurzen Bruchteil einer Sekunde nahm sie an, Martin sei dort draußen und hacke Feuerholz.

Dann, mit einem übelkeiterregend sinkenden Gefühl, fiel es ihr wieder ein.

Es erinnerte sie an einen Zwischenfall vor ein paar Monaten. Ein Moment, der sich auf einer breiten Straße in Manhattan zugetragen hatte. Sie hatte einen flüchtigen Blick auf Alice in einer Menschenmenge erhascht. Und dann, weniger als eine Sekunde später – bevor die Frau den Kopf drehen und klar werden konnte, dass sie jemand völlig anderes war –, war es Roseanna wieder bewusst geworden. Dass die Frau nicht nur nicht Alice war, sondern dass sie es gar nicht sein konnte. Dass sie es nie wieder sein konnte. Weil ihre Freundin Alice nicht länger auf diesem Planeten existierte, was ihr wie eine so schwierige und befremdliche Vorstellung erschien, dass ihr ganz schwindlig geworden war.

Roseanna ging zum Fenster ihres kleinen Hauses, konnte aber nicht erkennen, wer Holz hackte.

Sie zog sich rasch an und trat in den einigermaßen warmen Sommermorgen. Buzzy folgte ihr, und er wedelte so heftig, dass sein ganzer Körper wackelte. Sie bückte sich und streichelte ihm den Kopf.

Als sie um die Ecke der Scheune kam, entdeckte sie Lance, die Axt für den nächsten Schlag gehoben. Er hatte Ohrstöpsel eingesteckt, deren Kabel in seiner Hemdtasche verschwanden. Sie konnte erkennen, wie er den Kopf rhythmisch im Takt zu der für sie nicht hörbaren Musik bewegte.

Plötzlich schaute er auf und sah sie dort stehen. Er ließ die Axt niedersausen und zog den Ohrstöpsel rechts heraus.

»Was tust du da?«, fragte sie ihn.

»Liegt das nicht auf der Hand?«

»Da hast du's wieder. Ich vermute, ich meine: Warum tust du es?«

»Irgendjemand muss es ja tun.«

»Nicht wirklich. Es ist mitten im Sommer.«

»Stimmt«, gab er ihr recht. »Aber nicht mehr lange.« Er lehnte sich auf den Axtstiel und grinste schief. »Du weißt schon, dass es in ein paar Monaten eiskalt werden wird, richtig?«

»Ja, ich habe die Grundlagen des Wetters und der vier Jahreszeiten verinnerlicht.«

»Hast du keine Sorge, dass du frieren wirst?«

»Nicht wirklich. Ich hatte eigentlich vor, ein Heizsystem mit integrierter Klimaanlage zu installieren, das irgendwo draußen sein kann. Du weißt schon. Mit Zuleitung ins Haus.«

»Hmm«, sagte er. »Das klingt teuer.«

Dann holte er erneut mit der Axt aus und schwang sie nach unten, sodass sie fest auf dem Holzscheit landete. Die Klinge blieb stecken, sodass Lance Holz und Axt gemeinsam über seinen Kopf hob und dann zusammen auf den Hackklotz hieb.

Das Holzstück fiel in zwei Teile auseinander, und die Axtklinge war wieder frei.

In der Zwischenzeit hatte Roseanna Gelegenheit, darüber nachzudenken, dass sie ihren Heizplan vor ein paar Wochen gemacht hatte, als sie davon ausgegangen war, dass ihr mehr als genug Geld für alle möglichen Instandsetzungsarbeiten und Verbesserungen am Haus zur Verfügung stehen würde.

»Ich werde vermutlich trotzdem einen einbauen lassen, selbst wenn ich praktisch pleite bin«, erwiderte sie.

»Ich wollte nicht so klingen, als könntest du's nicht tun. Wenn ich denken würde, du bräuchtest Hilfe, um dir eine Heizung zu leisten, würde ich mich beteiligen.«

»Danke.«

»Also, wie kommst du mit allem zurecht?«

»Was allem?«

Lance lehnte sich erneut auf den Axtstiel und verdrehte die Augen.

»Also das ist wirklich übel, selbst für dich, Mom. *Das hier*. Was mit dir passiert, genau jetzt. Du weißt schon. Die Tatsache, dass Jerry dein Schicksal in den Händen hält und es in die Länge zieht und sich noch nicht mal die Mühe gemacht hat, hier anzurufen.«

»Oh«, antwortete Roseanna. »Das.«

»Ja, das.«

»Du erinnerst mich die ganze Zeit an solche Sachen. Wo du doch weißt, dass meine Strategie eigentlich daraus besteht, so wenig wie möglich über sie nachzudenken.«

»Vielleicht ist es an der Zeit, dass du dich deinen Gefühlen stellst.«

»Warum, um alles in der Welt, sollte ich das tun?«

»Um dich mit ihnen auseinanderzusetzen? Und das Problem zu lösen?«

»Oh«, meinte sie, enttäuscht darüber, dass er da recht haben könnte.

»Wie fühlt es sich für dich an, wenn du daran denkst? Wie beispielsweise jetzt, wenn ich dauernd nachhake und einfach nicht zulasse, dass du es unter den Teppich kehrst?«

Roseanna setzte sich ein kleines Stück entfernt auf einen noch ganzen Baumstamm. Sie dachte einen Moment nach, bevor sie antwortete. Oder vielleicht wäre es zutreffender, zu sagen, sie tastete sich vor.

»Weißt du noch, als du ein Kind …« Dann brach sie ab, mitten im Satz. »Nein. Egal. Daran kannst du dich unmöglich erinnern. Das war ewig vor deiner Zeit. Das ist vielmehr gewesen, als *ich* ein Kind war. Dein Großvater hat mir immer kleine Flugzeuge aus Balsaholz mitgebracht. Sie bestanden aus ganz dünnen Balsaholzscheiben, aus denen die Flugzeugteile ausgestanzt waren. Man musste sie zusammenbauen. Sie hatten kleine Propeller aus Plastik und arbeiteten mit einem Gummiband. Ein großes, langes Gummiband, das sich über die ganze Unterseite des Flugzeugs erstreckte. Man zog das Gummiband auf, indem man den Propeller immer wieder drehte, bis das Band ganz fest und straff war. Und dann, wenn man so ehrgeizig war wie ich und wollte, dass das Holzflugzeug sehr lange flog, hat man immer noch weitergedreht. Dann bildeten sich an dem Gummiband Doppelknoten – also nicht genau Knoten, aber so eine Reihe kleiner, knotenähnlicher … Ich schaffe es nicht, das gut zu beschreiben. Ich weiß nicht, ob du dir das vorstellen kannst.«

»Ich hab eine ungefähre Vorstellung«, erwiderte er. »Du fühlst dich wie dieses Gummiband. Siehst du? Es tut überhaupt nicht weh, ab und zu darüber nachzudenken, wie du dich fühlst.«

»Ha! Von wegen.«

Sie saßen schweigend einen Moment da, bevor Roseanna beschloss, die Unterhaltung in eine andere Richtung zu lenken.

»Warum hackt Nelson nicht Holz?«

»Er ist mit dem Roller nach Walkerville gefahren, um eine neue Benzinpumpe für Pattys Auto zu kaufen.«

»Weiß er denn, wie man eine Benzinpumpe einbaut?«

»Offensichtlich.«

»Das kommt mir komisch vor«, erklärte sie.

»Mir scheint es perfekt zu Nelson zu passen.«

»Ich frage mich bloß, wenn er doch weiß, wie man ein Auto repariert, warum hat er ihres nicht schon längst wieder in Gang gebracht?«

»Sie konnten sich das Ersatzteil nicht leisten.«

»Und jetzt können sie es?«

»Es ist möglich, dass ich ihnen einen kleinen Betrag vorgeschossen habe«, räumte Lance ein und wich ihrem Blick aus.

»Ich werde nicht sagen, dass es nicht nett von dir war. Allerdings kann ich mir nicht vorstellen, wie es ihnen gelingen soll, dir das Geld zurückzuzahlen. Sie arbeiten ja beide nicht.«

»Sie wollen aber anfangen. Nelson jetzt, und Patty, wenn Willa im Herbst in die Vorschule kommt. Darum wollten sie auch jetzt das Auto reparieren.«

»Verstehe«, erwiderte Roseanna und schaute in das strahlende Sonnenlicht, ohne dass sie einen Grund dafür hätte nennen können. »Also haben sie etwas, um über die Runden zu kommen, wenn ich die Farm verliere.«

»Eigentlich«, antwortete Lance, »nein. Sie möchten ein bisschen Geld haben, damit sie dir helfen können.«

Roseanna dachte einen Moment darüber nach und stieß dann ein Lachen aus, das sie nicht kommen gespürt hatte.

»Es sieht für mich nicht so aus, als könnten sie die Menge Geld verdienen, die ich bräuchte, um aus diesem Dilemma herauszukommen.«

»So war es auch nicht gemeint. Sie möchten einfach in der Lage sein, dir auszuhelfen, wenn du Schwierigkeiten hast. Wie beispielsweise, wenn du mal Geld zum Einkaufen brauchst. Wenn du jeden Pfennig umdrehen musst und nur gerade so auskommst, wollen sie imstande sein, etwas beizusteuern.«

»Warum sollten sie das tun wollen?«

»Weil du ihnen ebenfalls geholfen hast.«

Roseanna ließ das auf sich wirken. Ließ zu, dass sich in ihr Wärme ausbreitete. Ließ zu, dass sie glaubte, dass das wahr sein könnte.

Dabei wurde sie durch das Klingeln des Telefons im Haus gestört. Es war leise, doch sie konnte es von ihrem Platz aus hören.

Das Herz klopfte ihr bis zum Hals, und sie lief los, obwohl sie sich gar nicht erinnern konnte, aufgestanden zu sein.

Während sie rannte, hörte sie das zweite Klingeln. Und dann das dritte. Jedes Mal lauter, weil sie näher kam. Beim vierten Klingeln war sie auf den Verandastufen.

Sie riss die Tür auf.

»Nicht auflegen!«, rief sie laut.

Sie griff nach dem Hörer.

»Rosie?«, fragte eine Stimme.

Es war eine vertraute Stimme. Aber es war nicht Jerry. Und es war auch nicht Franklin, ihr Anwalt. Und es war eine Männerstimme, also war es ganz eindeutig auch nicht Franklins Sekretärin Jill.

In der Zwischenzeit sagte Roseanna nichts. Keuchte nur.

»Du klingst atemlos«, teilte ihr die Stimme mit.

»Wer ist da?«

»Ich bin's, Nelson.«

»Oh. Nelson.«

Einen Moment stand sie schweigend da, spürte, wie alles in ihr in sich zusammenfiel. Spürte ihre plötzlich erwachten

Hoffnungen und Erwartungen bis in ihre Fußsohlen sinken. Man konnte nicht besser feststellen, wie verzweifelt man auf etwas gewartet hatte, als wenn man plötzlich Grund hatte, zu glauben, dass das Warten vorbei sei, und dann feststellte, dass man sich geirrt hatte.

»Alles okay bei dir?«, wollte er wissen.

»Ja. Ich musste nur zum Telefon laufen.«

»Oh. Tut mir leid.«

»Von wo rufst du an?«

»Ich bin an einem Münztelefon in Walkerville. Und ich wollte bloß fragen, ob du irgendetwas brauchst. Weil ich ja gerade in der Stadt bin.«

Roseanna bemerkte aus dem Augenwinkel eine Bewegung und drehte sich um, sah Lance durch die offene Haustür in ihr Wohnzimmer kommen.

»Nelson möchte wissen, ob wir irgendetwas aus der Stadt brauchen«, wandte sie sich an ihn.

Sie konnte klar erkennen, dass es ihm genauso erging wie ihr eben.

»Vielleicht ein paar Saftorangen«, antwortete er. »Ich vermisse frischen Saft.«

»Saftorangen«, wiederholte sie in den Hörer.

»Alles klar«, erwiderte Nelson.

»Oh, warte. Ich hab gar keine Saftpresse.«

»Und eine Saftpresse«, fügte Lance hinzu.

»Gibt es in Walkerville ein Geschäft, in dem man eine Saftpresse kaufen kann?«, fragte Roseanna Nelson.

»Ich denke, das werden wir herausfinden«, entgegnete der.

»Okay.« Die Erschöpfung war ihr deutlich anzuhören. Wenigstens für ihre eigenen Ohren. »Wir sehen uns, wenn du zurück bist.« Und dann sagte sie rasch, bevor er auflegen konnte: »Nelson?«

»Ja?«

»Danke. Das war sehr umsichtig. Alles, meine ich. Ich vermute, ich meine … Also … Du bist ein sehr umsichtiger junger Mann.«

»Das passt schon«, antwortete er. »Bis nachher.«

Dann legte er auf.

Roseanna betrachtete mehrere Sekunden lang den Telefonhörer in ihrer Hand. Plötzlich, und ohne vorher zu ahnen, dass sie so etwas tun wollte, schlug sie damit fest auf die Arbeitsfläche, auf der die Basisstation stand. Er überstand den Aufprall. Roseanna wusste, beim nächsten wäre das vermutlich anders. Und sie war weit davon entfernt, fertig zu sein. Genau genommen fing sie gerade erst an.

Sie drehte sich um, sodass sie vor der Couch stand, und schlug mit dem Telefon auf die weichen Polster. Dann fiel sie auf die Knie und hieb noch einmal darauf ein. Und noch einmal. Und ein weiteres Mal. Sie holte immer wieder aus und ließ ihre Hand niedersausen, so lange, bis sie keine Kraft mehr hatte, keine Energie, und nicht mehr weitermachen konnte.

Da wurde ihr der Hörer plötzlich mitten im Ausholen aus der Hand genommen.

Sie schaute hoch und entdeckte Lance neben sich.

»Mom. Wow. Wirklich. Atme tief durch, und beruhige dich.«

Sie richtete sich keuchend auf die Knie auf und blickte ihm ins Gesicht.

»Aber es war doch deine Idee, dass ich meine Gefühle zulasse. Du weißt schon. Die Dinge bei den Hörnern packe.«

»Oh. Ja. Also … andererseits … Was weiß ich schon?«

* * *

»Das ist es, was mich so enttäuscht«, erklärte sie während ihres Nachmittagsschläfchens, das nur ganz selten zu echtem Schlaf führte. »Als wir uns den Sternschnuppenregen angesehen haben, habe ich dir ja versichert, es wäre in Ordnung, egal, was passiert. Jetzt scheint mir diese Erkenntnis allerdings irgendwie abhandengekommen zu sein.«

»Das ist meistens so«, bemerkte er.

»Das ist keine sehr optimistische Einstellung.«

»Ich sage ja nicht, dass du sie nie wiederfinden wirst. Nur dass es nicht sehr realistisch ist, zu glauben, dass du nicht zwischendurch hin und her schwanken wirst. Es ist einfach, wie Gefühle funktionieren. Sie schwellen an und fallen in sich zusammen. Stücke davon fliegen auf einmal hoch, wenn man am wenigsten damit rechnet. Selbst wenn du verstehst, dass du es auf die eine oder andere Weise schaffen wirst, bedeutet es einen Riesenunterschied für deine Situation, wie die nächsten paar Tage ablaufen. Du wärst kein Mensch, wenn es dir keinen Stress machen würde.«

Sie rollte sich auf die Seite und betrachtete sein Profil. Seine Augen waren geschlossen, sein Gesicht völlig entspannt. Einen kurzen Moment lang dachte sie an Alice im Krankenhaus.

Sie schob den Gedanken weg.

Doch bevor sie es verhindern konnte, berührte es etwas in ihrem Kopf. Etwas, das sie zuvor nicht bewusst wahrgenommen hatte. Ein kleiner Moment, bei dem zu verweilen sie nie aufgehört hatte.

Sie erinnerte sich an den Ausdruck auf Jerrys Gesicht, als sie ihm gesagt hatte, er solle Alice' Krankenhauszimmer verlassen.

»Woher weißt du all so was?«, fragte sie ihren Sohn.

»Einfach Lebenserfahrung, vermute ich.«

»Ich habe viel mehr Lebenserfahrung als du.«

»Aber anders als du stelle ich mich meinen Gefühlen. Alles kommt hoch und raus, wie verdorbenes Essen. Ich meine, ich gehe die Dinge an, bis zum bitteren Ende.«

Sie lagen eine kurze Weile still, bevor Roseanna erklärte: »Das klingt für mich nicht nach einem bitteren Ende.«

Eine Minute oder zwei später öffnete sie den Mund, um mehr zu dem Thema zu sagen, doch genau da ließ Lance ein leises Schnarchen hören.

* * *

Nach einer Weile stand Roseanna auf und ließ ihren Sohn allein weiterschlafen.

Sie ging in die Küche und nahm einen Block aus einer der Schubladen. Sie holte sich ihren besten Stift von dem kleinen Tisch neben der Tür. Sie setzte sich auf die Couch und benutzte ein Buch als Unterlage, begann einen Brief an Jerry zu verfassen.

Jerry, schrieb sie. *Es tut mir leid, dass ich an dem Tag im Krankenhaus so unhöflich zu Dir war. Aber Alice hatte solche Angst, und ich wollte sie einfach beschützen …*

Sie brach ab. Zerknüllte das Papier und warf es in hohem Bogen in den Küchenmülleimer.

Es wäre keine gute Idee, zu erwähnen, wie Alice in Jerrys Gegenwart dahingewelkt war. Es würde nicht dazu beitragen, dass er den Wunsch verspürte, Milde walten zu lassen. Außerdem würde es niemandem bei irgendetwas helfen. Es würde nichts Gutes in der Welt bewirken. Es war eine Wahrheit, die sie besser für sich behielt.

Sie begann erneut, auf einem frischen Blatt.

Jerry, schrieb sie. *Ich möchte mich bei Dir entschuldigen, für den Tag im Krankenhaus. Nicht, weil Du mich verklagst und ich das nicht möchte, sondern weil mir gerade aufgegangen ist, dass ich unhöflich und schroff gewesen bin, und ich weiß, es muss Dich gekränkt haben. Das war nicht meine Absicht. Und ich wollte Dir auch nicht den Eindruck vermitteln, als ob ich dorthin gehört hätte und Du nicht.*

Wieder hielt sie inne. Aufgrund von dem, was Lance Jerry erzählt hatte, war das kein glaubhafter Satz. Wenn sie und Alice einander seit dem College geliebt hätten, würde sie es natürlich so empfinden, dass sie mehr Recht darauf gehabt hatte, in ihren letzten Minuten auf Erden mit ihr allein zu sein. Sie waren nicht einfach bloß Kollegen gewesen, nicht in der Version der Ereignisse, die Jerry nun für wahr hielt.

Sie begann erneut von vorn, übertrug alles bis auf den letzten Satz. Jetzt hörte es bei *Das war nicht meine Absicht* auf. Von da aus schrieb sie weiter.

Ich hatte nur so schreckliche Angst und bin nicht wirklich gut mit allem umgegangen. Ich weiß nicht, wie ich es besser erklären soll. Egal, was mit der Klage passiert, ich hoffe, Du nimmst meine Entschuldigung an.

Dann unterschrieb sie mit ihrem Namen. Faltete das Blatt zusammen und steckte es in einen Umschlag. Adressierte den Umschlag an die schmerzlich vertraute Anschrift ihrer alten Kanzlei.

Sie klebte eine Briefmarke darauf, die sie aus der Schublade nahm, wo sie sie aufbewahrte.

Dann, während ihr Sohn schlief, ging sie zu ihrem Briefkasten an der Straße.

Sie klappte das rote Fähnchen heraus, das dem Postboten signalisierte, dass ein Brief zur Abholung darin lag, und damit war die Sache für sie erst mal erledigt.

Kapitel Zweiundzwanzig

Ithaca ist abgrundtief gut

»Wir unternehmen einen Ausflug«, erklärte Lance.

Das war keine Frage. Es ließ eigentlich keinen Raum für Widerspruch, obwohl Roseanna vermutete, dass sie trotzdem welchen einlegen würde.

Es war drei Tage später. Drei Tage, in denen sie ein Telefon angestarrt hatte, das nicht klingelte. Zweiundsiebzig Stunden, in denen sie bei der geringsten Provokation die Geduld verlor, gewöhnlich unmittelbar nachdem sie steif und fest behauptet hatte, die ganze Sache mache sie nicht im Geringsten nervös. Nein, natürlich nicht. In keiner Weise.

Sie lehnte sich auf der Couch zurück und starrte an ihm empor. Er ragte über ihr auf. Um die Situation besser kontrollieren zu können, vermutete sie.

»Warum sollte ich einen Ausflug unternehmen wollen?«

»Um von dem verdammten Telefon wegzukommen.«

»Aber ich muss in der Nähe des Telefons bleiben, und darum geht es ja dabei, in der Nähe des Telefons zu sein. Ich dachte, du hättest das verstanden.«

»Es macht dich doch völlig fertig, Mom. Mehr, als ich glaube, dass dir klar ist. Du musst von hier weg und zur Abwechslung mal an etwas anderes denken. Bevor du in der Mitte durchbrichst wie Schelfeis in der Arktis, von dem auch immer alle dachten, es würde bis in alle Ewigkeit in einem Stück bleiben.«

»Nicht dass ich es nicht zu schätzen wüsste, wenn ich mit instabilem Eis verglichen werde«, erwiderte sie, »aber was, wenn Jerry oder mein Anwalt anrufen, während ich weg bin? Und ich sie dann zurückrufe, ohne sie zu erreichen? Und ich dann den halben Tag warten muss, bis ich erfahre, weshalb sie überhaupt angerufen haben? Das würde mich ganz eindeutig brechen. Wenn ich jetzt so drüber nachdenke, ich hab ja noch nicht mal einen Anrufbeantworter oder eine Mailbox installiert. Also würde ich es überhaupt gar nicht erfahren, falls jemand anruft.«

»Aber das hast du doch beides auf deinem Handy.«

»Das keinen Empfang hat.«

»Hier nicht, das stimmt. Allerdings vermutlich schon auf dem größten Teil der Strecke bei unserem Ausflug.«

»Und was, wenn Franklin versucht, mich hier zu erreichen?«

»Das wird er nicht. Er meldet sich auf deinem Handy.«

»Woher willst du das denn wissen?«

»Weil ich ihn heute Morgen angerufen habe, während du im Stall warst und das Pferd versorgt hast. Und ich habe ihm erklärt, dass wir beide heute den ganzen Tag lang unterwegs sein werden und er dich auf dem Handy erreichen kann.«

Roseanna atmete für ein paar Augenblicke ruhig ein und aus, begriff, dass sie die Schlacht verloren hatte. Sie würden einen Ausflug machen. Es war ein beängstigendes Gefühl, sich von der Rettungsleine des Telefons zu entfernen. Als ob sie ertränke, das letzte Mal unterginge und jemand sie gerade erst davon überzeugt hätte, aufzuhören, nach Ästen oder Wurzeln zu greifen, um sich zu retten.

Andererseits war es auch eine Erleichterung, einfach loszulassen.

»Gut. Wohin fahren wir?«

»Das ist eine Überraschung«, antwortete Lance. »Aber du möchtest vielleicht einen Badeanzug mitnehmen. Und ihn unter deiner Kleidung tragen.«

»Einen Badeanzug?«

»Ja. Ich dachte, du hättest davon schon gehört.«

»Ich habe keinen Badeanzug.«

»Du hattest doch einen, den du immer im Fitnessclub angezogen hast.«

»Stimmt. Jetzt habe ich aber keinen Fitnessclub mehr, warum also sollte ich den Anzug noch haben?«

Lance seufzte tief. Als ob Roseanna eine Dreijährige wäre, die seine Geduld überstrapazierte, und zwar ohne erkennbaren Grund.

»Na gut«, sagte er. »Dann nimm einfach Shorts und ein T-Shirt.«

»Ich besitze keine Shorts. Ich sehe darin immer schrecklich aus.«

Ein weiteres großes, dramatisches Seufzen von ihrem Sohn.

»Dann nehmen wir dir eben ein Paar von meinen mit.«

»Wie du willst, Süßer. Wenn du allerdings glaubst, ich würde die anziehen, dann kennst du mich nicht so gut, wie du offenbar denkst.«

* * *

»Ich hoffe, du kommst nicht auf die Idee, mich irgendwohin in die Nähe der Stadt zu bringen«, bemerkte Roseanna. Danach starrte sie wieder aus dem Fenster.

Sie hatten auf Roseannas Vorschlag hin den Maserati genommen. Wenn sie ihn schon würde abgeben müssen, und danach sah es im Moment aus, wäre es ein passender letzter Ausflug mit ihrem geliebten Auto. Selbst wenn Lance fuhr. Weil sie keine Ahnung hatte, wohin sie unterwegs waren.

»Das weiß ich doch«, erwiderte er.

Roseanna spürte, wie sich eine Stelle unter ihrem Zwerchfell entspannte.

»Danke«, sagte sie schlicht.

Sie schienen auf einer wenig befahrenen Straße zu sein. Es war keine schmale Landstraße, aber eben auch keine Autobahn. Sie hatten ein paar weniger gut ausgebaute Straßen genommen, seit Lance sie von der Farm entführt hatte. Die Gegend um sie herum wurde bewaldet und so abgelegen wie zu Hause. Vielleicht sogar mehr.

Das hätte sie entspannen sollen, nur weigerte sie sich, das zuzulassen.

Sie strich mit dem Daumen über ihr Smartphone-Display und starrte es ein paar Sekunden lang an, verfolgte, wie die Balken für die Empfangsqualität hoch- und wieder runtergingen. Von Zeit zu Zeit verschwanden sie völlig. Dann baute sich ein Balken mühsam, aber hartnäckig wieder auf.

Das Telefon wurde ihr aus der Hand genommen.

»Lass das«, erklärte Lance und steckte es sich in die Hemdtasche.

»Das war gemein.«

»Mom, das grenzt fast an Besessenheit. Ich will nicht behaupten, es sei nicht verständlich. Trotzdem musst du es wenigstens versuchen. Mein ganzes Leben lang musste ich mit ansehen, wie der Stress dich bei lebendigem Leibe auffrisst. Und mit ansehen, wie du nicht mal versuchst, etwas dagegen zu tun. Nicht versuchst, dich davor zu retten. Und jetzt möchte ich wenigstens das, nämlich dass du es versuchst.«

Roseanna seufzte tief und sagte nichts.

Sie fuhren schweigend ein paar Kilometer.

»Kann ich *jetzt* erfahren, wohin wir unterwegs sind?«, fragte sie nach einer Weile.

»Nein. Es ist immer noch eine Überraschung. Ich werde dir nur so viel verraten, dass es wunderschön ist und in der Natur. Was dich, wie wir beide wissen, entspannt. Sicher, es ist eine späte Überraschung im Leben, doch jetzt, wo wir es schließlich wissen, lass uns so viel wie möglich draus machen.«

Sie legten weitere Kilometer schweigend zurück.

Roseanna lag eine Frage schwer im Magen, aber sie war sich nicht sicher, ob sie es über sich bringen würde, sie zu stellen. Beinahe hätte sie sie zurück in die Tiefe sinken lassen.

Dann fiel es ihr auf. Das war die alte Art und Weise von Roseanna und Lance. So, wie sie es immer schon getan hatte, sein ganzes Leben lang. So war es gekommen, dass er dreißig Jahre alt geworden war, ohne ihr gegenüber zu erwähnen, mit wem er zusammen war. Oder wenigstens das Geschlecht der Menschen, zu denen er sich hingezogen fühlte.

Früher oder später musste man sich den alten Mustern stellen, sie erkennen. Doch selbst das war nicht genug, ging ihr jetzt auf. Es war nicht genug, ihnen einfach zuzusehen, wie sie sich entwickelten, während man dachte: *Ja, in der Tat, das ist das Muster*, und dann trotzdem einfach weiterzumachen. Nein. Früher oder später musste man sich aufraffen und den eigenen Hintern hochbekommen, um es besser hinzukriegen.

»Und was ist mit dir?«, fragte sie, erschreckte sie damit beide.

»Was soll mit mir sein?«

»Du lebst jetzt seit ein paar Wochen umgeben von Natur. Wir sind beide in der Stadt geboren und aufgewachsen, aber ich habe nicht mehr als eine Stunde irgendwo im Nirgendwo benötigt, um zu wissen, wo ich sein möchte. Wo ich sein *muss*. Du hast bisher nicht viel darüber gesagt. Du weißt schon. Über deine Meinung zu der Wildnis-Erfahrung. Wenigstens Wildnis im Vergleich zu New York City.«

»Oh, also, es ist Wildnis für mich. Mindestens.«

»Du scheinst der Frage auszuweichen.«

Für eine seltsam lange Zeit erwiderte Lance nichts. Er nahm nur eine Hand vom Lenkrad, ballte sie zur Faust und räusperte sich hinein.

Dann erklärte er leise und kaum verständlich: »Ich glaube nicht, dass dir meine Antwort gefallen wird.«

»Es geht nicht darum, ob ich sie mag oder nicht. Du musst mir einfach bloß die Wahrheit sagen. Du musst sie nicht erst daraufhin filtern, was du denkst, was ich gerne hören würde. So sind wir überhaupt erst in dem ganzen Schlamassel gelandet.«

»Stimmt«, musste er ihr recht geben.

Er schob seine Sonnenbrille hoch und rieb sich eine Stelle auf dem Nasenrücken, wo die Auflagen rote Abdrücke hinterlassen hatten.

»Also …«, begann er. Dann druckste er eine unbehaglich lange Zeit herum. »Ich denke, ich muss gestehen … Ich hasse es.«

»Wo ich lebe, meinst du?«

»Ja. Tut mir leid. Ich möchte dir gern versichern, dass es wunderschön und friedlich ist, aber ehrlich gesagt … Ich hasse es. Sicher, es ist hübsch anzusehen. Nur bin ich eher der Typ … Ich schaue es mir einmal an und denke: Ja, ja, sehr malerisch. Und dann habe ich es gesehen, und gut ist es. Ich habe nicht das Bedürfnis, es mir weiter anzuschauen. Ich bin ein Stadtmensch, Mom. Dagegen kann ich nichts tun. Ich mag WLAN und Handyempfang. Und Theater und die Kleinkunstszene. Ich mag sogar den ganzen Verkehrslärm, während ich versuche einzuschlafen. Hier ist es schwierig, am Morgen aufzuwachen und nicht das Gefühl zu haben, ich sei in einem schlechten Remake von *Green Acres* gelandet.«

Er schwieg. Der dichte Wald zog an Roseannas Autofenster vorbei, während sie nichts dachte.

»Es tut mir leid«, bemerkte er.

»Das muss es nicht.«

»Nein?«

»Nein, natürlich nicht. Das ist, wer du bist. Du bist ein Stadtmensch. Du bist jung. Wenn die Leute jung sind, ist Aufregung etwas Gutes. So ein Leben, wie ich es jetzt führe, kommt einem da langweilig vor. Dann wird man älter, und man trägt die Narben von all der Aufregung, der man sein ganzes Leben lang nachgejagt ist, und dann erscheint einem mit einem Mal das, was man zuvor langweilig genannt hat, himmlisch ruhig. Dann fängt man an, ›langweilig‹ als erstrebenswert zu betrachten. Aber vielleicht erreichst du auch mein Alter und liebst die Stadt immer noch. Das geht vielen Leuten so. Es geht darum, dass wir das tun, was uns gefällt. Und nicht darum, dass das, was mir gefällt, dir genauso gefallen muss. Wenn du akzeptieren kannst, wo ich leben möchte, kann ich akzeptieren, wo du leben möchtest. Die Straße muss doch in beide Richtungen führen, oder?«

Lance lächelte sein schiefes Lächeln. »Und das ist eine weitere Sache, die ich mag: breite Straßen. Mit mehr als einer Spur in jede Richtung.«

Dann schwieg er, und Roseanna konnte ihn atmen hören. Die Atemzüge waren laut und langsam, als ob jeder einzelne sorgfältig geplant wäre. Als ob er eine Art Übung machte, um sein Inneres zu reinigen.

»Das ist gut zu hören«, erwiderte er schließlich.

»Du solltest keine Angst haben, mir so etwas zu sagen.«

»Ich versuche es.«

»Du bist jetzt schon so lange bei mir. Und du hast nie ein Wort darüber verloren. Hast dich nie beklagt.«

»Wir wollten einander ja auch kennenlernen«, erklärte er. »Und das war es mir wert. Es war sogar irgendwie nett.«

* * *

Auf dem schattigen Parkplatz eines Naturschutzgebietes stiegen sie aus.

»Lass das Handy im Wagen«, meinte Lance, gab es ihr jedoch zurück. Es war also mehr ein Vorschlag.

»Aber …«, begann sie.

Bevor sie weitersprach, blickte sie aufs Display und sah, dass kein Empfangsbalken da war.

»Was hattest du noch mal behauptet, von wegen den ganzen Tag Handyempfang?«

»Das habe ich nicht gesagt. Ich hab nicht gesagt: ›den ganzen Tag‹. Ich hab ›den größten Teil der Strecke‹ gesagt. Und ich hab darauf hingewiesen, dass du eine Mailbox hast. Ich bin mir sicher, Franklin kann dir darauf eine Nachricht hinterlassen.«

Roseanna seufzte tief und schob das Handy ins Handschuhfach des Maserati.

Dann brachen sie zu Fuß auf, Roseanna folgte leise ihrem Sohn. Sie konnte das Geräusch von fließendem Wasser hören. Vielleicht sogar einen Wasserfall.

Lance schien genau zu wissen, wohin er wollte, und er schien zielstrebig dorthin zu gehen. Es war fast so, als hätte er die Koordinaten einer Stelle im Kopf und hielte darauf zu, und weniger, als würde er denken: *Das ist aber nett hier. Lass uns ein wenig rumlaufen und uns alles anschauen.*

Ihr fiel auf, dass er das Paar Shorts dabeihatte, mit dem er ihr heute Morgen gedroht hatte. Er schwang es in seiner linken Hand.

Sie folgten einem schattigen Weg aus festgestampfter Erde, der plötzlich eine Biegung machte und über ein paar Steinstufen nach unten führte, auf der einen Seite geschützt durch eine Stützmauer. Auf der anderen Seite konnte Roseanna nach unten in eine tiefe Klamm schauen, die ein Bach oder kleiner Fluss gegraben hatte. Die Felsen der Gegend hatten eine schichtartige Struktur und sahen aus, als wären sie in unendlich vielen Jahren durch das fließende Wasser freigelegt worden.

Lance war mehrere Schritte vor ihr, daher beeilte sie sich, um ihn einzuholen. »Das hier ist in der Nähe von Ithaca«, erklärte sie. »Nicht wahr?«

Er blieb stehen, um ihr zu antworten.

»Bist du schon mal hier gewesen?«

»Nein. Ich habe allerdings von diesen Felsschluchten rund um Ithaca gehört. Dein Großvater hat mir immer davon erzählt. Er war in Cornell, weißt du? Nun, ja, natürlich weißt du das. Er hat es nur in jedem zweiten Satz oder so untergebracht. Er ist hier immer mit seinen Kommilitonen hingegangen, und sie haben Bier getrunken und sind von den Klippen in die tieferen Teiche gesprungen.«

»Großvater? Hat sich betrunken und ist dann von Klippen gesprungen?«

»Also, wir waren alle mal jung, Süßer.«

»Nicht Großvater«, widersprach Lance.

Ein weiteres schiefes Lächeln von ihm. Dann begannen sie, die Steinstufen hinunter nach unten zu gehen, dieses Mal aber näher beieinander.

»Er hat immer behauptet, er würde mit mir herfahren und mir die Schluchten zeigen«, sagte Roseanna. »Natürlich hat er es nie getan.«

»Also das klingt schon mehr nach ihm«, bemerkte Lance.

* * *

Sie erklommen einen steilen Felsvorsprung. Zu ihrer Rechten sah Roseanna das Wasser in Kaskaden strömen, wobei es sich über den Steinen ausbreitete wie ein weißer Brautschleier. Es war ein wunderschöner Anblick, trotzdem konnte sie nicht anders, als sich umzudrehen und den Weg entlang zurückzuschauen, auf dem sie gekommen waren. All diese Stufen, die sie hinabgelaufen waren, würden sie wieder hochsteigen müssen, um zu ihrem Auto zu gelangen. Das würde anstrengend werden.

»Warum hast du dir diese besondere Schlucht ausgesucht?«, erkundigte sich Roseanna und musste lauter sprechen, um über das Wasserrauschen hinweg gehört werden zu können.

Lance zuckte die Achseln.

»Bist du schon mal hier gewesen?«

»Einmal«, sagte er. »Neal und ich haben die Gegend hier erkundet. Ich fand, der hier war der schönste Wasserfall. Und ich dachte, du würdest dich über einen schönen Wasserfall freuen. Schließlich magst du die Natur ja so.«

»Genau genommen ist es ja mehr eine Kaskade. Tut mir leid, das klingt jetzt nach Haarspalterei.«

»Was ist denn der Unterschied?«

»Nach meinem Verständnis gehört zu einem Wasserfall in die Tiefe stürzendes Wasser. Wenn es über Steinstufen läuft, so wie hier, ist es eher eine Kaskade.«

»Aber das Wort ›Wasserfall‹ kommt im Namen des Parks vor.«

»Dafür zeichnet ja auch die Parkverwaltung verantwortlich, Süßer. Ist dir noch gar nicht aufgefallen, dass die sehr freizügig mit Sprachgenauigkeit und Grammatik umgehen? Clouds Rest in Yosemite. Angels Landing in Utah. Die kennen offensichtlich nicht einmal den Genitiv-Apostroph.«

»Hier legen wir eine Rast ein«, erklärte Lance und blieb stehen.

Sie befanden sich am Grund der Klamm. Oder wenigstens am Grund dieser Klamm. Ob es weiter flussabwärts mehr davon gab, konnte Roseanna nicht erkennen. Sie standen ganz am Rande des Wassers, das hier einen Teich bildete, an dessen hinterem Ufer eine steile Felswand aufragte. Sie verrenkte sich fast den Nacken, um das obere Ende der Schlucht sehen zu können, von wo sie gekommen waren.

»Dir ist schon klar, dass wir da wieder hinaufmüssen«, bemerkte sie.

Lance blickte nach oben. Als ob diese Erkenntnis verblüffend für ihn wäre.

»Ein Grund mehr, dass du ins Wasser solltest und ein bisschen schwimmen. Es wird allmählich warm. Du möchtest dich doch bestimmt erfrischen, bevor wir den langen Rückweg antreten.«

»Das kann nicht dein Ernst sein.«

»Was ist denn so merkwürdig daran, an einem heißen Tag in einem Teich zu schwimmen?«

»Meine Beine sind ganz käseweiß. Und wie soll ich mir die Shorts anziehen? Wir sind hier schließlich im Freien.«

»Und wer, glaubst du, wird dich sehen?«

Roseanna schaute sich um. Über ihnen konnte sie drei Leute ausmachen, die die Stufen herabkamen, auch wenn sie aus dieser Entfernung nicht größer als Ameisen schienen. Sie deutete zu ihnen.

»Sie würden das«, erwiderte sie.

Lance schirmte seine Augen gegen die Sonne ab und blickte dorthin, wo Roseanna hingezeigt hatte. »Ernsthaft?«

»Ja, ernsthaft.«

»Sie sind ein bisschen weit weg, um viel zu erkennen, meinst du nicht?«

»Aber sie kommen näher.«

»Dann solltest du dich besser beeilen mit dem Umziehen. Du hast doch Unterwäsche an, oder?«

»Natürlich habe ich Unterwäsche an. Was für eine Frage ist das denn?«

Lance knöpfte sein gemustertes Sommerhemd auf.

»Hier«, sagte er und zog sich aus. Entblößte seine haarlose, kräftig aussehende Brust im Sonnenlicht. »Ich halte das hier vor dich.«

»Meine Beine sind trotzdem käseweiß. Selbst nachdem ich mich umgezogen habe, werden sie das noch sein.«

»Na ja … Wenn du ab und zu Shorts tragen würdest, wären sie das nicht mehr lange.«

»Aber das tue ich nicht. Und sie sind es nun mal.«

»Also mach schon, und zieh dich um, und dann gehst du gleich ins Wasser. Und dann werden deine Beine unter Wasser sein, sodass niemand was sehen wird.«

Roseanna öffnete den Mund, um zu widersprechen. Doch es war heiß, und es würde nur heißer werden. Und sie wusste, sie würde die verpasste Gelegenheit bereuen, wenn sie für den Rest ihrer Zeit hier von Leuten umgeben sein würden.

Daher fluchte sie leise, mehr oder weniger ununterbrochen. Trotzdem zog sie sich im Schutz von Lance' Hemd um.

* * *

Roseanna hielt sich die Nase zu und ließ sich nach unten sinken. Der Teich war flach, und sie musste die Beine anziehen, damit sie nicht am Boden aufkam. Sie schlang die Arme um ihre Knie und tauchte ganz unter Wasser.

Sie spürte die eisige Kälte rings um ihren Kopf und ihr Gesicht.

Dann tauchte sie wieder auf und schüttelte sich das Wasser aus dem Haar.

»Ich hasse es, das zuzugeben«, sagte sie zu Lance, der ein paar Fuß entfernt auf dem Rücken trieb, »aber das hier ist wirklich sehr angenehm.«

Lance lächelte, erwiderte jedoch nichts. Vielleicht war das auch gar nicht nötig.

Roseanna trat mit angezogenen Knien Wasser und blickte sich um.

Die drei Leute, die die Stufen nach ihnen runtergestiegen waren, waren längst hier angekommen und gingen weiter. Weiter flussabwärts. Alle wollten einen Teich für sich selbst, entschied sie.

Genau bei dem Gedanken bemerkte sie einen jungen Mann, auf den das offenbar nicht zutraf.

Er war im Wasser und schwamm auf sie zu. Genau auf sie zu. Das war ihr unbehaglich, als wenn sich in einem leeren Kino ein Fremder direkt auf den Platz neben sie setzen würde. Er brach die unausgesprochenen Regeln, die von Fremden im Allgemeinen beachtet wurden. Und diese Regeln gab es mit gutem Grund. Alle wussten das.

Sie beobachtete mit wachsender Beunruhigung, wie er näher kam.

Er war schlank, hatte dunkelblondes Haar, das jetzt nass war und das er sich aus dem Gesicht gestrichen hatte. Er hatte eine Drahtgestellbrille auf der Nase, obwohl er im Wasser war, und bewegte sich in einem Stil, der eine Mischung zwischen Brustschwimmen und Hundepaddeln war, um mit dem Kopf über Wasser zu bleiben. Vermutlich tat er das, damit die Brille nicht nass wurde.

Roseanna schwamm die paar Meter zu Lance und stieß ihn in die Rippen.

Er knickte in der Mitte ein und ging wie ein Stein unter, tauchte dann hustend und spuckend wieder auf.

»Das ist nicht lustig«, stellte er fest und blies sich Wasser aus der Nase.

»Das sollte es auch nicht sein. Der Typ da kommt direkt auf uns zu. Warum tut er das?«

Lance blickte sich um.

Und dann breitete sich zu Roseannas Überraschung ein Lächeln auf seinem Gesicht aus. Er warf sich nach vorn und begann auf den Eindringling zuzuschwimmen.

Sie trafen sich in der Mitte, wo beide innehielten und die Tiefe des Wassers testeten, indem sie sich hinstellten. Sie konnten beide stehen, obwohl Lance einen Kopf weiter herausragte. Ob der Grund uneben war oder Lance so viel größer als der andere, konnte Roseanna nicht erkennen. Aber sie hoffte auf Letzteres.

Die beiden jungen Männer umarmten sich.

Roseanna stand mit offenem Mund im flachen Wasser, dachte: *Was geschieht hier?*

Einen Augenblick später kamen sie beide zu ihr. Gingen mehr oder weniger nebeneinander. Das Wasser reichte Lance bis zur Brust und dem anderen Mann bis ans Kinn. Sie hielten die verschränkten Hände hoch über der Oberfläche des Teiches.

»Mom«, erklärte Lance, als sie sie erreichten. »Das hier ist Neal. Neal, das ist meine Mutter.«

Eine unbehagliche Weile lang erwiderte Roseanna nichts. Dann brachte sie ein paar Worte heraus.

»Als du ›Überraschung‹ gesagt hast, war das dein Ernst.«

»Ich hoffe, du hast nicht das Gefühl, als hätten wir dich überfallen«, bemerkte Neal.

»Überhaupt nicht. Ich bin froh, dich kennenzulernen.«

Sie streckte eine Hand aus, um Neals zu schütteln. Dann fiel ihr auf, dass dies das alte Muster war. Die alte Roseanna. Die Abstand hielt, aus Förmlichkeit und Angst.

Daher zog sie ihre Hand zurück und machte drei Schritte nach vorn durch das Wasser, umarmte den jungen Mann.

Er wirkte überrascht, aber nicht unglücklich.

»Ich wollte dich auch schon lange kennenlernen«, flüsterte er ihr ins Ohr.

* * *

»Ich geh mal die Toiletten suchen«, verkündete Lance ein paar Minuten später. »Ihr beide lernt euch kennen.«

»Richtige Toiletten?«, fragte Roseanna. »Du willst den ganzen Weg zurück zum Parkplatz gehen?«

Sie versuchte zu überschlagen, wie lange er dafür brauchen würde. Weil es ehrlich gesagt ein bisschen zu früh dafür war, mit Neal allein zu sein. Und die Aussicht behagte ihr nicht ganz.

»Das ist sehr weit«, entgegnete Lance. »Ich dachte eher an die Männertoilette hinter dem nächsten großen Baum.«

Damit schwamm er zum Ufer und verließ den Teich.

»Tut mir leid«, bemerkte Neal. »Er hätte dich vermutlich vorwarnen sollen.«

»Das ist kein Problem«, versicherte sie ihm, obwohl es ganz offensichtlich irgendwie doch eines war. »Ich komme bloß nicht gut mit Überraschungen klar.«

»Was der Grund ist, weshalb er dich hätte vorbereiten sollen.«

Er hatte eine sanfte Stimme. Und klang geduldig wie ein Mensch, der sich die Zeit nimmt, freundlich mit einem Kind zu reden. Aus der Nähe sah er, entschied sie, mehr wie ein Mathe- oder Naturwissenschaftsnerd aus, als sie ihn sich zunächst vorgestellt hatte.

»Meine Familie lebt in Ithaca«, erklärte Neal. »Also, mein Vater. Er ist alles an Familie, was ich noch habe. Daher komme ich gerne her. Und wir dachten, wir treffen uns hier. Lance wollte, dass das hier ein entspannender und stressarmer Tag für dich wird, und ich glaube, er meinte, wenn du wüsstest, dass wir uns kennenlernen würden … Nun, dass du dann nervös wärest. Und er findet wohl, dass du im Moment nervös genug bist. Mit all dem, was vor sich geht.«

Roseanna antwortete darauf nichts. Dachte nur über die Tatsache nach, dass Neal alles über sie wusste. Weil Leute mit ihren Partnern nun mal über alles reden.

Halb stand sie im Wasser, halb ließ sie sich treiben, während sie die Tatsache auf sich wirken ließ, dass Lance und Neal so viel gemeinsame Geschichte hatten. So viel Leben miteinander, von dem Roseanna nichts wusste. Es fühlte sich an, als ob jemand sie durch eine verspiegelte Scheibe betrachtet hätte, während er selbst in der Sicherheit der Anonymität versteckt geblieben war. Es hieß auch, dass es eine Menge im Leben ihres Sohnes gab, was sie versäumt hatte, doch das wusste sie ja bereits. Es tat trotzdem weh, es rückblickend zu betrachten.

In der Zwischenzeit schien Neal ihr Schweigen unbehaglich zu werden.

Also sagte sie: »Es war sehr geduldig von dir, dass du so lange auf ihn verzichtet hast.«

»Ich bin derjenige gewesen, der ihn dazu ermutigt hat, eure Beziehung zu flicken.«

Einen Sekundenbruchteil lang störte sich Roseanna an seiner Wortwahl. Es war schließlich nicht so, als hätte es irgendein großes Zerwürfnis gegeben, das zu einem Riss geführt hätte. Aber das war ja nur eine Sache der Formulierung, beschloss sie. Sie ließ es bewusst so stehen.

»Ehrlich? Du hast ihn dazu ermutigt?«

»Nachdrücklich«, erwiderte er.

Wieder leichte Verstimmung. Wollte er damit ausdrücken, dass jemand Lance mit vorgehaltener Waffe hatte zwingen müssen, damit er sie aufsuchte?

Sie holte tief Luft und beschloss, sich Mühe zu geben, alle Verstimmung fallen zu lassen.

»Ich vermute, dann sollte ich dir danken.«

»Das musst du nicht. Ich hab Erfahrung mit Müttern.«

»Haben wir das nicht alle?«

Roseanna lachte. Neal nicht.

»Ich meinte eher … ich habe Erfahrung mit dem, was passieren kann, wenn man es falsch macht. Meine Mutter ist gestorben, während ich in Cornell war.« Er trat eine Weile lang schweigend Wasser, als hätte er nicht vor, das weiter auszuführen. Dann tat er es allerdings doch. »Ich rede gewöhnlich nicht darüber, aber du bist ja Lance' Mutter, daher … Also, es war so. Es war am Semesterende, und ich war besorgt wegen meines Notenschnitts. Alles, was ich tun wollte, war lernen. Meine Mutter hat mich gebeten, kurz nach Hause zu kommen, um sie zu besuchen. Sie hat nicht gesagt, warum. Und ich bin nicht hingefahren. Ich habe ihr erklärt, ich hätte keine Zeit. In der Nacht ist sie an einem Herzanfall gestorben. Ich hab keine Ahnung, ob sie wusste, dass es kam. Mein Vater meint Nein, dass sie das nicht gewusst hätte. Trotzdem ist es möglich, dass sie es geahnt, ihm gegenüber jedoch nicht erwähnt hat. Sie hatte so eine Art, Sachen zu wissen, bevor sie passierten, aber er hat nicht daran geglaubt. Ich hab nie herausgefunden, was sie mir sagen wollte. Ich weiß, das klingt jetzt wie ein Klischee – wie etwas, das passiert und dann zu einer Art persönlichem Kreuzzug wird. Durchs Leben zu gehen und allen zu raten, nicht den gleichen Fehler zu begehen, den man selber begangen hat. Bloß hat Lance sich immer so benommen, als hätte er alle Zeit der Welt, die Beziehung mit dir in Ordnung zu bringen. Davon auszugehen ist gefährlich.«

»Ja«, antwortete Roseanna. »Das ist es.«

Sie musste plötzlich an Alice' angsterfüllte Augen denken. Sie verdrängte das.

»Ich hab Hunger!«, ertönte eine laute Stimme.

Roseanna drehte den Kopf und sah, dass Lance zurück war. Er stand am Rand des Teiches, winkte ihnen, aus dem Wasser zu kommen.

Er legte beide Hände trichterförmig um den Mund: »Wir laden dich zum Lunch nach Ithaca ein.«

Roseanna trat eine Weile schweigend Wasser. Neal schaute ihr ins Gesicht. Sie erwiderte seinen Blick.

»Bitte geh nach dort drüben«, erklärte sie halblaut, »und unterrichte deinen Seelengefährten, dass ich jetzt nicht aus dem Wasser steige, denn wenn ich das tue, wird mein … Schwiegersohn sehen können, wie käsig und weiß meine Beine sind. Und für den Rest meines Lebens werde ich mir jedes Weihnachten und jedes Thanksgiving meine schönsten Kleider anziehen und mit euch essen, aber du wirst immer nur das käsige Weiß meiner Beine vor Augen haben. Wenn du's einmal gesehen hast, wirst du das Bild nie wieder aus deiner Erinnerung tilgen können. Es wird nie Gras drüber wachsen.«

»Das könnte ich ihm alles sagen«, entgegnete Neal mit einem aufrichtigen Lächeln – das erste, seit sie sich kannten. »Doch vielleicht wäre es einfacher, wenn ich selbst kurz hinter dem Baum verschwinde.«

Kapitel Dreiundzwanzig

Abgemachte Sache – und dass es die nicht gibt

Roseanna brach das Schweigen, als sie merkte, dass sie alle drei dem ungewöhnlich attraktiven Kellner im College-Alter ein bisschen zu lange nachgestarrt hatten.

»Also, Neal«, begann sie. »Du bist auch in Cornell gewesen.«

Er zog die Augenbrauen hoch. Als ob er sich nicht vorstellen könnte, woher sie das wusste.

»Auch? Bist du ebenfalls dort gewesen?«

»Nein, aber mein Vater.«

»Oh, stimmt. Das wusste ich. Lance sagt, er habe immer einen Weg gefunden, das in jeden zweiten Satz einfließen zu lassen. Ich versuche, das zu vermeiden. Ich versuche, es nicht zu erwähnen, es sei denn, ich werde direkt gefragt. Allerdings muss ich wohl … Oh, ja. Jetzt fällt es mir wieder ein. Das war, als ich dir von meiner Mutter erzählt habe.«

Das schien Lance aus etwas zu wecken, das ganz nach Schlafen-mit-offenen-Augen aussah.

»Du hast ihr von deiner Mutter erzählt?«

»Es passte in den Moment«, erklärte Neal. »Wenn du dabei gewesen wärst, hättest du's verstanden.«

»Wo war ich?«

»Hinter einem Baum, pinkeln.«

Dann erstarb die Unterhaltung für eine unbehaglich lange Pause.

Roseanna blickte sich im Restaurant um und versuchte, ihren Frieden mit ihrer Umgebung zu machen. Es wirkte irgendwie gesund, fast ein bisschen hippiehaft, und die Atmosphäre der College-Stadt hatte etwas Schrilles, Lautes. All das weckte in ihr den Wunsch, ein Kraftfeld um sich herum zu errichten und sich hineinzukauern, um in Sicherheit zu sein.

Der attraktive Kellner brachte drei Gläser Wasser und die frisch gepressten Säfte, die sie bestellt hatten. Roseanna hatte keine Ahnung gehabt, was sie nehmen sollte, da der Trend zu Säften irgendwie an ihr vorbeigegangen war, daher hatte sie zugelassen, dass Neal ihr etwas aussuchte. Er hatte sich für eine Mischung aus Sellerie, Karotte und Zitrone entschieden.

Sie probierte vorsichtig einen Schluck, als könnte es beißen. Es war überraschend wohlschmeckend. Sie entspannte sich etwas, fand sich damit ab, dass nicht jede neue Essenserfahrung ihr Tod sein würde.

»Wie lange seid ihr beide jetzt schon zusammen?«, fragte sie, als der Kellner gegangen war.

Sie wechselten einen Blick, dann schauten sie nach unten.

»Tut mir leid«, meinte Roseanna. »War das eine schlechte Frage?«

»Nein«, antwortete Lance. »Natürlich nicht. Überhaupt nicht. Bald sind es eineinhalb Jahre.«

Schweigen senkte sich über den Tisch. Roseanna hatte daran zu knabbern, bemühte sich aber, es rasch zu verdauen, um zu verhindern, dass die Unterhaltung komplett zum Erliegen kam. Es funktionierte leider nicht.

»Ich weiß, Mom«, erklärte Lance. »Ich weiß. Es ist ziemlich armselig. Es ist eine lange Zeit, in der ich versäumt habe, dir das mitzuteilen, meiner eigenen Mutter. Doch jetzt machen wir es besser, und darum geht es ja schließlich, oder? Können wir das einfach abhaken und uns darüber freuen, wo wir jetzt sind?«

Roseanna holte tief Luft, wie um sich zu stärken, und beschloss, sie konnte das. Denn sie würde es jetzt tun.

Sie hob ihr Saftglas wie zum Toast, und sie taten es ihr mit ihren Gläsern nach.

»Darauf, wo wir jetzt sind«, sagte sie, als die Gläser aneinanderstießen. Und dann fügte sie hinzu: »Und darauf, nie wieder so etwas Dummes zu tun.«

* * *

»Was hältst du von der Stadt?«, wollte Roseanna während des Desserts von Neal wissen.

Sie saßen alle zurückgelehnt auf ihren Stühlen. Satt und vollkommen entspannt.

»Ich?«, fragte Neal.

»Ja. Du. Wie *er* darüber denkt, weiß ich.« Sie deutete vage mit dem Daumen in Richtung ihres Sohnes. »Er hat mir auf der Fahrt hierher gestanden, er liebe die Stadt und hasse, wo ich lebe. Was natürlich okay ist, glaube ich. Nicht jeder muss es mögen. Himmel, ich sollte sogar auch wirklich dankbar dafür sein, dass nicht alle meine Ansichten zum Landleben teilen. Ich werde ja schon überrannt von Leuten, die es so lieben wie ich. Aber ich muss zugeben, es war ein bisschen enttäuschend, weil es so schön war, ihn bei mir zu haben. Ich vermute, zum Teil wollte ich einfach nicht, dass es je aufhört. Ich hab zwar nicht wirklich gedacht, dass er bleiben würde. Ich meine … Es ergibt ja keinen Sinn, wenn man genauer darüber nachdenkt. Es ist ja gar kein Platz für ihn. Trotzdem hat es mir vor Augen geführt, dass er schon bald seine Sachen packt und wieder heimfährt. Und das macht mich traurig. Wenn ich ganz ehrlich sein soll.«

»So bald nun auch wieder nicht, Mom«, erwiderte Lance. »Nicht bevor diese ganze juristische Angelegenheit durch ist.«

»Richtig. Ja. Danke.«

Roseanna legte ihre Gabel hin. Es war zwar immer noch ein halbes Stück Karottenkuchen auf ihrem Teller, doch plötzlich war ihr klar geworden, dass sie keinen weiteren Bissen davon runterbringen würde. Sie holte ihr Handy aus der Tasche und blickte darauf, überrascht, dass sie imstande gewesen war, es so lange zu vergessen.

Es gab keine Nachrichten von der Mailbox. Keine verpassten Anrufe.

Nach einer unbehaglichen Pause sprang Neal in die Bresche.

»Ich und die Stadt. Hm, okay. Ich mag die Stadt, aber ich liebe sie nicht so wie er. Es ist praktisch für mich. Ich bin allerdings in der Nähe von all dieser schönen Natur aufgewachsen, und die vermisse ich. Daher könnte man sagen, vermute ich, dass ich halb Stadtmensch und halb Landmensch bin. Ich hab diesen Traum, dass ich mir, wenn ich älter werde, ein Haus auf dem Land baue und es zur Erholung und zum Abschalten benutze.«

»Du könntest es auf meinem Grundstück bauen«, erklärte sie, ohne lange nachzudenken. Ganz eindeutig, ohne lange nachzudenken, denn wer würde so etwas aussprechen, nachdem er gründlich drüber nachgedacht hatte? »Egal, vergesst es«, meinte sie. »Schließlich weiß ich ja noch gar nicht, ob ich es überhaupt behalten kann.«

Aber es gab einen wichtigeren Grund, warum sie das nicht hätte anbieten sollen. Es war ein Plan, der davon abhing, dass die beiden jungen Männer zusammenblieben. Und nach allem, was Lance ihr erzählt hatte, stand das nicht fest.

Sie schaute zögernd ihrem Sohn ins Gesicht. Bei dem tiefen Unbehagen, das sie dort las, wandte sie rasch den Blick ab.

Sie redete, um die unbehagliche Stille zu füllen.

»Ich denke, ich hab's nur erwähnt, weil Nelson mich kürzlich danach gefragt hat, ob er das machen könnte. Etwas auf meinem Grundstück bauen. Nicht um unbegrenzt dort zu leben, als ob er ein Familienmitglied wäre. Nicht, dass ich behaupten will, dass du zur Familie gehörst …«, fügte sie vage in Neals Richtung hinzu. Sie spürte, wie ihr Gesicht rot wurde. Trotzdem redete sie weiter, weil ihr nichts Besseres einfiel. »Ich sage auch nicht, dass du das nicht bist. Also, an diesem Punkt sollte es schmerzlich offensichtlich sein, dass ich keine Ahnung habe, was ich hier rede. Egal, wenn er es tut, und wenn er und Patty dann in ein eigenes kleines Haus oder eine Wohnung ziehen, habe ich wenigstens so was wie ein Gästehaus. Weil es wirklich nett wäre, wenn ihr beide zu Besuch kommt, nachdem Lance wieder nach Hause gefahren ist.«

»Natürlich kommen wir zu Besuch«, erwiderte Neal.

»Nelson und Patty?«, fragte Lance und klang verwundert.

»Ich weiß nicht, ob das schon abgemachte Sache ist«, antwortete Roseanna.

»Ich wusste überhaupt nichts davon.«

»Ich vermutlich auch nicht, nur dass Martin es mir erzählt hat. Unmittelbar bevor er …«

Sie brach ab, sprach nicht weiter.

»Beziehungen sind niemals abgemachte Sache«, erklärte Neal. »Es ist immer mit harter Arbeit verbunden.«

Das war eine Äußerung, die die Unterhaltung für eine peinlich lange Zeitspanne zum Erliegen brachte. Niemand schien irgendetwas zu haben, das er dieser Aussage hinzufügen wollte.

* * *

»Also«, sagte Roseanna und wandte sich an Neal, während Lance die Rechnung bezahlte. »Ich hab dich noch gar nicht gefragt, womit du deinen Lebensunterhalt verdienst, Mr Cornell-Absolvent.«

»Ich bin Anwalt«, lautete Neals Antwort.

»Ach ja? *Das* ist aber mal interessant.«

Aus dem Augenwinkel sah sie ihren Sohn leicht rot werden. Sie führte nicht weiter aus, warum sie es so interessant fand, um ihn nicht noch weiter in Verlegenheit zu bringen.

* * *

»Es tut mir leid, was ich vorhin gesagt habe«, bemerkte Roseanna auf der Fahrt nach Hause. »Ich hätte nachdenken sollen, bevor ich es ausgesprochen habe.«

Sie verstellte den Beifahrersitz zu einer bequemeren Position. Lance hatte wieder angeboten, zu fahren, und sie hatte das gern angenommen. Nicht, weil sie nicht gewusst hätte, wohin sie wollten, sondern weil sie müde und ein bisschen schläfrig war.

»Du meinst das mit dem Hausbau?«

»Genau das.«

»Es ist okay.«

»Das bezweifle ich.«

»Also …«, begann Lance. »Es ist irgendwie okay. Du hast es gut gemeint, und es war ein sehr nettes Angebot. Es ist nur, dass …«

»Du bist dir ja noch nicht mal sicher, dass du und Neal zusammenbleiben werdet.«

»Ich bin mir jedenfalls sicherer als noch vor ein paar Wochen.«

»Gut. Ich mag ihn nämlich.«

»Ehrlich? Das ist interessant. Ich wollte dich nach deinem Eindruck von ihm fragen, aber ich wollte dir auch nicht die Pistole auf die Brust setzen.«

»Mein Eindruck. Lass uns mal sehen. Er ist nicht so, wie ich ihn mir vorgestellt hatte.«

»Wie hattest du ihn dir denn vorgestellt?«

»Also. Du bist ein großer, gut aussehender Kerl. Natürlich betrachte ich dich mit den Augen einer Mutter, doch wir wissen beide, dass ich objektiv betrachtet recht habe. Ich will nicht sagen, dass Neal nicht attraktiv ist. Denn das ist er. Nur auf andere Art und Weise. Ich vermute, ich habe eher mit einem großen, gut aussehenden Kerl gerechnet, der mehr … Du weißt schon. Irgendwie stattlicher und auf den ersten Blick umwerfender ist. Neal macht eher den Eindruck, als lägen seine wesentlichen Qualitäten im Inneren. Er ist klug, und er scheint zu wissen, was etwas wert ist. Er hat Tiefe, soweit ich das beurteilen kann. Ich vermute, ich hätte nicht gedacht, dass er dein Typ ist.«

»Ist er auch nicht«, antwortete Lance und hielt am Straßenrand an, um die Karte auf dem Navigationsdisplay näher zu betrachten. »Er ist absolut nicht mein Typ. Ich hatte immer eine Schwäche für ›groß und umwerfend‹, so wie du dachtest.« Er fuhr wieder auf die verlassen daliegende Landstraße zurück. »Daher habe ich dieses vage unbehagliche Gefühl, vermutlich weil es irgendwie anders ist. Ich denke die ganze Zeit, dass ich mich trennen möchte, weil er einfach nicht mein Typ ist, und dann fallen mir wieder all die Männer ein, die mein Typ waren. Nicht dass das eine riesige Menge oder so gewesen wäre, aber … Ich denke, was ich meine, ist … Ich schaue zurück und erkenne, dass mir mein Typ nie besonders gutgetan hat. Er hat mich nie dorthin gebracht, wo ich hinwollte.«

»Seine Tiefe ist dir unheimlich«, sagte Roseanna. Es war keine Frage.

»Ja, so ungefähr. Es macht die ganze Sache so … echt.«

»Du könntest etwas viel Schlechteres abbekommen als ›echt‹.«

»Das stimmt wohl.«

»Ich vertraue dir, dass du das Richtige tust.«

»Ach ja? Ich wünschte nur, ich könnte das auch.«

»Glaub mir, Kind. Niemand kennt dich besser als deine eigene Mutter.«

* * *

Roseanna schreckte hoch, merkte überrascht, dass sie wohl eingeschlafen war. Sie saß immer noch auf dem Beifahrersitz im Auto, und Lance bog gerade in die Einfahrt zu Hause ein.

Also die von ihrem Zuhause.

Nun, hoffentlich ihrem Zuhause.

Sie hatte mit dem Gesicht an der Scheibe geschlafen, und sie rieb sich die Wange, um die Durchblutung wieder in Gang zu bringen.

Dann fiel ihr wieder ihr Handy ein.

Sie holte es aus ihrer Tasche.

Es zeigte eine Benachrichtigung von der Mailbox.

Sie starrte darauf, während Lance das Auto in die Scheune fuhr. Ihr Gesicht kribbelte … nicht nur an der Stelle, die gegen die Fensterscheibe gepresst gewesen war, sondern überall. Sie fühlte sich am ganzen Körper wie erstarrt, doch am kältesten im Gesicht und im Bauch.

Lance schaltete den Motor aus und blickte zu ihr herüber. Sie schaute ihm nicht in die Augen, aber am Rande ihres Sichtfeldes nahm sie dennoch seine Reaktion wahr. Sie konnte zusehen, wie er sich ein Bild von der Lage machte.

»Was?«, fragte er. »Hat jemand angerufen?«

»Ja, nur ist es jetzt zu spät, um die Mailbox aufzurufen. Dafür braucht man nämlich Empfang.«

»Du kannst die Mailbox deines Handys übers Festnetz abhören. Bist du jetzt nicht froh, dass ich dich dazu gebracht habe, einen Festnetzanschluss legen zu lassen? Wer hat denn angerufen?«

»Das weiß ich nicht.«

»Geh doch einfach zu ›Letzte Anrufe‹, dann wird dir die Nummer angezeigt.«

»Das weiß ich«, antwortete Roseanna und klang gereizter als notwendig.

»Warum tust du's dann nicht?«

»Ich weiß nicht«, erwiderte Roseanna. »Ich meine, es ist irgendwie ein bisschen schwierig zu erklären. Nichts funktioniert.«

»Dein Handy funktioniert nicht?«

»Nein. Ich. Ich funktioniere nicht.«

»Soll ich es für dich tun?«

Er streckte ihr eine Hand hin. Roseanna versuchte, es ihm zu reichen, aber ihre Hand und ihr Arm schienen das Signal nicht zu erhalten. Sanft nahm Lance ihr das Telefon ab.

Sie wandte den Kopf. Schaute zu Ernst, der in seiner Box in der Ecke stand. Er hob und senkte heftig den Kopf, als wolle er etwas bestätigen. Eine Antwort auf eine Frage, die er unmöglich wissen konnte.

Dann wurde ihr klar, dass sie erst spät am Nachmittag heimgekommen war und er ungeduldig auf sein Futter wartete.

»Es war Franklin«, teilte Lance ihr mit.

Roseanna merkte, dass sie das gewusst hatte. Irgendwo in einem Teil von ihr gewusst, der Dinge wusste, die er nur selten mit dem Rest von ihr teilte.

In der Zwischenzeit sagte sie nichts. Sie beobachtete nur Ernst, der immer nachdrücklicher nickte.

»Möchtest du, dass ich reingehe und deine Mailbox übers Festnetz abhöre?«

»Ja, würdest du das tun?«, erkundigte sich Roseanna und klang in ihren eigenen Ohren endlich wieder voll funktionsfähig. »Ich brauch nur eine Minute, um das Pferd zu füttern.«

Sie öffnete die Beifahrertür, und Buzzy tauchte auf, legte seinen Kopf auf ihren Schoß und wedelte mit dem Schwanz.

»Und den Hund«, fügte sie hinzu.

* * *

Als sie aufblickte, sah sie Lance in der offenen Scheunentür stehen. Die Sonne fiel jetzt, am späten Nachmittag, durch ein Fenster weit oben auf der anderen Seite der Scheune, beleuchtete ihn wie ein Bühnenscheinwerfer einen einsamen Schauspieler auf der Bühne.

Sie fühlte sich, als würde sie explodieren, wenn er nicht gleich redete, trotz der Tatsache, dass kaum mehr als eine Sekunde verstrichen war.

»Also, das war die Nachricht«, erklärte er. »Franklin hat angerufen, um dir zu sagen, dass Jerry sich heute bei ihm gemeldet hat. Um dir ausrichten zu lassen, dass er ›aufgrund mildernder Umstände‹ bereit ist, dein Angebot zu akzeptieren.«

»Warte. Welches Angebot? Das erste, das ich mir tatsächlich leisten kann? Oder das zweite, das ich ihm unterbreitet habe und das mich mehr oder weniger pleite zurücklässt?«

Lance senkte den Blick.

»Also, ich fühle mich tatsächlich irgendwie schuldig deswegen. Weil du mich gewarnt hast, dass der Anruf kommen könnte, während wir unterwegs sind, und dass wir ihn verpassen würden und du dann einen Tag lang nicht wissen würdest, wie die Antwort lautet, und dann würdest du einen Riss bekommen wie Schelfeis. Ich hab versucht, Franklin zurückzurufen, ihn jedoch nicht erreicht. Jill hat mir erzählt, dass er das Büro bereits verlassen hat und erst morgen wieder da ist.«

»Oh«, erwiderte Roseanna.

Ernst unterbrach einen Moment sein konzentriertes Fressen aus dem Heukorb, was selten für ihn war. Er schwang den Kopf herum und stieß Roseanna mit der Nase gegen die Schulter, sodass sie ein paar Schritte zurückstolperte. Sie hatte keine Ahnung, warum er so etwas tun sollte. Es war, als wollte er ihr sagen, sie solle sich zusammenreißen.

Oder vielleicht sagte sie sich das selbst und brachte was durcheinander.

Das Pferd wandte sich wieder seiner Mahlzeit zu.

»Es tut mir leid«, erklärte Lance.

»Das muss es nicht. Ich hatte wirklich einen schönen Tag. Und das hatte ich nicht erwartet. Aber überraschenderweise war es so. Ich werde es morgen früh herausfinden, und in der Zwischenzeit …«

In der Zwischenzeit würde sie sich unwohl fühlen. Und sie würde auch die Gelegenheit erhalten, zu lernen, solche Sachen einfach auf sich beruhen zu lassen. Weil wirklich … Wie sollte sie jemals glücklich sein, wenn sie nicht lernen konnte, so etwas auf sich beruhen zu lassen?

»Immerhin wissen wir jetzt«, bemerkte Lance, »dass er eines deiner Angebote akzeptiert hat. Und bei beiden kannst du die Farm behalten. Richtig?«

»Ja, stimmt. Der Unterschied ist nur, wie behaglich ich es haben werde. Und ob ich das Auto verkaufen muss.«

»Also kannst du weiter hier leben.«

Roseanna atmete scharf ein, beinahe unwillkürlich, ließ die Luft dann in einem lauten, tiefen Seufzen entweichen.

Ernst drehte sich um und starrte sie an, als wollte er sagen: »Geht es nicht auch leiser? Ich versuche hier zu fressen.«

»Ja«, bestätigte sie. »Und das ist schließlich das Wichtigste, oder?«

»Allerdings.«

Und damit spürte Roseanna, wie sie sich innerlich zu entspannen begann. Ihr verkrampfter Körper entkrampfte sich. Einfach so.

Sie ging dorthin, wo Lance in der Tür stand. Trat in den Lichtstrahl, der eigentlich nur für einen Schauspieler gedacht war. Bat darum, dass zwei Personen beleuchtet wurden.

Sie ergriff seine Hand und drückte sie fest.

»Danke, dass du nicht sauer auf mich bist«, erklärte er.

»Lass uns vor dem Abendessen ein paar Partien Karten spielen«, sagte sie. »Das hilft uns, uns abzulenken.«

Und sie gingen zum Haus – zu dem Haus, das Roseanna weiter ihr Zuhause würde nennen können – und hielten sich dabei an den Händen.

* * *

Roseanna kam aus der Dusche und wickelte sich in ein großes Handtuch, ging dann in ihr Wohnzimmer. Lance war nirgends zu sehen.

Ein paar Minuten lang wartete sie auf ihn. Auf seine Rückkehr. Aber es war ein langer, ermüdender Tag gewesen, und sie war mehr als fertig. Mehr als bereit, ihn – und sich selbst – zur Ruhe zu legen.

Sie zündete eine Kerze für Lance an und ließ sie auf dem Couchtisch stehen. So wie sie das an jenem ersten Abend getan hatte.

Ungefähr eine halbe Stunde später schlüpfte er leise ins Haus. Ziemlich genau zu der Zeit, als Roseanna erkannte, dass ihre Erschöpfung nicht notwendigerweise zu dem Schlaf führen würde, den sie so dringend brauchte.

»Ich bin wach«, sagte sie, weil sie erkennen konnte, dass er sich Mühe gab, leise zu sein.

»Oh. Ja, das ergibt natürlich Sinn. Unter den gegebenen Umständen. Es tut mir leid.« Er kam in ihr Zimmer und setzte sich auf die Bettkante. »Ich hoffe, es macht dir nichts aus. Ich hab Patty und Nelson erklärt, dass du die Farm behalten kannst.«

»Das war sehr umsichtig von dir. Ich vermute, das hätte ich wohl selbst tun sollen.«

»Dir geht eine Menge im Kopf herum. Aber sie haben sich deswegen Sorgen gemacht, und ich wusste es. Sie wollten es sich nicht anmerken lassen. Also dir gegenüber, meine ich. Sie wollten deinetwegen Zuversicht ausstrahlen. Denn sie haben verstanden, dass es für dich natürlich viel wichtiger ist als für sie. Dennoch bedrückt es sie.«

»Das kann ich mir vorstellen.«

Einen Moment oder zwei saßen sie schweigend da, Roseanna schaute durchs Fenster zu, wie ein riesiger, gelblicher Vollmond rechts vom Empfängnisberg aufging. Oder wenigstens dem ehemaligen Empfängnisberg. Vielleicht war es jetzt einfach nur ein Berg wie jeder andere. Hübsch anzusehen, doch ohne wirkliche Bedeutung für ihr Leben. Nicht weiter zu beachten, so wie es alle guten Berge sein sollten.

»Warte mal«, bemerkte sie. »Du bist in der Finsternis den ganzen Abhang runtergelaufen und dann über das Flüsschen, um mit Nelson zu reden?«

»Nein. Er ist nicht dort unten. Er ist bei Patty.«

»Oh, er ist bei Patty«, wiederholte sie. »Das ist interessant. Also ist es tatsächlich was Ernstes?«

»Ich werde den Teufel tun, den Mund aufzureißen und das zu bestätigen. Ich bin mir ja nicht mal sicher, was in meinem eigenen Leben ernst ist. Aber da habe ich ihn gefunden.«

Ein weiterer Moment, in dem sie dem Mond beim Aufgehen zuschaute. Dieses Mal blickte sie in dem milden Licht ihrem Sohn ins Gesicht. Er schien ebenfalls dem Mond zuzusehen.

»Ich denke, ich gehe dann mal ins Bett«, meinte er. »Obwohl mir das mit dem frühen Einschlafen nach wie vor schwerfällt.«

»Dann geh noch nicht. Da ist noch etwas, was ich dir sagen muss.«

Er war schon halb aufgestanden, hatte sich vorgebeugt und vom Bett hochgedrückt. Er verharrte einen Moment lang in dieser Position, dann sank er zurück auf die Bettkante. Das leise Geräusch und das Einsinken der Matratze machten Roseanna klar, dass übertriebene Einsamkeit kein gutes Ziel war. So viele kleine Dinge erinnerten sie in diesen Tagen immer wieder daran.

»Ich hätte es schon sagen sollen, als du gekommen bist, um mir Franklins Nachricht mitzuteilen. Aber mein Verstand war mit zu vielen Gedanken gleichzeitig beschäftigt.«

»Mom, das weiß ich doch«, unterbrach er sie. »Es tut mir leid.«

»Wenn es dir leidtut, dann weißt du es nicht.« Sie wartete einen Moment ab, ob er sie wieder unterbrechen wollte. Das tat er nicht, daher redete sie weiter. »Ich hätte von vornherein Danke sagen sollen. Nun, immerhin sage ich es jetzt, was das Nächstbeste ist.«

»Wofür?«

»*Wofür?* Weißt du nicht, was du getan hast? Du hast mir das Wichtigste gerettet, was ich besitze. Du hast Jerry davon abgebracht, es mir wegzunehmen.«

»Wir wissen ja gar nicht mit Sicherheit, ob meine kleine Geschichte der Grund dafür ist, dass er nachgegeben hat.«

»Ach komm schon, Lance. ›Mildernde Umstände‹?«

»Ja. Ich denke, ich verstehe, was du meinst. Wobei es auch hätte schiefgehen können. Es war riskant.«

»Das Leben ist nun mal riskant«, entgegnete Roseanna. »Aber wenn einem was geschenkt wird, dann sollte man einfach den Mund halten und es nehmen. Und jetzt gib deiner alten Mutter einen Kuss, bevor du ins Bett gehst.«

Und das tat er. Mit Nachdruck. Mitten auf die Stirn.

Kapitel Vierundzwanzig

Hau ab nach Hause

Roseanna wusste, dass Lance aufgewacht war, weil er sich auf der Couch aufrichtete und sich umschaute, bis er sie entdeckt hatte. Sie saß auf dem Fußboden, starrte auf den Telefonhörer, den sie vor sich auf die Dielenbretter gestellt hatte. Aus dem Augenwinkel sah sie Lance aufstehen, ohne dass sie ihren Blick vom Hörer genommen hätte.

Sie schaute ihn flüchtig an.

Er verdrehte übertrieben die Augen und ließ sich rückwärts in die Kissen fallen.

»Wie spät ist es?«, fragte er mit vom Schlaf undeutlicher und belegter Stimme.

»Kurz nach sieben.«

»Und wie lange starrst du das Telefon schon an?«

»Ungefähr drei Stunden.«

»Weil du allen Ernstes gedacht hast, es würde um vier Uhr morgens klingeln?«

»Nein. Ich warte nur darauf, dass es spät genug wird, damit ich Franklin zurückrufen kann.«

»Und du meinst, das passiert schneller, wenn du das Telefon nicht aus den Augen lässt?«

»Ich hatte sonst nichts, worauf ich starren konnte. Alles andere war dunkel.«

Lance setzte sich wieder auf. Schüttelte den Kopf und stützte dann die Stirn in beide Hände.

»Lass uns noch mal zusammenfassen«, erklärte er, ohne die Hände vom Gesicht zu nehmen. »Franklins Kanzlei öffnet um neun. Wie jedes andere Büro in …«

Das Telefon klingelte.

Es war so laut und unerwartet, dass Roseanna zusammenfuhr und ihr Po sich vom Boden hob. Sie zuckte von dem Geräusch weg, was beinah bewirkte, dass sie nach hinten kippte.

Sie schnappte sich den Hörer.

»Hallo?«

»Roseanna?«

Franklin hatte eine angenehm tiefe Stimme und strahlte am Telefon herrliche Ruhe aus. Er vermochte sie stets zu beruhigen. *Was eine wirklich wichtige Eigenschaft bei jemandem ist, der in verschiedenen Klagefällen für dich handelt*, dachte sie.

»Franklin. Ich bin so froh, dass du anrufst.«

»Es ist furchtbar früh. Ich hoffe, ich hab dich nicht geweckt. Aber ich bin gerade aufgestanden und hab da diese Nachricht von Jill auf meinem Handy. Sie sagt, Lance hätte gestern Nachmittag in der Kanzlei angerufen und wissen wollen, welches Angebot ich meinte. Daher dachte ich, du sitzt bestimmt wie auf Kohlen, während du darauf wartest, das zu erfahren. Andererseits dachte ich, du könntest auch noch schlafen.«

»Schlafen? Was ist das?«

Es lag in ihrem Wesen, zu einer Zeit wie dieser zu scherzen, daher tat sie es. Trotz des Umstandes, dass sie ernsthaft in Gefahr schwebte, zu implodieren, wenn er sie nicht gleich erlösen würde.

»Ich muss mich bei dir entschuldigen, Roseanna«, erklärte er. »Mir ist überhaupt nicht in den Sinn gekommen, dass du nicht wissen würdest, welches Angebot ich meine. Es ist das zweite. Es war wirklich ausgeschlossen, dass er das nehmen würde, was du ihm anfangs angeboten hast. Ehrlich gesagt bin ich mehr als erstaunt, dass er überhaupt eingelenkt hat. Ich weiß nicht, was die ›mildernden Umstände‹ sein sollen, auf die er verweist, und das muss ich natürlich auch nicht, doch bis gestern hätte ich ihn für einen Mann gehalten, der jeden Cent aus dir herauspressen würde, den er nur kriegen kann. Sein Sinneswandel war eine Überraschung, um es vorsichtig auszudrücken.«

Roseanna blickte hinüber zu Lance, der sie eindringlich anschaute. Sie zeigte ihm einen Daumen nach unten als Antwort und konnte zusehen, wie er die Schultern sinken ließ.

»Eines dieser Mysterien des Lebens«, erwiderte Roseanna ins Telefon.

»Aber ehrlich, Roseanna … Ich weiß, das ist für dich ein schwerer Schlag. Es ist eine Riesensumme. Wenn er allerdings versucht hätte, die Summe einzuklagen, die er haben wollte, und man all die Gerichtskosten hinzuzählt, die du hättest übernehmen müssen, wenn wir das bis zum bitteren Ende ausgefochten hätten … Es ist wirklich kein so schlechtes Ergebnis für dich, im Vergleich zu dem, was sonst auf dem Tisch lag. Ich glaube, du hattest richtig Glück, meine liebe Freundin.«

»Ja, das denke ich auch«, bemerkte sie.

»Wir werden die entsprechenden Schriftstücke aufsetzen und dir schicken, damit du sie unterschreibst.«

»Vielen Dank. Oh. Noch was anderes.«

»Ja?«

Doch dann stoppte Roseanna sich und entschied sich dagegen.

»Nein. Egal. Vielen Dank für deinen Anruf, Franklin.«

Sie legte auf und saß da, betrachtete die Dielenbretter. Dachte darüber nach, was das Leben ihr gerade beschert hatte.

Lance kam rüber und setzte sich im Pyjama neben sie auf den Fußboden. Er legte ihr einen Arm um die Schultern. Dann zog er sie eng an sich und gab ihr einen Kuss auf die Schläfe.

»Sorry, Mom. Hätte besser laufen können.«

»Es hätte auch schlimmer werden können.«

»Stimmt. Was hast du ihn am Ende fragen wollen? Was du dir dann anders überlegt hast?«

»Oh. Das. Ich wollte wissen, ob er mir noch einen anderen juristischen Rat geben kann. Ich wollte, dass seine Leute sich den Flächennutzungsplan hier anschauen. Um festzustellen, ob irgendjemand uns dazu zwingen kann, den Metallzoo abzubauen. Ich hab gehört, ein paar Leute aus der Gegend regen sich darüber auf und machen Stunk, und ich wollte wissen, wo ich stehe, aber in letzter Zeit gab es so viel anderes, Wichtigeres zu tun.«

»Also warum hast du ihn nicht gebeten, es zu tun?«

Sie blickte in Lance' Gesicht, wusste, er würde alles sehen. Und dass sie ihm verraten würde, wie tief sie all das hier traf. Sie tat es trotzdem.

»Weil ich es mir nicht leisten kann.«

»Oh.«

»Und es war irgendwie ein Schock. Die Erkenntnis, dass es so ist. Als ob dies meine neue Wirklichkeit ist, die mir jetzt aufgeht. Jedes Mal, wenn ich mich umdrehe, werde ich etwas brauchen, und dann werde ich merken, dass ich es mir nicht leisten kann. Ich habe mich irgendwie mit der Vorstellung arrangiert, dass ich in einer Minute bloß noch einen Pick-up besitzen werde und kein Recht mehr auf den Aufkleber hinten habe, auf dem steht: ›Mein anderes Auto ist ein Maserati‹. Doch aus irgendeinem Grund habe ich das andere, viel Größere nicht kommen sehen.«

»Verstehe ich«, erwiderte er und drückte ihre Schultern fester.

Es half.

»Ich hab jetzt kein Mitleid mit mir selbst. Oder wenigstens versuche ich, keins zu haben. Es ist nur eine Umstellung.«

»Das verstehe ich«, wiederholte er.

»Ich weiß, ganz furchtbar viele Leute überall auf der Welt kommen damit klar, zu wissen, dass es Unmengen Sachen gibt, die sie sich nicht leisten können, trotzdem …«

»Mom, du musst dich nicht für das entschuldigen, was du empfindest.«

Eine Weile saßen sie schweigend da. Wie lange, das konnte Roseanna schwer sagen. Vermutlich ein oder zwei Minuten.

Dann ergriff Lance das Wort. »Weißt du … Wir haben einen Anwalt in der Familie.«

»Das ist es mir wirklich nicht wert, wieder …«

»Ich meinte Neal.«

»Oh. Neal. Möchtest du andeuten, dass du glaubst, er würde für mich einen Blick auf den Flächennutzungsplan und die Bestimmungen dort werfen?«

»Ich denke, das ist gut möglich. Weil er wirklich, wirklich möchte, dass du ihn magst.«

»Aber ich mag ihn doch schon.«

»Also … Wie wär's denn, wenn wir ihm das nicht sagen, bis er es erledigt hat?«

Sie drehten sich um und schauten einander an, beide genau im selben Moment. Und dann brachen sie in Gelächter aus.

Es fühlte sich gut an, zu lachen.

»Ich lache«, bemerkte Roseanna, »auch wenn ich hoffe, dass du nur Witze machst.«

»Das tue ich. Trotzdem bin ich mir ziemlich sicher, dass er es übernehmen wird.«

* * *

Nelson kam um kurz nach zehn am Vormittag und klopfte an, ungefähr zu der Zeit, zu der die Sonne Roseanna wieder ins Haus getrieben hatte. Lance war irgendwo draußen, allerdings wusste sie nicht genau, wo.

Sie öffnete die Tür und lächelte, als sie den jungen Mann auf der Türschwelle sah. Ihr Lächeln war nicht gezwungen oder aufgesetzt. Es war noch nicht mal Absicht. Er brachte einfach ein Lächeln auf ihr Gesicht, eine natürliche und völlig ungeplante Reaktion.

Er hielt seinen Hut in den Händen und spielte verlegen mit der Krempe, die Augen hatte er auf ihre Fußmatte gerichtet.

»Dürfte ich vielleicht reinkommen? Ich möchte etwas mit dir besprechen, aber auf keinen Fall zu viel von deiner Zeit verschwenden.«

»Du wirst meine Zeit nicht verschwenden, Nelson. Das ist der Grund, warum du weiter hier bist.«

Sie trat von der Tür zurück, sodass er reinkommen konnte und dann in der Mitte ihres Wohnzimmers stand, als wolle er eine auswendig gelernte Rede vortragen.

»Ich hoffe, es macht dir nichts aus. Dein Sohn hat uns berichtet, was bei der juristischen Auseinandersetzung herausgekommen ist. Und ich bin gleich hergelaufen, um dir zu sagen … Ich glaub, ich hab dir das schon mal erzählt, oder wenigstens etwas, das ganz ähnlich ist. Trotzdem muss ich es jetzt noch mal ganz klar zusammenfassen. Du sollst dir bitte keine Sorgen ums Geld machen. Das heißt nicht, dass es dir in den nächsten Jahren zu den Ohren rauskommen wird, weil wir einfach nicht genug haben. Aber du wirst nie allein auf dich angewiesen sein, das können wir auf jeden Fall sagen. Wir sind nicht nur bereit, dir mit ein bisschen Bargeld finanziell unter die Arme zu greifen, sondern wir versorgen dich auch mit Forellen aus dem Fluss und Eiern von unseren Legehennen und Essen aus dem Gemüsegarten, den wir angelegt haben. Du hast das, was du hattest, mit uns geteilt, und jetzt ist es an der Zeit, dass wir dasselbe für dich tun. Du wirst sehen, du wirst prima klarkommen. Einfach prima. Wir haben vor, uns darum zu kümmern.«

Er schaute von ihren Dielen hoch, wohl um zu überprüfen, wie seine kleine Rede aufgenommen wurde. Dann senkte er den Blick wieder.

»›Wir‹, das sind du und Patty?«

Sie konnte sehen, dass sein Gesicht dunkelrot anlief.

»Ja. Das ist das ›wir‹, auf das ich mich bezogen habe.«

»Also läuft das mit euch beiden gut?«

Die Röte auf seinen Wangen vertiefte sich, falls das überhaupt möglich war.

»Bislang ja.«

»Das freut mich. Und ich freue mich auch über das, was du gerade gesagt hast. Es ist im Moment ein wirklich guter Zeitpunkt dafür, dass man mir versichert, dass ich nicht allein auf mich gestellt bin.«

»Nein, das bist du nicht, und das wirst du auch nie sein, wenn du das nicht möchtest. Wir werden beide arbeiten, sobald Willa im Herbst in die Vorschule kommt. Das ist der Grund, warum Patty nicht hier bei mir ist, um dir all das zu sagen. Sie ist in Walkerville bei einem Vorstellungsgespräch. Und ich habe ebenfalls angefangen, mich nach einem Job umzuschauen. Wir haben uns gedacht, wir zahlen dir Miete, und das wird dir in deiner Lage helfen. Vielleicht keine Riesensumme, wie wir sie woanders zahlen müssten, trotzdem wird es genug sein, dass du dir davon Essen kaufen kannst. Und wenn du ein Dach über dem Kopf hast und genug Geld für Essen, dann ist schon mal für die wichtigsten Dinge gesorgt, oder?«

Er konnte ihr immer noch nicht ins Gesicht schauen. Daher sah er auch nicht, dass sie das Zimmer durchquerte und zu ihm kam. Er musste wohl aus dem Augenwinkel eine Bewegung wahrgenommen haben, trotzdem wirkte er überrascht, als sie ihn in die Arme schloss. Überrascht genug, dass es ein paar Sekundenbruchteile dauerte, bis er sich fasste und die Umarmung erwiderte.

»Danke«, sagte er leise an ihrem Ohr.

Sie löste sich von ihm und musterte ihn.

»Wo ist Lance?«

»Beim Holzhacken.«

Roseanna seufzte hörbar. »Warum tut er das? Ich erkläre ihm die ganze Zeit, dass er das nicht muss.«

»Er möchte nicht, dass du frierst, wenn der Winter kommt. Du weißt schon. Nachdem er fort ist.«

»Ich werde mal zu ihm gehen und mit ihm reden«, meinte sie.

Nelson gab seine verkrampfte Haltung auf und eilte zur Tür, und die Sohlen seiner Stiefel machten knirschende Geräusche auf den Dielenbrettern.

»Bevor du gehst, Süßer«, rief Roseanna ihm nach.

Er blieb stehen, die Hand auf der Türklinke.

»Ja?«

»Die Frage, die du mir vor einer Weile gestellt hast …«

»Welche Frage war das?«

»Die, die mit einem Anbau zu tun hatte.«

»Oh, richtig. Die.«

»Die Antwort lautet Ja.«

Er hob den Kopf und blickte ihr direkt ins Gesicht, zum ersten Mal, seit er vorhin an ihre Tür geklopft hatte.

»Wirklich?«

»Wirklich.«

»Bist du dir sicher?«

»Ich bin mir in meinem ganzen Leben nie bei einer Sache sicherer gewesen, Süßer. In nur ein paar Monaten wird es Winter sein, und ich werde herausfinden müssen, wie ich das Haus hier warm halte. Ich habe noch nie an einem Ort gelebt, wo ich dafür verantwortlich war, den Schnee selbst zu entfernen. Dabei möchte ich um Himmels willen nicht allein sein.«

»Das musst du auch nicht. Das bist du nicht.«

Und damit setzte er sich den Hut wieder auf und ließ sie allein zurück.

Aber eben doch nicht allein. Nicht auf irgendeine Art und Weise, die zählte.

* * *

Sie fand Lance um die Ecke hinter der Scheune. Er stapelte Feuerholz und zog Planen drüber, was erklärte, weshalb sie nicht das vertraute Geräusch der Axt gehört hatte.

Er hatte Ohrhörer, deren Kabel in seiner Hemdtasche endeten. Als er sie sah, zog er einen Stöpsel raus und ließ ihn runterbaumeln.

»Ich sage dir immer wieder, dass du das nicht tun musst«, stellte sie fest.

»Allerdings, Mom. Das tust du.«

»Aber du machst es trotzdem.«

»Ich möchte nicht, dass du frierst. Also genau genommen … Du wirst nicht frieren. Du bekommst eine große, schöne Gasheizanlage, die neben dem Haus aufgebaut wird und dein Schlafzimmer mitbeheizt. Das ist ein Geschenk von Neal und mir, und Nelson wird sie installieren. Doch kluge Leute haben einen Plan B. Bei einem Schneesturm könnte dir das Propangas ausgehen, und du könntest dir kein neues liefern lassen, weil kein Lastwagen mehr durchkommt. Ein schönes Feuer aus Holz im Kamin wird verhindern, dass du frieren musst.«

Einen Moment lang standen sie nebeneinander, ohne einander anzusehen, und Roseanna überlegte, wie schmerzlich ein langer Winter voller Eis und Schnee sein mochte.

Dann beschloss sie, dass es nicht wichtig war. Sie würde sich damit befassen, wenn es so weit war, und am Ende alles überstehen. Jedes Jahr schafften das Millionen von Leuten. Sie also auch. Und außerdem, erkannte sie, hatte sie einen Sohn, der umsichtig genug war, dafür zu sorgen, dass sie eine Propangasheizung hatte.

Dann schalt sie sich dafür, dass sie diese Gedanken falsch nach Wichtigkeit sortiert hatte.

»Ich bin gekommen, um dich um zwei große Dinge zu bitten«, erklärte sie.

»Okay.« Er zog den anderen Ohrstöpsel heraus. Fischte das Handy aus seiner Hemdtasche und tippte auf das Display, um die Musik anzuhalten. »Dann mal raus damit.«

»Erstens: Ich liebe dich wie verrückt. Ich liebe dich mehr, als ich mein eigenes Leben liebe. Aber ich sage das jetzt trotz alldem … Nein, ich sage das genau deswegen. Du musst jetzt verdammt noch mal nach Hause.«

»Ach ja?«

»Ja. Musst du. Du hast dort dein eigenes Leben. Richtig?«

»Ja, etwas, das man so bezeichnen könnte«, antwortete er, und ein kleines Lächeln spielte um seine Mundwinkel.

»Du hast einen netten jungen Mann, der auf dich wartet. Und wie er so eloquent dargelegt hat, muss man in Beziehungen eine Menge Arbeit stecken. Ich mach mir Sorgen, dass … Ich meine, unterm Strich betrachtet, Lance, bist du wirklich immer noch hier, um mir zu helfen? Das tue ich jetzt nicht aus

Mangel an Dankbarkeit, ich muss es einfach fragen. Oder hat das hier nicht viel eher begonnen, sich sicher anzufühlen, weil du es so aufschieben kannst, diese Arbeit in eure Beziehung zu investieren?«

»Hmm«, erwiderte Lance und setzte sich auf ein Stück Baumstamm. »Das ist eine schwierige Frage.« Er saß einen Moment lang still da und dachte eine Weile darüber nach. »Ich vermute, die ehrliche Antwort wäre … Ja. Zu beidem. Okay. Hier ist, was ich bereit wäre zu tun. Ich räume alles zusammen und fahre heute heim. Kümmere mich wieder ums Geschäft und hole auf, was ich verpasst habe. Dann fahre ich nächstes Wochenende wieder hier heraus und schaue nach, wie es dir geht.«

»In Ordnung. Ich überlege nur gerade, ob es möglich wäre, dass du mit dem Zug herkommst. Ich könnte dich in Albany oder Utica vom Bahnhof abholen.«

»Und weswegen?«

»Ich hatte gehofft, du würdest den Maserati in die Stadt mitnehmen. Und … Du weißt schon. Es ist albern, aber es fällt mir sogar ein bisschen schwer, es auszusprechen. Verkauf ihn für mich. Es ist mir peinlich, das zuzugeben, doch es würde mir wirklich wehtun, das selbst zu tun. Ich kann mich nicht überwinden, ihn persönlich zu veräußern. Himmel, ich kann vermutlich nicht mal zuschauen, wie du ihn wegfährst. Das ist echt beschämend, dass ich das zugeben muss.«

»Ist es nicht«, widersprach Lance. »Und betrachte es als erledigt.«

* * *

Ungefähr fünfzehn oder zwanzig Minuten nach Lance' großem Aufbruch befand sich Roseanna wieder in ihrem Haus, dachte an nichts Bestimmtes.

Dann griff sie, ohne lange zu überlegen, nach ihrem neuen Telefon.

Sie wählte eine Handynummer, die sie immer noch auswendig wusste.

Nach dem fünften Klingeln ging die Mailbox dran.

»Nita Langley«, meldete sich Nitas elfenhafte Stimme, die leicht gepresst klang, weil sie genötigt war, in der vorgegebenen Pause im Ansagetext ihren Namen zu sagen und sich und ihre Mailbox zu identifizieren.

Roseanna wartete auf den Piepton.

»Nita. Ich bin's, Roseanna. Überraschung. Ich hab mich gefragt, ob du vielleicht Lust hast, irgendwann einmal mit mir zu Mittag zu essen. Du könntest hierher zu mir rauskommen, auf die Farm, wenn du möchtest, wobei ich es verstehen kann, wenn du das nicht willst. Es ist eine lange Fahrt. Oh, warte. Du hast ja gar kein Auto. Ach je. Das ist wieder typisch für mich, richtig? Du könntest allerdings mit dem Zug zu einem Ort fahren, der irgendwo zwischen uns liegt, und da könnten wir uns treffen. Und wir könnten uns bei einem Essen gegenseitig auf den aktuellen Stand bringen. Aber nur, wenn du Lust hast. Und selbst wenn du nicht möchtest, ist es mir wichtig, dass du weißt, dass du eingeladen bist. Mir ist nämlich gerade aufgefallen ... bloß weil wir nicht mehr zusammenarbeiten, heißt das ja nicht, dass wir uns wie Fremde verhalten müssen. Wir werden niemals Fremde sein, oder?«

Sie las die ersten drei Ziffern ihrer Festnetznummer vor, die Vorwahl, dann brach sie ab und lachte über sich selbst.

»Egal«, sagte sie. »Du siehst die Nummer ja auf deinem Display. Also, das war alles. Ich hoffe, es geht dir gut.«

Kurz bevor sie auflegte, kam ihr plötzlich ein unbehaglicher, verstörender Gedanke.

»Warte«, fügte sie hinzu, »das ist noch nicht alles. Ich bin mir nicht sicher, ob du weiter bei der Kanzlei bist, also, falls das so ist … Egal, was du durch den Büroklatsch gehört haben könntest, dies hier ist einfach ein freundschaftliches Angebot. Mehr nicht. Okay. *Das* ist jetzt alles. Bis dann.«

Sie legte auf.

Sie wusste, wenn Lance hier wäre, würden sie gemeinsam über diesen nachgeschobenen Satz grinsen.

Aber das war er nicht.

Daher grinste sie allein, nur für sich. Und das war auch okay.

DREI JAHRE NACH DEM UMZUG

Kapitel Fünfundzwanzig

In die Ewigkeit rudern

Das laute Klingeln der Glocke am Tor ließ Roseanna hochfahren. Sie hatte im Wohnzimmer auf dem Rücken auf dem Boden gelegen und ein Nickerchen gemacht, so wie sie und Lance es immer getan hatten – und immer noch gelegentlich taten. Sie hatte die Fähigkeit, Nickerchen zu machen, perfektioniert, und das trotz des nicht zu überhörenden Lärms von der Baustelle.

Sie erhob sich und blickte aus dem Fenster.

Ein junger Mann stand an ihrem Tor. Er sah ordentlich aus. War ungefähr in Lance' und Neals Alter. Er schaute sich in alle Richtungen um, sogar nach oben. Er schien darauf zu warten, dass etwas passierte, und für die Möglichkeit offen zu sein, dass das Ereignis von überall kommen konnte. Sogar aus dem Himmel.

Roseanna seufzte und ging zu ihm, um herauszufinden, was er wollte.

Während sie über den unbefestigten Weg lief, konnte sie ihn besser erkennen und hatte das nagende Gefühl, dass sie ihn schon mal gesehen hatte. Aber sie war sich nicht wirklich sicher und konnte sich auch nicht entsinnen, in welchem Zusammenhang das gewesen sein sollte.

»Was kann ich für Sie tun?«, erkundigte sie sich leicht verärgert, als sie am Tor ankam.

»Sie erinnern sich nicht an mich«, sagte er, »oder?«

»Sie kommen mir vage vertraut vor, allerdings … Tut mir leid.«

»Evan Maxwell.«

»Max? Mein Reporter-Freund? Oder Feind, wie es zutreffender wäre?«

»Genau der. Und ich muss vor allem andern erst mal das loswerden: Zu hören, dass Sie mich als Freund bezeichnen, erleichtert mich. Selbst mit der kleinen Nachbemerkung. Ich hatte befürchtet, es könnte genauso gut sein, dass ich in den Lauf einer Schrotflinte blicken würde, wenn ich jemals hierher zurückkäme.«

Sie hielt ihm das Tor auf, und er trat hindurch.

Sie rechnete eigentlich damit, dass er mit ihr zum Haus gehen würde. Stattdessen bog er zu der Wiese mit den Skulpturen ab.

»Der ist aber ganz schön angewachsen«, bemerkte er, während sie gemeinsam von einem Metalltier zum nächsten gingen. Und von Metalltier zu Metallmensch. »Ich habe halb damit gerechnet, dass Ihre Nachbarn Sie inzwischen genötigt hätten, sie abzubauen. Ich hab damals mit ein paar von ihnen gesprochen, und es gab sehr geteilte Meinungen darüber, ob der Zoo eine Bereicherung sei oder eine Beleidigung fürs Auge.«

»Nun, also, Gesetz ist Gesetz«, erklärte sie. »Und mein Schwiegersohn ist Anwalt.«

»Sie sind ebenfalls Anwältin«, entgegnete er und blieb in der Nähe der Skulptur von Martin stehen.

»Nein, ich bin Ex-Anwältin.«

»Immer noch bei der Anwaltskammer zugelassen?«

»Rein technisch betrachtet ja. Nur würde ich eher die Skulpturen abbauen, als wieder anzufangen, irgendeine Form von juristischer Vertretung anzugehen, sogar für mich selbst. Plan B bestand darin, sie nach unten an den Fluss zu bringen, wo sie von der Straße aus nicht zu sehen sind. Doch wie sich herausgestellt hat, gibt es keine Handhabe dafür, mir zu verbieten, sie hier oben zu haben. Daher stehen sie hier in all ihrer Pracht. Wie gesagt, Gesetz ist Gesetz.«

Evan stand da und blickte in das runde Gebilde, das Martins Gesicht dargestellt hätte, wenn die Statue eins gehabt hätte.

»Das hier erinnert mich an den alten Mann, der immer Holz gehackt hat. Mit den Basketballstiefeln. Und dem struppigen Haar, das unter seinem Hut hervorgeschaut hat. Wie war noch mal sein Name?«

»Martin.«

»Richtig. Martin.«

Er machte sich auf den Weg und ging zur einzigen anderen Skulptur, die nichts aus dem Tierreich darstellte. Roseanna folgte ihm.

»Was ist das für ein Lärm?«, fragte er und blickte sich im Gehen um. So wie er es auch am Tor getan hatte. »Nachbarn, die sich ein Haus bauen? Das muss Sie doch in den Wahnsinn treiben. Ich erinnere mich daran, wie wichtig Ihnen die Stille war.«

Er blieb vor der Statue stehen und starrte ihr ins Gesicht. Diese hatte eins.

»Keine Nachbarn«, erwiderte sie. »Es sind Nelson – Sie erinnern sich sicher noch an ihn – und mein Sohn. Nelson baut an die winzige Gästehütte an, damit sie groß genug für eine Familie wird. Er hat schon vor ein paar Jahren ein größeres Zimmer angebaut, aber dann haben er und Patty ein Baby gekriegt. Daher muss das Gebäude erweitert werden. Und mein Sohn und sein Partner kommen jedes Wochenende und arbeiten an ihrem Wochenendhaus. Lance ist gerade da und werkelt daran. Wenn sie in dem Tempo weitermachen, wird es nie fertig, allerdings hat es inzwischen wenigstens schon Wände und ein Dach, daher können sie darin übernachten. Sie brauchen nicht länger ein Zelt.«

Während sie sprach, schaute er der Skulptur weiter ins Gesicht. Als würde sie nachgeben und ihm sagen, wer sie war.

»Jetzt ist doch aber gar nicht Wochenende«, wandte er ein. Irgendwie abgelenkt. »Es ist Freitag.«

»Manchmal kommt Lance am Donnerstag oder Freitag, und Neal fährt freitagnachts hinterher.«

»Also hat es für Sie hier im Grunde genommen ununterbrochen Gesellschaft und Bauarbeiten gegeben, seit ich Sie zuletzt gesehen habe«, stellte er fest, ohne den Blick von der Statue zu nehmen.

»Ja.«

»Und der Lärm lenkt Sie nicht ab? Sie haben so auf Ihrer Stille bestanden.«

»Ja. Das ist mir auch nach wie vor wichtig. Nur nützt es einfach nichts. Zeug passiert, egal, wie ich das finde.«

Evan lächelte, die Augen weiter auf die Statue gerichtet.

»Und wer ist das hier?«, wollte er wissen.

»Das ist Alice.«

»Oh, *das ist Alice*«, wiederholte er und betonte die Worte so, dass sie beinahe ehrfürchtig klangen.

Die eiserne Alice reichte Evan Maxwell bis zur Brust. Nicht, weil sie nicht in Lebensgröße gewesen wäre, sondern weil sie in einem Eisenkanu saß und paddelte.

»Wir haben alle gemeinsam daran gearbeitet«, erklärte Roseanna.

»Das überrascht mich nicht. Sie ist anders als die anderen. Irgendwie detaillierter.«

»Richtig. Es ist eine echte Skulptur. Wir haben Metall zu einer Skulptur geformt. Statt nur mehrere Stücke zusammenzuschweißen, um eine vage Form anzudeuten. Das hat auch ewig gedauert. Es war ein ganz schönes Projekt. Aber ich bemerke, dass Sie sich gar nichts aufschreiben. Kann ich davon ausgehen, dass Sie keine Fortsetzung planen?«

Er sah zu ihr hinüber, und zum ersten Mal, seit er sie entdeckt hatte, löste er seinen Blick von Alice. Er schien ernsthaft überrascht von der Frage.

»Ich bin kein Reporter mehr«, erwiderte er. »Und zwar schon eine ganze Weile nicht.«

»Und warum?«

»Ich glaube einfach nicht, dass ich dafür geschaffen bin. Wobei das vielleicht nicht ganz die richtige Art und Weise ist, es zu beschreiben. Ich sage nicht, dass ich schlecht darin war. Ich hab es nur nicht sehr gemocht. Es hat mich einfach nicht glücklich gemacht.«

»Dann war es sehr klug, sich was anderes zu suchen.«

»Ich bin, kurz nachdem ich die Geschichte über Sie geschrieben hatte, gegangen, sodass ich mich immer gefragt habe, ob Sie nicht einen Einfluss darauf hatten.« Seine Augen zuckten zurück zu Alice. »Also war Alice Kanutin?«

»Nein. Überhaupt nicht. Niemals. Auf gar keinen Fall. Sie hat praktisch nie die Stadt verlassen. Hat nie Urlaub gemacht. Immer bloß gearbeitet, ohne Spaß zu haben.«

»Aber Sie haben sie für die Ewigkeit in einem Kanu festgehalten.«

»Stimmt«, pflichtete ihm Roseanna bei. »Das haben wir. Das war das, was dem am nächsten kam, was wir für sie tun konnten, um sie dem ersehnten Ruhestand nahe zu bringen, den sie verpasst hat. Es war ihre eigene Schuld, dass sie sich nicht selbst ein Hobby ausgesucht hat, solange sie noch am Leben war. Daher habe ich für sie gewählt, und wenn ich sie wiedersehe, wenn so was passiert, dann dulde ich keine Klagen von ihr.«

* * *

Gemeinsam gingen sie zu der Quelle des Lärms.

Als sie um das Haus kamen, sah Roseanna Mikey mit den Hunden spielen. Buzzy lief wedelnd im Kreis vor dem Kleinkind weg, und der riesige Hector folgte ihm, hatte wie immer Angst, ausgeschlossen zu werden. Lance stand auf einer Leiter und brachte die Regenrinne am Rand des neuen Dachs auf dem Wochenendhaus an. Patty saß auf der Veranda von ihrem und Nelsons Haus, passte auf den spielenden Mikey auf.

»Ich muss zugeben, dass ich neugierig war, wer hier alles wohnt«, erklärte Evan. »Das ist Teil des Grundes, weshalb ich hier herausgefahren bin. Ich habe immer wieder dran denken müssen und mich gefragt, ob all die ungebetenen Gäste immer noch hier leben oder ob Sie Ihren Plan in die Tat umgesetzt haben, sie loszuwerden.«

»Melanie und Dave bin ich losgeworden. Oder genauer, ich hab sie von Lance rauswerfen lassen. Das war vermutlich feige, aber es hat funktioniert.«

»Und Martin.«

»Nein. Martin habe ich nicht rausgeworfen.«

»Er ist weiter hier?«

»Nein.«

Sie blieben stehen und taten einfach das, standen da, einander halb zugewandt. Roseanna verfolgte anhand seines Mienenspiels, wie er begriff, was sie damit sagen wollte.

»Oh«, machte er nach einer Weile. »Also gibt es einen Grund, dass die Holzhacker-Statue mich an ihn erinnert hat.«

Sie setzten sich wieder in Bewegung. Roseanna antwortete nicht, weil das nicht notwendig war.

Sie kamen an Lance' Baustelle vorbei, und Roseanna zuckte bei dem Lärm und Getöse heftiger zusammen als nötig, während sie weiter zur Scheune gingen. Dort blieb Evan plötzlich stehen, seine Augen auf das handgeschnitzte Kreuz unten am Hügel gerichtet.

»Ist Martin hier auf dem Anwesen beerdigt?«, erkundigte sich Evan.

»Nein, das ist nicht seine letzte Ruhestätte. Es hat sich herausgestellt, dass er eine bereits bezahlte Grabstelle neben seiner Frau hatte.«

»Und wessen ist das dann?«, wollte er wissen, trat vorsichtig näher. »Ernst«, las er laut vor. »Wer war Ernst? Ein weiterer ungebetener Gast?«

»Nein, Ernst war ein Pferd.«

»Ich wusste ja gar nicht, dass Sie auch ein Pferd hatten.«

»Er hat hier noch nicht gelebt, als Sie hergekommen sind, um Ihre Geschichte zu schreiben. Er ist später aufgekreuzt.«

»Dann hat er aber nicht lange gelebt.«

»O doch, das hat er. Er war siebenunddreißig oder achtunddreißig, als er hier wieder eingezogen ist. Wir sind uns ziemlich sicher, dass er vierzig geworden ist. Ein Pferd kann nicht auf viel mehr gute Jahre hoffen. Zu schade, dass Sie ihn nicht kennengelernt haben. Er war ein echtes Unikat. Wir vermissen ihn alle. Was ich, ehrlich gesagt, nie für möglich gehalten hätte, dass ich es je über ein Pferd sagen würde. Besonders über ein sehr altes, sehr übel riechendes Pferd. Dabei hat sich gezeigt, dass ›alt‹ und ›übel riechend‹ keinen Einfluss auf Zuneigung haben. Wer hätte das gedacht? Das macht Hoffnung für mein eigenes Alter, das schneller naht, als man ahnt.«

Sie standen nebeneinander und blickten über das Tal. Der Anblick fesselte Roseanna. Das hatte er immer getan und tat es noch. Sie hatte mal geglaubt, er würde irgendwann seinen Zauber verlieren und etwas Gewohntes werden. Doch sie hatte sich geirrt. Die Hunde kamen, um sich zu ihnen zu gesellen, dann blieben sie wie gebannt stehen, als wollten sie ebenfalls die Aussicht genießen. Hector setzte sich, schob den Kopf unter

Roseannas Hand. Sie tätschelte ihn. Das große Tier schloss halb die Augen und seufzte.

Hinter ihnen hörte Roseanna das enttäuschte Geheul von Mikey, dem das Herz brach, weil die Hunde nicht länger mit ihm spielen wollten. Er war vollkommen untröstlich, wie es bloß ein Zweijähriger sein konnte.

»Und jetzt haben Sie zwei Hunde«, bemerkte Evan über den Lärm hinweg.

»Dieser große Kerl hier ist Lance' Hund. Er hat sich schon sein ganzes Leben lang einen Hund von mir gewünscht. Also habe ich ihm schließlich einen besorgt. Als er dreißig war.«

»Warum hat er sich nie selbst einen geholt, nachdem er erwachsen war?«

»Er fühlte sich schuldig, weil er den Hund den ganzen Tag über allein lassen muss, während er arbeitet. Also bin ich los und habe ihm den hier besorgt, genau an seinem letzten Tag im Tierheim. Nur Stunden bevor er in den Raum am Ende des Flurs gebracht worden wäre, und der arme Kerl schien es zu wissen. Er war so aufgeregt, dass er die ganze Zeit gesabbert hat. Ich hab Lance erklärt, wenn er mit den Schuldgefühlen nicht klarkommt, weil er den Hund so lange allein lassen muss, könnte er auch hier bei mir bleiben, und er könnte ihn an den Wochenenden besuchen. Aber mein Sohn hat nicht lange gebraucht, um herauszufinden, dass der Hund einfach bloß dankbar war, ein Zuhause zu haben. Der Rest verblasste dagegen. Also, was war der andere Grund?«, fügte sie plötzlich hinzu, lenkte das Gespräch in eine neue, völlig unerwartete Richtung.

»Wie bitte?«

»Sie haben gesagt, Teil Ihrer Gründe, weshalb Sie zurückgekommen sind, war, herauszufinden, ob ich meine ungebetenen Gäste losgeworden bin …«

»Oh. Das. Richtig. Also … Das Wichtigste ist … Ich habe mich immer ein bisschen schuldig gefühlt. Seit ich den Artikel geschrieben hatte. Sie wollten es ja nicht. Sie haben versucht, mir das zu sagen. Sie wollten nicht, dass Ihre Familie oder Ihr Partner in der Anwaltskanzlei herausfinden, wo Sie sind, und versuchen, Sie zu zwingen, nach Hause zu kommen. Sie hatten viel zu verlieren. Ich hab mich die ganze Zeit bemüht, nicht länger daran zu denken. Letzten Endes musste ich selbst hier herausfahren und mir ein Bild davon machen, wie sich alles entwickelt hat.«

»Gar nicht so schlecht«, erwiderte sie. »Es hat sich ganz gut entwickelt. Eine Zeit lang war es ein bisschen holprig. Aber dass meine Familie mich gefunden hat, war das Beste, was mir passieren konnte. Dafür haben Sie etwas bei mir gut. Die Sache mit dem Geschäftspartner war schwieriger, doch das liegt hinter uns. Und ich habe nichts verloren, was zu verlieren ich mir nicht leisten konnte.«

»Also da bin ich erleichtert«, erklärte er.

»Er hätte mich ohnehin gefunden. Sie haben die ganze Sache nur beschleunigt.«

Sie drehten sich um und gingen zurück.

»Also, was tun Sie jetzt?«, erkundigte sie sich bei ihm. »Jetzt, wo Sie nicht mehr Reporter sind? Das habe ich ganz vergessen zu fragen.«

»Musiker.«

»Das klingt doch nach einer Verbesserung. Was spielen Sie?«

»Gitarre und Bass. Ein wenig Klavier. Ich bin in einer Band. Man lebt ein bisschen von der Hand in den Mund, und ich verdiene nicht annähernd so viel Geld wie vorher.«

»Das wird überschätzt«, entgegnete Roseanna.

»Eine Menge Geld zu verdienen, meinen Sie?«

»Ja«, antwortete Roseanna. »Das.«

* * *

Lance kam von seiner Leiter, als er merkte, dass jemand Fremdes auf dem Grundstück war. Die plötzliche segensreiche Stille schien zu dröhnen, wenn so was möglich war. Lance wischte sich die Hand an einem alten Lumpen ab, bevor er sie Evan hinhielt. Sie sah trotzdem noch ziemlich dreckig aus.

»Lance«, sagte Roseanna, »das hier ist Evan Maxwell. Max, mein Sohn Lance. Es gibt einen Grund, weshalb ich ihn Max nenne. Sobald ich ihm den Rücken kehre, kann es sein, dass er anfängt, sich darüber zu beschweren, und dann wirst du die Geschichte hören. Die Kurzversion lautet: Es geschieht ihm recht.«

Lance stand da, kratzte sich einen Augenblick lang die Nase, schien völlig in Gedanken versunken. Roseanna konnte den Schmutzstreifen sehen, den er dabei auf seinem Nasenrücken hinterließ.

»Evan Maxwell«, wiederholte Lance. »Warum klingt der Name so verdammt vertraut?«

Dann fiel es ihm ein. Er stellte die Verbindung her. Das konnte Roseanna an der Veränderung in seiner Miene erkennen.

»Oh, *Evan Maxwell*«, wiederholte Lance noch einmal. »Der Reporter. Interessant. Ganz im Vertrauen, es war schon klug von Ihnen, ein paar Jahre zu warten, bevor Sie zurückgekommen sind. Eine Weile lang war sie ziemlich sauer auf Sie. Aber jetzt sieht es so aus, als wäre sie drüber hinweg. Für mich wenigstens. Wie wirkt es auf Sie? Die ersten paar Monate jedoch … ui, ui, ui. Erst bin ich aufgekreuzt und mehr oder weniger gar nicht mehr gegangen. Jedenfalls für eine längere Zeit nicht. Dann tauchte auch noch ihr alter Kanzleipartner auf und hat ihr eine Klage zustellen lassen und ihr den Großteil des Geldes abgeknöpft, mit dem sie eigentlich vorhatte, den Rest ihres Lebens zu bestreiten. Beinahe hätte sie die Farm hier verloren. Gott sei Dank ist das nicht passiert. Alles andere, aber nicht das. Und über die letzten paar Jahre ist sie weicher geworden. Da haben Sie echt Glück gehabt.«

Er lächelte sein schiefes Lächeln, dann winkte er kurz und stieg die Leiter wieder hoch.

»Das war interessant«, erklärte Evan.

»Er neigt dazu, ein bisschen zu direkt zu sein. Das hat er von der Familie seiner Mutter.«

»Sie haben mir gesagt, Sie hätten nichts verloren, was zu verlieren Sie sich nicht hätten leisten können.«

»Das habe ich auch nicht. Sehen Sie mich an. Bin ich tot?« Sie klopfte sich auf den Bauch. »Sehe ich so aus, als hätte ich nicht genug zu essen?«

»Immerhin hätten Sie die Farm verlieren können.«

»Habe ich aber nicht. Und selbst wenn, auch das wäre es wert gewesen, meinen Sohn zurückzubekommen. Dieses Land und das Haus sind mein wichtigster Besitz auf der Welt, doch es sind eben nur Dinge. Es ist kein Sohn. Also habe ich jetzt beides. Das Land und den Sohn. Wenn ich mehr verlangen würde als das, dann wäre es geradezu gierig.«

* * *

Sie brachte ihn zum Tor und dann zu seinem Auto.

»Und, hat sich die Fahrt gelohnt?«, wollte sie von ihm wissen, bevor er einstieg.

»Mehr als das. Ich fühle mich besser. Bloß tut es mir jetzt fast leid, dass ich nicht in der Lage bin, eine Fortsetzung zu schreiben. Es sind drei Jahre vergangen, und Sie haben nur zwei ungebetene Gäste rausgeworfen. Das ist mal ein Update. Nach all dieser Zeit sind nur noch zwei übrig, die nicht verwandt oder angeheiratet sind. Nein, warten Sie, drei! Oder vielleicht sollten wir sagen, zweieinhalb. Ich hatte das kleine Mädchen ganz vergessen. Wo ist die eigentlich?«

»In der Schule.«

»Oh. Richtig. In der Schule. Sie ist auch nicht mehr so klein, wie sie früher war.«

»Wer ist das schon?«

Er lachte. Schloss das Auto mit seinem Funkschlüssel auf. »Aber wie auch immer«, stellte Roseanna fest, »Sie haben sich verrechnet.«

»Stimmt. Der kleine Junge. Vier.«

»Immer noch nicht richtig.«

»Dreieinhalb? Zweidreiviertel?«

»Nicht mal in der Nähe von ›nah dran‹.«

»Okay, gut«, gab er auf, beschattete seine Augen mit seiner rechten Hand und spähte in die Sonne. »Sagen Sie es mir.«

»Null. Null ungebetene Gäste. Alle, die hier sind, gehören zur Familie.«

Er ließ seine Hand sinken und nickte einen Moment lang.

»Ich glaube, diese Rechnung konnten nur Sie machen. Also, schauen Sie. Die Sache mit dem Lärm. Wie sehr Sie ihn hassen. Ich habe Sie beobachtet. Und ich denke, das stimmt vielleicht gar nicht mehr. Das sagen Sie zwar immer noch, aber ich bin mir nicht sicher, ob Sie es tatsächlich noch so meinen.«

Roseanna schaute ihm kurz ins Gesicht. Er wandte sich ab und blickte die Straße entlang.

»Wir bezahlen Sie nicht fürs Denken, Max«, erklärte sie mit ihrer besten Roseanna-von-früher-Stimme.

Dann drehte sie sich um und ging zurück zu ihrem Zuhause, folgte dem Baulärm direkt ins Herz des immerwährenden Chaos.

Sie warf einen kurzen Blick über ihre Schulter, bevor sie das Tor öffnete. Evan Maxwell stand noch da, als hinge er seinen Gedanken nach. Auf seinem Gesicht lag jedoch ein schiefes, aber unverkennbares Lächeln.

41882540R00228

Printed in Poland
by Amazon Fulfillment
Poland Sp. z o.o., Wrocław